夢土

INLAND

Téa Obreht

蒂亞・歐布萊特

鄭淑芬 譯

獻給我的母親，Maja，以及她的母親，Zahida

時間不會改變，
時代也不會改變。
只有時間裡的事情會改變，
你會相信的事，還有你不會相信的事。

——詹姆斯·高爾文（James Galvin），〈信念〉

目 CONTENT 錄

密蘇里

昨夜那幾個男人策馬騎向淺灘時，我以為我們完蛋了。即使是你也一定很清楚，他們離我們有多近：他們的味道，馬轡的律動聲，馬匹的眼白。你一如往常——儘管看不見，大腿上還有取不出來的子彈——想站起來跟他們硬碰硬。也許我應該讓你去。這樣今天晚上的事說不定就不會發生，那個女孩子也不會受傷。但我怎麼會知道？我不相信我們的命運，因此也沒有準備，最後只能看著他們經過，在月光下騎著馬走上河床，遠離我們。我的等待——就算只是因為習慣——難道錯了嗎？我知道你還是很想逃。你還是很想逃；我也是，我一輩子都想逃——早在我們兩個結伴同行之前，在我六歲那年，在木板床上剛剛醒過來，我就已經在逃了。父親在身邊，波濤晃蕩，四週都是水打在船身上的嘶嘶聲。當時逃跑的是我的父親，不過我一直不知道他為什麼要逃。那時他似乎很瘦。或許也很年輕吧。他可能是名鐵匠，或者別種粗工，他從來沒有像待在船上搖來晃去的那個月休息得那麼多。那段時間日夜不分，只有我們頭上方某個地方的繩索和滑輪在黑暗中咯吱響。他叫我席恩，還有另一個我怎麼想都想不起來的名字。這段飄洋過海的過去，在我的記憶中大部分是連綿的浪沫和鹹味。當然，還有死人，包著白色的裹屍布，一個挨著一個放在船尾。

我們在港口附近找到住的地方。我們的房間可以俯視一條條曬衣繩，從一扇窗戶拉到另一扇窗戶，交錯重疊，最後消失在底下洗衣房的蒸氣中。我們父子共用一張床墊，背對著房間另一頭的瘋子，假裝他沒有一天比一天更瘋癲。走廊上永遠有人在尖叫。有人被困在不同的世界之間。我側躺著，抓著父親的外套領子，感覺蝨子在我的頭髮裡爬來爬去。

我沒有見過睡得像我父親那麼沉的人。我想，是因為碼頭的工作吧。每天都可以看到他繃緊身子，扛著板條箱或一大捆繩子，看起來像一隻螞蟻。後來，他牽著我的手，讓下船的人潮帶著我們離開碼頭，順著大馬路來到鋼架正紛紛架起的地方。他對世界的運作方式充滿好奇心，因此覺得那種東西很神奇。他記憶力很好；有一直好不了的牙痛；還對土耳其人深惡痛絕，每次跟意氣相投的人喝茶時就說得義憤填膺。但要是某個塞爾維亞人或馬札爾人說起伊斯坦堡的鐵腕政權，情況就變得很搞笑：我那個對敵人非常執著的父親，會突然淚流滿面。他會這麼說：**啊，先生。你過得更好了嗎？在這裡過得更好嗎？利斯凡別戈維奇．阿里帕夏是名暴君，但絕不是最糟糕的！至少我們的土地很美。至少我們的家園屬於我們自己**。然後他會感傷地懷念起小時候住的村子：一群凌亂散布的石屋，一條好綠好綠的河從中穿過，綠到他不知道該怎麼用新的語言來形容，只能用原來的話說，也因此將它永遠困住，成為我們兩個之間的秘密。我多想記得那個字啊。我想不通他為什麼要離開那麼美好的城鎮，來到這個臭氣沖天的海港，而那裡的人看到他手掌朝上禱告，名叫**哈吉歐斯曼．卓里奇**，往往誤以為他是土耳其人，於是他拋棄那個習慣，也拋棄了那個名字。我相信有一陣子他自稱是哈吉曼．卓里——但他是以「哈吉．盧里」的名字下葬的，因為靈車來把他的屍體載走時，房東太太從他說得含混不清的名字裡選中了這幾個字。

我記得，我們的床墊都髒了。我站在樓梯上，看著馬車伕把父親裝進他的貨車。車子開走時，房東太太把手放在我的頭上，讓我留在那裡。傍晚的大雨停了，一輪落日染紅了街道。馬匹看似著了火。之後，我父親再也沒有來找過我。在水上沒有，連在夢裡也沒有。

夜復一夜，房東太太對著牆上的一具十字架禱告。她慈悲的給了我硬麵包，還有一張更硬的床墊。我給她的回報，是合掌禱告，並幫她照料旅社。我扛著肥皂水樓上樓下跑、抓老鼠、縮著身子擠進煙囪裡。有時候會有男人坐在陰暗處盯著我看，突然伸手抓我。雖然我長得皮包骨，但我不怕那些樓梯間的醉漢。我敢趁他們睡覺時踢他們幾下，所以他們學乖了，不會來惹我。又一個夏天，又一場瘟疫，馬車伕和他的黑馬又來了。一年又一年。旅社的路邊招牌上貼了一張字跡凌亂的紙。房東太太問我：**你看得懂嗎？上面寫了「瘟疫房」——你知道什麼是「瘟疫房」嗎？**結果瘟疫房的意思是空房間、空錢包，我們兩個人都空著肚子。下一次馬車伕再來時，她要我跟他走。她就只是站在那裡，盯著他放在她手裡的硬幣。

我在馬車伕的馬廄裡睡了一年。他是我見過最愛乾淨的男人。非得把房子弄乾淨、把拖鞋整整齊齊擺在床下才去睡。他身上唯一不整齊的地方，是一顆像象牙一樣突出的上排牙齒，讓他看起來像一隻大老鼠。我們流轉在布萊克街的窮巷陋室接收死者：那些一睡不醒，或是被室友割了喉嚨的房客。我們到的時候，有時他們還好好蓋著床單躺在床上。不過也經常出現擠在箱子裡，或被塞在地板下的房客。有錢、有親友的人，我們就送到殯葬業者那裡。無名無姓的，就載到上城的醫院，從後門送進去，好讓醫院在年輕人圍觀研究前把屍體擺好在解剖桌上。他們的內臟會被一一擺開，骨頭煮到泛白。

生意不好時，我們就得去墓地把他們拉出來。我們會給守門人兩塊錢，讓他們裝作沒看到，然後在十字架之間穿梭，尋找新翻的土塚。馬車伕會先猜頭部可能的位置，挖個地道，再讓我縮著肩膀手臂擠進去，鑽進冰冷的土地裡，拿著鐵條一直往前戳刺，直到把棺材板弄破。接著我就用手指去摸索，找到頭髮或牙齒，然後在頭上套個鬆鬆的活結。要兩人合力才能把屍體拉出來。「這樣比用挖的輕鬆。」這是馬車伕的理由。

有時土堆會塌下來，有時屍體會卡住，我們得把挖到一半的屍體丟在那裡；有時是女人，有時也有小孩。而不管洗衣房的水有多燙，沾在我衣服上的墓地泥土怎麼洗也洗不掉。

有一次，我們發現兩個人共用一具棺木，臉對著臉，彷彿一起躺在棺木裡睡著了。有一次，我把手伸進去，只有泥土的觸感，以及潮濕的絨布枕頭。「有人比我們先來了，」我說，「是空的。」

有一次，我撞破木板，手指摸索過粗糙的毛髮和皮膚，剛把繩子繞過下頜骨，突然在黑暗中不知道從哪裡伸出來幾根手指，抓住我的手腕。是乾枯的手指，指尖很硬。我嚇了一跳，泥土飛濺，噴進我的喉嚨，被我吞了下去。我拚命踢，但手指緊抓著我不放，我以為我會就此消失在那個洞裡。我哭著說：「求求你，我不敢再去了。」然而，一隻斷掉的手腕加上一側扭曲的肩膀，證明我下次還是敢去。

有一次，有個大傢伙從棺材出來一半時卡住了。我坐在塵土裡，一隻蒼白的手臂壓在我的膝蓋上，後來馬車伕遞給我一把鋸子。我把那隻手臂用它原本的粗麻布衣袖包好，像扛火腿一樣扛在肩上，一路帶進城。幾天後的晚上，我看到一名獨臂巨人，紋風不動地站在魚市場的人群裡，那條破裂的衣袖就垂在他的身上。他臉色蒼白，身材圓潤，帶著笑容羞怯地看著我，彷彿我們是老朋友。他壓著那條空袖子，飄過來站在我旁邊。這樣說似乎很怪，不過我感覺到一種淡淡的麻癢環繞著我，我知道他用他的幽靈手臂攬住我的肩頭了。這是我第一次在自我的極限邊緣有這種奇怪的感覺——這種慾望。他懊惱地嘆了一口氣，彷彿我們一直在交談。「天啊，」他說，「我快餓死了。我好想吃個美味的鱈魚派。小老闆，你不想吃嗎？」

我說：「去你的。」然後拔腿就跑。

我終於不再一直轉頭去找他——可是那種奇怪的感覺，那種在角落流連的渴望，一直沒消失。之後好幾天，我會在轟隆響的飢餓中醒來，躺在黑暗中，流著口水，耳邊有心跳聲。彷彿有什麼東西正在我的身體裡死命挖洞。普通的分量無法滿足它。吃飯時馬車伕數著我吃了幾口。他會說：「夠了，都被你吃窮了。」可是不夠——他罵我的那個量，只是一半而已。他沒看到我去討要從水果攤車上滾落的蘋果，也沒看到我趁雜貨店老闆轉身時偷小餐包。他沒看到的，還有賣糕餅的女孩子手臂上掛著一個大籃子走在街上，喊著，**魚餅、魚餅**。籃子大到她的身體都側一邊了。有人攔下她，她就掀開一張格子布，露出裡面堆得老高的糕餅。**要吃魚餅嗎？**她這樣問我，彷彿知道我體內的慾望已經快要作亂了。我蹲在巷子裡，吞了整整五個餡餅，洗衣婦人在我頭上方互相喊叫。吃的時候，那股慾望不斷增長，到最後碾壓而過，消失不見。

我再次感覺到那種慾望，已經是我們被抓到後多年的事了。我先在濟貧院待了一段時間。法官判決後，馬車伕被送往上游，我跟其他六、七個男孩子則被送到鐵路線的西邊終點。我手上的文件只寫著：盧里。

我們坐了一個星期的火車，經過農田和澄黃的原野，灰色的小山丘上有冒著煙的小屋，一路來到密蘇里，這個被淤泥吞沒的地方。一排牲畜圍場和房子就是城鎮。周圍的山丘上立著一根根短短的樹幹殘枝。載著粗大枝幹的拖車碾壓著道路。

他們帶我們到一個瀰漫著牲畜和木屑味道的市鎮廳，要我們站在一個板條箱搭的臺子上。其他男孩子一個個被叫下去，消失在黑暗中。為我舉手的那個老人名叫索瑞爾。他有一對髒兮兮的耳朵，走路一拐一拐的，還有一間專賣乾貨和威士忌的商舖。他的樓上房間永遠供不應求，大家都要往西部去。他另外雇用了一對兄弟：哈伯．馬蒂和唐納文．麥可．馬蒂。哈伯只是個孩子，大概四、五歲吧，發脾氣時連大人都嚇得發抖。他還是名慣竊——他可以從任何人身上拿到任何東西，而且絲毫不覺得愧疚。索瑞爾不敢對他怎麼樣，因為他害怕唐納文。唐納文比哈伯大了十二歲左右吧，算是男人了，像狐狸一樣四肢修長，一頭紅髮。新長出來的一點鬍子令他驕傲不已，哈伯和我卻總是毫不留情地取笑他。週日下午，他會溜出去，接受來自各地的拳擊手挑戰，把那些人揍得鼻青臉腫。不論他自己的臉被打得多慘，隔天上午他都會如常出現，帶著一臉僵硬的笑容煮咖啡。老頭因為我數錯錢而打我時，是唐納文省下肉不吃，幫我受傷的眼睛冰敷；打群架不長眼時，是唐納文幫我縫傷口。唐納文說：「不管怎麼樣，盧里，都別讓人碰你。」

有兩年時間，我們同住一個閣樓房間。我們擦洗地板，玩法羅牌。我們拉貨物，煮茶把索瑞爾的水變成威士忌。我們笑鬧著經過灰暗的冬天，尋找在外頭上廁所而跌在雪地裡的房客。要是我們其中一人發燒，另外兩人就會跟著生病，然後又好起來，彷彿上下樓梯一樣尋常。一八五三年的夏天，唐納文跟我爬出了傷寒，可是哈伯沒有。索瑞爾老頭夠好心，替他買了棺木，所以我們不必自己做。

幾個月後，哈伯才回來。他來得無聲無息，一點跡象都沒有。看來死亡讓他失去了聲音，但並沒有讓他失去順手牽羊的衝動。我會從如幻似真的夢中翻身醒來，發現他的小手已經在我的肩上，而我的枕頭上有一些小東西：針、頂針、小型望遠鏡。他的慾望淹沒我時，就會讓我被類似的東西吸引。譬如我站在櫃檯，而某個路過的女人正在調整眼鏡，好把我們的商品看得更清楚，這時我的手指就會隱隱作痛。當時唐納文已經是職業拳擊手，隨時籠罩在源源不絕、失去理智的怒氣中。我不知道要怎麼跟他說他的弟弟從天而降來到我的床腳。也不知道該如何解釋我的床底下有一堆戒指、眼鏡、頂針及子彈。「我偷的。」唐納文發現那個箱子時，我騙他。「給哈伯的。」他打我，然後抱住我的頭，直到我的耳朵不再嗡鳴。我們把那個盒子拿到哈伯的墓地，挖了一個淺淺的洞，把偷來的東西統統倒進去。結果哈伯氣死了。有好長一段時間，他的慾望讓我夜不成眠，但我不是太介意。我希望，如果哈伯的死能讓我成為他的哥哥，或許唐納文也能成為我的哥哥。

我又換了一個盒子。但那股慾望似乎永遠不會消失。有時我會屈服，摸走一只錶或一本書，讓哈伯開心得不得了。後來，我懷疑他的慾望是不是也移植到唐納文身上，就像我這樣。會不會那就是我們兩個敢去搶劫的原因。一開始，我們只是窮極無聊使壞，做做樣子而已。午夜時分，我們在空地上喝威士忌，碰到有旅人路過，就攔下來。我們兩人只有一把六發左輪槍，不過我們的獵物並不知道。我會跟著唐納文從灌木叢裡出來，站在他後面，他則拿槍瞄準那些肥胖的滑頭和講話結結巴巴的醉漢，偶爾會有神職人員勸我們皈依上帝。很快，我們就在宿舍地板下藏了豐富的戰利品：錶、零錢包、可能對某人很重要的文件。哈伯輕鬆地坐在我的床緣，在這堆垃圾裡挑挑揀揀。用這種方式繼續在一起也不錯。

大約就是這個時候，唐納文打到一個拳擊手的眉頭，打得太猛了一點。那孩子站起來時，說話無力，眼神渙散。治安官來了，問了一些比賽公平性的問題，還有是不是唐納文收走他的手套？唐納文說他根本沒戴手套，結果治安官踢了一下他的肋骨，還問我們能給他什麼，讓他睜一隻眼閉一隻眼。我從我的戰利品中貢獻一只銀錶，可是幾天後，治安官又回來了，問：「為什麼我的新錶背面刻著『羅伯．傑金斯』？他不就是上個星期在蘭丁路被搶的那個人嗎？」

這一次，唐納文打斷了他的下巴。

我們整個夏天都在逃，然後我們的畫像開始出現在懸賞傳單上。在布列敦、沃利斯、河口營區，我們瞄一眼那些寫著我們的名字的炭筆畫，笑他們畫得一點也不像。唐納文說：「就算迎面遇上他們也認不出來。」於是下一次我們攔了一輛驛馬車，他讓對方知道我們是馬蒂幫。他跟馬車伕說：「跟著我說一遍。」對方嘴裡含著槍管，說得含糊不清。

下一張海報將獎金增加一倍。

我們躲在某個洗衣婦家的穀倉閣樓，她半真半假地愛著唐納文，有別人在場時就叫我們先生，直到她的鄰居們都習慣我們的存在。這也讓我們受邀到好幾戶人家裡去吃飯。我們脫下帽子，一前一後，不知所措地穿過陌生人的廚房。和他們家穿著白色蕾絲、好奇微笑的女兒們圍著桌子，牽起手，含糊地感謝慈悲的上帝賜予我們豐盛的晚餐。不知怎麼的，沒有人把我們交給警方。大家都說：「誰會想到佩頓郡能這麼好運？藏了兩個勇敢的男孩子，樂於向聯邦政府證明阿肯色州的人對北方的法律有什麼看法。」

後來我們又加入了兩名生力軍，是馬蒂家的遠房親戚，艾佛瑞和馬瑟斯．班奈特，來自田納西州，是兩個無趣、樂呵呵的傻瓜。他們只長肌肉不長腦子，不過唐納文覺得兩名馬蒂人成不了幫。有了四個人，就可以去打劫驛站。我們甚至可以去打劫馱隊——我們也真的去了，在黑暗中衝向數輛篷車，尖叫聲宛如蠟燭在我們周圍紛紛點燃。

有天晚上，我們在福丹搶了一輛驛馬車，躲過一名魯莽的紐約小子胡亂開的一槍。他的第二槍飛進了唐納文的肩膀。接下來我只知道我抓住那小子的頭髮，把他半個身體拉出馬車，其他人甚至沒有阻止我。兩個郡外的報紙說這是「粗暴行為」。一定很粗暴，只是我幾乎什麼都不記得，後來我擦著鞋子，納悶我是什麼時候開始踢他的。

下一張海報寫著：

通緝

馬蒂幫

請聯絡佩頓郡約翰・伯格法警

唐納文說：「這下可好了。」這句話不無驕傲的味道。「現在你惹到法警來追我們了，值得慶祝。」

我心裡很不是滋味，但我們還是慶祝了。在一場為我們升起的營火會上，我跟一個黑髮女孩的視線對上了。現在我想不起來她的名字，也不確定是否曾經記得過。

她倒是知道我的名字。後來在穀倉裡，她聽到名字時，從我懷裡一下子坐了起來。「你是那個跟唐納文・馬蒂同夥的土耳其人。」

「我才不是土耳其人。」

「聽說你打的那個紐約男孩子可能活不了了。」

我說：「男孩子？他是男人，他穿了一整套正裝呢。」

至於唐納文是我哥，自從我走進他的房間門，他摘掉我的帽子、打量我可憐的身體之後，每天幾乎都要救我一命，這一點對她來說似乎沒差。她爬下閣樓，讓我在剩下的夜裡一個人怕得要死，想念哈伯想到幾乎受不了。

那個星期後來唐納文帶我們幾個到鎮上去，看見伯格法警組織了追捕我們的人馬。即使是那個時候，法警看起來也比實際年齡要老，眉頭像剛翻過的土地。他的上唇光禿禿的，顏色比臉上其他地方白了三階。他一直用手去遮嘴巴，看得出來他很後悔把鬍子刮掉了。唐納文、班奈特兄弟跟我在人群後方站成一排，在他講完窩藏歹徒的壞處之後鼓掌。

「這幾個都不是好孩子。」這是他的重點。「他們是壞蛋，壞到骨子裡去了，把他們藏起來的人就是做壞事。你們捫心自問，要是你們一直供他們吃住，你們的孩子會不會像那個紐約男孩子一樣完蛋？肋骨沒一根是好的，一隻眼睛瞎了，牙齒都被踢進他的肚子裡去了。」

我還記得當時我很納悶，要是那個紐約孩子真的死了，並且找到我，那他會想要什麼。他會不會把我跟他的悲傷綁在一起，要我去做所有他活著時沒能做的事？或者一直逼我，直到我去跟法警自首？又或者讓我死，替他的死報仇？

伯格法警繼續盯著我們所有人被太陽曬得發紅的臉。那群人裡至少有一半人認得我們，不過打破寂靜的，是碾磨廠老闆的白癡兒子，路易斯・瑞佛斯。「你確定那幾張馬蒂幫的畫像沒畫錯？你確定他們的身高、體重？他們有沒有可能是任何人？有沒有可能就在我們之中？」

路易斯・瑞佛斯從頭到尾帶著笑容，越說越傲慢，直到廣場上響起竊笑聲，從一頭蔓延到另一頭。

法警站在那裡，看著泥土地上自己的影子，帶著倦意回答：「是的，我們的畫像畫得很好，我也認為他們有可能此刻就在這裡。」他裝腔作勢夠了，就走下臺，拉起路易斯．瑞佛斯的耳朵，拉到他跪下去。路易斯一直說：「好啦，好啦。」可是大家都知道，來不及了。法警的手指把他的耳朵擰成發白的嫩芽。他突然發出嘶吼，身子一抽，我們眼睜睜看著他的耳瓣被拉成了一長條，整個掉下來，還連帶拉掉一片殷紅的鬢角。法警站在可憐的路易斯上方，而路易斯躺在塵土裡，眼前就是他沾滿塵土的耳瓣，彷彿正等著下鍋油炸。伯格說：「任何阻撓我追捕馬蒂幫那些畜生的人，下場就是這樣，而且只會更慘。」

從年頭到年尾，他對我們展開一次又一次伏擊，彷彿他不知道因為那個被扯掉了耳朵的瑞佛斯男孩，全郡的人都一起瞞著他。他們把我們藏在雞舍和地窖裡。他們把我們當成親友。每當我們又順利逃脫一次，我心想一定是哈伯，在他沒有讓我的指尖發痛時，在某個地方照顧著我們。我們的小弟弟每天送來一點奇蹟，只希望我們回家安居。

可是最後，那天晚上唐納文的好脾氣終於磨光了，在我們攔截的一輛巴特菲爾德驛馬車裡，充滿短促的轟隆聲以及他那把六發左輪的藍光。混亂中響起一聲聲尖叫，並且一路跟著我們回到鎮上。

說來也好笑，你可以在某條線內作怪，來來回回，維持多年，可是一旦越界，你就完完全全徹底完蛋了。在阿肯色州，人做很多事都可能逃得掉，但把一名裁判官的腦袋轟爆，濺得他小女兒的膝上到處都是，那就不行了。這一點失誤，讓我們得到一張貼在穀倉門口的傳單：

通緝
殺害紐約州的詹姆斯．皮爾森
以及
阿肯色州的柯林．菲利普裁判官閣下的凶手：
密蘇里州的唐納文．麥可．馬蒂
以及
他的小伙伴，毛髮濃密的黎凡特人

「幹，」唐納文說，「那個紐約小子竟然還是死了！」

不再盜墓之後，我已經很久沒有那麼害怕了。「他們為什麼要那樣講我的外表？」

「因為你這副奇特的猴崽子樣，最容易被盯上了。」這是馬瑟斯．班奈特說的，但他自己長得像一條斜眼紅蘿蔔。「我看我們把你交出去好了，盧里。有你跟著我們，我們遲早要爆。」

唐納文跟他說不會有那種事。到了晚上，他把我的頭髮剃光，讓我像一條響尾蛇一樣沒有半根毛。我看起來像耶穌會的人帶著到處去的瘋子。

唐納文說：「至少不像毛髮濃密的黎凡特人。」

我們騎馬進山林。分開活動，掩飾足跡，斷斷續續睡在壕溝裡。上方幽暗的樹木咯吱作響。有時我們好幾天都沒有看到對方。有時伯格的人靠得很近，林子裡到處閃著紅色微光，是他們的火把。

後來，馬瑟斯在格雷班克一間妓院裡染上了斑疹傷寒。我們掏空口袋，賄賂老鴇讓他藏身養病，可是她等沒兩天，就把他交給法警了。當然，馬瑟斯未經審判就被吊死了，用的正是格雷班克的一根橫樑。我們是在卓里市從一名記者口中聽到的，他還講了馬瑟斯最後說的幾句話——是一句恰如其分的祈禱詞——還有他堅決不肯透露同夥行蹤。「我是個忠誠的人。」這是他的重點。「而且馬蒂是我的血親。不過我發誓，有一個殺了人的土耳其小混混跟他們在一起，他最近剛把頭髮剃光，好躲過法律制裁。我們叫他盧里，雖然把那個紐約孩子踢死算是他難得發揮了一點作用，不過他絕對不是馬蒂家的人。阿門。」

唐納文聽說這件事時，臉上的血色都沒了。他要我立刻戴上帽子。「我覺得啊，他說的也沒錯。」

我絕望地說：「什麼意思？」我以為他要跟我說，我不是馬蒂家的人。

「哎，你確實是殺了人的土耳其小混混。而且你剃光頭了。」

在特克薩卡納上面的蔥綠山林裡，伯格逼近了。他帶了獵犬，派一個目光如炬的人躲在樹上，幾乎將我砍下馬。唐納文把我肩上的泥土盡量洗乾淨，在黑暗中幫我縫傷口，但我還是發燒了。他讓我躺在一條深溝裡，用馬鞍座氈把我蓋起來，再塞了一些加熱過的石頭。他帶著奇怪的笑容，表情有點恍惚，一直說：「真要命，可是你還沒看過海，你不能死。」

這句話真是奇怪。所以一直以來我們都是朝著大海奔去嗎？去看大海，就是我的慾望嗎？我不知道。如果我在夜裡死了，我會把那個慾望放在唐納文心裡嗎？我努力不讓自己睡著，光靠這個想法幾乎撐到了早上。但只是幾乎。因為等我醒來，唐納文已經走了。起初我以為這一定表示我到了另一邊——我還記得我心想，我不覺得自己特別想要什麼東西，當然也不想去看大海，這不是很好笑嗎？

可是這時我發現了唐納文留給我的麵包和水，於是我知道他已經騎馬走了。我希望我以前說的是對的：在他離開我之前，我就會死了。泥土裡有他悄悄離開的痕跡。哈伯的哥哥，也是我的哥哥，走了。我沒什麼可以記得他的東西，除了一塊麵包、這個舊水壺，還有我的恐懼。

我先在艾恩斯普林斯把水壺裝滿，並在那裡尋找他。我也在格林塢尋找他。可是我怕有人認出我，進而發現我們的關係，所以對於他的外表說得閃閃躲躲，在這裡說他長這個樣子，在那裡說他長那個樣子，讓這一切顯得徒勞。我睡在暗巷裡。我在教堂裡要東西吃，教區牧師以炙烈的信念號召我的靈魂，彷彿他們知道除了我自己的罪，我還帶著哈伯那個小偷遊蕩，也許他們可以替上帝一舉拿下我們兩個。

我坐在密札里基一間供膳旅社裡時，伯格法警帶著八個人步履蹣跚走了進來。他在一張椅子上坐下，那椅子發出嘎吱聲，彷彿在替他的痛代言。那隻狡猾的老狐狸跟現場的每個人對上眼，看向我時，停了很久。我知道他正在問自己，為什麼我看起來這麼眼熟。他是在哪裡見過我？我一直等到舞池的人多了起來，才從一扇後門溜走。到了早上，我已經再度往南走了。

我打算繼續移動，直到所有懸賞傳單上的臉孔都變成陌生人。沿岸一個又一個漁村，蒼白的燈光在我眼前蔓延。我睡在小船裡，隨浪擺盪，不知道哪個情景更糟：是船上無槳飄到了防波堤之外，還是醒來發現約翰·伯格法警就在眼前。馬塔哥達南方的駁船給了我比較平穩的住處。可是船隻貨艙滿滿的存貨引誘了哈伯。他的慾望不斷增長。他想要鉤子、鈴鐺和船員的幸運符。他讓我的手抓住硬幣和鞋釦。每次我把他的小東西拿去換東西吃，他就暴怒。我的外套口袋已經重到會發出聲響了，他還是覺得我們什麼都沒有。

我沿著海灣繼續往南走。一週接著一週，看盡衣衫襤褸的人在淺水處捕魚，黑雨聚成的溪流被暴風吹得蕩漾。如果那天——那應該是一八五六年的春天吧，一艘船頭有條劍魚的全帆裝船停在印第亞諾拉的長碼頭，晃得嘎吱作響——我沒有藉助著燃燒的夕陽光，就爬上那艘船的繩梯，這種日子可能會繼續下去。風變大了，最後一點綠色火光在水波上漸漸收攏。從那時開始，我就懷疑，我之所以會記得這麼清楚，是因為我隱隱知道那是值得記得的事，還是因為中間那幾年的經歷，讓我的記憶多了神的眷顧。

不論是哪一種，看到甲板上空無一人，哈伯又開始糾纏我了。我在一個個小營帳和馬鞍袋裡搜索，想找點東西安撫他。他不想要我起初拿的那個奇怪咖啡杯，也不要一副銀轡頭。不，他要的是一顆玻璃珠，深水藍，上頭畫了一圈又一圈逐漸往外擴散的線條，令人目眩。那是我在一個小包裡拿出來的，我立刻看出那是一隻眼睛，跟我的父親放在他口袋裡的邪眼非常類似。我讓哈伯擁有它。我在甲板上遊蕩。我用水桶的水把水壺裝滿。靠近船尾的地方，放了一個簡陋的穀倉，確定沒有人看到我之後，我躲進去，想著也許可以在裡面待到早上。

當然了，就在那裡——什麼都看不見，撞進一團惡臭與熱氣，陷入毫無道理的恐懼中——我竟然找到了你。

上
MORNING
午

阿馬戈

亞利桑那領地，一八九三年

托比從溪邊跑回來，兩手空空，跟她說他又找到腳印了——這次是在溪邊。

諾拉說：「好啊，帶我去看。」

她騎著馬，跟著么兒走進溪谷。高聳峭壁之間的路徑變窄了，到了一條古老河床的黑色鱗石處又豁然開朗，接著蜿蜒穿過楊樹林，往下走了大約四百公尺，來到溪邊。現在已經看不太出來溪流的模樣，只剩下閃著光澤的九月泥，還有少數幾隻逃過托比毒手的蠑螈尾跡。

他指著他的桶子之前掉落的地方。「那就是腳印。」

諾拉說：「確實是。」

看到他的頭髮又長出來了，她鬆了一口氣。生了三個孩子，當了十七年的媽媽，經驗證明，剃光頭是唯一能成功對抗蝨子的辦法，可是它的效果實在太嚴厲了——托比看起來像某個頑童民兵營的逃兵，被罰要頂著不名譽的標記。要是這次，歷史竟然沒有在他身上重演，讓他一輩子禿頭怎麼辦？他原本就長得一副弱小可憐樣：以七歲來說太瘦了，柔弱、金髮、疑神疑鬼。跟他父親一樣容易胡思亂想。

腳印這件事他深信不疑，無心再擔心其他事，也惹來兩個哥哥的嘲笑。羅伯和多倫都是紮紮實實的大人了，無法容忍一個孩子看見鬼的故事。他們大發好心能夠接受的唯一辦法——「托托，你再說一次那個字，我們就去誘捕牠！」——完全違反托比的意願，因為托比不怎麼想**看到**那隻怪獸；他只是希望其他人相信他真的看到了。上個星期兩個哥哥帶他到弗洛勒斯家棄置的土地，也就是那些腳印第一次出現的地方，要一舉治好他的胡言亂語。（諾拉猜不到他們要用什麼辦法，不過她制止了自己去警告他們要小心他受傷的眼睛。他們都是她的孩子，艾默特的兒子。先不管最近出的事，他們都為人正直、做事謹慎，跟一般人應對懂得分寸，對托比更是特別小心。）不過她還是在前廊等著，一直等到他們在豔紅的暮光中再次出現，兩匹馬拖著長長的影子。多倫粗壯的身影在後面跳動，羅伯在前面幾碼處，十六歲的他看起來像餓了好幾天，她不知道他是怎麼只用一隻手讓前面跟他共騎一副馬鞍的托比坐直的。

她出聲喊：「怎樣樣？你們給那個東西教訓了嗎？」

羅伯把他舉下馬。「那裡什麼也沒有，只有幾隻松雞和一個舊的烏龜殼。我們一致同意，那些東西都不會再來煩托比了。」

托比的嘴角拉出一個淺淺的笑容。這件事似乎就這麼結束了。可是接下來一個又一個早晨，吃早餐時，托比的雙眼都因為沒睡好而發紅。下巴從他的手裡滑出去。他離開雞舍後，地上都是他失手砸碎的蛋。晚上——艾默特在廚房埋頭琢磨他的《前哨報》草稿，羅伯和多倫在樓上睡得不省人事——諾拉把耳朵貼在托比的門上，聽見他的身體在棉被底下不安地翻來翻去。

可想而知，艾默特把兒子的煩惱歸因於「去年的倒楣事」，他們現在提到那件事都這麼說。

托比有什麼不對勁，都可以用那件事來解釋：去年三月，托比從馬背上摔下去，乍看之下跟這些年來托比摔過的十幾次沒什麼不同——因為太平常了，他摔下去時，諾拉甚至沒過去看一下。「我想就算你去了，應該也沒什麼用。」後來艾梅納拉醫師這樣安慰她，並說托比沒失明就是奇蹟了。之後他們就一直在等托比的左眼視力恢復正常，以及消除那次意外的其他後遺症：會讓他反胃的頭痛；會突然劃過視野的閃光；分不清是清醒還是在作夢。

他變得害怕黑暗，也害怕那些從他殘缺的睡眠中，宛如在電擊的裂縫中朝他嘶吼的形體。更糟的是，他把諾拉的溫柔當成憐憫，對此她覺得很不公平——他經常撞到牆，或者沒拿到杯把，這時她就會忍不住想要抓過他小小的頭，用雙手抱住。要是年紀更小一點，不會質疑她，又或者大到能夠理解，托比就可能咬牙忍過這樣的關注。但他正好就處在無法忍受這些行為的年紀。

不過，幸好他現在沒有心思去問她，為什麼她要蹲在他旁邊，好像非常專注聽他說話的樣子。

「你看。」他說，「看到了嗎？」

她看了。熟悉的擾動破壞了河岸：臭鼬和豪豬的路線交錯而過，一條蛇蜿蜒穿過乾河床的壓痕。

「那裡，」托比說，「還有那裡。你看最前面是不是陷下去了？」

他指著一個凹痕，大約有一個小盤子那麼大。他的手指劃過泥巴，只讓那個凹痕看起來像圖畫書裡的一顆心。

「還有嗎？」

他覺得鼠尾草叢有個地方看得出留下一些腳印，還有那條舊獵道上，熱到枯萎的草被壓出了一條線。他一一帶她去看。

托比說：「一定是往那邊走了，走的時候碰到石頭，讓石頭鬆動了。」

「說說看你覺得**牠**是什麼？」

「我覺得一定不小。」為了證明這一點，他示意她去看那棵長在岸邊的茂密朴樹。有一整圈的樹枝都被拔光了。剩下的少數幾顆漿果，一串乾癟的橘色小球，都集中在很後面靠近樹幹的地方。

「看到了嗎？」

「托托，乾旱的時候，只要是生物，看到朴樹果都一定會急著吃掉的。」她有點煩躁了。

「看來嬌西是例外。我不是要她趕快來把剩下的果子摘回去，免得被鳥吃光嗎？」

她上前，摘了一顆果子給托比，不過他只是壓了壓，果皮爆開來，果粒從他的指間流下去。然後他在褲管上擦了擦手。他在生悶氣。

「怎麼了？」

他說：「你以為我是亂說的。你連看都不看。」

「我不是在看了嗎？」

「你那種看法，就是不認為會找到什麼。」

她抓住褲管，擠進樹叢裡，假裝尋找蛛絲馬跡。他們剛來到這裡時，艾默特在溪谷上面蓋了一個簡陋的藏身小屋，不料很快就被羚羊發現了。現在三個孩子還是把這片山坡叫做「羚羊路」，只是那些羚羊早就離開了。這陣子這片坡地上只有一片被曬焦的枯草，之字形的步道沿著紅色崖面一路蜿蜒爬升。這附近唯一有心跳的，或許就只有偶爾從灌木叢間匆匆來去的走鵑。當然現在就有一隻。她的影子一碰到牠，牠就立刻飛走了。

她昏昏沉沉地站在新長的鐵刀木間，還在假裝認真看。太陽曬得她快撐不住了。幾乎忙了一整個上午，她都沒有想到自己很渴。她睡著的時候，發生了神奇的事，讓焦渴變得跟呼吸一樣自然。她的反應慢了下來，身體熱熱的，也高興托比耽擱了她去鎮上的計畫。現在她可以稍微冷靜一點把事情想清楚。艾默特去坎伯蘭取水，已經晚了三天還沒回來，這並不算太不尋常。他最晚應該今晚就回來了，集水桶裡還有一點水，可以撐到那時候。羅伯和多倫兩個人都不在床上，這也不是太罕見。他們時常在黑暗中收拾好自己，沒叫醒她就出門去印刷房了。她一安撫好托比的恐懼，就會帶著他們的午餐騎馬到鎮上去——從容不迫，不走近路。她甚至覺得有勇氣順便去一趟黛絲瑪那裡，去拿早該拿的麋鹿肉排。也許去看一下哈蘭，看看治安官這一天是不是很悠閒。

「托托，上面沒東西。」

「你才爬不到十碼。」

「托比。」他不肯看她。「你覺得我什麼時候可以回頭？等我被蛇咬了？那時候你一個人要怎麼辦？你兩個哥哥都去鎮上了。」她順勢改了攻勢，試著哄他笑。「你要把媽媽扛在肩膀上，自己一個人把我扛到溪谷上面去？」

他的聲音悽慘極了。「好了，媽媽，你快回來吧。」

她繼續爬。偷偷黏上來的刺果讓她的裙襬起了波紋。她爬上縮窄的步道，來到第一個轉彎處，長在路徑上的矮木叢被壓扁了。一隻頗大的棕色蚱蜢從一根枝條跳到另一根枝條，成了遠處的窸窣聲。在她上方大約二十碼的地方，一片片苔蘚在灌木叢間擴散開來。就像他們來到這裡的第一個夏天，她和艾默特在窪地下面一個洞穴裡拉出來的那個女孩屍體一樣，被太陽曬得發光發紅。脆得不得了。她有些肌肉脫了水，外層的皮膚變硬凹陷了。當時就有一片像這樣的橘色苔蘚，蓋在她的頭顱上。看不出來她是怎麼到那裡去的，不過艾默特認為她一定是爬進去納涼，然後一直沒能爬出去。自顧自地笑了一百年，又或者一千年，這個他們就看不出來了。

「托托，什麼都沒有。」

她的兒子在下面，又開始對著河岸皺眉了。「媽媽，你不覺得那看起來，呃，像**偶蹄**嗎？」

「不像。」她看著他。「哪裡像了？」

他聳了聳肩，不過他原本擔心的事終於淡了一點，這是假不了的。他對偶蹄類動物感興趣，就跟其他最近的荒謬行徑一樣，一定都是受到嬌西的影響。嬌西是艾默特的被監護人，也是突然冒出來的遠房親戚。

諾拉說：「豬蹄就是偶蹄，還記得豬蹄長什麼樣子嗎？」

「不太記得了。」

諾拉舉起兩根手指頭。「牠們的腳印像蛾的翅膀。」她爬下來，回到他身邊，他們一起看著紅泥土。「托托，那不是偶蹄，不管嬌西跟你說了什麼。」

「她沒跟我說什麼。」

「她肯定對你的說話技巧沒幫助。」

沿著溪床回去的路上，空桶子一直敲打著他的大腿。他把空下來的那隻手塞在口袋裡，她牽不到。

*

回到溪谷上面，托比停下腳步。「媽媽，那幾隻狗呢？」

她又熱又喘，也不知道狗去哪裡了。不過讓她一整個上午都心不在焉的那種奇怪的感覺，終於被他的問題沖走了。不只是因為兩個兒子已經走了，或者艾默特一直沒回來逼得她必須面對又一天沒水的悲慘生活。不，還有別的原因，在表面之下，又或者在邊緣徘徊，現在她想到了：那幾隻狗。狗不在了——四隻，也可能是五隻，如果那隻多情的老狗調戲完最近吸引牠的某隻母郊狼還活了下來。牠們的叫聲——野蠻發潑，幾乎無時不刻都可能從農場的每個角落傳出來，逼得艾默特老是空口威脅要將牠們處決——隨時陪伴著她，而少了那種聲音，讓四周的寧靜不斷放大，大到草叢的小型音樂會都無法填滿。

諾拉說：「一定是你兩個哥哥帶走了。」

「帶去哪裡？」

她想了一下。「去打獵？」

一整個早上，托比第一次笑了。他說：「媽媽，你真傻。」

他越過她，往家裡走去。那房子抵著山崖，窗戶上映著融化的太陽，而一道黑雲——嬌西正在煎蛋的跡象——從門的每個裂縫滲透出來。最近，諾拉發現自己在想像，要是拉克一家也撐不下去，這地方會變成什麼樣子。屆時羅伯的耐心終於用完，加入往北走的牧牛隊；多倫順利當了學徒——也許，老天憐憫，把他交到善良有耐心的法官手上；而艾默特必將如他所願，放棄辦報，把諾拉、托比和他的老母親趕上馬車，啟程前往某個不知名的營地開始下一次探險——如果到時世界上還有營地這種東西的話。那房子會變得無聲無息。搜刮了最後一塊麵包屑的老鼠，會在屋簷上築窩。響尾蛇會隨之而來。那幾棵胭脂櫟，帶著飢渴的根，會一路往山下蔓延、攀爬，一吋吋越過三角籬，越過艾芙琳的小墓碑，朝著外屋而去。院子會開始衰敗，頑強的雜草會張牙舞爪、糾結成團，長得比諾拉的甘藍菜再生的菜苗還要多。說不定夏末來了一場暴風雨，把穀倉吹毀。也許會有一棵仙人掌，小巧渾圓，開始在樓下某個房間地板上攀爬生長。很快，在某個寧靜的秋夜，這個農場就只剩下一大片斜屋頂，黯淡無光的窗戶會引來孤注一擲的鄰居探看他們的井，就像去年她和艾默特探看弗洛勒斯家一樣。弗洛勒斯一家——羅德里歐和塞爾瑪，還有托比的小朋友薇拉莉——毫無徵兆舉家遷移。他們習慣了放棄，不打一聲招呼就走。

當時看著艾默特站在弗洛勒斯家布滿灰塵的前院，猜測他們的水井已經乾枯多久了，這樣就夠糟了——結果他們又犯了更大的錯，進屋裡去面對一連串讓人感傷的畫面。床鋪得整整齊齊。一盒盒的舊卡片和信件還放在抽屜裡。前門邊放了一些照片，顯然曾考慮過帶走，但太不重要或太重了，臨時被丟棄在前廊。那間屋子裡的寂靜壓在諾拉和艾默特心上，陪著他們忙完了晚上的家事，跟著他們上了床，兩人帶著不像他們的熱切迎向彼此。幾個鐘頭後，儘管累極了，諾拉還是睡不著，看著艾默特掀開凌亂的毯子起身，靠穩了窗臺，向高懸在床頭板上方的窗沿伸長了手。

「你怎麼了？」

艾默特說：「等一下你就知道了。」他還光著身子，有點喘。他鬆開一根釘子，開始在木頭上刮刮寫寫。

「你在寫什麼？」

他露出一個叫她意外的笑容，讓他的眼神瞬間少了十歲。「艾默特、諾拉和三個兒子曾住在這裡，一家和樂。」

「那艾芙琳呢？」她想這麼問——當然了，艾芙琳已經在她的耳邊輕聲說：**就是說啊！那我呢？**她的語氣與其說是受傷，不如說是不敢相信，很適合一個十七歲的女孩子——正是在諾拉的想像中，她該有的年紀。十七歲，不敢置信地問一個不能說不合理的問題：那她呢？她不是也曾經住在這裡嗎？她不是一直繼續住在這裡，堅持活在諾拉的想像裡嗎？如果她是個真正的幽靈，而不只是出現在想像中的他們早逝的孩子，那麼現在艾默特似乎正在計畫中的搬遷，是不是就不會把她留在這裡，陷入無法想像的極度孤單中？

過去這一年，這個想法在諾拉的心裡滋長，不知怎麼地就滲透進他們之間，像木條中間的冰。或許，如果那天晚上她對艾默特說出口，就不會有這種事了。可是不知情的艾默特顯得那麼幸福，刻那些字刻得那麼高興，那麼開心，讓諾拉不忍心用這種問題來刺激他。所以她只是把被子拉到下巴處。「你真的很會胡說八道，拉克先生。」

他說：「我覺得這是很美好的事實。我們應該更常提醒自己這一點。」

如此惆悵，實在太不像他了。除了取笑他，沒別的辦法了。「我確定你根本什麼都沒寫，拉克先生。」

「我當然寫了。」

「哎，你要是真的寫了，我敢說你只是寫『在這間屋子裡，艾默特．拉克忍受了他妻子的許多胡言亂語，上帝保佑他。』」

「如果你不相信我，來，你自己看。」她讓他扶著她起來，但即使是墊著腳尖，她的視線也搆不到窗沿。她不依不饒地取笑他。中間這幾個月，每當他們發生爭執，或者他像這樣消失，她就越來越相信他根本沒在那裡寫任何字。

這是什麼話——「艾默特、諾拉和三個兒子曾住在這裡，一家和樂。」是啦，住過這裡，這一點無法否認。但她懷疑他們之中有人能站在天庭之門前方，毫不心虛地宣稱自己很快樂。

當然，托比除外。某個地方越奇怪、越不宜居，他似乎越快樂。他正在前院，歡快地揮著手叫她。

他大喊：「你看！奶奶又跑出來了！」

艾默特的媽媽，哈莉葉特太太，正坐在前廊，斜著臉朝向太陽。她的輪椅——比領地還要老，是艾梅納拉醫師很久以前借他們的，久到諾拉覺得這應該算是他們的了——已經嚴重解體，慘不忍睹。椅背的藤條往四面八方散開。要是推輪椅的人刺到手，一定立即見血。生鏽的大前輪讓整組交通工具像淋了雨、倖存而狼狽的法老軍隊。它目前的駕馭者——今年六十歲，也許再多一點，還是跟她當初從堪薩斯來跟他們同住時一樣凶悍——因為中風無法行動兩年了。雖然沒有失去胃口和嫌惡，卻失去說出口的能力。

托比小心將老婦人送回廚房，嬌西正在廚房裡戳著煎鍋裡的碎玉米餅，場面混亂一如往常：焦黑的蛋與濃煙；大開的烤箱給廚房吐出更多熱氣。發酵了一夜的兩團麵包，冒出了鍋子，像舞廳裡靠在欄杆上的女孩子。看到麵包，一股驚慌在諾拉體內流竄。昨晚她在極度的樂觀中攪拌了麵團，同時側耳傾聽，期待車道上響起艾默特的車輪聲——她還指望有了水就能做很多事，可以喝一大口水，洗衣服，說不定還能洗個澡——而現實是：兩團膨脹的失誤，讓全家離水桶見底又更近了不只一杯，而是兩杯。

早上還不到七點，她已經對著嬌西大吼了。

「我不是叫你要把麵包烤起來嗎？」女孩迅速把兩個鍋子丟進烤箱裡，把門踢上，一氣呵成。「還有我不是說過絕不能把哈莉葉特太太留在陽臺上嗎？這裡的太陽是會曬死人的。」

嬌西一臉驚愕。「我從來沒把她丟在那裡，太太。她一定是又逃出去了。」

「該死的，不要說謊。」

「她一直跑出去，媽媽。」托比插嘴。「沒人注意的時候她就跑了，不知道她是怎麼辦到的。」

「托比，謊言會割破天堂的布，讓小天使都掉下去。」

「說『該死』也是。」

「你看。」她婆婆臉上的皺紋周圍開始發亮了。「她曬到太陽了。」

嬌西趕過去擦老太太的眉頭。「要給她喝點水嗎？」

「不給也不行啊。」

「你不可以一直從我身邊逃走，哈莉葉特太太。」她面露焦急卻一本正經地說。「你這樣會給我惹麻煩的。」

她心軟地舀出來的那一點水，並沒有讓桶裡的水量明顯減少——還夠淹過杓底，應該夠每個人都喝一點水，也許連諾拉自己也能喝一點。

「泉水房那裡還有多少水？」

「我不太知道，太太。」

「那就別再給她水了，等你弄清楚了再說！」

嬌西匆匆戴上帽子。她「真的太抱歉了，太太」——她總是那麼抱歉，總是有數不清的罪過要抱歉。嬌西的淡褐色眼睛和寬額頭，都是艾默特的遠房蘇格蘭親戚的特徵。她的臉頰和喉嚨布滿雀斑，一曬到太陽就立刻泛紅，令人不忍卒睹。她一受到壓力，鼻梁就會出現一道三角溝紋，諾拉開始同情起這些時常上工的線條了。倒不如留著，在她沒被責罵時再冒出來。

嬌西在走廊上經過托比，伸手摸了摸他的小平頭。他抓住她，用自以為是悄悄話的聲音說：「媽媽不認為那些腳印是偶蹄。她根本不認為那些是腳印。」

嬌西對著他彎下腰來。她的連衣裙後面多了幾條彎彎曲曲的線條——是身為凡人的希罕跡象，嬌西流汗了。畢竟她是女人。她說：「那**你**覺得是什麼？」她也自以為壓低了聲音。她以為諾拉看不到托比的肩膀微微聳了一下，也看不到嬌西的頭髮碰到了他剛長出短毛的小額頭。

托比說：「是腳印。」

「你說是，那就是了。我們的心看到的，往往比我們用眼睛看到的更真實。」

丟下這句頗負深意的話，嬌西就走了。片刻之後，她那頂誇張的帽子，裝飾著幾朵張揚的麻布太陽花，從窗邊搖搖晃晃經過時，那誘惑強烈到幾乎讓人忍不住。只要遮陽板用力一開，就能把它打掉。可是到時戴帽子的人也可能跌倒，又或者，依諾拉的運氣來看，昏倒都有可能。然後這一天就會浪費了：混亂、責備、浪費水給她清理乾淨，浪費好幾個鐘頭去找醫師，浪費一些眼淚滴在那蒼白的額頭上。難道他們昨晚還不夠慘嗎？

諾拉重新思索。家裡還剩下兩杯，也許兩杯半的水。去鎮上至少裝一袋水回來，再用集水桶裡的水煮一些，應該可以讓水桶幾乎半滿。他們也曾經用更少的水度過一整天。目前，她自己只需要繼續抗拒渴的感覺——不看別人喝水，這個任務就更容易。

這時，好死不死，托比皺著眉過來了。「我好渴。」

「要喝水嗎？」

「不了，媽媽，我知道你很擔心。」

「還有一點點咖啡。」

他扮了個鬼臉。「那已經放兩天了！」

不過他還是墊起腳尖，往咖啡壺裡看了一眼。

「托托，腳印的事，還有問題嗎？」

「沒有。」

「托比。」

「哎，爸就會相信我。」

對此，她毫不懷疑。「那等他回來你再帶他去看？」

「多倫說他不會回來了。」

他把咖啡壺蓋回去，開始用拇指把玉米餅掰開，一片自己吃，一片給奶奶。諾拉從前一天晚上到現在醞釀出來的一點點寬容都消失了。不管她怎麼軟硬兼施，兩個哥哥都學不會不在托比面前亂講話。什麼事情都瞞不了他。他總是在聽，總是在思索——尤其是看似心有旁騖時。她小心翼翼選擇用字，跟他們說，他是個觀察敏銳的孩子——**觀察敏銳**。是的，比他們任何人都觀察敏銳：勝過爸爸，勝過嬌西。甚至勝過多倫，這個自認為目光如炬足以成為典範的孩子，聲稱自己具有希臘詩人的洞察力，可以察覺全郡大小事，也樂於一一道來。好啦，這就是他們持續低估小弟的後果：他聽到了昨晚的騷動。那騷動讓他害怕，自然其他所有讓他害怕的事，偶蹄動物，以及所有他們想出來的魔鬼，都重新浮上了檯面。

「拉克太太！」她想得太入神了，幾乎沒注意到嬌西的帽子回來得太早了。那帽子又一次經過窗戶，很快又出現在門口，而帽子底下，嬌西一臉慌亂。「拉克太太，有東西闖進泉水房了！」

*

「那裡。」嬌西拉了拉她的手臂。「看到了嗎？」

泉水房隱身在院子另一頭低矮的胭脂櫟林裡，枝葉太茂密了，什麼都看不到，只露出一小片光影點點的錫片，諾拉猜那應該是屋頂，還有一片薄薄的門，門的鉸鏈有點開了，先是晃向這邊，然後又晃向那邊，回撞門柱時發出微弱的噹啷聲。

「那是什麼？」

「我不知道，太太，有東西卡住門了。」

「不知道是人還是」——她停了好久才鬆口——「動物？」

但已經來不及了。托比說：「怪獸。」他安安分分地待在嬌西的懷裡，整個人更像是廉價小說裡受了驚的頑皮孩子，而不是真正的小孩。這一點讓諾拉的不安進一步成了不快。

她說：「你們兩個連成一氣，我們簡直像是住在月球上了。」

她一把抓過廚房門後面的獵槍，跨過院子。太陽曬得她睜不開眼睛。兩道折磨人的汗水，開始順著她的肋骨往下滑。她可以清楚分別感覺到那兩條汗水，還明顯聞得到她自己的味道，多此一舉地提醒她，他們家有多久沒洗衣服了。

泉水房是很早期蓋的粗糙建築，無從改進了：一個土磚蓋的半圓頂，屋頂塌了好幾次，最後艾默特終於做了這片大小不太合的錫片，完全毀了原來蓋成半圓頂的用意。她繞過菜園看到門，門確實是開的。門的側柱上有東西。她看不太出來是什麼。不過從這裡看起來，像一隻靴子。

「有人嗎？」她拉開獵槍的擊錘。「放下武器，慢慢出來。」

當然，那會是個男人。擅自入侵的從來就是男人。女人——即使是印第安女人——都非常善良，會走前門。另一方面，那些無賴，總是用讓人驚嚇的方式闖進來：睡在穀倉閣樓，或抱著一堆蛋衝進樹林，又或者——這發生過一次——對著一頭諾拉的羊大吼大叫。一次又一次，她設法讓自己保持聲音平穩，對準目標，同時心裡很清楚不是這些流浪漢怕她，其實她更怕他們——而羅伯唯一遇到這類遊民的那一次，更凸顯這一點。一名矮小的男人，鬍子髒到幾乎呈綠色，從殘破的雞舍冒出來，用一雙陰鬱、無神的眼睛瞪著諾拉，然後往前走，彷彿她指著他的獵槍只是一束花。不過這時羅伯從她後面某處衝出來，大吼一聲，那醜惡的小混蛋立刻偃旗息鼓了。她沒看過這麼小的人步伐這麼大。

然而，這次畢竟不一樣。羅伯不在。他在鎮上。他不會突然及時出現來逼退這名王八蛋。現在只有她自己，還有槍——她希望自她上次檢查過後，沒有人把子彈拿出來——以及踢了泉水房的那隻鞋子的主人。

她再試一次。「這裡沒什麼東西好搶的。」她接著說，「只要你出來，我可以弄點東西給你吃。」

這句緩兵之計會讓黛絲瑪發笑。鎮上有傳聞說，某個炎熱的午後，一名灰頭土臉的壞人從平原那邊踉蹌走過來，讓正在洗衣服的黛絲瑪嚇了一跳。那名無賴的關節成球形，瘦得不得了，而且看起來不管在沙漠裡遇到了什麼事，都是他自己活該。所以當他跪在黛絲瑪面前，求她給他一點水喝時，黛絲瑪只說：「等一下。沒看到我正在忙嗎？先生，你等我把手邊的事情做完，再跟我說話。」然後她繼續對著洗衣板甩打床單，結果那名無賴往前一倒，死了。事後，她只是這麼說：「我無意害死他，可是我只剩那點水可以把衣服洗完，而他看起來真的不像那種值得浪費一點水的人。」

但即使是承諾給他食物，也沒讓這名神秘的入侵者從泉水房的門出來。好幾分鐘過去了。諾拉遮著眼睛上方，回頭看向前廊。嬌西仍然將她的兒子抱在陰影裡。

除了上前，也不能怎麼辦了。往前走幾步，就看到了那個東西：原來不是靴子，而是某種皮帶，磨損得很厲害，只是看起來並沒什麼特別，而且斜斜地卡著，以致於它的扣環反射了陽光。她用腳輕推一下門，一片三角形的陽光緩緩蔓延過泉水房的地上。她環顧這個地方不足為奇的混亂狀態——吊掛的香腸永遠緩慢地旋轉，錫罐頭塞在後排架子上，抽動的塵埃終於聚合成蒼蠅——有那麼片刻，一切似乎都很正常。然後一股威士忌的酸味和腐敗味猛然襲來，她看到了：夜裡某個時間，最靠近門的那個架子被動過了，一堆瓶瓶罐罐倒在地上毀損了。

她還沒看到集水桶，就看到蓋子，所以不用看她就知道，桶子倒了。

桶子前躺著一隻乾掉的小鳥屍體。

艾芙琳說，**媽媽，你看，水沒了**。

＊

他們兩個沒想到她會突然衝出泉水房，但還是躲開了。諾拉只來得及拉了一下托比的衣襬，他就跳開來，慌慌張張爬上前廊。

她說：「過來。」

「媽媽，我看不到。」他站在上頭，責備地瞪著她。他受傷的那隻眼睛像罐子裡的蛾不斷振動。似乎只有為了嚴重錯誤向他問責時，那隻眼睛才會這樣。

「門栓沒拴好。昨晚不是你去鎖門的嗎？」

他搖頭。「是嬌西去的。」

但是嬌西也已經躲遠了。「我拴上了，太太。」她從院子另一頭喊，「我確定拴上了。」

當然了。昨天晚上，多倫在晚餐時激動地鬧了一場後，是叫嬌西去拿威士忌的。那麼奇怪、可怕的狀況，本來是不該發生的，要是他不一直把他爸爸的事怪在諾拉身上——要是他沒有一直哀嘆爸爸離開太久了，說諾拉更介意沒水，而鎮上的人說爸爸和桑切茲家的男孩子怎麼樣，還有可疑的馬車，還有一堆了無新意的胡言亂語，她卻不生氣，說到後來，他開始大吼大叫。他罵了諾拉什麼？視而不見，有勇無謀。「看來你學了一些新成語。」諾拉反擊，很高興自己反應這麼快，至少，那一時半刻她很得意。「視而不見，有勇無謀。」多倫又這樣罵了她一次，然後一拳撞破門。這實在太荒謬了，要不是已經在笑了，她一定會笑的。但話說回來，他那一拳下去，關節骨頭都露出來了，而整個家也在他的怒氣發洩完畢後陷入遲鈍的靜默。她想不理會多倫，讓他自作自受，或許能有殺雞儆猴的效果。可是她的同情心還是占了上風。畢竟，這是多倫。他這樣胡鬧一場，他自己應該比別人更震驚。被突然湧上的迷惘和大量的血嚇到了。於是嬌西去拿威士忌，那天晚上剩下的時間就是藉著燭光縫傷口。

或許嬌西本來就脆弱的判斷力，難免在一片混亂中又消失了一部分。可是嬌西堅決否認。她鎖好門了，太太。去年那頭熊跑進去，讓她牢牢學了教訓，她不會再憑感覺以為每扇門窗都關得緊緊的。現在她都很仔細確定鎖好門窗。她清楚記得螺栓抵著手指的感覺。對，沒錯，她記得。在泉水房凝滯的空氣裡，她舉起拳頭，彷彿那裡還握有可能證明她無罪的證據。

諾拉將她往集水桶推了一下。「那怎麼會這樣？」

「願上帝保佑我們，拉克太太。」

「我們現在更需要祂的保佑了，嬌西，因為看來我們幾乎沒能力保護我們自己。」

她可以清清楚楚想見那個畫面：沒關好的門整夜嘎嘎響，誘惑那幾隻本來就一直在附近刺探、搜尋的狗，用鼻子把門推開，奔向集水桶，想喝到水——就跟這場乾旱裡的所有生命一樣——然後又逃到某個地方，在那裡等待主人的懲罰。

「真是的，嬌西，簡直是一團糟。」

「我真的鎖了！」

「不要說謊。」

「真的，太太，我確定我鎖好門了。」

「那你解釋一下這個。是那些狗一隻疊著一隻，像馬戲團一樣，把門栓打開了？還是我自己夢遊來開門了？」

「我真的不知道，太太。」

「說不定是你那個『迷路的男人』把門打開，故意要整你。」

這句話還沒說出口，她就感覺提起這個幽靈很殘忍了。可是來不及了。她自食其果，必須看著嬌西的臉痛苦扭曲。「對不起，太太，可是拿其他生命來譏笑是不對的。」

一股不安的寂靜蔓延開來。「我只是想說，這不是天意，嬌西。有人沒把門關好。」

托比蹲在死鳥前——可能是茶隼，或是某種比較弱的猛禽——靠得很近，近到鼻子隨時都可能碰到它枯癟的頭。

「離那東西遠一點。」

「媽媽，你不覺得這可能是某種預兆嗎？」

「當然是——我們的日子會越來越不好過了。」她的頭髮裡有一片什麼東西，就在她的後頸上面一點點，她抓了幾下，抓到指甲變成粉紅色。「那些是我們最後一點水了，嬌西，你明白嗎？」

終於，嬌西明白了。她把兩隻手壓在額頭上，你就知道她頓悟了。「全能的神啊，拉克太太——水！我真是太抱歉了。」

接著她開始了一段長篇大論，諾拉沒聽進去多少。她正喪氣地想著廚房裡快喝完的那桶水。她的內心深處也突然想到她的母親，想到艾蓮．法蘭西絲．沃爾克精力充沛痛打女僕的情景。把這些年輕女孩壓在腿上痛打一頓，能帶給母親何種安慰，這一點一直讓諾拉疑惑——直到現在。現在，她完全理解，當那些女孩子光溜溜的臀部和自己的手都變得紅腫發熱時，她母親的憤怒——一種扭曲、刺痛、令人喘不過氣來的情緒，是她的母系萊禮家那邊的女人天生具有的東西——一定也紓解了一點。諾拉可以清楚想見自己正在對抗那股衝動。但她也清楚記得，親眼看到那種處罰，她感覺自己既害怕行刑者，也同情犯錯者，於是一張臉抽搐扭曲，成了分不清是哭是笑還是敬畏的滑稽表情。那種事不可能發生在這裡——托比就在旁邊，假裝研究地面，但其實一直仔細聽著嬌西的每一句申辯。她的長篇大論似乎緩下來了，謝天謝地，因為嬌西說到最後，似乎更撇不清了。「我的意思是，太太，我無法想像我怎麼會沒把門關好，因為我記得我的手放在門栓上。真的，可是——如果我真的沒把門關好，太太，如果真的有那種事，那我真的**太**抱歉了。我想你會跟我說我應該出去確認一下，是沒錯，可是我那時沒想到。就算我想到了，呃，我想你也不會讓我去的，太太。」

不讓她去？諾拉沒聽懂。「為什麼我會不讓你去？」

「呃，天已經黑了。」

「然後呢？」她回頭看一眼房子。頂多三十碼。又不是巴拿馬運河。她轉頭，剛好看到她的么兒跟她的受監護人交換的心虛眼神像慧星尾巴一樣正在分解。「為什麼我不會讓你去，嬌西？」

嬌西說：「呃，太太，因為那隻怪獸。」

＊

諾拉發現自己站在車道盡頭，回頭看向空蕩蕩的路。自從弗洛勒斯一家人搬走，讓拉克家再度成為數哩內最北邊的住家之後，她很無奈地又重拾了這個舊習慣。這裡是書頁空白之前最後一個已知的點。然後她讓老比爾左轉，沿著峽谷大道往鎮上騎去。剛入秋，整個山谷把自己的死亡妝點得燦爛奪目。一片炸開的豔黃像信號火光一樣佇立在枯水的溪流上，至少，棉楊木在那裡找到了水。

托比發誓會在她回來前把泉水房整理好，諾拉就這樣出門了。現在這樣就夠了——進一步的懲罰就交給艾默特吧，他總是有辦法用一記重擊表達他的失望。諾拉不會插手。她已經因為那個迷路的男人罵嬌西太多次了——只是不管是現在還是以後，誰也不能逼她為此向嬌西賠罪，不管那幾個男孩子是怎麼想的。最近出現在嬌西身邊的幽靈，迷路的男人，自然也是最討厭的。幾個星期前，他在山脊上以一團纏繞不去的虛紅現身，逼近嬌西，讓她再也摘不了這一季最後一點松子。她全身發抖，對著整個廚房大聲說：「我嚇得立刻就跑回家了。可是我不確定他有沒有跟著我。」

一向第一個相信她的多倫，立刻跳起來，誇張地往門外看。「他想傷害你嗎？」

嬌西已經跌坐在一張椅子上，並伸手接過羅伯遞給她的一杯水——一杯多得有點不必要的水。「沒有。可是他讓我覺得很難過。他完全不知道自己在哪裡。」

浪費了一整個下午，進行了冗長乏味的詰問，結果發現嬌西根本不知道迷路的男人目前的狀況或意圖，也不清楚他是怎麼死的。她只知道他還沒有永遠離開。一連好幾天只講這件事，並沒有讓她做好再見到他的準備。那時她正在他們的土地最上面那片濃密的樹叢裡清理蛇窩，他就這麼剛好出現，把她嚇了一大跳。嬌西感覺到他來了時，刀子剛揮出去。那把大砍刀掉進灌木叢裡，嬌西也跟著跌出去，臉朝向矮樹叢，迫不及待撞上去。諾拉瞭解這種上不了檯面的事——她親眼見過一次還是兩次，通常是在派對上，當聚會的人醉到想找點樂子、不在意胡鬧時，就會慫恿嬌西越過陰陽界去找他們死去的親人——用大量歌唱和喃喃低語來招魂。可是牽手這部分諾拉就想不通了——嬌西自己一個人時，她要牽誰的手？

諾拉說：「也許我們可以跟你去，圍成一個圓圈，站一個早上和中午，說不定你可以感應到他想要什麼。」

由於這句話讓在場的每一個男人都忿忿不平地瞪她一眼，諾拉就把更進一步的建議都往肚子裡吞了。不管怎麼樣，在那之後迷路的男人沒有再回來。

一個星期後，諾拉上床時，這樣下了結論：「下次讓她做點比縫縫補補更辛苦的工作，他一定就立刻出現了。」

艾默特搖了搖頭。「我覺得很神奇，你可以對雷．魯易茲的尋水術深信不疑，卻對可憐的嬌西那麼不以為然。」

這種比較太荒謬了。雷．魯易茲把探測水源變成了科學。也許他的工具粗糙了一點，但撇開柳枝不談，他比遠方聚集的烏雲還要可靠。無數人的生計都要歸功於他判別跡象的能力。

而另一方面，嬌西天生詭計多端。她是艾默特的遠房親戚瑪莎和催眠師金凱德牧師的女兒，而他後來再娶的五名妻子，嬌西一樣叫她們「媽媽」。據諾拉瞭解，嬌西是那個疑似女巫家族中唯一一個孩子，也是牧師獨特天賦的唯一繼承人。這些低調、神秘的人，在莫特街一間陰暗的屋子裡向笨蛋敲詐錢財。然而他們空有一身招魂、解牌、占卜的本領，卻沒能準確預測到斑疹傷寒的大流行，導致他們在幾天內全軍覆沒，這時嬌西才十三歲。遺世獨立的嬌西，發現自己成了一間破舊市宅的保管人，也連帶承接它所有的債務。她不肯出門。有幾年日子很難過，她靠郵件來占卜，也因此跟舊金山一個叫喬治．A．漢彌爾的人開始通信。就這麼魚雁往返，友誼很快昇華為互定終生。可是他自詡為紳士，堅持雙方的結合必須有適當的第三方來監督，也就是克拉弗小姐主持的「心手相連俱樂部」，這個俱樂部專為大西洋岸地區的新娘和高貴的西部男人牽線。不知怎麼地，接下來一些必要的安排花掉了嬌西剩下的遺產，結果那些錢就跟著克拉弗小姐及喬治．A．漢彌爾先生消失了，心手相連俱樂部也不留下一絲痕跡，而此時嬌西正在夏安西方一輛火車上寫詩讚頌風景。

這些事，艾默特的姊姊蘭諾都寫在一封長信裡，而艾默特去普雷斯科特車站接嬌西回家的那天，把信帶回了拉克家。蘭諾在保德里弗養牛和八個孩子，她對嬌西的耐心已經用完了。用她的話來說，那個女孩子「很溫柔」。可是蘭諾的丈夫在傳福音，他認為不該容忍有人在他的屋簷下跟幽靈交流。一個悲慘的冬天就讓他失去超過半數的牛隻，絕對是上帝顯靈的徵兆，也正是他需要的。嬌西必須換個地方住了。

諾拉從寫滿蘭諾潦草字跡、捏得皺巴巴的六張信紙裡抬起頭來，看到艾默特怯生生地對著她笑。他拍打著帽子，輕聲說：「我們不太能拒絕多一個幫手。而且，我想，呃，我想你可能會喜歡屋子裡有女孩子在。」

艾芙琳對著她的耳朵氣呼呼地說，**這屋子裡已經有一個女孩子了**。

嬌西．金凱德在走廊上徘徊，像個微不足道的悲哀夢境，帽子和旅行袋壓得她更顯矮小，一張憔悴的臉，讓她成功看起來既焦慮又知足。

看到她，諾拉只覺得害怕。可是艾默特已經抓住她不作聲的機會了。「至少我們讓她不用去當妓女。要是她真的去了舊金山，豈不是一定會淪落到那裡去？」

「你對落魄的人總是那麼心軟。」

嬌西的缺點立刻顯現了。跟蘭諾在懷俄明州住了六個月，沒能讓她適應鄉下生活。她睡得淺，吃得少，時常昏倒。尋常的農場用具她也不會用。連鐵鎚都會用錯邊。她討厭殺生，尤其是老鼠。晚上，多倫會跟她一起去田裡抓老鼠，抓了又放。當初多倫一看到她，就認為兩人注定要相愛，於是立刻成為天底下最博學多聞又最慈悲的捕鼠人。她相信鳥類具有預言能力，讓托比立刻跟她親近起來，喜歡當她的小跟班，彷彿她剛從某本故事書裡走出來。嬌西滿腦子想的，都是各種藥劑、東方法術、玄妙概念、離奇自然史——尤其是跟科普和馬什[1]挖出來的超大蜥蜴有關的細節——這些事情她不厭其煩一說再說，讓一家人到阿馬戈的路程不堪其擾。

不過這個女孩子也不是完全沒用。至少，她會跟奶奶說話。不是一般人跟病人說話的樣子——諾拉活到現在，發現大部分人跟病人說話，就像跟狗說話一樣——而是真的對話：溫和的語句，停下來聽她想像中奶奶的回答。他們會繞過轉角，就看到嬌西和奶奶在廚房裡，四目相接，進行神秘而無聲的交流。之後，嬌西可能會說：「哈莉葉特太太不喜歡今年的菜園。她說全世界下的雨都不夠挽救那些甘藍菜。」不管諾拉再怎麼不滿，坐在戰車椅上的老太太似乎顯得更得意、更清醒一點。這是嬌西住在這裡唯一且不容否認的益處：她讓老太太的齒輪繼續運轉。

不過，鑑於奶奶的年紀，諾拉開始懷疑，這是一份與嬌西的基本能力結合的禮物：跟死者溝通。

嬌西稱之為「其他生命」的死者，顯然無所不在。在鎮上、路上、教堂裡，他們隨時向她現身。驟然向她傾吐心聲，讓她難以忍受。她可能正在馬車上，悠然自得，突然就難過得不得了，趴下身子，喃喃地說：「我覺得有個寂寞的女孩子來了。」然後不幸剛好跟她在一起的那個人，就不得不待在那裡，讓嬌西集中心力去尋找那個漂泊的靈魂，有時一找就是好幾個鐘頭。

---

1 科普全名為 Othniel Charles Marsh，馬什全名為 Edward Drinker Cope，兩位皆是十九世紀美國古生物學家。兩人為了爭奪在古生物學界上的霸權地位，分別運用影響力和雄厚資金，在美國西部科羅拉多、內布拉斯加州、懷俄明州等地積極挖掘恐龍化石，引發了一場古生物學界史上著名的骨頭之戰（Bone Wars）。（編按）

再加上這類亡者的數量，似乎只比想跟他們交流的在世親友的人數少一點點，這種討厭的離奇狀態就更討厭了。女孩一來，拉克家有人會通靈的傳言，就在鎮上傳得甚囂塵上。讓諾拉生氣的是，他們家門口開始出現訪客，帶著派、甜麵包和其他敦親睦鄰的東西來。這些人來了就好幾個鐘頭不走，小心翼翼地把話題引向目的——這屋子的女主人有沒有可能接受，啊，她能不能好心考慮一下，請嬌西把某人很久以前過世的哥哥、媽媽或朋友叫出來？

「不能在這間屋子裡。」這是諾拉一貫的立場。

可是艾默特很大方。艾默特很好奇，因此他決心要讓女孩發揮她的天賦。他跟諾拉說：「帕洛瑪之家主動說要辦一場招魂會。」

「莫斯．萊利是中了什麼邪，會想做這種事？」

「我相信他有些話想跟他一個表哥說，莫斯欠他的錢還沒還他就過世了。而且他非常需要做生意。」

「我不確定讓一堆想像中的鬼魂擠在他的客廳，會讓人潮回到阿馬戈。」

但莫斯．萊利真的讓一堆想像中的鬼魂擠在他的客廳了：先是在四月，然後六月又辦了一次。很快，艾默特就發現自己每隔兩週的週四就要陪嬌西到鎮上去主持一場招魂會。當燈光調暗，窗簾拉上，他會坐在客廳牆邊，看著艾什瑞弗的名人一身透著鬼魅感的夜宴打扮，那一張張映著燭光的臉：新市長的新老婆、教師，甚至是某個家畜協會大老的女兒。他們大老遠回到阿馬戈，在殘敗的帕洛瑪之家旅館裡緊張地任人擺布，求個心安。一個接著一個，對嬌西傾吐他們的惆悵。市長的太太小時候失去了一個姊姊。她很想解釋，那些姊妹之間每天都會互相使的小奸小惡，她都不是故意的，她也一直認為她會一輩子為此贖罪。傑克．透納想找一名蓋茨堡的同袍；他想懺悔，雖然他答應要將死去士兵的日記還給傷心的母親，但他沒能辦到，只寄了一封信去，現在非常後悔犯了這個錯，但他已經年歲太大，不能遠行了。諸如此類的故事不勝枚舉。

比這些懺悔細節更吸引艾默特的，是嬌西偶爾會說出一些非常私密的事，卻驚人準確：親密的童年、臨終前的告白。還有，有時她正沉浸在她看到的情景中時，室內會突然響起莫名其妙的敲擊聲。艾默特並不太想承認，他抱著懷疑的好奇心觀察這整件事——不是確認嬌西確實有點本事，就是揭露她用什麼方法耍花招——結果他很意外地發現，過了半年，他還是沒有定論。

諾拉跟黛絲瑪．魯易茲抱怨這件事時說：「艾默特把自己當塞伯特[2]的一員，想揪出嬌西的狐狸尾巴，逼她承認自己使了詐，然後在《前哨報》上發表一篇完整的報導。」她放下手上那杯茶。「結果現在呢，他只差沒宣稱她是聖人了。」

如果有人比諾拉更藐視招魂術，那就是黛絲瑪了。

「要我去掂掂這個女孩子的斤兩嗎？下週四我可以去一趟阿馬戈，說要找我死去的丈夫。我就問她：你有沒有看到一個矮矮的、留著鬍子的懶鬼，穿著偷來的襯衫，腦袋上卡了一顆賭鬼送他的子彈？叫他跟你說，他把從我這裡偷走的錢藏到哪裡了？」

2 譯注：Seybert Commission，曾設於賓夕法尼亞大學下的組織，專門揭發靈媒詐騙事件。

她說的是第一任丈夫羅柏．葛利斯；她的現任丈夫，雷，一個總是面帶微笑的大個子，還活得好好的——至少目前還活得好好的——此刻就站在她後面。

雷說：「要是她真的把那個王八蛋叫出來，一定要問他，他那裡是不是夠熱了。」

黛絲瑪不耐煩地說：「雷。」

他的手隱沒在她的捲髮裡。「死人才聽不到我說話呢，黛絲瑪。如果聽得到，那正好——他們就會很清楚自己跟什麼樣的人在一起。羅柏．葛利斯就是個王八蛋。」

一週接著一週，艾默特和嬌西並肩坐在平板馬車上，叩叩叩地往鎮上去；他故作正經，但掩不住興奮；她戴著軟緞面紗，宛如戲劇裡的傷心寡婦，手裡抓著放在黑絲絨盒子裡的乩板。

追尋亡者的人來了又走，人群漸稀，到最後只剩下罪孽最深重的。而從頭到尾，《前哨報》對這整齣荒謬默劇沒有提到隻字片語，不論褒貶。

然後到了四月，正如老醫師說的，雷醒來的時候死了。

艾梅納拉醫師說雷的心臟直接停了。大家都很意外，但其實也不該意外：雷長得高，高到在郡裡進任何門都得彎腰，高到可以把困在樹上的孩子撈下來。邁爾斯牧師板著一張臉，容忍著嬌西帶來的騷動，趁著為雷送葬的機會，指出出席這個場合的人——「將一個極其優秀的人，社會的棟樑，世界上最好的墨西哥人，送到上帝身邊」——比這幾個月來任何一個週四出現在帕洛瑪之家的人還少。

後來諾拉跟艾默特說：「我希望你對自己很滿意。你成功慫恿嬌西搶了教會的風頭。」

「我想不出有更好的方式向雷致敬。他會喜歡招魂會勝過教會儀式。」

「你怎麼能讓我們跟騙子扯上關係？」

「親愛的，不管嬌西的本事是真的還是假的，她都是真心相信這件事的。她不認為她是在騙人。她絕對無意要害人。」

「跟別人說她可以跟他們死去的親友說話就是很大的傷害了。」

他雙臂交握。「你不是也跟艾芙琳說話嗎？」

她沒有想到她會感覺那麼受傷——不過話說回來，她也沒有想到他會這麼高興能看穿她。他之所以會知道她跟死去的女兒偷偷交流，是因為很久以前的某個晚上，艾默特從鎮上回來，由於喝了耶誕節調酒，感情脆弱，她以為不管她說了什麼，他都不會記得，於是就在即將睡著之際，在焦躁不安的心情下跟他坦白了。「她才剛剛會笑。」那時他出乎意料地掉了眼淚，低聲說：「我好想念她。」那時她覺得很安全，甚至很有必要，跟他說那個笑聲已經隨著她想像中仍在屋裡徘徊的女孩子而長大、改變了。

他竟然還記得，而且還能夠為了嬌西，狠下心來在這個時候拿來打她的臉，這讓她像是被澆了一頭冷雨。

她好不容易開口：「那是兩回事。」

＊

爬出山谷，到了最後一段硬磐地時，路上還是沒有其他人。她把馬趕到科提茲水塘邊緣。那是個帶點鹹味的水池，現在幾乎沒水了，幾隻滯留此地的青蛙趁機入住，此刻正從泥濘中抬頭看著她。某一年的夏天，乾旱幾乎就像這次這麼嚴重，諾拉就帶了這種褐色的泥漿回家，兒子用兩個桶子加上一條他們求她貢獻的絲巾，組成了一套過濾系統。「媽媽，你相信我。」多倫這樣跟她說。個子矮小的他，剛戴了眼鏡，滿心期待要複製一個他剛學到的把戲。「絲的效果最好了。」那神奇的變化，確實讓人嘆為觀止：一個桶子裡的泥漿水持續減少，另一個桶子裡的水位不斷升高，就像綿長而不間斷的一口氣，一次吞吐。那時多倫說：「看到沒？」但那已經是好幾年前的事了。最近這幾個星期，她遇到的所有地面水都成了真正的泥漿，厚實，凝滯，除了讓靴子陷進去之外，一點用處都沒有。再好的煉丹術或耐心，也不能把它變成水。現在這個水塘裡的泥沙多到連比爾都不肯碰了。牠只是站在那裡滴口水，茫然地環顧四周。不過，她還是可以試一試。

不，不會需要到那一步的。這時艾默特很可能已經回到家了。要是到了晚上，他還是沒回來——哎，一定會有人來的。她看了看四周。除了兩頭羚羊跳離時亮得刺眼的白色屁股，這片平原四面八方一片空無。

想到要在這個地點設個水坑的人一定不會是女人。待在這裡，不可能不覺得有人在窺看。前方道路兩旁是高聳的妖精谷：矮胖的侏儒；糾結起伏的臺階；頂端成楔形的石柱，每一根都像是進入異世界的窄道。據說東部佬會花大錢找人帶他們來這裡，穿著華麗的衣服枯站在這裡，想猜出在這片亂石陣裡，以前的亡命之徒會把哪裡當成巢穴。

這裡似乎正是跟其他男人攤牌的地方。就在上個星期，兩個男孩子才帶著一身蹊蹺的紅塵土回來，她逼問時，就只是避重就輕地說，事情「已經解決了」。這句話是那麼生硬，一種暗示他們不接受進一步詢問的口氣，當然，只是讓她更生氣。他們習慣把事情瞞著她，總是小聲說話，一聽到走廊上響起她的腳步聲，就換成西班牙語，彷彿她是敵人，而不是給他們冒膿皰的下巴擦蕁麻茶擦好幾年的女人，也沒有抓到他們偷吃鹿茸，誤以為這樣可以多長高幾吋。

她的三個兒子都在這片山谷裡看見了自己。羅伯——徹頭徹尾是她的兒子，頑固、急性子，在外頭人緣好，在家裡沉默寡言——是銀礦營區長大的孩子，桀驁不馴。他在這片山谷奇形怪狀的石頭裡，看到了他在這個世界上最愛的東西。今天，這塊岩石可能像格林河火車站；明天，像水牛——他在廉價小說裡追尋這些形狀，然後，多年以後，終於在木雕中重現，而他也因此出名。已經有好長一段時間了，她努力讓自己接受，總有一天要失去他，放他迎向呼喚他的人生。迎向奔馳草原的日與星光燦爛的夜。去印刷房當學徒，絕不是他所盼望的。那種工作——精確、嚴謹、穩紮穩打——更符合多倫的天性，而妖精谷也給了他第一個機會，反唇相譏他那狂野、靈活的哥哥。羅伯眼中的抽象世界，到了多倫面前，就是單純、不帶情緒的數據與事實：被水和風雕琢過的石頭，除此之外再無其他。他會據此拆解羅伯的想像：對一塊像女人裙子的窪地，他有一次說：「那只是一塊沖積平原，笨蛋，你看不出來嗎？」

可憐的多倫。有名被惹惱的教師——十幾個逃離阿馬戈的教師之一——有一次說他是「最傲慢的笨牛」。諾拉要求他解釋這句話是什麼意思，卻讓情況更難堪：「哎，拉克太太，多倫會拼寫會算數，可是不讓大家知道。不過我懷疑要不是其他孩子，他連學校在哪裡都找不到。我相信他這輩子沒人帶頭的話哪裡都去不了。」她呼籲大家反對續聘這名沒禮貌、亂說話的教師，同時也偷偷擔心他的評估可能是真的。多倫有很多看法都很不錯，但很少有信心能貫徹那些看法，即使他確實是對的。他這輩子注定要當老二。然而他比另外兩個男孩子更像是艾默特的兒子：一絲不苟、步步為營。他說話之前會小心評估情況。採取了立場之後鮮少動搖。而且他很會說笑，足以媲美幾份大報上那些搞笑的傢伙。

可是最近他常常讓她意外。尤其是昨天。他激動到撞破門，那麼大的力道。

她不願意想太多，免得自己又越想越生氣。帶著情緒到印刷房去，對她沒有好處。

當然了，還有托比——又是截然不同的個性。講到妖精谷，他相信的是以前的採礦人的說法：這些石頭多半是少女，被關入地牢或者受到詛咒而動彈不得，等待有緣人向神求情。他熟知那些石頭的每一個曲折和線條，而諾拉連最粗略的外形都記不得。她每次看這些奇形岩，都覺得跟上次不太一樣，而托比堅稱，這就是它們的魔法。

他有一次說到一群糾纏不清的石塊：「媽媽，這個讓我好難過。」

「為什麼，小乖乖？」

「它們是一群迷路的牧馬，想要回家，可是永遠回不了家。所以我很難過。」

不管他走到哪裡，都會捲入感傷又驚奇的旋風中。當他知道他們家後面山坡上那塊小小的花崗石，不只是寫了艾芙琳的名字而已，她也埋在下面，這時這個觀點已經深植在他的內心了。他問：「媽媽，她的骨頭在下面嗎？」他那駭人的驚嘆，讓諾拉失眠了。

他想知道姊姊是怎麼死的。諾拉跟他說中暑的事。說人可能被太陽淹死──「所以說當我、嬌西，或是任何人跟你說要站在陰影下時，你一定要聽話。」接著，他想知道艾芙琳的靈魂去哪裡了。而諾拉的回答──「天堂」──無法滿足他。問過嬌西之後，他決定，那塊小小的墓碑一定有了靈魂，而再多的反證都無法說服他。接下來諾拉就發現，他在牧場四周做了許多奇怪的小石堆，將扁石堆疊大約兩吋高，以他捏造的人命名，而那些人都死於他捏造的原因。

「托比，那些人都埋在我們的農場上嗎？」

「對，有標記的地方都是。」

「那麼多啊。」

依照他的邏輯，整個妖精谷就是一大片墓地。

她想到這裡時，才發現草叢裡的沙沙聲都停下來了。

她轉身。整條路還是空蕩蕩的。

艾芙琳說：**媽媽，你看。**

遠遠的山脊上，某種動物，又黑又大，正穿透炙熱的波光前來。諾拉爬回馬背，把步槍橫放在膝上。上面有幾棵樹，彼此的間隔剛好不巧地擋住了往下朝她而來的東西。其實，她看不出來是一隻還是兩隻，不過那緩慢而沉重的步伐，透露出那是隻被曬暈頭的動物。她等著來物現形。

媽媽，那是什麼？

應該是頭小公牛吧。可能是亞沙隆・卡特家的。

牠跑這麼遠做什麼？

找水吧，跟我們一樣。

你之前覺得那是什麼？

什麼之前？

就剛剛，你跳上馬背之前。你覺得那是什麼？

我不太清楚。

你以為那是托比說的怪獸。

別這麼討厭。牠來了。

那看起來不像卡特家的烙印，媽媽。

像啊，那不是個C嗎？

可是你看那C上的勾勾。是克雷斯牧場。

那就是克雷斯家的吧。養牛大王家的牛跑了。牠到底跑來這裡做什麼。

我以為牠是在找水。

克雷斯先生自己的土地上就有很多水了。那個厚臉皮的混蛋，連假裝阻止他的牛隻到處亂跑都懶了。走吧，別礙了牠的事。

我們為什麼要走，媽媽？

爸爸會要我們走，艾芙琳。他不會希望我們太粗心。

水塘的空間足夠容納一匹馬和一頭牛，而且還很空呢。

離牠遠一點沒什麼壞處。

我要留在這裡。

我們不要驚動牠。或者讓牠以為我們想那麼做。我是說，以為我們想對牠動手動腳。

如果我們想對牠動手動腳，不是需要用大方巾把臉遮起來嗎？

或是對牠皺眉，或是斜眼看牠，之類的。

真可笑。

記得芬特．寇爾森發生的事嗎？碰巧有人說在阿莫瓦路上看到他，趕著幾頭牛，看起來不像他自己養的。從此就沒人有他的消息了。

媽媽，偷馬和讓你的馬在克雷斯家的牛旁邊喝水，這兩件事天差地遠。

說是這麼說，但我不想讓看到的人誤解我的意圖。

況且，芬特愛賭的事早就惡名昭彰了，大家都知道他逃到墨西哥去了。

那只是《艾什瑞弗號角報》這樣寫而已，艾芙琳。

很多人都認為克雷斯先生是個非常好的人。

他也沒好到那種程度吧。而且我敢說，他最活躍的時候，曾騎在馬上，睥睨山谷裡不只一個蘇族營地。不過他是比家畜協會的其他大老要親切多了。

只不過有人賤賣牲畜，或者半夜離開時，只有他的名字會私下流傳。

沒錯。

不過他不是為自己澄清了嗎？他不是去找嬌西招魂，請她把芬特．寇爾森先生叫出來，看他是不是死了？他不是像一朵雲一樣，耐心地坐在那裡，而嬌西費了好大一番勁，都沒能在天上找到芬特．寇爾森先生的蛛絲馬跡——這肯定證明他沒死吧？

艾芙琳，你實在是好騙得叫人洩氣啊。他去那裡的唯一目的，是讓大家知道他聽到鎮上的人怎麼說他了。有一點點腦筋的人都看得出來。而不那麼想的人，也許很久都沒看《艾什瑞弗號角報》以外的東西了。

媽媽。以一個那麼瞧不起報紙的人來說，你真的在報紙上說了好多話。我希望你已經想好要怎麼跟黛絲瑪解釋了。

*

儘管嬌西有強大的通靈能力，卻少了唯一一個可能有用的天賦：占卜。這個女孩可以把你十八年前死於傷寒的姑姑叫出來，可是不管是靠法術還是靠觀察，她都沒辦法推論出去年偏少的降雪量會造成今年降雪量也偏少；到了春天沒有一條乾枯的溪流會有水；而每次看似聚集在附近的雷雨，都會突然轉向或消散。她沒能預測到這次乾旱，正如她之前在懷俄明州沒能預測到蝗蟲會把蘭諾家的油漆吃掉。也許，最該死的是，去年夏天《艾什瑞弗號角報》登出這張通告時，她跟其他人一樣意外。

領地議會打算投票，決定是否把卡特郡的郡治從阿馬戈換到艾什瑞弗去。此時《艾什瑞弗號角報》並無既定立場。但我們責無旁貸，在接下來數週，請各位可敬的讀者多多發表對此事的意見。

艾默特把報紙攤在廚房桌子上，讓諾拉和嬌西方便閱讀。他們三個一起讀時，他發出奇怪的吼叫聲，融合了歡樂與憤怒，惹得三個男孩子都放下手邊的事，過來看是怎麼回事。他們輪流擠到諾拉前面，皺著眉頭看伯特蘭．史提爾斯辦的報紙那小到難讀的印刷字：多倫，還散發著某種昂貴沐浴露的濃濃氣味；托比，永遠要來礙事，因為怕被遺落；羅伯，像貓一樣敏感，早該剪頭髮了。

艾默特終於說：「這下好了，當不成郡治了。」

諾拉說：「少誇張了。阿馬戈已經當了將近二十年的郡治了。」

「而且不辱所託。不過你們等著瞧好了，看那些可敬的讀者會發表什麼意見。」

一個星期後，第一封堅定支持將郡治改到艾什瑞弗的投書，在《號角報》的頭版上大聲疾呼。作者是個女人，諾拉不認得那個名字。「這裡寫說她住在因尼斯溪的南支流。」諾拉喃喃地說，「那是什麼鬼地方？」三個孩子站在後面，越過她的肩頭看報紙。艾默特的手指會不時停在某個句子上，標示某個他早就料到會有人提到的話題：最近湧入艾什瑞弗居住的人潮；存貨充裕的商舖；由克雷斯家畜公司的梅瑞恩．克雷斯先生大量供應的新電話與大量鋪設的新道路。

幾天後，一名地質學家投書呼應了上述優點，特別從他的專業角度提出理由支持改設郡治。這篇文章讓艾默特大為激動，人還未完全進屋就念起來了。「吾人必須考慮，」他從門口大喊，「艾什瑞弗的地形優勢——平坦又可通航——可促進船運與交通。」

多倫插嘴：「有道理。」他養成一種習慣，會去做一些不必要的體力活，然後半途停下來，站在那裡，等著嬌西注意到他，針對他做的事說幾句話。不過，這一次，正在水盆裡搓洗馬鈴薯的她，似乎對豎在他肩上的英勇斧頭無動於衷。多倫清了清喉嚨。她沒抬頭看。「也就是說，阿馬戈峽谷大道實在是很糟糕的郵路。」

艾默特繼續讀下去。「最後一點，是水的問題。阿馬戈貧瘠的水資源滿足了開創這個社區的人——寡婦魯易茲、她已故的丈夫，以及一小群成功堅持下來的人。但隨著我輩人數增長，再遇到降雨不足的一年，加上美利堅合眾國的版圖持續擴張，我們必須問：每個新移民都要永遠活在可能面臨乾旱的危險之中嗎？即將到來的二十世紀可預見美利堅合眾國往前邁進，而我們卡特郡還要仰賴祈水女巫真假難辨的巫術？還有，最重要的一點：要從普雷斯科特延伸到鳳凰城的新鐵路，阿馬戈有可能比艾什瑞弗更能爭取設站嗎？如果不可能，難道我們要由一個永遠只能是內陸的郡治來領導卡特郡？」

聽到這裡，連羅伯都忍不住開罵了。「胡說八道，說什麼艾什瑞弗比我們更可能爭取到鐵路。媽媽，他們不是在我出生之前就說會有鐵路了嗎？」

「確實是。」

「人就是這樣。」還扛著斧頭的多倫，慢吞吞蹚回來。「他們賭你會忘記有別人做過相同的承諾但沒能兌現。況且，你也知道，人確實很健忘。」

「你打算用那東西嗎？」諾拉說，「還是它只是移植到你的手上了？」

多倫的臉頰浮現一抹紅暈。她試著想說點什麼來化解這一刻的寂靜，不過艾默特還在思索。

「我不認為鐵路對艾什瑞弗來說遙不可及。梅瑞恩．克雷斯在山谷裡養了——多少牛？兩千頭？等他從黛絲瑪手上成功搶到溪畔那塊地，他又可以多養兩千頭了。屆時他會需要可靠的方法把牛隻運到東部去。家畜協會有那個能力，也已經被洗腦了，隨隨便便就可以給普雷斯科特鳳凰城縣投資一點錢。」

諾拉說：「我倒想看看他能從黛絲瑪那裡搶到什麼。」

「你會看到的。」她希望他不要再笑了。她最氣那種惆悵又自以為高人一等的態度。「等艾什瑞弗成了郡治，阿馬戈就完蛋了，黛絲瑪也難倖免。他不必再派人來騷擾她，也不必耗費一槍一彈。最後他只要花三年前答應給她的一點皮毛就能到手——如果他還會給她錢的話。這真的是高招。」

「我很訝異你可以這麼冷靜地容忍這件事。這不是下棋，我們也住在這裡。要是黛絲瑪棄牌了，我們也都得棄牌。」

他開口，沒有從《號角報》裡抬起頭來。「下棋沒有棄牌這回事。」

接下來那幾個月，她經常後悔她沒能當場想到夠高明的回應。「當然不是每個人都贊成改郡治。」

羅伯說：「你說得對極了，媽媽。」

艾默特聳聳肩。「當然不是。不過我告訴你們，他們只會刊登贊成的意見。」

「那我們何不把其他的登出來？」

「什麼其他的？」

「反對的理由。」

「就算有反對意見，也不會投到《前哨報》來。」

她忍無可忍了。他什麼時候開始靠別人的文字來填塞他的報紙了？聲援礦工的處境、細數最新一任印第安事務官的惡行，或是趕到山裡去問老前輩以前的降雪量，以及他們真正覺得還能有多少降雪，這些他都一馬當先了。「那你就自己寫啊，拉克先生。」

「我可能會寫吧。」

為了讓自己冷靜，她將自己能裝出的所有活力都導向羅伯。「從好的方面來看，要是艾什瑞弗真的成為養牛小鎮，你或許可以考慮留下來，不再嚷著要去蒙大拿了。」

羅伯一臉不快地看看她再看看嬌西，然後又低頭看著他正在修補的靴子。

有好一陣子，艾默特似乎著手寫起了回應。他熬夜寫東西，經常藉著燈光看到他一手扶額的畫面，讓她很振奮。可是隨著時間過去，應該有的回應卻一直沒刊出。這個春天他出遠門時——墨水未如期送到，他匆匆去了夫拉格斯塔弗——她暗自希望他之所以離開，是因為文章終於可以印刷了，而他受不了耽擱，希望趕快得到讚美。可是一個字都沒出現。什麼都沒有。

下一個贊成改郡治的是某個艾什瑞弗的女教師。她擔心阿馬戈的風氣還是跟早期一樣目無法紀，不能仰賴它來代表卡特郡。艾默特大聲而歡快地讀出來：「我們只需要考慮這個重要的事實：阿馬戈峽谷大道似乎是個藏汙納垢之處，而艾什瑞弗大道並未如此衰敗。」

「我們應該過去一下。」羅伯開口了，「我們應該過去一下，讓艾什瑞弗大道看看什麼叫衰敗。」

艾默特看著他。「你不要給我講那種話。」

「可是阿馬戈峽谷大道並沒有攔路搶劫的事，爸爸。完全沒有。」

艾默特說：「會有的。靠近選舉就有了。」

果不其然，七月就傳出有人遇劫了。《號角報》上刊出一段算得上是諾拉看過最長的文字，是一名來自普雷斯科特的旅人，詳細描述他在科提茲水塘附近遇到兩名戴帽子的男人，騎著「看似偷來」的馬，耽擱了他三個鐘頭，最後要他留下錢包和靴子才讓他走。赤腳長途跋涉到阿馬戈去通知哈蘭．貝爾治安官他遇襲了，讓他的這場試煉更加艱辛。「想想看我有多痛苦，」多倫用明顯模仿作者語氣的鼻音唸著，「我又走了三個鐘頭的路，到一個乾枯的小鎮去找哈蘭．貝爾治安官，而這位沒有同情心的硬漢，給我的獎勵是指引我入住他所謂的『旅館』。那間跟邊疆一樣老舊的房子，都快風化成廢墟了，而他們的待客之道，就是分配給我一間窗戶沒被槍戰射爛的房間。」

諾拉說：「莫斯．萊利會抗議他這種說法。他確實是有點疏於維護帕洛瑪之家，但那仍是個很不錯的地方。」

艾默特的頭在客廳門邊晃動，臉上一直帶著酸澀的笑容。「啊，可憐的旅人。要是艾什瑞弗是郡治就好了，那麼治安官辦公室就會在**那裡**，只要走幾步就是一堆新旅館，不用來這種落後地方。」

多倫朝他父親的方向將報紙弄得窸窣響。「我相信他們的重點是：這裡沒水。」

這樣的伶牙俐齒是艾默特那邊的家族特色，完全不適合多倫。諾拉發現自己完全被激怒了。

他們在做什麼？就坐在廚房裡，拿這個鎮必然要崩解的事說笑——難道這整個河谷裡，只有那個自大的老學究，伯特蘭．史提爾斯，擁有印刷房嗎？難道他們完全無能為力，只能聳聳肩，逆來順受？

她說：「反駁的文章寫得怎麼樣了？」

「還在寫。」

「一年前你會為了寫文章而不睡覺。」

艾默特一向笑容可掬。多年日曬，把他溫和的笑紋曬黑了。他難得變臉時，就會立刻顯得拒人於千里之外。「再看看吧。」

「我們應該出面展現我們的力量。」羅伯從他那個角落打岔，「趁著驛馬車還沒改道避開所謂的『遇襲』。」

但即使這麼做，也太遲了。接著是費迪．科斯蒂奇的哀嘆投書，這名愛抱怨、O形腿的矮小南斯拉夫人負責遞送郵件。他的工作受到嚴重影響，因為陸路驛馬車開始把所有貨物都送到艾什瑞弗去了。他猜這突然的轉變，一方面是害怕遇襲，一方面也是相信艾什瑞弗最終會贏得郡治席位。想到這一點，他個人很難過，因為他覺得阿馬戈就是他的家。可是他只能考慮務實層面：如果阿馬戈保留了郡治席次，他就得大老遠跑到艾什瑞弗去取郵件，來回奔波，進而耽擱郵件遞送的時程。

諾拉說：「那他應該搬到那裡去。然後等他開始從窗外偷窺之後，看看艾什瑞弗的女人是什麼反應。」

艾默特說：「很快我們都得搬家了。」

最讓她氣惱的是，對於這個前景，艾默特連嚴肅的表面功夫都沒裝。他的聲音裡透著某種興奮，期待新的可能性。哎，當然了。這是個逃離他所有的錯誤與失敗的機會。整個小鎮都沒落了，你也不能怪這個男人失去了畢生的事業。

她說：「如果你能把那篇駁斥的文章寫完，也許我們還有機會緩一緩這個離譜的情勢。」

「我是想慢慢把事情說清楚。」

「何不去問問更急迫的那些人？譬如黛絲瑪？」

「黛絲瑪？她還在喪期。她手上那兩塊地就讓她忙不過來了，土地管理局那幾個油嘴滑舌的人一直來騷擾她，還有一大堆文書要處理。不要去煩黛絲瑪了。」

「那你其他的讀者呢？都沒人了嗎？」

「我告訴你，沒有人投書來說這件事。」

「因為他們知道你不會刊登。他們被你的沉默嚇到了。最近這幾個月，他們只看到天氣預測，還有誰從外地來探訪誰這種好笑的花絮。」

吵架時艾默特越激動，就越是不動如山。連下顎都幾乎不動。他說：「諾拉，當梅瑞恩‧克雷斯把他那油膩膩的臭錢塞進議員口袋的那一刻，郡治就不是我們的了。現在想興風作浪也沒用了。」

她說：「那我來吧。我來寫點什麼。」

「不行。」

羅伯說：「爸，讓她寫吧。」

「我不需要自己署名。」

現在三個孩子都緊盯著他們了。艾默特摘下眼鏡。「仔細聽好了：再三個月就投票了，而梅瑞恩．克雷斯一定會贏的，我們不要在此時跟他針鋒相對。」

「如果我們有足夠的勇氣對抗他，也許就不會欠下這麼多債，讓你覺得這個鎮毀了、你得棄守我們的家和印刷房，對你來說反而是個解脫。」

他耐心地看著她。「如果你有這麼多話想說，那麼全都寫下來也許對你有好處。」

她興致勃勃地接受了這個建議。多年來除了信件沒寫過別的東西，她很期待為了某個理念整理思緒，可是那些思緒被怒氣攪得七零八落。清晨四點，天色朦朧，門縫透進陣陣涼風，在那些紙頁永遠消失在廁所之前，她最後再讀一次費迪．科斯蒂奇的信，然後寫出了一篇文章，委婉替阿馬戈的生活說話。她寫到這個鎮早年的生活，當時這裡只是個位於大弗克溪溪畔的銀礦營區；寫到黛絲瑪和雷．魯易茲如何成功對抗乾旱與搶匪；寫到那一小群一起睡在大帳篷裡的開鎮先鋒；還有哈蘭．貝爾，在夢想成為治安官之前，以運送郵件維生；艾梅納拉醫師，放棄舊金山的優渥生活，在這一小片發燙的土地做好事。

想到她當初搬來這裡時的感覺，諾拉很納悶，現在她怎麼能寫出這麼多好事來。也許老人家說得對——不管什麼樣的生活，要對生活產生感情，只要時間就夠了。

又或者，她的寫作能力還過得去。

可是她越是重看一次自己的論點，那隱含其中的真相似乎就越要推翻她的目的了。你不可能說起阿馬戈的生活而不提到孤獨。或是蛇。或是這無可逃避的事實：這個曾經蒼鬱到足以愚弄農人的山谷，年復一年把希望寄託在百哩外的冬季降雪上，最近這兩年卻沒能在附近的溪流裡注入一絲清澈的水流，溪流四周的土地當然也一樣飢渴。

當然了，還有熱。

不要提到熱，媽媽。艾芙琳在她的肩頭說。**那樣你就會提到我，提到我沒什麼好處。**

如果這個小鎮的真實面一點也不像天堂，那麼也許要讓鄰居團結，正確的方法是強調失去郡治地位他們要付出什麼代價。他們已經失去兩條驛馬車路線了。接下來就是貿易、郵政還有貨運合約。鎮中心終將成為廢墟。大家將不得不奔波三天，甚至四天，去取郵件、買麵粉，或者僅僅是為了看到另一個人。這將導致最後僅剩的幾戶人家棄守——比乾旱導致的撤離更為嚴重。那然後呢？梅瑞恩．克雷斯已經一塊接著一塊，把認輸的和主動撤退的人家手裡的土地都買去了，最後他的牛隻會跑到他們的土地上來，而他卻不必付一毛錢給開墾那些土地的人。接下來梅瑞恩．克雷斯只要等待水再度降臨，整片大地再度蔥鬱——這次沒有人會反對他，也沒有圍籬擋住他。哎，他一定很開心吧？

她的文字淪為謾罵。

艾芙琳說，**媽媽，我覺得不該這樣寫**。

我承認，我開始瞭解你爸爸為什麼放棄了。

也許你應該考慮，從你自己在阿馬戈的生活裡，挑一段有意義的來說？

當然是可以這麼做。但是要從何說起呢？要細說艾默特和她為了在這裡定居克服了多少困難？還是從更早以前說起？提起她父親的精神有用嗎？畢竟，沒什麼比他人的開創衝勁更能激起拓荒精神了——而古斯塔夫．沃爾克，儘管做錯過很多事，卻號稱足足過了二十個人的人生。最早在來巴赫當牙醫出師不利後，他來到美國，短短數年就嘗試了旅館馬夫、檢驗師、郵局局長等工作。他最後的歸宿，是在莫頓洞一間伐木場當領班。莫頓洞是愛荷華這個新自由州的一個壯實小鎮，兩年後，諾拉的母親才帶著還活著的孩子去跟他團聚。

關於那一趟旅程，艾蓮．法蘭西絲．沃爾克幾乎什麼都不想說——除了承認那段路程對她來說，是那麼飄盪、無依、失落，離可以理解的生活現實是那麼遙遠，而周遭一切像一團既無特徵又無法穿透的暮光，宛如心靈的黃昏。

*

諾拉小時候對那種感覺很陌生。莫頓洞有令人舒適的界線：鎮的西邊是富饒的平原，其間點綴著許多或堅毅或瘋狂的人開墾的土地，一路綿延到密蘇里州。東邊是密西西比河，帶著一大批漂流的木材，在停滯的下游河道上跟她父親的木材會合、碰撞。

沃爾克家開了一間供膳宿舍，諾拉最早的記憶充滿了長長的濕床單、成堆的麵包，以及湯匙碰撞錫器此起彼落的鏗鏘聲，隨時都有饑腸轆轆的木材工人正在填飽肚子。

她跟著父親的員工們蒼白而鬱悶的妻子學識字、學禮儀，她們教育她要捍衛家園，駁斥謊言——至少做做表面功夫。因為她長越大，就越明白，虛言假語能幫助世界維持穩定。舉例來說，在伐木工人口中，她父親是個令人害怕的人：驕傲、強大、令人畏懼。可是對於他某些較脆弱的特質——迷信天氣、習慣在杯底流一滴安撫魔鬼——就避而不談，這也使得他能夠無往不利。至於他呢，則是稱讚他妻子的熱誠與活力，至於多年的奔波讓她得了風濕、離不開威士忌的這件事，大家都知道，他要不是視而不見，就是漠不關心。

對於諾拉的幾個兄弟來說，心口不一也是一種生活方式。他們在鎮上的名聲是規矩又正直，要是你受傷了，他們會幫助你開墾，不收你一毛錢。可是在家裡，他們就是惡棍，溫順的麥可容易受到鬼點子多的保羅引誘，經常捲入參與就瞬間後悔的災難中。諾拉幾乎沒有一個早晨不用替他們遮掩昨夜的豐功偉業：他們去了哪裡、待到多晚、身上為什麼會有青樓的味道、在不太可能贏的職業拳擊賽（最近在學校後面的穀倉裡打得火熱）上又輸了多少錢。諾拉因為不肯說出他們晚上做了什麼壞事，被她母親打了好幾年。她的欺騙技巧連自己都很意外。說謊就跟沉默一樣簡單。

有一天她突然發現，所有的生活都需要刻意餵養妄想。不然要怎麼解釋莫頓洞這種地方的存在？更驚人的是，不僅存在，還能屹立不搖。一群遊蕩的生命，就這麼沿著一條執意稱為主街的路定居下來。稱它為「唯一街」不是更名副其實嗎？儘管不識字，開鎮元勛（一名礦工傳道士，現在在一塊標示著A．R．莫頓的石板下等待救贖）至少夠乾脆，將此地稱之為「洞」。另一方面，諾拉家的長輩們，把他們那一排陋室裝飾得宛如那裡是正在崛起的芝加哥。他們蓋了一間有著白色尖塔的教堂，還有一間會所給鎮議員使用。婦女協會費心找來教師，成立水彩畫室，這樣一來莫頓洞的婦女們或許可以開始接觸崇高的肖像技法。開雜貨店的福斯兄弟給店面裝了一個超大的玻璃窗，被呼嘯的暴風雨吹破了，只好又換上從聖路易買來的新玻璃板——每一片都重蹈其他片的命運，年復一年，彷彿福斯兄弟堅信，光憑決心就能增加玻璃對抗愛荷華風暴的勝算。彷彿新來到這片平原的東西，比諾拉小時候恣意破壞的玉米娃娃更有能耐。

支撐這個地區的假象是充斥在印刷品和口語中的委婉成語：女人走進水裡；男人走進空氣裡；大家承認或者不承認玉米（注：玉米代表錯誤）。唯一的例外是提到印第安人對他們的掠奪時，不管是報紙還是閒談都指證歷歷。才五歲，諾拉就已經聽聞每一樁屠殺的細節。她花了很多時間想像可憐的屍體被剝頭皮、開膛破肚然後棄置在平原各處，以致於她開始覺得那些全都是她自己親眼所見。鎮上的女人一定也有跟她一樣的錯覺，因為她們花很多時間討論上帝會不會憐憫自我解決者。很久以後她才瞭解，原來她們是想知道，要是她們被達科塔人抓到時自殺，天父會不會原諒。十歲，聽到費特曼短暫出遊、倒楣遇到蘇族僥倖逃生時，諾拉擠進人群裡去聽一場佈道。牧師在佈道中細數那些好男兒遭受的侮辱：眼睛被挖出來，手腳被砍掉，這些全都詳詳細細寫在《先鋒報》上。說到這裡，牧師在講壇上對著會眾搖頭。不到一年後，在她哥哥的葬禮上，同一位牧師會站在墳邊，說麥可被「押送給他的審判官了」——這在諾拉的心底引燃了隱約的恨意，久久無法消除，因為她知道這名牧師可以列出很多惡行，卻避而不談麥可的痛苦，她覺得他沒膽。攻擊她哥哥並燒掉他的腦子的高熱，一點也不溫和。

初遇艾默特．拉克時，他似乎也跟其他人一樣，接受了這種扭曲的現象。他在諾拉滿十六歲的那年夏天出現在古斯塔夫．沃爾克的伐木場：長手長腳的年輕人，一身古銅色皮膚，一張稜角分明的怪臉，還有一頭被太陽曬壞的亂髮。身無分文，只有一張棋盤和一袋子舊書。他想去西部當教師，於是決定一路打零工往西去。諾拉知道他的第一件事是，別人嘲笑他教書的志向時，他似乎不以為意。第二件事是，他才上工一個星期，就開始負責給原木刻標記，彷彿莫頓洞沒出現過這麼有學問的人。

艾默特很適合住在閣樓，諾拉的媽媽總是把新來的菜鳥分配到那個熱烘烘又站不直的地方。諾拉，站在來來去去永遠走不完的樓梯井，往洗衣堆附近一看，然後看到他趴在地上，徒勞地想要清涼一下。他的手指游移在某本難以理解的科學指南的書頁上，緩慢來回。偶爾，為了換換口味，他會把棋盤拿出來盯著。一個多月後，她才發現那副棋盤並不完整。城堡之間放了好幾顆玉米粒。一顆挺大顆、有裂縫的小臼齒放在白騎士的位置上。

有天晚上，她鼓起勇氣，把頭探進門，問：「那是什麼？」

艾默特把它從棋盤上拿起來。「牙齒。」

她說：「我看得出來啦。」她尷尬地紅了臉，因為現在談話似乎注定要繼續下去了。「哪來的？」

「河馬的。」

「河馬是什麼？」

「應該是很大型的動物。」

即使是當年，艾默特的笑容也帶著一種難以捉摸、近似悲傷的味道。這讓她感覺自己很容易上當，也因此很容易被激怒。她說：「先生，你應該會發現我們這裡的人沒有你想的那麼笨。我剛好知道沒有那種東西。」

「恐怕確實有，小姐。我想應該是在贊比西亞。」

她氣呼呼地走了。贊比西亞個頭。那個住在閣樓、愛假笑的傢伙，最好以為他隨便捏造個怪獸，她就會上當。現在想起來，自己都覺得好笑。當時她所能想到的處罰，就是不再叫他「拉克先生」，並且不跟他有進一步互動。草草道早安。他碰巧幫她撐住門時，生硬道謝。這是很簡單的策略，卻一直困擾著艾默特，直到耶誕時節，一名住在他們那裡的雜誌插圖畫家捐了一疊圖卡給耶誕市集，想打動她父親的心。負責給物品造冊的諾拉，在活動開始前翻開圖卡一張張看，結果看到一張照片裡，一船威猛的部落男人，朝著一頭長牙圓頭怪獸擲標槍，而那頭怪獸正浸在起泡的水裡，抬起了船隻。那張圖片下方印了這幾個字：獵河馬。

她在外面找到艾默特，他正在清掃車道。「你看過嗎？」他從吐出的霧氣後看著她。「我是說河馬？」

「沒有，小姐，我沒看過。」那顆牙齒是他父親的一個經常到處旅行的朋友送他的。諾拉從袖子裡拿出那張圖卡，遞給他。他幫忙她爬上三角籬，他們調整圖卡的角度，捕捉從派對裡透出來的燈光。

艾默特吹了一聲口哨。「如果這張圖畫得跟實物差不多，那麼一定有人丟了性命才拿到這顆牙齒。」

她說：「從河馬的口中到愛荷華的伐木場。好精彩的旅程。」

其他人搭馬車春遊，或是午後去悠閒散步。諾拉和艾默特有牙齒。這提醒了他們，他們對這個世界知道的是那麼少，於是他們一起努力彌補。只要去鎮上出任務，不管是用買的、借的，還是交換的，艾默特都會盡量把能搜刮到的報紙和雜誌找來，拂去褪色印刷上的灰塵，尋找任何新知，充實他們共同的動物資料庫。他用顫抖的手，剪下緬甸山貓的報導，或是跟一整個火車車廂一樣長的蛇，可以把一個男人的骨頭擠碎，將他整個人吞下去。諾拉則仔細閱讀貼在廚房牆壁上的舊報紙。撒哈拉沙漠的圓背駄騾、在塔斯曼海島嶼上出沒的條紋狼，她把這些奇怪動物的照片都撕下來。

他們在一起之前沒多久，一個旅行馬戲團帶了一隻斑馬經過莫頓洞。艾默特和諾拉站在橋上，看著牠在對岸的馬路上緩慢移動，穿過枝葉斑駁的樹木，走進歷史。

諾拉說：「牠們實際上看起來好像都跟書上不一樣吧？」

艾默特聳聳肩。「我想人也是這樣吧。」

十一月，河水開始結凍時，他去了內布拉斯加。看著他離開，她的心情跟看著其他人事物離開一樣難過。她可憐兮兮、依依不捨地道別，準備好可憐兮兮、遙遙無期地等待他的來信。結果他嚇了她一跳，那天晚上又出現在她家的客廳，一身算得上體面的衣服，手掌裡抓著田裡的乾蕁麻，心臟都快要跳出來了。

當時的情況，據後來艾默特跟孩子說的，是他已經到了夫力荷，被他對她的愛嚇到了，於是調轉了馬頭。而她懷疑，事實是他到了夫力荷，發現他不太清楚自己在做什麼，於是回來確認一下。

他們在她父親的屋子裡成婚，隔年春天出發了。他們跟著鐵路和傳言走了兩年。即便是不需要教師的地方，邊疆也有各種新奇的工作等著艾默特。艾默特膽子夠大，什麼工作都做：店員、鐵路局員工。但令人洩氣的是，即使他們學習能力很強，也沒有一份工作可以容忍新手多久。諾拉才慢慢熟悉了宿舍的窗簾和床墊，他們又得走了。

一直到住過了幾個小鎮，她才開始感覺到多年前她母親說的那種漂泊無依的心情。那種感覺從她的內心外圍開始滋長。當她記下每個新營區的細節——窗外看出去的景色、去商店的路、住附近的某個女人的臉孔——時，她忍不住感覺到一種毫無特色的暮光，在她的前後聚集。每一次重新開始，那兩團光就更靠近一點。

最後拉克夫婦來到夏安。幾年前，聯合太平洋鐵路公司穿過這裡，留下令人沉淪的漩渦，是大地上一個醜惡、灰暗、鬧烘烘的殘骸。礦工、賭徒、皮條客、自視甚高卻發現自己其實很渺小的傢伙，全都無所遁形。天剛破曉，從他們位於雲杉街那間房子的小窗戶往外看，諾拉看到了頹喪的影子蹣跚歸家，她感覺這一定就是生活的重點：每個人都在毀滅的閃光中庸碌奔波。

夏安的工程永遠沒有完工的一天。鐵鎚日夜敲個不停。某個假門面[3]才剛漆上油漆，一夜之間，路上又有一間新店面架起淺金色的骨架。要是有什麼東西看似快要完成了，總會瀰漫一股心知肚明的氣氛，很快就會來一場大火，又有更多事要做了。鎮外鋪設了鐵路的雙絞電纜，而那片平原，冬天是灰濛濛的一片雪景，其他季節則是黃澄澄的，遠遠散布著看不見的要塞。你可以站在任何地方，舉目四望，感覺自己置身荒郊野外，但又以某種方式完全被拘禁、被包圍。這就是夏安：荒僻無名，最想要的就是維持現狀。

連艾默特都不能不受它影響。起初，他帶著一如既往的樂觀追求傳道授業解惑的理想。他不貪心。他開了一間小學堂，成功塞滿了衣衫襤褸的頑皮孩子，聲音比他大，在教室裡打打鬧鬧。可是這樣掙的錢很難生活，而他身邊的投機分子又前所未有的多。當然，他去酒館也會遇到一堆這種人，去那裡哀嘆冒險讓他們一無所有，但這一點並沒有讓他提高警覺。諾拉知道接下來會怎樣——她的父親也做過類似的事。

果然，他們的房子成了失意者的中繼站。她數不清有多少次，艾默特結束一天的工作回家，後面跟著一個卑微、挨餓的人，被太陽和生活的艱辛折磨得有點瘋狂了。她會躺在他們的小床上，隔著分隔房間的水牛皮簾子，聽艾默特為工作的神聖與價值辯護，直到天亮。

其中一個還過得去的房客，是個叫山迪．佛瑞德的男人。他投資某種試金事業失利，丟了臉面流浪到鎮上來。他走進鐵馬酒館，剛好就坐在艾默特鄰桌。他們兩個很可能會誇大這一刻的浪漫情懷，不過諾拉猜得到這件事的本質。艾默特可能正在筆記本上寫東西，而山迪也沒醉到不能探頭去看鄰座朋友寫了些什麼。他很可能說了：「容我告訴你，先生，遇到另一個能讀會寫的人，你知道我都快高興死了嗎？原諒我口不擇言，不過我必須說出真心話。我真的高興死了。」

然後他們可能會握手，互相客套一番。艾默特半推半就地吐露了他在邊疆辦學如何受挫。這時山迪．佛瑞德用那雙水汪汪的大眼睛驚嘆地看著他，繼續說了類似這樣的話：「如果邊疆有更多像你這樣的人，先生，我想我就不必借酒澆愁了。真的，真的。說不定那樣一來，我也能憑著新世紀的精神，完成所有我打算在這個領地證明的事了。」

一旦山迪．佛瑞德又振作起來，他在這屋子裡還真有點用處。諾拉發現他是極好的伴。對於

---

3 falsefront，一種美國舊西部的建築風格，主要使用在店面上。

自己這輩子犯過的各種過錯，他時而想要自誇，時而覺得慚愧。而一直祈求原諒所培養出來的魅力，讓他天生的好口才更加如虎添翼。他讀詩，也很樂於長時間談詩。長年旅行的生活讓他見識到許多世界奇觀。他每次提起，細節都有點不同，但在工作時聽他絮絮叨叨，讓遠處的暮光停在原地。山迪不受他主要的惡習——喝酒、賭博、青樓女子——箝制時，可以把世紀之初看得清清楚楚。那是多麼光輝燦爛的情景。「資訊！」這是他在早餐桌上最喜歡的話題，前提是他有辦法讓自己從昨晚享樂的銷金窟回神的話。「新聞，論戰！這些東西才能幫助農民和礦工，艾默特。你想為正義而戰？那就把文字從這裡傳播到加利福尼亞去。」

這時拉克夫婦正邁入在夏安定居的第二年。艾默特一直想將夏安學童對印第安人及悲慘殖民的恨意，移到英國人和畜牧大亨的身上，這份努力至此完全失敗。他還幫陌生人抬棺——有牧牛人，也有淘金客，他往往是這些人的葬禮上唯一的送葬者——並開始感覺當個社區棟梁，缺點大於優點。隨時都可能有心煩意亂的新寡婦來找他，她們剛死的丈夫總是被更有權勢的利益人士騙走土地、債權或貨物。這些女人想要建議、保護，想知道接下來該怎麼做。愧於他能夠提供的建議有限，艾默特會轉而買下她們的牲畜，多半是羊，如此一來也稍微減輕了一點她們的負擔，於是她們收拾細軟，又回去過最近才放棄的生活。

諾拉問：「這麼多羊我們到底該怎麼辦？」他們臨時搭建的小畜舍搖搖欲墜，已經羊滿為患了。

艾默特輕快地說：「當然是賣掉了。」

他試著出售幾次都未能成功後，從更有見識的人那裡瞭解到，原來他給自己買了一群瘦小的羊。諾拉的憤怒都沒能損及他一絲一毫的好心情。他積極學起該怎麼修正錯誤——而事實上，這正是打從一開始她最欣賞他的一點。他學如何剪羊毛，接著慢慢發現，羊一直長不好，是因為缺乏牧草地，牠們需要一個不畏寒冬威脅、可以隨意遊蕩、把自己吃肥的地方。

這時山迪．佛瑞德已經去亞利桑那領地了。流浪一陣子之後，他在一個位於鳳凰城和夫拉格斯塔弗之間的小礦區住下來，承擔起推廣這個小鎮的任務。他用一千元買了一塊抵押地，土地上附有一間破舊的房子，裡面還安裝了一部印刷機。一千元。這是山迪一輩子都沒見過的數字，更別說賺到了。可是銀行文件上有他的簽名，而他的名字就印在時有錯誤拼字的通訊標頭上，以《阿馬戈前哨報》的名稱極其規律地送到艾默特和諾拉那裡去，直到下一次山迪又拿起酒瓶。

接下來他的來信顯得更急迫了。啊，拉克先生，亞利桑那領地多麼壯麗啊。萬里無雲的藍空，綠意盎然的牧草地。許多優秀又勤奮的人，沒有驅使人一窩蜂趕著去淘金的那種性格缺陷，諸如此類。還有可畏的女士給諾拉小姐作伴。

她記得看到這句話時，她氣炸了。「我為什麼要可畏的女士作伴？他到底是什麼意思？」

「我想他的意思是，你也很可畏。」

「他好大的膽子！」

艾默特不以為然地看著她。「你以為那是什麼意思？」

「讓人害怕啊。」

艾默特搖頭。「所以說寫作的人應該避免模稜兩可的字詞。不能讓人搞不清楚意思。可畏，可以是令人畏懼，也可以是令人敬畏。」

山迪堅稱，這個鎮每天都充滿了新人新氣象。唉呀，開了一間葡萄牙服飾店！多麼高級的圍巾啊。山迪唯一覺得美中不足的，是他太想念親愛的艾默特和親愛的諾拉小姐了——他們好不容易來人世走一遭，卻讓自己錯失了真正的福氣，沒能見證一個輝煌新城鎮的崛起。要是他們能在一份傑出又可敬的報紙標頭下重聚，一起將領地推向合眾國的懷抱，那不是很不得了嗎？

「他為什麼這麼積極？」諾拉很納悶。

「他有麻煩了。」

「你不會想著要去救他吧？」

他們幾乎可以抵得住他的勸誘，要不是九月的某個晚上，隔壁第二戶金釘餐廳的一名廚子，把培根煎得稍微太黑了一點，而在一排失火的房子裡，他們的房子恰好是最後一間。就這麼一次陰錯陽差的火花飛濺，他們的書、文件、屋頂和床，全都沒了。諾拉當時正懷了孩子——或者說，至少，她認為她可能懷孕了，而之前他們已經努力了好幾年都沒成功。她站在對街，兩隻手各抱著一隻小母羊，看著消防馬車徒勞地聚集，心裡很清楚艾默特會把這場悲慘的轉折當作新機會的預兆。沒有什麼事可以逆勢將他留在這裡。她告別了她在夏安的最後一個秋天。

羊、大火以及山迪．佛瑞德的三寸不爛之舌。這些因素交織，讓他們在一八七六年驅車來到亞利桑那領地。他們到了阿馬戈，發現除了一排沿著大弗克溪搭的帳棚，就沒剩多少了。而在慫恿艾默特來接手那部華盛頓印刷機的麻煩之際，山迪·佛瑞德就已經夢想著在蒙大拿的新前途了。至於那部印刷機，艾默特驚慌地發現，它一下子就過時了，已經遠遠不值山迪當初買下的價格。可是山迪還是山迪：迷人、好心，但也是無可救藥的作者和編輯，同時仍然是賭場的常客。到了十一月，他被債務逼急了，非得讓艾默特在銀行文件上簽名不可。不久之後，山迪就到夫拉格斯塔弗去補貨。他的最後一封信是六年前寄來的，蓋著安大略的郵戳——諾拉聽說那裡很冷，很偏僻，都是壞人，人在那裡隨隨便便就可能溺死、凍死、摔下陡峭的峽谷，或是因一晌貪歡而遭到報應。

諾拉就這樣寫了二十頁後，艾芙琳說，**媽媽，你又忘了要寫優點了**。

「對喔，」她說，「優點。」

你為什麼不寫房子？大家都有房子。

房子。艾默特堅持要親手蓋他們的第一間房子。八月的季風將它毀了之後，他們一起蓋了現在這一間，期間還為了要蓋成怎樣而吵架。艾默特很想念小時候家裡的白色圍牆和天鵝絨壁紙。他想讓諾拉至少擁有這些。但她忍不住覺得這種虛浮的裝飾會加速滅亡。阿馬戈方圓百哩的移民，蓋的都是土磚房，一定有其道理。土牆讓房子顯得低調，看起來堅固又獨立，不會讓人覺得裡面住的是一群脆弱又無知的人。如果他們在其他行業都顯得生嫩，那麼在房子方面，是不是最好實際一點？況且，他們可能住不到一年就走了。

可是艾默特很堅持。於是他們從山裡拖來木材，砍下牧豆樹和熊果樹，鍾打、丈量、磨砂，最後蓋出了一棟她所見過模仿雙併聯棟屋最出色的傾斜房子。他們蓋了一間雞舍，引來十哩內所有具開創精神的狐狸。後來他們學聰明了，開始灑番木鼈鹼——這辦法讓他們賠上了一隻又一隻狗。到了這一年年底，他們開墾了三十畝地，也在第一個冬天種下了小麥——小麥死光之後，他們種了注定活不了的蔬菜，最後黛絲瑪．魯易茲可憐他們，送他們南瓜和蕪菁，並教他們如何在這片焦炙大地上好好活下去。在他們的土地權狀上，寫說他們打算「種小麥和養羊」。現在說到這個，艾默特笑得出來了，彷彿那是某個不相干的人對於農牧的虛無幻想——但事實清楚得很：有好幾年的時間，他們都在修磨羊蹄、剪無盡沾屎的羊毛，給冒著熱氣、血都凝結的小羊接生。每年秋天，他們把在山坡上曬了一整個夏天的羊趕回來，好一點一點還掉印刷機欠下的債；好讓三個在爐邊草席上養大的孩子能有書本和鉛筆；好攢下夠多的錢，把舊陽臺封起來變成兩個房間，然後是三個房間，接著是加蓋一層樓，讓每個男孩子都有自己的房間，進而長成獨立自主的男人。

要是郡治改到艾什瑞弗去，那這一切就毫無意義了。所有的痠痛與中暑。所有的生活細節。還有死亡。

優點，**媽媽**，艾芙琳說，**優點**。

優點，優點。哎，要是艾默特說他在窗沿上寫了什麼字的話能信，那麼優點就很簡單了。他們確實在這裡住過。不是非常快樂，但比上不足比下有餘。艾默特、諾拉和三個兒子。還有艾芙琳——雖然只跟他們生活了幾個月，但之後的每一天，都在每張蜘蛛網、塵埃和落在地上的陽光裡成長。諾拉想像空蕩蕩的房子，就看到艾芙琳穿梭在梁柱和欄杆間，穿過圓木的節心、擦不掉的窗戶髒污和流理臺上的油漬。她的女兒跟他們任何人一樣，都是這屋子的一部分——或許更甚其上，因為艾芙琳就埋在底下的土裡，跟地基拴在一起了。她長成了一個實際、敏銳的妙齡女子，也許太直率了一點，而且她應該受不了要離開這間房子。

但不可能寫這些。那還能寫什麼？

「對我們許多人來說，菜園就是埋著摯愛的墓地。要是阿馬戈化為烏有，我們要把死去的親人丟在這裡嗎？」

艾芙琳說，**你最好不要寫到這一點，媽媽。那只會讓大家想到我。**

她最好提都不要提。她突然很驚恐，要是她剛剛寫下來的那些胡言亂語被人看到了，大家會怎麼想。在這個節骨眼上，就算是經過仔細節檢，她的那些話也只會引得眾人說閒話，而閒話正是阿馬戈和艾什瑞弗仍共有的特色。她不想寫到艾芙琳；而少了艾芙琳，諾拉的故事其實就跟其他人一模一樣——只是別人的女兒活下來了，她的女兒沒有。

她寫的東西都進了火堆。

可是那股力道在她的血液裡奔流。要是她能夠找到適當的觀點，說出單一而必要的訴求就好了。

要是黛絲瑪願意寫點什麼就好了。黛絲瑪的話無人敢辯駁。她跟所有人都不一樣，是在這個地方還沒有展現任何希望或妄想時就來了。這個河谷裡的人在站穩之前，沒有一個人沒得到黛絲瑪的一點助力——她永遠樂意拉人一把，儘管她最想要的是遺世獨立。過了漫長的二十四年，付出那麼多，得到的回報是摯愛兼密友死了，騎士、調查員、代理人騷擾不斷，質疑她擁有那些財產的正當性。是可忍，孰不可忍。

也因此，一個月前，諾拉終於寫了：

哎呀，似乎「阿馬戈」這個字出現在《艾什瑞弗號角報》上，就一定要提到打劫、破產和缺水。知道前路如此凶險，我們這些阿馬戈人很是震驚。目前提出的辦法，完全就是針對阿馬戈與全體居民一連串惡意毀謗的最後一擊，不顧我們的發展與安全，只為了艾什瑞弗的利益。《艾什瑞弗號角報》應該要記得阿馬戈身為郡治將近二十年來的貢獻，而這大半要歸功於像黛絲瑪．魯易茲這種好人的努力。黛絲瑪．魯易茲當了兩次寡婦，二十年前定居此地以來，熬過乾旱、飢荒以及家畜協會的掠奪，證明她合法擁有土地。她的例子提醒我們，實踐夢想、功成名就、深刻情誼，這裡都有。她值得我們的敬意與支持——要是這個鎮沒了，她的房子、她的回憶、她一輩子可畏的努力，會變成什麼樣？不論《艾什瑞弗號角報》刊登了多少不實報導，不論梅瑞恩．克雷斯先生和家畜協會種下多少龍牙，阿馬戈都不能毫不作聲就屈服。

她把信拿給艾默特看時，他很困惑。

「你為什麼要用『可畏』這個字？」

「因為我現在知道那是什麼意思了。」

「別人不知道，他們可能會跟你先前一樣誤解了。這個字太模稜兩可了。」

「你對你的讀者沒什麼信心。」

艾默特還在研究她寫的東西。

「還有這裡——龍牙是什麼意思？」

「希臘人說種下龍牙，會收割可隨時作戰的軍隊。」她很滿意自己的答案，看著他繼續讀她的投書。「你什麼時候會刊登？」

「刊登？」他驚訝地抬頭看著她。「親愛的，做這件事純粹是為了你的心情著想。」她的心情？她的心情已經沸騰好幾天了。更糟的是，艾默特完全不能理解她為什麼這麼悶悶不樂。

可是媽媽，寫了這封信，你沒有覺得鬆了一口氣嗎？

並沒有。花了那麼多時間，那麼努力。一頁又一頁，寫了再重寫，捏皺又攤平，到最後連她自己都不確定她的邏輯了。而艾默特——還慢吞吞地寫著他聲稱正在寫的駁斥意見；還磨蹭著敷衍寫就的一點草稿，不肯給她看。當初舞文弄墨積極反對阿帕契戰爭、把從這裡到猶馬之間每一筆搶奪土地、不義結案、私下處決的案子一筆一筆指出來的俠客呢？

這下好了。艾默特去了坎伯蘭，找可惡的保羅．葛利格斯弄清楚水的運送出了什麼差錯，把印刷房交給兩個兒子管理了。於是一天後，一夜沒睡再加上打定了主意，諾拉暈著頭發現自己把她寫的東西塞給了多倫。

她說：「臨時加一篇。」

多倫張大了眼睛讀了內容。「爸爸看過了？」

「當然。」

「這個『艾蓮．法蘭西絲』是誰啊？」

因為缺乏想像力，諾拉把她母親的名字加在文章上了。但是多倫並不記得艾蓮．法蘭西絲．沃爾克，從沒見過她，也沒寫過信給她。要是他記得他有個艾蓮外婆，諾拉才會覺得意外。

「你不認識她。她才在瑞弗克那裡安頓下來沒多久。」

「而她寄給**你**？」

「是給你父親。上週寄來的。」

還有時間說實話，還有時間撤回來。多倫還在門口徘徊，扭絞著帽子。「你確定爸爸同意了？」

一直在圍籬那邊用目光斜掃著這裡的羅伯走回來，把那張紙從弟弟手上拿過來。他說：「別磨蹭了。爸爸同意了。」

於是那篇文章就登出來了——結果呢？看到熟悉的字句印成墨字，占據頁面，如此正式，如此持久，她興奮了短暫的一個下午。稍稍幻想了她和黛絲瑪會怎麼一起看著文章笑開懷。她甚至允許自己相信——老實說，只是一下下，因為她很瞭解黛絲瑪——剛開始的煩躁與抗拒過後，黛絲瑪很可能會有點不好意思，覺得很溫暖，因為有人讚美了那些她永遠不可能自誇的美德。

可是實際上，事情完全亂了套。當天下午，多倫就拿著《號角報》在她面前揮舞。《號角報》的人完全沒有迴避正面交鋒，而且他們的反擊之快，讓諾拉不相信他們不是在這場混亂的局面開始之前就準備好回應了。可惡，日報就有這種能耐。

儘管很想捍衛本報的名譽——遭受《阿馬戈前哨報》毫無根據的污衊——《艾什瑞弗號角報》極為克制，不欲做出任何有損新聞規範的事。但是請容許我們駁斥這些指控。首先：報導阿馬戈的實際困境，是公民的責任。這個一度崇高的小鎮必然衰敗，我們身為朋友及鄰居，與它高貴的鎮民同感哀傷。其次：事實早已證明，立法席次轉移，各郡皆受益匪淺。這個過程鼓勵公民參與，對領地請願改制為州至關重要。最後：雖然梅瑞恩·克雷斯先生持有本報股分，但《前哨報》對其參與本報的粗淺瞭解，看來是依據占卜，而非事實——當然，有鑑於該報發行人跟催眠師和靈媒的關係，這也不足為奇。事實如下：本報旨在提供因尼斯河谷居民各類新聞與消息，而克雷斯先生一直以來並不具有管理權。至於黛絲瑪·魯易茲太太，要能當兩次寡婦，她必須一開始就是寡婦；權威消息來源指出，她與故雷·魯易茲先生的結合並不合法，因為她當時——此時亦然——與第一任丈夫羅柏·葛利斯的婚姻仍然有效，因此本報有責任指出，她根本就不是寡婦。

「這下子麻煩大了。」多倫絕望地說，「爸爸和家畜協會都會來找我們算帳了。」

諾拉說：「算就算啊。」可是她的心跳得咻咻叫。她再看一次最後一行。簡直就跟伯特蘭・史提爾斯那個不顧一切的話癆子一模一樣，沒社論題材好寫了，就編起小說來——雷才死沒多久呢，竟然編派起黛絲瑪的不是。好個扒糞記者。

艾芙琳說，**媽媽，我覺得要是你沒先把她丟進去，她也不會在糞坑裡**。

也許，讓這件事自然而然平息下去，是比較明智的做法。如果遭受攻擊的是諾拉自己，而不是黛絲瑪，或許她有可能冷靜面對，那麼整件事就會從記憶中悄無聲息地消失了。可是就在兩天前，她才把她的回應交給羅伯，因為她非常清楚，同樣的錯誤多倫不會犯第二次。

羅伯心知肚明地笑了。「這個艾蓮・法蘭西絲真了不起，寫稿的速度比我們都快。」

諾拉說：「她沒別的事好做。她很老了，已經活膩了。」

「她的字寫得很穩，我覺得好眼熟啊。」

「別自作聰明。盡快在法蘭西絲小姐辭世前登出來。」

確實很快就登出了。

如果諸位對於《艾什瑞弗號角報》和事實的關係還有任何懷疑，那麼看該報上週針對《阿馬戈前哨報》的回應就清楚了。那篇文章完全揭露了《號角報》對於事實的態度。但若有人還需要更多證據證明該報表裡不一的本質，只要看《號角報》近來的作為就可以了。去年夏天，《艾什瑞弗號角報》不是才報導了兩名女教師在家裡熱死，結果很快就證明，為了阻礙專業女子獨立生活，該報不惜捏照假新聞？還有，《艾什瑞弗號角報》是否誇大了死於森林大火的牛隻數量——實際上是三十頭，該報卻聲稱是四百頭，好讓梅瑞恩·克雷斯和家畜協會能申報更大的損失？將因改設郡治而受益的數十名新來乍到的鎮民，或許還不瞭解這家當地報社的德行，但我們這些跟它打交道多年的人絕對沒那麼容易受它愚弄。詆毀黛絲瑪·魯易茲這樣備受敬重的公民，讓艾什瑞弗所有鎮民都很倒胃口。眾人皆知，魯易茲太太的第一任丈夫，羅柏·葛利斯，在一八六八年於紐奧良與一名賭徒因一匹小馬發生爭執而遭對方槍殺。我幫缺乏基本算數能力的人算了一下：這表示黛絲瑪太太寡居八年後，才在一八七六年三月二十五日，於阿馬戈鎮上的教堂與卡特郡的雷·魯易茲結為連理。要是郡治改置，這個教堂就要杳無人跡了。很多人都知道，今年四月雷過世後，她又成了寡婦。

於是，就在艾默特到坎伯蘭去追查保羅·葛利格斯和欠他們家的水那八天內，阿馬戈和艾什瑞弗就交鋒了三回合，而多倫受此折磨，瘦了整整十四磅。不過現在所有細節清清楚楚：日期、地點、羅柏·葛利斯的死因。不容爭辯的事實。

諾拉才開始再度感到安心之際，下一篇回應又飛進了她的家門。這次她嚇得手腳冰冷。

我之所以寫這封信，是上週有位先生來找我，告知我一件事。我就是紐奧良的羅柏・葛利斯，也就是在該城和黛絲瑪結婚的羅柏・葛利斯本人。自從我的妻子，黛絲瑪（娘家姓札岡努），於一八六八年不告而別離家之後，我就沒再見過她了。有鑑於之前她也常沉溺在某些事裡，並為此消失好幾天，我以為時候到了她就會回家了。她一直沒回來，我以為她遇到了什麼不幸。很遺憾從訪客口中聽到她的朋友雷・魯易茲過世的消息，不過法律很清楚：我們兩人不可能同時都是她的丈夫，因為她仍然是我的妻子。懇請阿馬戈和艾什瑞弗的鎮民不要被不明事理的說法騙了。

多倫大叫：「看吧？」他把四張報紙都丟在桌上，一次丟一張。「現在你滿意了？對事情有幫助嗎？事實都說清楚了？」

「不要對我大呼小叫。」諾拉雙手抓緊身下的椅子，假裝把眼前的文章再看一次。她唯一能想到的回應是：「真是胡說八道。沒有人會相信這是真的吧？」

「真假不重要。有人提出來，就會讓一半鎮民相信那是真的，媽媽。他們絕對不會懷疑的。」他把臉埋在手裡，就這樣站了很久。「我不知道你要怎麼面對黛絲瑪。」

羅伯正在角落把一小尊水牛木雕的邊緣磨平。

他說：「儘管如此，我還是很高興艾蓮・法蘭西絲小姐寫了那些信。讓梅瑞恩・克雷斯和家畜協會都滾蛋吧。」

聖安東尼奧

至於那個女孩子，呃，真是件憾事，柏克。她沒有惡意。這點很清楚。要是你的眼睛沒那麼痛，你也看得出來。真希望我有能力減輕你的痛苦。不過你似乎自己慢慢改善了——所以在我們離開這裡之前，你一定要試著冷靜下來。休息，並且相信我的話。她沒有惡意。在她的同胞裡，她是最溫和的了。

你認為我一定弄錯了。你想跟我說，我以前也錯過。哎，也許吧。也許這些年的經歷，讓我對年輕人和他們的小小善意太心軟了一點。或者，也許我不該讓她看到你！不，柏克，我對你的感情，並沒有減損我看到你那張臉時的害怕與不適。那些牙齒。臭味。原諒我，但我跟你不一樣，我還記得當時差點被你嚇死的感覺。

因為那天晚上在**補給號**上，正是你狠狠嚇了我一跳。要不是你的嚎叫聲，上船順利得手後，我會把藍色**邪眼**放在口袋裡，繼續流浪，一個城鎮接著一個城鎮，直到有人逮到我。我不會嚇到喊出聲，也不會往後跌到一團繩子上，當然等我到了外面，更不會有三、四個人站在那裡等著我。

我也不會被好幾隻手從四面八方伸過來抓住，把我甩到甲板上，那些人還同時大喊「誰在那裡？」和「拿出來，拿出來！」——不過，當然我知道他們不可能這麼喊，因為他們喊的一定是土耳其話或是阿拉伯話。我只看到他們的影子，但他們的重點夠清楚了：我是個闖入的小偷，而人數是四比一，我寡不敵眾。他們開始在我身上搜尋。哈伯的贓物在我的口袋裡發出聲響。看來沒希望了。不過這時我用頭撞向離我最近的一個人，他突然跌倒，把其他人嚇了一跳，放鬆了抓住我的手，我趁機掙脫，從船邊跳下去，一直游到較下面的港口才停歇。

翌日，我身上的衣服還沒全乾，一場午後大雨又把三名追捕我的人帶到酒館來。他們穿燈籠褲、戴土耳其氈帽，現場的人都看樂了，不過我立刻就認出他們來，因為其中一人的鼻頭瘀青了。我鼻子上的瘀青跟他配成雙，只不過位置稍微高一點——這點差異太微不足道了，只能證明我們是讓彼此受傷的罪魁禍首。那幾個人進來後，圍著一張俯瞰海灘的桌子坐下。於是我發現自己被困住了。是因為下雨，我才進來，打算取暖，順便偷一點早餐。可是現在我不得不等了。當時在黑暗的船上，抓我的人似乎都長得很魁梧。但現在我看清楚了，連我的瘀青搭檔也很年輕，很瘦弱。過了好一會，他才注意到我。認出我時，他並沒有跟另外兩人說他在笑什麼。

過了一會，他朝我所在的吧檯走來。他在一片吵雜中低聲說：「小偷。」

我告訴他我不是小偷，也沒有人會叫我小偷，尤其是某個會戴那種帽子的混蛋。他繼續站在那裡，手插在腰側兩旁，沒看我。「你偷了很重要的東西。」他說，「不是全世界的人都覺得很重要，但對我絕對很重要。」

是的，柏克，我知道他說的很多話是我補綴的。當年的他，幾乎連三句英文都說不全，使得天性沉靜的他必須比手畫腳才能讓別人聽懂他的意思，這種對比產生了一種張力。但我們互相瞭解——也就是說，我瞭解他知道我拿了**邪眼**，而他瞭解我不承認。「我跟你說，」他說，「以前在我媽媽家裡，做錯事的人受罰前會有三次改正的機會。所以，既然她的**藍眼睛**現在在你的口袋裡快燒穿了，那麼我就給你三次機會改正你對不起我的事。」

我說：「你還真好心。」

「你要把握第二次機會嗎？」

這句話讓我按耐不住了。我說：「第二次？依我算來，這才第一次啊。」

「哦？」他終於轉向我，伸出手指頭來數。「昨天晚上你被抓到時，有很多機會可以把東西還我，而你沒有。那是第一次。現在我在這裡，再給你一次機會。你要接受嗎？」

「接受什麼？我不懂你的意思。你來找我麻煩，是因為你認為我拿了你的東西。我瘋了才會接受別的東西——不管是機會還是別的什麼。」

第二根手指頭折進他的拳頭裡。「好吧，那就剩最後一個機會了。如果下次我見到你，你沒把我的**藍眼睛**還給我，我就會拿走，還會把你的下巴砍掉。」

「老天，先生，你媽媽就是這麼處罰你的嗎？」

這句話並未動搖他的笑容，而在他睜大的眼睛襯托下，那笑容看起來既友善，又好像會殺人。他說：「當然不是。不過話說回來，她畢竟是我媽媽。」

我後來知道，他的名字是哈吉·阿里，不過把他從黎凡特帶到這裡來的水手，懶得正確發音，就叫他嗨·喬利，簡稱喬利（注：Jolly，歡樂之意）。當然了，這名字有意思的地方，就是他跟樂呵呵差得遠了：這是個帥氣、執著、憂思重重的敘利亞裔土耳其人，隨時面帶笑容，但總顯得皮笑肉不笑。大家喜歡這個名字，有時還會用來叫跟他一點也不像的人，這使得他成為我認識的人裡，唯一能同時出現在兩個地方的人。我想，大家喜歡這個綽號說出口的感覺，勝過喜歡叫這個名字的人。

即使在當時，他也給人一種不可能親近的印象，也或許因此靠近他成了非常吸引人的事。不然要如何解釋我會藉著忙東忙西的藉口，到了晚上還留在印第亞諾拉沒走？在此期間，我還看到他兩次：第一次是在牲畜圍場，他正在那裡檢查什麼東西；然後是在旅館馬夫那裡，他在跟漢斯·沃茨爭執乾草的價錢。我的瘀青搭檔沒看到我，我想讓他看到我並不害怕的目的未能得逞。當然，哈伯一直要我再去偷他的東西。哈伯和我，我們吵了一整夜：他想要我的瘀青搭檔的氈帽、鈕釦、他腳上穿的那雙鞋子；我一直說我們對這名戴紅帽子的陌生人一無所知，不瞭解他的作風，已經用掉兩次機會了，也許不該冒險失去第三次機會。

天亮後，我說服自己趕快離開。我不想承認我犯了錯。但我也不想害自己被砍了下巴，雖然這個威脅太荒謬了，不太可能付諸行動。我會往南走到邊境。本來我可能真的走了——誰知道呢？想想看那個情景！——要不是對印第亞諾拉沉睡的假門面有點莫名其妙的感傷，讓我最後一次在鎮上穿梭，走在空蕩蕩的主街上，並在這裡看到了唯一一個在這清晨時分也醒著的人：一個瘦小的老人，在海上看到某種東西，打斷了他的歸途。我經過時，他轉向我。

他說：「孩子，你看那裡，你覺得正要上岸的那個是什麼啊？」

哎，柏克，我從來沒搞清楚讓我們相遇的所有轉折。這就是記憶的奇怪之處：回想某一刻時，我能立刻想到所有難以捉摸的細節，即使嘴裡說「這當然是真的，還有這個，以及這個，都是真的」，我還是感覺那是我編出來的。但第一眼看到你的那份記憶，從未遭受此種破壞。我什麼都記得。朦朧的月亮掛在粉色的海天交會處。平靜無波的馬塔哥達灣裡，碼頭樁裸露在退潮之中，一堆堆礁石宛如鏡像般上下呼應。小漁船拖著尾流返家，其中有一艘小舟，上面沒幾個人，在波浪中顯得輕盈，駛離**補給號**這艘離岸的龐然大物，往陸地而來。沒什麼特別的——除了船上載的東西。

我跟老人說：「是一匹馬。」

「是嗎？」

其實不是——那根本不是馬。划槳手使盡划向海灘，一道奇怪的輪廓隨之清晰起來：細長如蛇的脖子，凌亂的鬃毛。一顆潛望鏡般的大頭緩慢轉動，一會轉這邊，一會轉那邊。嘴裡咬了一根帳棚釘。牠有個隆起的背，晨風吹過，不斷揚起一片飄渺的霧，是在海上待了六個月的塵土。

等喬利和他的人把你們全部三十三頭弄上岸，印第亞諾拉的人都擠到屋頂和陽臺去了。人群在畜欄四周圍了二十圈，在場的生靈都樂瘋了——尤其是你們駱駝，想想看你們在船上待了那麼久！你們高興地享受新鮮空氣和廣闊的天空，吼叫、推擠、大打飽嗝、在地上翻滾、伸長脖子去推撞橫生的枝條。圍欄四周響起既敬畏又不屑的驚呼——這些戴了頭套、露出牙齒、稀里呼嚕、怪裡怪氣的傢伙到底是什麼啊？牠們來這裡做什麼？沒有人敢把手伸到圍欄裡去，喬利在那裡走來走去，充滿活力，擔任某種隱密而愉悅的護衛任務。消息在人群裡傳開來，原來這些駱駝是亨利·康斯坦丁·韋恩[4]養的。那個帥氣的狠角色，他讓幾個最近一直在鎮上活動的黎凡特少年從東方各地募集來這些駱駝，很快就要送到聖安東尼奧去，擔任騎兵的馱獸。想到我們英勇的年輕人騎在這種可笑的怪物上，又引發新一輪的辱罵，而此刻怒氣是針對你那些體型小一點的雙峰親戚。我們優秀的騎兵到底要坐在哪裡？兩個駝峰之間？試想一下大無畏的李將軍[5]騎在這種動物上！就算牠們可以長途跋涉，就算牠們可以飛，牠們的長相就是不對——就好像獅子的乳房長在背上！應該只會惹印第安人發笑吧！

就在此時，喬利驕傲地彎一下腰，跳到你那白色大個子親戚的肩上，而牠就耐心地跪在圍欄中間。儘管各種名稱在人群裡流傳，他還是設法宣布了，他胯下的那匹怪獸——名叫薩伊德！——可以扛超過一千五百磅重物，連續九天不需要喝水。如果在場的人可以找來夠重的貨物，讓駱駝站不起來，那麼他，來自伊茲密爾的哈吉·阿里，就把這匹駱駝，也就是他的坐騎，送給這個城鎮。

啊，記憶中沒別的事讓印第亞諾拉的人如此激動了。家家戶戶的人都跑來了，先是把家裡的水壺、鍋子拿來。把廚房搬空了之後，就扛威士忌桶、火爐用具和一袋袋穀物來，連夜壺、油燈和襯裙都不放過。乾草捆當墊底。洗衣車應徵召而來，一袋袋床單衣物傳到喬利手上。他站在薩伊德肩頭，抓起遞在半空中的鞋子和外套，大聲鼓勵下面的人——對，那把小提琴給我，先生，那個桶子放這裡剛好——自始至終笑容滿面，解決重量與空間的謎題，而駱駝背負的東西也像帆船一樣漲大了。

時候差不多了，眾人從海灘上搬來一顆陳舊的砲彈，丟進一個裝衣物的袋子裡，搖搖晃晃地吊在薩伊德凸起的鞍具上，另一邊則放了一個小小孩平衡重量。薩伊德一直像緊握著拳頭一樣趴臥在地上。不斷累加的負擔讓他呼吸越加緩慢，不過超載的肋骨還在規律起伏。喬利抱著他，跟他說話，拉拉韁繩，在他開始口吐白沫時輕碰他長著鬍鬚的下巴。

終於，印第亞諾拉的倉庫和儲藏室都空了，喬利要駱駝站起來。牠像個展開的夢境一樣起立。牠顫顫巍巍，往前晃一下，挺高，再往後晃一下，先是兩條腿撐住，再來一對宛如印了指印的皮膝蓋頂住，接著換另一對，把自己撐起來，讓坐在上面的人也隨之傾斜，彷彿跟牠連成一體，只是牠那嚇人身軀的另一塊凸起而已。牠站起來了，嘴裡吐著白沫，皮膚下所有的血管都充血膨脹。那堆東西稍微歪向左邊，又稍微歪向右邊。接著薩伊德重重嘆一口氣，不知道是因為壓

---

4 Henry Constantine Wayne，十九世紀美國陸軍軍官。

5 Robert Edward Lee，美國內戰期間曾任邦聯軍總司令。

力還是因為得意，然後往前走了一步，再一步。整個印第亞諾拉屏住呼吸，看著這股不太真實的蠻力明白展現他們本來不知道的冀望，直到牠緩緩靠近，又扛著他們所有的東西拖曳而去。駱駝又走了幾步，經過我所在的圍欄。我的心跳亂了章法。他們經過時，喬利低頭看著我——柏克啊，我立刻把口袋裡的**邪眼**拿出來，丟進他的手裡。毫不意外，這個插曲並沒有讓駱駝傾倒，牠只是在喬利的手碰觸時再次嘆息，把重心往前移，在搖晃中保持穩定，踏上大道往前走。牠背著那些鍋碗瓢盆、喇叭、靴子、成千上萬磅的棉花、麵粉、乾草、布料，宛如四條腿的行動販售車，而牠身後，寂靜籠罩了印第亞諾拉家家戶戶的屋頂。

我在你們的隊伍後面跟了那麼多天，隨著喬利和他的人把你們帶進內陸，其實並沒有什麼了不起的目的。我想我是對駱駝、那些少年以及帶領你們越過沼澤的士兵感到好奇，也很高興在前行時，看到你們小小的黑色剪影在前面晃動。每天結束時，看著你們梳理自己的毛、喝水，我覺得很興奮。每天早上看喬利把他的鞍具裝在薩伊德身上，我也很興奮。那包裹著皮革的細長鞍椅，與漂亮的白綠色人字紋交錯，恰到好處地安置在駱駝肩部，三叉鞍頭從珠飾中突出來，宛如石化怪獸伸長的手臂。

到了晚上，我躺在樹上，沒人發現，又近得足以聽到駱駝騎士營火的劈啪聲，這給了我得逞的快感。我在他們壓低的交談裡聽出了幾個仍在我的記憶裡扯動的舊詞——人、父、神——那語音節奏如此熟悉，感覺像試圖記起某個夢境。

當然，我第一次爬進營地並坐在柵欄上時，確實得逞了——這壯舉不需要太多勇氣，因為我相信負責守夜的黎凡特人老了，看不到我。你走過來打量我，並立刻伸長了脖子來吃我手裡的紅蘿蔔。我一動也不動地坐著，在你吃我餵的晚餐時，還必須忍受你粗糙的鼻子戳刺。這一次沒被發現，我自然又試了一次。沒想到我該害怕的不是守夜人也不是士兵，而是你的同類——同伴有得吃，自己卻沒得吃，駱駝一定會注意到，並開始大吼大叫。所以我才會發現自己盲目地在矮林裡狂奔，叫喊聲與槍聲緊追在後，同時慶幸這時月亮尚未升起。

從此每天晚上，喬利都會走出來，站在營地邊緣，大喊：「米薩法[6]，你在嗎？」這時我會緊緊趴在炙熱的地上，一口氣也不敢出，一會兒後他會回去營火邊，大夥又聊起來了。

四、五天後的晚上，幾個倒楣的偷馬賊去圍欄那裡試運氣。從他們的尖叫聲看來，顯然他們的偵察工作沒做好，不知道自己要偷的是哪種牲畜，而他們拙劣的行為只成功把你們駱駝驅散了。黑暗中，我躲在樹下，數著落定的槍聲，並鼓勵自己跟守方並肩作戰——我告訴自己，要好一陣子才會再聽到有人聊起人、父與神了。這場衝突持續了好一會。我還沒完全爬出鋪蓋，突襲就平息成收拾殘局的零星叫喊——這裡找到一頭駱駝，那裡又找到一頭——而片刻之後，一邊嘆

---

6 Misafir，土耳其語「客人」之意。

氣一邊穿過草叢朝我而來的，除了你，還會有誰呢？你既軟又重的腳噠噠前進，一直來到我見不得人的榻邊。你把臉埋進我的袋子裡，彷彿你已經如此做過上千次，用鼻子翻動，最後找到你要的東西，把我剩下的晚餐解決了。

喬利來帶你回去時，說：「哎，米薩法，我想你會發現這東西比我母親的**藍眼睛**更難藏起來。」

之後，我就睡在他們的營火邊，沒再逃跑，直到迫不得已。唐納文曾經跟我說，這個世界是兩種人的家：一種是給馬取名字的人，另一種是沒給馬取名字的人。這輩子偷過一、兩匹馬，我認為自己是後者。但事實證明，這顯然不是事實，就跟喬利手下其他駱駝騎士一樣。

身高八呎的薩伊德，是最大隻的單峰駱駝，也是壞脾氣的領隊。他藐視體格不如他的同類，從來沒給牠們好臉色。更糟的是，晚上得把他的腳綁起來——因為他的鄙視都保留給了公駱駝，尤其是針對大紅圖里，他會一直去咬他、撞他、吐白沫，讓圖里保持謙恭。他跟喬利的情誼是早先在阿爾及爾一起對抗德國人時建立的。守夜人跟我說：「嘿，別讓他們兩個靠近德國人，尤其是他們在一起時——他們會變成瘋子。」

這是喬治，一張老臉帶著惆悵的笑容，隨時隨地點燃一根彎曲的菸斗。似乎沒人知道喬治是否真的有看上去那麼老，或者那一臉內縮的皺紋是否是受苦的結果，不過這讓他有一種長老的氣質，讓人很容易跟他親近。尤其是女人。這一趟路，他多半走得踉踉蹌蹌。不是因為喝酒，也不是因為他兩條腿不一樣長。每隔幾分鐘，他就要掏一下耳朵，舒服地嘆口氣。「登陸不適，懂嗎？」[7]

我在路易斯安那跟陽臺女郎學過一點法文，大概聽懂他是在海上久了，有點暈眩。我問他是不是從法國來的。結果他說不是，是希臘。「海拉達（注：Hellada，希臘別名）。」喬治很愛指東西。總是伸出關節粗大的手指，朝向天空、天氣或者陌生人的臉，彷彿你只需要轉向他指示的方向，就能輕易找到真理。他指著喬利，用法文說：「他也是希臘人！」然後呵呵大笑。

喬利對我說：「這老傢伙。可笑的老頭。」

老是跟在喬治後頭的是一臉和氣的穆罕默德．哈里爾——大家都叫他萊洛——某個流浪家族最後一個子孫，是個安靜、瘦長的孩子，總是礙於鄉下人固執的禮貌而顯得拘謹。我記得我看著他，心裡想的是，他唯一確定的未來，就是受到傷害。他喜歡駱駝勝過人，而其中他最喜歡的是一隻叫阿德南的公駱駝。他應該不到十二歲，光是看到他，就讓我想念哈伯了。我已經好久沒感覺自己比誰年長了。

跟我們同行的，還有喬利的表弟，米寇．泰卓，一個精力充沛、爭強好鬥的孩子，同樣也是母語和法文夾雜毫無窒礙。他長得瘦長、脾氣暴躁，而這趟旅程似乎讓他更瘦也更暴躁了。他很注重打扮，不嫌麻煩地穿上繡著金鳥的背心——我成功從上頭偷到一顆鈕釦給哈伯。米寇夠愛美，注意到鈕釦不見了。他對此暴跳如雷，但從未聯想到我頭上來。他騎駱駝的技術還可以，但

7 原文為法文：Mal due débarquement. Tu comprends?

一直抱怨東抱怨西。我不能怪他，因為他每天要跟一頭壞脾氣又不穩定的母駱駝對抗，名叫莎樂。喬治跟我說，他一直很失望，因為他沒想到這趟旅程這麼平淡，應該更刺激、更受重視，當然報酬也更多才對。

我說：「有報酬？」

「你沒有，米薩法。」

喬治總說，他的駱駝，梅達，聽得懂所有他會說的語言。事實上，她是有幾句話聽得懂三種語言的版本，而現在他一路用英語描述經過的景致，那幾個字她也快學會了：太陽、道路、樹木、星星、平原。聽到我說出從父親那裡學到的少數幾句母語，merhaba[8]和mashallah[9]，他很開心。「不要說出去，米薩法，我們要請求神賜福從這裡到海邊的每棵樹和每顆石頭。」

喬治非常喜歡河流。他會沿路畫地圖，把他畫的線條拿來跟一本舊地圖比對，那是他從一個住在伊茲密爾海邊的人那裡拿到的。到了每個淺灘處，喬治就會在地圖上尋找那條河。「這是瓜達魯佩河，米薩法。」說著，他小心翼翼地用手指劃過那條河彎彎曲曲的線條。「你看，有好幾條跟它一樣短的溪流吧？源頭都在這裡。」他指著地圖上一處空白的地方，那幾條黑線在那裡交會。「這邊還沒人畫過，不過這裡有個——你們是怎麼說的？**斷崖**。」

「斷崖。」

他露出燦爛的笑容。「看吧，米薩法，就是這麼簡單。」

他靠圓規和大拇指指出河道，儘管哈伯想要他那套繪圖工具裡尖銳的金製針腳，但我知道我不可能從喬治那裡偷到東西而不引起懷疑。後來哈伯接受了一個小小的銀色扣環，是有天晚上從喬治的左腳鞋子上掉下來的。

柏克，很抱歉要這麼說，不過你是比較容易下手的目標。從你這種沒有名字的小駱駝身上，偷點鞍具上頭的流蘇或珠子簡單多了。你也很有風度，假裝沒看到並且忍耐我在淩晨三點冰藍的夜色中練習打包的可笑行徑。我相信你把我當作還可以忍受的笨蛋——但是我想，有某種默契，正慢慢在我們之間建立起來。你好心地容忍著周遭的一切，也充滿好奇。經過低矮的藜木叢時，你總用嘴唇去碰一下，然後每走幾百公尺，就發出嚇人的低吼聲。你有個討人厭的習慣，總要把脖子扭過來去惹那些惹你的**跳蚤**。你的跳蚤受到驚擾，很快就變成我的跳蚤。我全身上下布滿牠們怒咬出的紅點。騎行到了第三天，我發高燒做惡夢，夢到我跟哈伯一起站在海裡，哈伯跳過一個又一個**藍眼睛**，一顆又一顆**邪眼**，通過閃閃發亮的海浪，然後要我隨著浪濤沉入海裡。

我一直努力回想，幾年前我在內華達遇到那個小作家時，我是怎麼說駱駝騎士的。我想不起他的名字了，但我記得我很滿意自己最後跟他說的話。

---

8 merhaba：打招呼之意。

9 mashallah：上帝的恩賜之意。

「沒有人能不摔幾次就騎上駱駝。他才剛弄清楚身體該擺在哪裡，就會被甩下來。至少頭幾次都會這樣，把旁觀的人逗樂。」

還有呢？駱駝站起來就會揚起一片沙塵。牠們是分段起身的：前面，後面，中間。每一段單獨進行，都讓人感覺要從馬車上被甩下來，但一氣呵成，就會讓人再次思考自己跟造物主的關係。韁繩拉再緊都沒用。一旦坐上去，上頭的人會發現他和駱駝的頭之間有一段陡降的脖子，萬一跌倒，完全無法保護他。

駱駝對馬刺的反應很激烈。只能好聲好氣跟牠們說話，也只能用手掌拍打牠們。再粗再硬的葉子牠們都吃，連藜木都不排斥，而且行進中也會吃，這時不該阻止牠們，因為阻止也沒用。駱駝可以一連七天不喝水，超過這個時間就開始受苦了。這時牠的情緒還沒什麼變化，但駝峰會明顯下陷。駱駝一次可以喝五十加侖的水，而且必須順著牠，讓牠自己恢復活力。要是受到干擾，牠就會展現比較不討喜的一面：超級沒耐心，力大無窮。

駱駝不適合無精打采或情緒低落的人。牠們比你預期的更快，更會鬧騰。邋遢又愛生氣。牠們的毛會脫落，到處飄，讓空氣裡充滿一種略帶甜膩麥芽的臭味，騾子和馬聞到了會非常激動，嚇得四處奔逃。那兩片堅韌的大嘴唇裡面藏著紫色的牙齦、大如墓碑的牙齒，看到什麼就想咬咬看：帽子、手臂、耳朵、追趕家畜的郊狼。

不過駱駝毛是天底下最柔軟的東西。駱駝的眼皮上蓋著上帝編織出的最細緻的睫毛。牠們從耳朵到腳底都非常堅韌。牠們的心屬於騎在上面的人。而出眾的身高讓牠們可以一望無際。

坐上鞍具的第一天，我被你搖得很不舒服，低頭看著我們那麼多隻腳，在落日中拉長了影子晃過草地，突然感覺喉嚨很緊。因為我發現，真真切切地發現，我在不知不覺中被自己的渴望驅使著，進入了一個前所未有的奇蹟中。我好想念父親，想念哈伯和唐納文，想念此前我人生中所有的吉光片羽。是以前的一切讓我走到這裡，而在這個強烈而不可思議的轉折中，那些往事似乎都離我越來越遠了。

從印第亞諾拉到聖安東尼奧，是德克薩斯州第一段平坦的廊道，一條長長的翠綠河谷，騎起來很輕鬆。我們應該還在科曼奇地區東邊很遠的地方，不過還是拿起望遠鏡觀察山上有沒有不懷好意的科曼奇人。這都多虧軍方派來護送我們的人，傑拉德．蕭。這名苦瓜臉的愛爾蘭人，負責驅趕一群牲畜，一直嚇唬我們。他不停抱怨駱駝很臭，不僅他和他的手下受不了，他們的馬和騾子也受不了。這一大群又吵又臭的組合，讓他想退避三舍。他說：「軍隊沒面子，敵人樂呵呵。」他說起要是我們遇到挑釁的印第安人會有什麼下場，說得興高采烈，鉅細靡遺。「淪為狗食啊，各位毛茸茸的朋友。」他要我們知道，我們的死不可怕，死後受到的屈辱才可怕：內臟被掏出來，頭被砍掉，全身大卸八塊，我們的駱駝會被對方征服，之後用來對付蕭率領的英勇士兵，而那些士兵呢，蕭向我們保證，絕對會毫不遲疑消滅牠們。

但是一路追尋水的蹤跡，只帶我們來到艱苦度日的墨西哥人居住的小鎮。等我們看到那些小鎮，街道上早就擠滿了人。要是知道消息在這裡傳得有多快，薩繆爾．摩斯[10]那老傢伙或許會重新考慮電報的用途。勝利或大屠殺的消息都沒有我們的到來這麼轟動。連狗都跑來了。孩子們玩到一半被大人抓住，嚇得不敢出聲。家家戶戶都有人出來看得入迷：年長的水牛獵人披著鮮豔的披肩，驚奇地忘了羞恥心；女孩子露出長滿雀斑的肩膀；年輕牛仔裝出一副天底下已經沒新鮮事好看的模樣，不可能驚動他們來驚嘆此刻來到鎮上的荒唐怪物。漸漸地，連他們都伸出手來碰觸經過他們面前的駱駝側身。這時你的一個親戚用鼻孔噴了一口氣，並朝人群吐了一口口水，讓現場騎在大人肩上的孩子都樂翻了。

不過多半時候，你對於你們引起的驚嘆完全無動於衷，就跟你對雨的反應一樣。

我們的廚子是個叫艾沙隆．瑞汀的自由民，士兵都叫他老艾，其實他很有可能年紀不比我們大。他的炊事馬車——上頭有雞籠、集水桶和討厭的玉米碾磨機，重得不得了，所以我們都叫它「小巨無霸」——跟在整個馱隊後面一路呻吟，老艾就跟著走在它旁邊。他的鬍子非常濃密，簡直就像行走的灌木叢。他的右手有一片觸目驚心的疤痕，聽某些士兵說，是很久以前跟一名奴隸販子起衝突造成的。還有人說那是他自殘來的，這樣一來他靠近熱鍋時，要是熱油噴到手上，他就不會瞬間畏縮。擁有這種能力除了讓人很佩服之外，似乎沒什麼意義。不過老實說，置身在一群騎兵和騎術高超的人裡，光是能夠讓人佩服就夠了。

老艾負責看守我們的食糧，而他的手能製造出讓我們在一天結束時最期待的微薄慰藉。可是他供應的食物質量並不穩定。他和喬利打從一開始就成了死對頭，因為老艾每天都要瞪著喬利盤子上剩下的鹹豬肉。

「小子，那東西有什麼問題嗎？」

喬治跟他說：「阿里不吃豬。」

「啊，原來他跟公爵夫人的桌巾一樣嬌貴啊？」

那趟任務裡，沒多少習慣比喬利不吃豬更麻煩了。我敢說光是第一週，就讓他瘦了十磅。我記得看著他撲向灌木叢抓鵪鶉，他身上的衣服鬆得像稻草人穿的。趁著老艾轉身沒看到時，他把真的被他嚇到飛出灌木叢的少數幾隻鵪鶉偷偷掛在營火上，一會放上去，一會拿出來，就這麼反反覆覆，最後幾乎把鵪鶉烤成灰了。鵪鶉沒什麼肉，可是喬利把那些焦黑的骨頭放在嘴裡翻來轉去，像吃肝臟一樣吃得津津有味。

不吃豬，不喝烈酒，也不賭不嫖——這些堅持都讓那些步兵逐漸不信任他，尤其是蕭。喬利毫不在意。他沉溺在孤獨與空白的紙張上。他會把紙放在膝蓋上，一邊騎著駱駝前進，一邊塗塗寫寫。我從隊伍的後面看過去，只能看到黑黑的線條，但靠近一點就能在那些紙上看到整個世界。夕陽。畫滿了商隊的風景。雜草叢生的斷垣殘壁。

10 薩繆爾·摩斯：一七九一年生於美國，摩斯電碼的創立者，後來摩斯電碼成為世界上主要的電報語言。（編按）

我問喬治：「他是在哪裡學來的？」

「他跟土耳其人同行時學的。」

「我以為你們都是土耳其人？」

我很快就知道說米寇是土耳其人會有什麼下場，不過喬治似乎不介意。

喬利跟我父親一樣，禱告時手掌朝上，不過那時候他要問萊洛才知道什麼時候要禱告，一天要禱告幾次。看到他變成一個溫馴、安靜的孩子，感覺很奇怪。萊洛從小就這樣禱告，敬拜神的規範對他來說根深蒂固，但喬利從來就不信任自己會有多虔誠。他很小的時候，就被一名土耳其商人和他的家人收養了。這件事的細節，要看說故事的人是誰；米寇說喬利是被人偷走的；喬治說他是自己走的。從小到大，他都少不了置身吟頌禱詞的場合，但從未真正接受過那些內容——那些都是用阿拉伯文念的，而他看得懂的阿拉伯文，比土耳其文還要少。所以，喬治跟我說，他鞠躬、額頭碰到地毯，如此遵從多年做足表面功夫，最後臥床的老人還要求他替他到麥加去朝覲。不管那個人是誰，喬利從來不提他的事。但就在那次以那人的名義進行的朝覲中，喬利第一次感受到跟他在遠方敬拜的神有了連結。之後，他的虔誠就不關別人的事了。找到神之後，接下來喬利要找銀礦。他偶然在敘利亞找到一些，但原本該分給他的，卻被人騙了。於是他去找金子、鹽、其他礦物。結果找到了戰爭：整個沿海都在打仗，接著輪到阿爾及爾，他在那裡騎著薩伊德替法國人打仗。這段血腥經歷之後的那個夏天，他學會作駱駝生意，帶領一支商隊回到他的出生地，結果發現母親死了；表弟米寇破產了，而且非常不滿生活讓喬利變得面目全非。

自始至終，喬利都相信奉行阿拉之道是對的，也帶著這個信念努力往前走——除了偶爾會突然害怕自己太愚昧。陷入那種恐懼中，他就會悶悶不樂。

他跟喬治相識之初，有天晚上他對喬治說：「我一直相信自己很虔誠，要是臨死之際，才發現我從頭到尾都做錯了，那是多可悲的事啊！」

之後沒多久，亨利．康斯坦丁．韋恩就搭著**補給號**入港，宣揚另一種沙漠風情。喬利去了沙漠，同時一直覺得他背誦的禱詞是錯的，他的敬拜儀式少了某些環節因此無效——後來的旅程讓他離似乎了解這件事的人越遠，他就越不安。

我們往西北方走，感覺走了一輩子，但其實只走了幾天，就來到葛林要塞，一個用稻草和土磚蓋成的營房。那裡的科曼奇商人兼馬夫平靜無波地打量我們，彷彿早就有人告訴他，此刻會有這一個個駝峰和叮噹響的鈴進入他的大門。難得有人這樣迎接我們，我們還是不免有點失望。這個要塞很簡陋，很荒涼，米寇特別難過。日落時分，他跟我一起走在脊線上，望著坑坑洞洞的荒地和遠處的平頂山，雙眼盈滿淚水。他把帽子甩在地上。「全都是這個樣子嗎，米薩法？」我說希望如此，因為我覺得這種景象讓我很有動力。他的感覺跟我不一樣。「可是人都到哪裡去了？」他說，「大城市都到哪裡去了？」

不知道他要大城市做什麼？我能夠想起的少數幾個我見過的大城市，都很陰鬱、吵雜，街道很臭，以及越來越多的死者。我說：「我以為你是沙漠人？」

他挺直腰杆，那眼神簡直可以將我燒成灰。「我是斯麥納人，米薩法。斯麥納，你知道那個地方嗎？」不知道。這算我無知。「那是一個很繁榮的城市，在海邊，港口停滿了船隻，窗口的燈光讓山丘閃閃發亮。而這裡。」他隨意一揮，輕蔑地看著下面一整片荒地。「一切的一切都在哪裡啊？」

我不知道。有些可能在聖安東尼奧。有些當然是在紐約。還有其他的，我猜可能在加利福尼亞。我們四周只有崎嶇的步道和由地下溪流灌溉的綠洲。那偶爾枯竭的溪流湍湍掠過平原，永遠在尋找，永遠為了追尋它們看不到的某種東西而前進。

你可能記得，我們在葛林要塞紮營期間，有兩隊人馬經過那裡。第一批是由李．瓦登上尉帶隊。他正帶領騎兵往西到斯塔克平原，並將在那裡遭遇科曼奇人，全面潰敗。喬利看了他一眼，說：「看看這名小丑。今天晚上會出事。」他有時會這樣——他相信自己是傳達人類墮落的神喻使者，就如同關節遇到下雨就發痛一樣準確。果然，韋恩和瓦登像文明人一樣相偕到附近的牧場去暢飲之後，新來的人就圍著傑拉德．蕭放在馬鞍袋裡的威士忌桶喝起來了。喝到太陽下山時，他們已經醉得差不多了，而且越來越吵。我記得那時喬利坐在我們的帳棚前面。那天他已經過得很不順了：一整個下午薩伊德一直伸出冒著白沫的舌頭，咳個不停，又因為他跟平常一樣老是對其他公駱駝發脾氣而更加惡化，喬利只好走在最後面，不讓他受到干擾。為了把他的腳綁起來，讓他走慢一點，喬利跌了一跤，現在正在修轡繩，一臉快要發火的表情。「我就說吧。」隨著喝酒的人越來越吵，越來越放肆，他一直重複這句話：「我就說吧。」喬治躺在一張地圖下，連看都不看他一眼就說：「什麼事都還沒有呢。他們還沒鬧到讓你去找他們的晦氣嗎？」

當然了，最後是蕭惹毛了喬利。他從圍欄那邊晃過來，後面跟著一群路都走不穩的騎兵。酒給他們壯了膽。這群長了一雙藍眼睛的瘦長軍人裡，不時就會有一個跳到柱子上去抓駱駝的臉——眾人一起大喊，**親愛的**，**親一個**。呃，柏克，真希望你讓他們如願——就像上週你親那些採礦人一樣。讓他們受點教訓。總之，那些夠機靈沒被發怒的駱駝撞下圍欄的人，也會受不了你們的惡臭。

喬利說：「你知道的，他們針對的是我們，不是駱駝。」

這句話他是用土耳其語說的，我一下子沒聽懂。等我恍然大悟，就覺得挺得意的。可是沒有人注意我，更別說是喬治了。他說：「別管他們了。」

可是喬利不能不管。

一會之後，他對那些騎兵喊：「你們最好不要再鬧了，牠們很容易被激怒。」

這句話引發眾人紛紛議論起駱駝的危險性。也許，如果沒被牠的口水淹死，也可能被牠醜瞎。「無論是哪一種，」蕭下了結論，「我都期待這些讓人退避三舍的東西加入我們，在戰場上好好修理一下對手。也許牠們的臭氣會把印第安人逼瘋，就跟把我們的騾子逼瘋一樣。」

喬利聽不得這種話。「你確實該注意一下你們的騾子——算牠們聰明，懂得害怕。」

對方很快回嘴，說一隻德克薩斯的馱騾抵得上整隊喬利的駱駝，等等等等。蕭說他看過一頭騾子把一名男子踢飛過一堵石牆。喬利跟他說——更言簡意賅——若他的作戰方式就是把敵人一個個踢過石牆，難怪他的軍隊需要駱駝幫忙。這句話惹得米寇笑到打嗝。萊洛的臉繃緊了，透出膽怯的笑意。這場唇槍舌劍就算原本沒有惡意，也很快變質了。喬治想要緩和氣氛。他喃喃地說：「我們是在聊騾子和駱駝。」

喬利很確定我們沒有在聊那個。

對峙的人裡，有一半醉到不知丟臉為何物，另一半則是氣到無法思考了。接下來我只知道，蕭把一頭騾牽出馬廄，喬利也把薩伊德腳上的套繩拆了。我們的墨西哥偵察兵，薩維卓，不在乎誰贏，負責收注。

說來慚愧，我得承認，一知道不是由你來為這項爭議拚命，我就對結果很好奇了。喬治一臉嫌惡，我想那表示不論結果如何，都會很難看。你應該知道，你也在場——跟薩伊德同行了那麼久，你應該看過這種場面。他簡直就是個龐大又堅硬的火車頭。對於其他人事物的傷害，絕對不心軟，並且跟喬利一樣自豪。我常常想起那天晚上，想到我記憶中雙方交手前的那一刻。黑騾子睜大了眼睛，薩伊德低著頭、流著口水，宛如蓄勢待發的破城槌。我想不出要用什麼言語來描述接下來的事，但你一定會同意：薩伊德簡直把騾子撞成兩半了。

這讓每個人都清醒了。尋常的口角，導致大家一起挖一個很淺的墓。「我不是要你別管他們嗎？」喬治一直這麼說。

韋恩回來時，我們已經把騾子埋了。

破曉前幾個鐘頭，一陣鬼哭神嚎，把帳棚裡的我們嚇了一大跳。火把的亮光在睡意濃重的臉孔和破舊的睡衣上一陣晃動，終於停在聲音的來源上：畜欄裡有一頭傷痕累累的獅子。牠被一群駱駝的腿圍住，一邊咆哮，一邊試圖衝出重圍。等到有人拿槍出來，牠已經從圍籬下面鑽出去了。之後好一段時間，我們都可以聽到牠在矮樹叢裡衝來撞去的聲音。

長官命令我們各歸其位，但誰都別想睡了。我半夢半醒地躺著，手裡抓著從蕭那裡偷來的小望遠鏡，一翻身，發現喬利醒著，正看著我。他似乎一直在等著找人講話。

「我覺得很慚愧，米薩法。」

我問為什麼。他鬱悶地想了一會。他說：「哎，要是之前沒見血，就不會把獅子招來了。」

第二批人是幾天後來的。那時很晚了，我們都躺下了，突然來了三名騎士。他們不苟言笑，很快卸下馬鞍，在韋恩出來歡迎他們時，態度很恭敬。他們道了晚安後，在離我們的火堆稍遠的地方生了另一堆火，嚴肅地舀著老艾剩下的冷食來吃，低聲交談。時間越來越晚，他們一直往我們這邊看過來，最後其中一人站起來，把他那雙斑駁的黃色小牛皮靴子挪到我們的火堆旁。

他說：「各位，打擾了。最近我們聽說了很多你們的事。我知道已經很晚了，天色也很暗了，還很麻煩你們——不過能不能行行好，讓我們看一下牠們？」

他的英文說得很好，也說得很委婉。駱駝騎士們朝我看來，我想都沒想，也沒先問人，就說：「當然可以啊，朋友。」——然後就發現自己跟約翰・伯格法警那張毋庸置疑的臉打了照面。

柏克，就算當場被射中心臟，我也不可能更震驚了。他繼續看著我。喬利已經起身要滿足他的請求了。一切都成了雜音與光影：喬治也站了起來，並發出他特有的粗壯而誇張的笑聲。米寇好像哼了一句什麼，用希臘話說不了，他現在很溫暖，哪裡都不想去。「米薩法？」喬治在問我，但我搖搖頭，不了——這只讓伯格的視線又飄向我，這次逗留了一會，然後他才跟著他們走了。他們去了很久，我在這段時間裡考慮各種可能性。我可以趁黑逃走，但不可能跑太遠。我可以在他問話時假裝聽不懂英文，但那只會讓我的同伴們起疑。

他們回來時，我還坐在那裡，沒動，也沒拿定主意。

伯格顯得很亢奮。這幾乎讓他看起來很親切。「啊，各位，真是了不起的東西。多謝了。」他朝我伸出手來，好像怎麼握手都不夠。「多謝了。」他又說了一次，然後回去他們的火堆旁。

過了好久，我才再度抬眼，看著伯格愉快地跟他的同伴交談。他往我這邊看過來的頻率越來越少。等火堆燒成餘燼，我把被子捲在身上，蓋住臉，躺了一個又一個鐘頭，預期等我抬眼時，會發現自己被他踩在腳下。

但整個晚上都很安靜，只有餘燼的劈啪聲。到了早上，伯格和他的人已經走了。

過沒多久，某個灰暗的下午，草原上終於出現一個破舊的綠色小鎮。廢棄的教堂窗戶是空的。一大團雲落下冰冷的雨，斜斜打在西班牙式的房屋和茅草屋頂的營房上。

那天上午一名惡名昭彰的匪徒剛被吊死，整個小鎮還沒從那個場面中回神。街上散落著彩色紙張。我們穿過小鎮去營房的路上，經過絞刑臺，不過屍體已經放下來了。有人正在割斷繩子當紀念品。

米寇顯然一夜沒睡好，精神很差，低吼：「這是une grande cité嗎？」

我心想，他是說大城市。不。「這裡是聖安東尼奧。」

在坎普維德等我們的，是一名配刀的指揮官，他從休士頓趕來跟我們碰面。他有一張聰明、乾淨的臉，黃頭髮，靠在圍欄上，一條長腿踏在下面的橫杆上，嘴裡咬著一根草。他最引人注目的地方，是那一頭整整齊齊的頭髮。軍官穿著軍服，總讓人感覺他們正要去參加婚宴。

「你知道那是誰嗎，公爵夫人？」老艾對喬利露出開心的笑容。「那是我的老朋友，奈德·畢爾。」

喬利說：「又是一名小丑。」

這是因為喬利無知，還是故意想惹老艾生氣，我不知道。喬利是黎凡特人，他不知道畢爾，情有可原。但是我們其他人一看到他，立刻興奮地手舞足蹈。愛德華·費茲傑羅·畢爾：游擊隊員、探險家、中尉；基特·卡森的同袍與戰友，後者曾經從德克薩斯州徒步走到加州，身上只帶了一把折刀，還有咬緊牙關堅持到底的毅力。後來，我總說，看畢爾的打扮就知道他是個謙虛的人：以他那種身材，若想誇耀，不會只留那麼一小撮鬍子。

哈伯一直在慫恿我，但我無法想像偷畢爾的東西會有多危險。

到了晚上，整個東方馱隊的命運就全交給可靠的領導了。畢爾受命開闢一條通往加利福尼亞的貨運路。他會從這裡行軍到阿布奎基，接著從迪法恩斯堡往西，進入荒野，穿過峽谷和惡地；經過科曼奇、猶他和莫哈維領地，到科羅拉多河最西邊的河彎，沿著第三十五條平行路線穿過美國大沙漠。

聽到這個消息，大家普遍都很高興——但在我看來，似乎跟我們到目前為止的行程沒什麼兩樣，只是水會更少，印第安人會更多。在為這次探險辦的慶祝會上，我發現自己沒什麼胃口，因為畢爾的加入讓一切顯得更正式，還有了隨行攝影。我開始害怕他們可能會要求我在此離隊。好吧，我試圖告訴自己，那樣也很適合我。我跟這支滑稽的隊伍夠久了，現在可以尋沒那麼辛苦的路線繼續往西，讓自己更不引人注意一點。我想去哪裡都可以。我思索所有的可能性，越想越難過。晚餐後，我丟下狂歡得令人生厭的土耳其人和士兵，走到鎮上去。

柏克，真希望你就在那裡，看到吊刑之後酒館燈火通明的樣子。我沿著主街漫步，望向窗內，視線停留在吧檯邊，感受短暫停留與行刑之後的氣氛，最後又回到廣場。到處都是死者，門裡門外飄進飄出，尋找自己的零碎片段——因為，柏克，阿拉莫[11]就在這裡，毀壞的尖頂宛如高山被切斷了山峰。旗幟無精打采地掛在總督府庭院的桅桿上。窗內盈滿黃光，尋歡作樂者的黑影映在窗簾上。

法庭的階梯上坐著一個細瘦的男人，穿了一件很破舊的外套。一看到他，我立刻湧上一種很奇怪的悲傷。男人把手肘撐在膝蓋上，腳稍微往外伸。我認得他雙手交握的方式。他的雙頰凹陷，露出一種遙遠的表情，在我還沒坐到近得足以看到那閃閃發亮的紫色項圈之前，就讓我的脖子微微刺痛。項圈之下，是那件熟悉而破舊的灰外套，我認得且跟隨了多年的灰外套，彷彿那衣服本身就是我的家。

我說：「唐納文？」

是他本人沒錯。唐納文．麥可．馬蒂——如果不是他的血肉之軀，就是最近才從中解脫的他。他用我愛的那雙眼睛，朝我看了許久。「是你啊。」他說，「差點沒認出來。」

「發生什麼事了？」

他搞不太清楚狀況。剛死的人都這樣。「我本來在廣場，然後就到了這裡。可是我不記得我是怎麼來的。」他譏諷、瘋狂的一面，因為害怕而顯得柔和了。「你覺得這是什麼狀況？」

我跟他說這表示他自由了。那時我應該是正努力把眼淚擠回去吧，因為唐納文斜斜地看著我，說：「你一直是個大傻瓜。」他繼續看我，然後伸手一指。「那是我的。」他是指那個水壺，自從我受傷那天他把我留在壕溝裡之後，我一直掛在脖子上。

---

11 Alamo，在十九世紀德克薩斯脫離墨西哥的獨立運動中具重要意義。

「你給我了。」我說，「我中槍的那個晚上。」我本來想說「很多年前」——可是那是多久之前的事？頂多一年。也許兩年。

他說：「我記得。」

「你為什麼丟下我？」

「我不知道。」他垂下視線。「我想那是我最後可以為你做的事吧。我做錯了嗎？無論如何，我看你現在過得好多了。那個伯格，他在我後面窮追猛趕，要是他趕不到，也會派別人來。他連我沒去過的地方都放話出去：丹佛、舊金山等等，有人說看到我，他就去追查。他鍥而不捨——就像你看到的這樣。就是這樣。如果我是你，我不會在這些地方逗留太久。天啊，盧里，我好渴。」那個名字嚇我一跳。我很久沒有聽人喊過了。「盧里。」他又喊一聲。「要看清楚我的人生會怎麼變化。要懂得去喝我經過的每一條河流的水。」

我還來不及阻止他，他就伸出手來，抓住水壺的背帶。那隻手穿過我的那一刻，我想像他的指尖耙過我的心臟。死者的碰觸，沒有你想的那麼冷。皮膚像夢裡的肢體一樣刺痛。讓人害怕的不是那種陌生的感覺，而是他們的慾望。轟然把你炸開。

我過了緊張的一夜。這一度是我大哥的陰鬱幽靈一離開，我就發現自己的臉泡在聖安東尼奧河裡。就這樣浸在水裡，我看到沙漠和一座傾頹的教堂一閃而過。我找到回營房的路，跟你一起站在水塘邊。這是我第一次注意到你喝水的方式——一大口喝得警惕，喝得意猶未盡；看得出來水從你的脖子通過，你的咕嚕吸吮反覆而堅定，跟馬的悠閒淺嚐完全不一樣。

我們在聖安東尼奧待了好幾天，喬利還是沒有邀請我加入他們。希望落空了。我繼續幫你刷洗，看著他整備馱隊，拖延分道揚鑣的腳步。那時唐納文的慾望已經緊緊揪住我了。我已經習慣在每個裝水的地方把他的水壺裝滿，每次喝個一小口。他的慾望讓我非常害怕水壺沒水，所以我從來不敢把水喝完，只是一次又一次裝滿，就算幾乎要滿出來了也一樣，於是水壺裡的水綜合了一切，什麼味道都有：砂石、鐵、塵土，還有雨，作勢半天沒下、另外半天下得淹大水，把每個人都逼出了宿舍。這就是聖安東尼奧。

唐納文的慾望跟哈伯不一樣。第一個晚上之後，那股慾望似乎就逐漸淡了，最後成為自然而然的事。或許是因為唐納文死時年紀比哈伯大，也因此他的慾望比較遲鈍，比較自制，我感受到的也較為平靜。又或許，因為他的慾望沒有徹底消除哈伯的慾望——只是把它稍微挪到旁邊——為了跟已經存在我身上的慾望競爭，它沒辦法那麼激烈。這讓我對慾望本身感到好奇了——我可以有我自己想要的東西嗎？現在只要有死者碰到我，搶先我一步，我就必須永遠填滿他們的慾望？我本來知道得就不多，現在知道得更少了，除了偶爾，喝水時閉上眼睛，就可能被某個畫面嚇一跳。多半時候，那畫面稍縱即逝——唐納文或哈伯的臉，或是一種我認得的感覺——快得我來不及領略細節。不過也會有我不熟悉的畫面：某個晚上，某個女人，一條冰封的街道。一個女孩倒在水邊。呃，現在我已經知道那些是什麼了。但是當時那些畫面讓我很不安，不知道那是過去、未來，還是永遠不存在，又會不會有真相大白的一天。

我自己只想要一件事：繼續以旅人的身分跟著駱駝部隊走，或者，若不成，則不再渴望。

你們預定要上路的前一天晚上，喬利來找我。他激動得讓我感覺有點陌生：我希望那是因為他不願意和我道別。我記得我害怕他會擁抱我，而我會很丟臉地哭了。其實我不需要擔心。他興奮得臉都發亮了：「中尉找你。」他帶我到軍需處，上樓，進入奈德．畢爾本人的辦公室。中尉坐在大桌子後面一張鹿角做的椅子上，堅定地看著我。「孩子，你是誰？」

我跟他說我是駱駝騎士。這句話暫時還是真的。他把視線轉向喬利，舉起一隻手。「就我所知，韋恩雇用了六個人照顧牲畜：嗨．喬利、米寇．泰卓、希臘人喬治、哈里爾、長湯姆，還有埃利亞斯。其中兩個人在印第亞諾拉因為報酬起了爭執離隊了。所以你到底是誰？」

喬利向前來。「長官，他們把他的名字記錯了。他叫米薩法，是我的親戚。在印第亞諾拉離隊的只有埃利亞斯。」

我站在那裡點頭附和。畢爾的眉毛又厚又濃。你會忍不住以為那兩道眉毛擁有超自然的觀察力。他從桌子上拿起一張紙。「我收到一封特克薩卡納寄來的信。信中寫著，特此通知，我們有理由懷疑一個名叫馬蒂的人隱姓埋名躲在你們的馱隊裡。此人為黎凡特人，身材瘦小，年約二十三歲，因殺害紐約州的詹姆斯．皮爾森遭長期通緝。此人先前與逃犯唐納文．麥可．馬蒂同夥，後者最近已於聖安東尼奧執行絞刑。若找到此人，請將其就地拘留並望函告為荷。」

等到他把那張紙放下，我的胸腔已經緊到我以為我要暈倒了。喬利非常勇敢地沒往我這裡看一眼，但我看得出來，他額頭上的血管都突出來了。我突然想到，我不該把**邪眼**還給他。我心想，我真是傻瓜，在有人指控我殺人的前幾週承認自己偷了東西。

畢爾繼續毫不遮掩地看著我，最後我感覺我的死亡已經來到這間辦公室，並充滿了剩餘的空間。「你是這個——馬蒂嗎？」

「不是的，長官。」

接著他轉向喬利。「他是嗎？」

「他的名字是米薩法，長官。」

「我們是在哪裡讓他加入的？」

「伊茲密爾，長官。」

「傑拉德．蕭似乎不記得在坎普維德之前見過他。」

「長官，蕭愛喝酒，更愛說話。但那並不能改變事實，他是我的親戚，是伊茲密爾人。」

畢爾再看一次信。他說：「阿里，大家都說你是個正直的人。據某些人說，有些衝動——」

「誰說的？蕭？」

「——但正直、坦率、勤奮。你要想清楚。」畢爾舉起那張紙。「如果你會寫字，而你的名字要寫在一封替這個人背書的信上，你還會堅持同樣的說法嗎？」

喬利聳了聳肩。「我不知道，長官。也許我會有點遲疑要寫『伊茲密爾』。畢竟我不確定他是不是真的在那裡出生的。」他把那對充滿笑意的眼睛轉向我。「米薩法，你記得你的出生地嗎？」

神奇的是，我想到了答案。我說：「記得，我是在摩斯塔出生的。」

後來，喬利和我跨坐在營房的圍籬上。好一會他都沒說話，只是搗緊他的菸絲。

「你不需要那麼做。」我說。「但你這樣真的太好心了。」

「這麼多年來，我們總會被貼上各種標籤。但現在的我們，就是現在這個樣子。」

不管他以前是什麼樣的人，就我而言，他就是神那邊的人，我也跟他這麼說了。他似乎沒想太多。我這才第一次想到，這句話有多好笑。我從來沒仔細想過它的意思。神那邊的什麼人？

喬利說：「舉例來說吧。我出生時是菲利普．泰卓，可是等我到了麥加，我的名字變成阿里．莫斯塔法。因為去朝聖，我有資格自稱哈吉[12]。所以我就成了哈吉．阿里。」

「哈吉．阿里。」

「可是**哈吉**是個敬稱，米薩法，你懂嗎？」

我把這句話翻來覆去想了很久。一切都席捲而來：不只是摩斯塔——不只是我父親的出生地，那一堆石頭屋，和我不記得名字的那條河的碧綠河水，還有他的名字。那個我很久沒想起的名字，此刻從我心裡最幽黑的泥土裡被掘出來。哈吉歐斯曼・卓里奇。

我把這名字拆開來。

哈吉歐斯曼・卓里奇。哈吉歐斯曼。

「那是什麼人？」喬利想知道。

「應該是我父親。」

「哈吉・歐斯曼？」他對我笑得咧開了嘴，彷彿我們剛剛發現一片跟德克薩斯州一樣廣大的礦脈。「啊，米薩法——原來你真的是土耳其人？」

12 hadji，朝覲者，曾赴麥加完成朝覲的伊斯蘭教徒。

中 MIDDAY 午

阿馬戈

亞利桑那領地，一八九三年

跟著聖塔・安納[13]的民兵團征戰多年之後，雷・魯易茲的父親懊惱地發現，他打過的戰爭，反而把邊界移到了他的土地以南。英國軍官站在他小時候常去的廣場上，堅稱他可以保留原本的財產。他相信墨西哥很快就會把領地搶回去，因此始終憎恨新的共和政府，也帶著強烈的羞愧感將雷養大，那種感覺在老人去見上帝許久之後，都還縈繞不去。黛絲瑪在西行的路上認識雷時，雷他們家的牲畜已經少之又少，而他正把掉隊的那幾隻趕出奇里卡瓦領地，並開始懷疑他父親的信念。墨西哥已經四面楚歌，徹底完蛋了。它似乎不可能為了在最近一場失敗戰役中死去的人報仇。於是他和黛絲瑪作伴，跋涉三百哩。他發現她對槍戰並不陌生，因為她家的男人曾在馬其頓各地帶領過伏擊戰。他說起一段模糊的童年記憶，他坐在廚房桌子旁，士兵用刺刀刺破一袋袋麵粉，而他父親躲在煙囪裡。聽到這裡，黛絲瑪說：「你媽媽是不是給他們準備了一頓大餐，豐盛到他們從頭到尾都沒注意到她沒用火煮東西？」說得好像那是她的親身經歷。

他們到了紅河谷時，圈立了相連的土地，就這樣生活了七年，假裝兩人只是陌生人，一起熬過了合法擁有土地的證明期，在此同時阿馬戈也在他們四周發展起來。雷，在美國的領土下面研究美國人的鞋跟地帶研究了一輩子，終於想出了扭轉劣勢的方法。他在六個郡建立了不容置疑的水巫名聲。他把他的土地上的河段圍起來，開始向來休息站喝水的牧人和旅人收費。他的奶奶相信，弱者才去耕種，而他很努力地將這個信念的痕跡從他的內心抹去。等諾拉和艾默特風塵僕僕來到這裡，魯易茲夫婦剛新婚，是這個小營區的中流砥柱，總共管理了三百二十畝溪岸土地。

「好大一片土地啊。」初來乍到，有次一起晚餐時，艾默特十分緊張地有感而發：「來這裡的人不會都想分一杯羹嗎？」

「你不覺得我們的人早就習慣這種事了嗎？」

雷的人指的是墨西哥人和奎查恩人。但是根據時代背景和委屈程度，他不認識但惺惺相惜的可能擴及同樣受苦的納瓦荷人、普韋布洛人和亞瓦派人。甚至有時也包括阿帕契人——只要他們的攻擊目標是無能的美國佬蓋的河岸要塞，而不是失去一家之主的牧場。

他教諾拉和艾默特，要懂得利用文件來主動出擊。必須永遠知道所有的文件放在哪裡，以便在需要時能立刻拿出證據，證明某項合約、貨品或服務的交換毋庸置疑。有理有據把檢查員和其他人耍得團團轉，雷就樂得不得了。這一點跟黛絲瑪井然有序的做事態度相得益彰，而且她也不侷限在管理家務上。她這一生最近這十年，都用在開墾跟她的家園相鄰的野地。這工作進行得無聲無息。每年，靠近她那邊的馬車路碰巧就沒那麼彎曲了。花草碰巧沒那麼雜亂，樹木更整齊了一點，最後三排柏樹一路種到了窪地，她的外屋就在那裡，也是紅河的南支流所在，而目前那裡

13 Santa Anna，十九世紀墨西哥獨裁者，曾親自率兵攻打德克薩斯。

只是一團爛泥，在陽光照耀下，會有那麼充滿希望的片刻，看起來就像是乾乾淨淨的河水。

黛絲瑪的前院都棄置了，只剩少數幾隻雞和阿馬戈最得意的居民，羊妹，此刻正在塵土裡打滾。她第一次出現，是很多年前被雷的兔子陷阱困住了：又小又肥，粗硬的頸毛，臉上有一條明顯的白毛。她是羊，這點毋庸置疑——但全鎮的人也就只達成這點共識。她好小，卻又製造了一場奇特的騷動。沒人能證明她是山羊，也沒人能證明她是綿羊。黛絲瑪靈機一動，把她帶到市集去，結果兩種觀點各據一方，互不相讓，引得看熱鬧的人從領地各處湧來加入戰局，在此同時她規規矩矩地黏在雷的身邊，不敢放肆。她的照片登上荒野社會通訊，終於讓一名普雷斯科特的大人物蒞臨聖安東尼奧。他的重點是，羊妹完全是一場惡作劇，並且建議若要反駁這一點，唯一的辦法是宰了之後解剖屍體。這個建議讓他錯上加錯，為此雷揍了他一頓，用黛絲瑪的話來說是「揍得他沒辦法去見上帝」。這件事《前哨報》提都沒提，但《號角報》譴責了好幾個星期。

在羊妹名氣最盛的時候，羅伯和多倫差不多算是住在這裡了。試想那個畫面：六歲和五歲的兩名小人，懇求幫她洗澡，帶她去鎮上，睡在穀倉閣樓上，低頭就看得到她的羊圈。不知道羅伯還記不記得，他會警告每個路人說她是吸血羊，到最後他自己都深信不疑了？而多倫是否忘了，他會把凋萎的蔬菜裝在板條箱拿去賣，免得朝聖的人空手來見她太過丟臉？近來拉克家會去看她的人是托比——他雖然喜歡她，但並沒有他兩個哥哥這麼敬重她，因為他出生時，羊妹已經大到成了驢子，把大家都嚇壞了。

而她真真確確是頭壞脾氣的驢子。現在她已經很老了，自從她在郡市集一鳴驚人以來，已經過了十三、四年，甚至十五年了。年紀大了，毛色淡了，又大腹便便，而且就跟任何自視甚高的老女人一樣，自有一套堅持，因為現在想要讓她心不甘情不願地站起來，只要大喊幾聲黛絲瑪的名字就好了。

諾拉繼續喊，羊妹甩甩頭，衝到屋子後面去了。

也許運氣好，黛絲瑪真的出門去了，那麼她該面對的問題又可以改天再說了。但是那種情況又有個討厭的後果：晚餐沒鹿肉了。

諾拉鼓起勇氣進屋去，邊喊邊往樓上走。樓梯口是暗的。通常，魯易茲家裡這麼安靜，只有一個原因——而且會持續一段時間。這會讓不請自來的訪客很尷尬，因為黛絲瑪和雷需要時間整理儀容，才能讓他們從一時興起一起跌進的乾草堆或手推車裡出來。

但現在不可能是那樣。永遠不可能是那樣了。這就是死亡可笑的地方。在它一陣風似地掃過之後很久，被它改變的日常還時不時嚇你一跳。

廚房裡帶著霉味的濕氣——爐火的餘溫讓情況更嚴重——或許是來自廚房桌子上那一堆帶著泥濘的蔬菜。諾拉心想，真是奢侈的浪費。到處都是甜菜和蕪菁。但是，最不應該、最讓人生氣的，是看不到一滴水。桌子上有個空盆子。咖啡壺是冷的。裡面有一點黑色殘渣，可能是今天或昨天早上剩下的。看到那畫面，她渴到頭都暈了，好想把那一點殘渣喝掉。有何不可？這裡和樓上都沒人，而她從大開的後門看得到後院，那裡也沒人，不會有人看到。

她突然發現外面的一切竟然是棕色的——近處的平地本來應該有花朵和嫩綠的葉子，此刻彷彿被遠方的河流完全吞沒。整個菜園都翻過土了。新的圍籬樁，粉色，有點難看，沿著舊圍籬往山上退了一點。而舊圍籬有一處，不，是兩處，被破壞了——一處就在屋側，另一處是下面一點，靠近溪岸的地方。

原來黛絲瑪就在那裡，往山上越走越遠，在柴房的襯托下，成了一個遙遠的黑色加橘色的點。諾拉又喊了她一聲，但只又惹來羊妹嘲弄的一眼。

現在知道黛絲瑪在哪裡了，她至少可以放大膽子，做接下來要做的事。她不由得感覺好多了。在別人家裡找到對方，和守株待兔、趁人不備，二者之間儘管差異不大，總還是不一樣的。她至少能在意外之餘，有機會想想可以怎麼說。

她回到廚房。爐火還有一點餘燼，有那麼一瞬間，她感覺到一點希望，打開鍋蓋。但是裡面也沒水：只有一小塊乾掉的玉米粉卡在傷痕累累的鍋底。她心想，難怪黛絲瑪會這麼瘦。雷走了以後，她就煮很少，每天都剩下一大堆的食物。而這麼多蔬菜，綠得詭異，又不夠成熟，她打算怎麼辦？她摘那麼多菜，又這樣亂丟，真是奇怪。

媽媽，你覺得她是不是一氣之下全拔起來了？

黛絲瑪？不可能。比梅瑞恩．克雷斯更讓那個女人生氣的，是凌亂的屋子。

所以我才這麼喜歡這裡。

沒有三個男孩子外加一個紐約來的孤兒在家裡跑來跑去，要保持整齊很容易。

是沒錯，可是也沒有家畜協會來煩你，在報紙上罵你是婊子。

那跟持家有什麼關係？我只是說，如果都聽黛絲瑪的，那世界就一定整整齊齊了。

也許就應該那樣。不像我們家。

哎，你大可以留在這裡。我相信黛絲瑪會很歡迎有人跟她作伴，況且這裡的甜菜都夠讓全鎮的人吃兩頓了。

媽媽，她要是真辦了派對，一定很轟動吧？要是她沒邀請你呢？

這就是在報紙上大放厥詞的下場。

我覺得她還沒看。

她當然看了。

我覺得沒有，媽媽。你看。

報紙在那裡。就在薪柴箱上，擺在爐子和黛絲瑪的編織椅中間。諾拉好一會才認出來——但那粗劣的紙質不可能弄錯，而且還露出了「拍」字的一角，那是《艾什瑞弗號角報》的「拍賣」欄。

看到報紙，她的心抖了一下，彷彿她跟沒想到會在這裡見到面的共犯對上眼了。

看起來不像讀過的樣子，媽媽。

啊，她一定看過了。

但要是她還沒看呢？急著看新聞是雷的習慣，黛絲瑪更可能是有空時才看一點。經過他塗寫、凹折的報紙，就會被他刻意放在木柴堆上，黛絲瑪的椅子就在旁邊，這樣她就可以邊看報紙，邊把看完的部分丟進火裡去。這個奇怪的習慣讓艾默特很不解——要是她有需要再看一次某專欄，或者想確認她想去參加的活動或想買的東西呢？

黛絲瑪覺得這個想法很好笑。「我會想去哪裡，艾默特？」她會這麼說。「我要買什麼？」她們有多少次坐在這個客廳裡，她就坐在那張椅子上修補褲子，她的一對半月乳房低垂著，嘲笑完報紙上描述的緊身胸衣或鐵束腹後，就把報紙丟進火裡？

而此刻那份惹禍的日報就在那裡，原封不動地放在柴堆上，張狂地用它的存在證明它還未被讀過。

艾芙琳說，**要是她看過了，應該已經燒了吧？**

也許她是留著要質問我。

媽媽，你又來了。

就是覺得不太可能。

艾芙琳指出，**報紙有沒有人看過，很容易就看得出來。**

也許，接下的事是必然的結果：諾拉想把那疊報紙拿走，結果反而把整堆東西弄翻在地上——但是諾拉和艾芙琳都沒有料到這件事。現在諾拉雙手雙腳跪在地上，一邊留意柴房那邊的動靜，一邊把散落的紙張放回薪柴箱。看起來是最近才收到的信，應該放在最上面沒錯——可是有些信封上沒有日期；還有些零碎的紙張，沒有明顯的日期，但要是放錯位置，黛絲瑪一定會注意到。更糟的是，她每次整理好，就又看到更多掉落別處的紙張，有些在桌子底下，還有些在腳凳下，都在她爬幾步就拿得到的地方，卻又不在同一個方向，所以她得像隻甲蟲一樣匆匆來回。

媽媽，快點。

黛絲瑪要回來了。她抱了一堆新的圍籬樁，有點吃力。等她走過來看到開著的門，以及諾拉作賊心虛的紅臉，會需要三分鐘，也許更久一點。

諾拉拿起火爐箱下的《號角報》，打開來。這一份折過一次，只有一半，而且似乎沒有遭受過紙張被翻閱一定會留下的損傷——沒有折角，沒有杯環壓過，沒有食物殘留的黏膩。也許在一個沒有男人和男孩子的家裡，報紙就不會遭遇這種事。也許寡婦家裡的報紙，會一直維持最原始單一的折痕。

說不定她只是還沒看，媽媽！

不可能。

那樣就太過好運了。她往外瞄一眼。粗壯、曬得黝黑的黛絲瑪踏著女戰士的腳步來了，宛如船頭一樣挺著胸，那一頭張揚的爆炸頭，最近開始有了白髮入侵。

要命，她走得好快啊。

你要把報紙拿走嗎？

別說傻話了。

媽媽，如果她還沒看，那也不需要看了。

就算她還沒聽說，遲早也會聽到鎮上到處有人在講。

可是作者啊，媽媽。鎮上的人不會跟她說是你寫的。

諾拉再次抬眼看過去時，黛絲瑪已經把手裡的圍籬樁放下了。取而代之的是原本放在黛絲瑪口袋裡的手槍。離這麼遠，那把手槍並無用武之地，但她還是舉槍對著打開的門，彷彿能在兩百碼外精準地打落一隻鳥。

「誰在裡面？」黛絲瑪大喊。「出來，不要反抗！」

「是我，是我諾拉啦！」她揮了揮沒拿東西的手。

「誰？」然後，片刻之後，黛絲瑪恍然大悟。「嚇死我了。」她把一隻手壓在胸前，站了好一會。「我還以為他們現在竟然大白天都敢來，而我這笨蛋還沒隨身帶著步槍。」

諾拉頻頻安慰她——不，不，只是我而已。

「你應該是來拿肉排的吧？」

「如果你有多的話。」

「我這星期沒去打獵，諾拉。」

這感覺像是氣話。但黛絲瑪不會說謊。

諾拉指了指那一大堆蔬菜。「這是怎回事？」

「就你看到的那樣。」

這是什麼意思？指責？她不像要跟她吵架的樣子，但也不像要擁抱，或者對她笑。要是她記得黛絲瑪平常都怎麼跟她打招呼就好了。她的指甲鹹鹹的。「需要幫忙嗎？」

黛絲瑪只是揮揮手拒絕。「你自己去看還有沒有咖啡，我馬上就好。」

外面的女人一再蹲下去拾起以折刀砍過的圍籬樁時，諾拉挑開爐蓋，把《號角報》丟進去。有那麼模糊、驚恐的一刻，她看著報紙落在爐火已冷的那邊的灰燼上，以為可能燒不到了。不過接著一小點星火沿著報紙邊緣活了起來。火賣力工作，她把蓋子蓋回去。

黛絲瑪一陣風似地進來時，她的心跳還沒平復。「你站在那裡幹嘛？等我把上好的銀器拿出來？」

「你竟然還以為找得到銀器？這件是我最適合藏東西的裙子，而我已經單獨在這裡待了整整十分鐘了。」諾拉抬起裙襬，晃了兩下。

「至少你放過蔬菜了。」

這樣好多了。這是她認得的黛絲瑪。黛絲瑪，眼神總是這麼平淡，這麼沒有笑意。她心情好的時候，或許更是如此。

「我可不想要你邀請來吃大餐的人餓肚子。」

「我在清空菜園。」

「看起來比較像是在加強防禦——好多新圍籬啊。」

「實在不知道圍籬能不能留住屬於我的東西，擋住不屬於我的東西。」

「鹿？」

「克雷斯的人。」黛絲瑪打開咖啡壺，皺了皺眉頭，開始四處張望。諾拉容許自己希望會從某個地方冒出一個水桶來。「這次被我發現了。我親眼看到，馬跟騎馬的人就在那邊。只是甘藍菜已經被他們吃掉大半了。」

諾拉大著膽子說：「很好，你的甘藍菜沒了，也許今年的豐收市集我們其他人就有希望了。」

黛絲瑪沒笑。諾拉拉起她的手。「我來幫你。」

她們兩個一起做，並沒有加快立圍籬的速度。她依黛絲瑪的指示固定好籬柱的角度，然後黛絲瑪咬著一把釘子，扭曲著臉用力撞擊。敲擊的力道震得諾拉的胸口一陣驚慌。

她們挪到田裡。到處是從菜畦裡被挖出來的甜菜，慘不忍睹。

諾拉說：「一個人加一匹馬能破壞到這種程度也太誇張了。」

「哎，克雷斯的專長不就是搞破壞嗎？」

「還是有點離譜。」

黛絲瑪站直身子。她擺出了她打算罵人是白癡時會有的表情。「你是說我在編故事？」

「當然不是。」

「你不相信我？」

「我相信你。」

黛絲瑪拍掉手上的灰塵。「你知道有時候人會突然半夜醒來，其實還半夢半醒，然後想知道是被什麼吵醒的？呃，前幾天晚上，我醒來，躺了很久，想弄清楚。後來我發現是羊妹，她叫得很淒厲，又吼又叫。她現在眼睛不好，最近常這樣。有時我覺得她是發現雷已經很久沒出現在她朦朧的視線裡了，納悶他到底去了哪裡，於是開始叫他——只是通常叫了一會之後就停了。那天晚上她沒停。所以我就走到窗邊，看到小菜園的圍籬被破壞得亂七八糟，然後一匹馬就在菜園裡盡情發野，我在屋裡都聽得到牠痛快大吃的聲音。等我出聲大叫時，牠轉頭過來，我可以清清楚楚看到那名騎士，對著我笑得咧開了嘴。諾拉，笑得咧開了嘴，好像他一直希望被抓到。總之，發現叫喊沒用，我就開槍了。我一定有打中那匹馬，因為牠留下了血跡。不過開槍也沒什麼用，你看看籬笆壞成這樣。」她指著院子另一頭的慘狀，舊籬樁像山崩後的木頭般被連根拔起。停了一會後，她笑了。「如果雷還在，我一定會勸他不要去追，免得上了對方的當，把我們引誘出去再把我們吊死。」

諾拉低頭看著她的鞋子。她說了她唯一想到的笑話。「托比會說你看到那頭怪獸了。」

黛絲瑪搖頭。「那孩子滿腦子亂七八糟的想法。你應該跟你那大姑一樣，把那個嬌西趕出去。」

「然後讓多倫傷心？他永遠不會原諒我的。他們都不會原諒我的。」

「他很快就會原諒你了。男孩子都那樣。」

只有沒養過孩子的人，才會像黛絲瑪那樣，那麼輕易信任孩子。也多虧黛絲瑪沒孩子，可以有個沒立場承受的人提醒她當父母的價值，這樣挺好的。隱瞞、怪裡怪氣，總是不知感恩，還有像昨晚那樣爆發，這些都是為人父母最豐厚的回報。昨晚的事，她本來想跟黛絲瑪細說的，但現在她改變主意了。如果諾拉真心想原諒兒子，就不能跟鄰居講兒子的壞話，讓他們更沒面子。

況且，這會兒黛絲瑪正用手遮在眼睛上方，看著山上。「那是什麼？」

有人騎馬從旁邊的路下來了。黛絲瑪把榔頭插在土裡。她的另一隻手隱沒在圍裙口袋裡，而在褪色的花朵圖案下，明顯看得出她的那把手槍就在那裡。諾拉挪到她旁邊，她們站在一起看著他：戴著高禮帽的瘦竹竿，只可能是費迪・科斯蒂奇送信來了。

「老天。」黛絲瑪咬著牙說：「那頂帽子。」

「艾默特叫他『稻草人』。」

「怎麼說？」

「因為他說費迪穿得人模人樣的，但如果你給他搖一搖晃一晃，裡面塞的東西就會掉出來了。」

終於能夠一起大笑，感覺很好。這會兒她們是兩個站在同一邊的老朋友。也許造物主還是給費迪・科斯蒂奇安排了存在的目的。

他靠近圍籬，然後坐在馬上，審視她們的勞動成果。他說：「老天，黛絲瑪，我看你是打定主意要把全郡的人都擋在外面了。」

黛絲瑪又把榔頭放回肩上了。「我只是把圍籬做得牢固一點，免得有些無賴讓馬來猛吃我的甘藍。」

費迪說：「那真是感謝上帝，讓我及時看開放的牧場最後一眼。」

「感謝上帝。」

他將雙頰往內吸，然後故意從圍欄中間擠進來。「我想以後我得騎馬跨欄了。」

「你最好跟正常人一樣，把郵件放在前廊就好。」

費迪沒說話。

這時，他看到諾拉，整張臉都揚起來了。「你好啊，拉克太太！真沒想到會在這裡看到你。」

她動了動。「是啊，我只是過來看一下。」

「你還真的來了。」他說，「哎，你真的很勇敢。非常勇敢。」

她唯一能想到的回答——「費迪，希望你沒相信那些挑撥離間的話！」——就這麼落下，沉重而毫無生氣。郵差的臉色毫無變化。黛絲瑪也沒畏縮。

還騎在馬上的費迪，現在打開了他的麻布包，開始翻找。諾拉很久以前就懷疑，他之所以接受這份工作，是因為他喜歡隨意猜測別人的生活。這件事已經不再讓她在自己的家裡也覺得丟臉了。事實上，連她自己都很意外，現在聽到他問為什麼沒有年輕人寫信給嬌西——她這麼嬌俏、可愛，還有這麼特別的天賦，這不是很奇怪嗎？——她真的沒有任何感覺了。但是在這麼一個敏感的地方面對他摸索郵包的例行動作，讓她整個人都緊張起來。

費迪說：「好，我們來看看吧。」他把一疊郵件放在鞍頭上，一一撥動。「我看看。這裡有一封短簡，是你弟弟從費拉德爾菲亞[14]寄來的。費拉德爾菲亞，真是個奇怪的字，是吧？」

---

14 Philadelphia，即費城，十九世紀前曾是美國第一大城市。（編按）

黛絲瑪說：「它一直就是這麼奇怪，費迪。」

「怎麼會把兩個好好的字母放在一起，不讓它成為一個新字，而是變成一個已經存在的字？在我們家鄉，F就是F。想想看，要是我的名字叫費迪（Ferdy），可是寫成『Pherdy』，那就太奇怪了吧。」他自己說得樂了，又念了一、兩次新拼法，諾拉只能痛苦地笑了幾聲。黛絲瑪的臉像石頭一樣。「上週的《婦女家庭雜誌》，晚到了——還有，拉克太太，也有你的信。在這裡。還有什麼？土地管理局又寄通知來了。你還在跟他們爭論雷的土地持份啊？如果你太久沒回信，他們應該會很不高興。如果你想立刻回覆，我可以回頭時往鎮上去一趟。不用？那好吧？」他在馬鞍上動了一下。黛絲瑪的手還伸在那裡。「我沒帶《號角報》來——我以為這星期以後你就不會想看了。」

黛絲瑪抬頭直盯著他。「那是我花錢訂的。」

「是嗎？希望土地管理局沒訂。」

諾拉的胃往下沉。

黛絲瑪說：「你最好晚點帶過來，費迪。」

他低頭看了看手上剩下的幾封信。「那這封給雷的信呢？要給你嗎？」

「不然呢？放在雷的墳墓上？」

他誇張地再看一次那幾封信，在兩封和三封之間游移不定，彷彿無法確定有幾封，最後諾拉終於說：「拜託，費迪，你不識字嗎？」

他朝下露出秘而不宣的笑容。「真的很抱歉，一直有雷的信寄來。我想一定很難通知每個人說他已經離開這個世界了。我想一定沒有人會料到這件事。這麼年輕，才四十五歲。不過他還真是大塊頭，黛絲瑪，我不是說胖，是壯。我猜他之所以這麼早走，跟大狗比小狗早走是同樣的道理。」他拿著信拍了拍鞍頭。「我坦白說吧，黛絲瑪，這封信似乎很私密。你介不介意我把它放在雷那裡？我知道等我走了，你一定會去拿，可是，哎，我得顧慮一下法律。」

「你想怎麼做就怎麼做，費迪。」

「那就這樣吧。」他抬了抬帽子。「拉克太太。」然後，災難來了。「葛利斯太太。」

他調轉馬頭往山上去。感覺好像過了好幾個鐘頭，不過諾拉心想，至少，這一刻殘留的冰冷，終於消散了。他正馭馬穿過那棵大刺柏旁的石堆，過了那裡，一人一馬就會離開，往上頭雷的墓地而去。也許，那時她就有勇氣去看黛絲瑪。而黛絲瑪果然是黛絲瑪，已經蹲下來，把信放在大腿上，繼續工作了。她就是這麼冷靜，已經彎下腰去用右手大拇指將一顆大馬鈴薯上的泥土擦掉。

等到它順著弧線，飛向費迪的頭，諾拉才發現那其實是一顆石頭。而那時已經來不及出聲警告了。石頭重重擊在費迪的雙肩之間，讓他歪向一邊。他的馬猛然一跳，扭了幾下從他身下掙脫，把他丟在地上。他才倒在地上沒幾秒，黛絲瑪就站在他上方了。她的拳頭以輕得意外的力道打在他的雙肩之間。諾拉不知道自己是怎麼過去的，現在近得可以看到到處都是噴濺的泥巴，還有費迪在動。

黛絲瑪說：「幫我。」她從他上方挪到旁邊，抓住他的肩膀。諾拉彎下腰去幫忙把他翻身。這差事讓她的頭都冒汗了。她喘一口大氣，再喘一口，納悶自己多久沒呼吸了——而現在又有理由不呼吸了，因為黛絲瑪正跨坐在費迪．科斯蒂奇的胸膛上。一隻手從他掙扎的那團外套中伸出來，想把她推開。費迪張嘴噴口水。黛絲瑪把手指塞進他的嘴裡。

「說**魯易茲太太**。」黛絲瑪說，「快說。」她把他的下巴往下壓時，他整顆頭都跟著動了。「說。」

一個含混不清的版本從她的手指周圍跟著唾沫一起出來。盧一茲他他。現在雷的信在她的手裡了。她把信撕碎，然後把一堆碎紙塞進費迪口中。她隱沒在費迪鉗緊的嘴唇和舌頭之間的手指，出現了一排牙印，被鮮血染成了橙色，而同樣的血也污染了他的牙齒。

不管諾拉覺得該怎麼讓費迪鬆口，看到黛絲瑪把他拉站起來又把他踢回去，她的任何想法都消失了。一切都發生得那麼快，她甚至沒看到黛絲瑪的靴子踢到了哪裡。他一直坐在那裡，吐出一片又一片染血的紙片。然後他站起來，回到他抽搐頹喪的馬身邊。他衝得那麼快，顯然不是因為他自己的意願，而是因為黛絲瑪的咒罵：「只要紙上寫著我的名字，費迪．科斯蒂奇，你敢再給我動試試看——聽清楚了嗎？聽清楚了嗎？」

他神奇地遢了一下，就回到安全的馬鞍上了。他一直騎到到圍欄那邊才轉身。他的臨別贈言——「黛絲瑪，你這個老婊子，你會因為強占土地被吊死，沒有人會說什麼，只會額手稱慶」——差點淹沒在一波黛絲瑪的希臘髒話裡。

*

黛絲瑪的廚房裡還是有水的。只是藏在水槽下面的一個桶子裡，諾拉以為那是廚餘桶。她悲慘地看著僅剩的一點水被倒進鍋子裡去煮。然後她去拿繃帶，黛絲瑪坐在桌上，兩隻腳抬放在凳子上，清理傷痕累累的指節上的草葉和石子。即使在一般的情況下，她也受不了別人碰她，所以諾拉拿著沾濕的布過來時，黛絲瑪接過濕布，鋪在大腿上，開始自己把手擦乾淨。諾拉往後靠著流理臺，聽著從濕布上扭出來的水落在碗裡，發出清涼的嘩啦聲。她走的時候，一定要帶點水回去——如果還有剩，如果黛絲瑪沒把最後那一點水浪費在打郵差這種離譜而毫無意義的活動上。

諾拉終於允許自己開口說：「他咬你。」

「沒錯。」

「他應該是瘋了吧？」

但這句話並沒有哄出黛絲瑪的笑容。「你知道，他其實沒說錯。」

「不要管他。」

「可是他是對的。雷從來就沒立什麼遺囑。他可以計畫很多生前的事，但從來就沒想過要為後事做準備。我想他認為我們兩個會一起活到一百二十歲，花光所有的錢，把所有土地都灑上鹽，讓你們沒辦法利用，然後兩人相擁著一起嚥下最後一口氣。」

「真是令人佩服的美夢。」

「不過我覺得有點太樂觀了，畢竟他老是跟畜牧業者、檢查員和其他討厭鬼吵架，同時還不甩土地管理局的人。就算他沒拿著槍指著來這裡的每一個檢查員好了，也沒有哪裡的土地管理局，會把一百六十畝溪邊的土地，給一個曾有憤怒的墨西哥人把靴子留在她的門廊上的女人——就算那已經是二十年前的事了。」

「但你是他的妻子。」

黛絲瑪開始包紮傷口。她的圍裙上到處都是血跡。

諾拉覺得頭暈。細碎的光線灑在廚房的暗影上。最後，她再試一次。「你跟了他的姓，黛絲瑪。打從大家認識你，你就姓魯易茲，所以你當然有資格繼承。也許我們可以幫你寫證明。」

「夠了，諾拉。我已經很滿足你替我出聲得到的效果了。」

來了。就是這一刻，終於找上她了。承認自己做錯了，或者否認。她可以列出自己那麼做的理由，不再錯下去，然後從此不再對此事提心吊膽。

可是她沒有。她退縮了。她說：「什麼意思？」

聖徒彼得在天亮時說的話還比她可信。

黛絲瑪笑了。有那麼一刻，她看起來幾乎是真心的。也許還來得及假裝她剛剛是在開玩笑。但已經來不及了。黛絲瑪說：「艾蓮．法蘭西絲？」

「那是什麼人？」

「老天，諾拉，我只跟你一個人說過，羅柏是因為一匹小馬被人射殺的。」

「不是吧。」

「就是。」

「你跟很多人說過。你跟艾默特說過，也跟雷說過。」

「那封信是雷寫的嗎？他都死多久了，怎麼可能？不過看來我死去的老公做什麼事都不算意外了。」黛絲瑪搖頭。「我跟別人都只說羅柏．葛利斯葬在東部了。」

諾拉站了許久，看著黛絲瑪給自己的手包紮。「為什麼你對我說的話會不一樣？」

「因為你一直追問，而且我們認識十七年了。」

「那他實際上是怎麼死的？」

「我猜他沒死吧。」

「所以是真的，你不是他的遺孀。」

「也許吧。」黛絲瑪終於說：「我最後一次看到羅柏．葛利斯，他正坐在我們家的樓梯底，壓在一堆木板底下。他本來拿著掃把在追我，結果整個樓梯垮了，直接砸下去，簡直就像是上帝的手筆。我過了好一會才明白，我自己沒死。然後我就跑了。我不認為有人那樣跌下去會沒死——哎，房子本身就沒塌。不過我告訴你，那封信，一定是有人搞鬼。就算羅柏能從那堆殘骸裡爬出來，他也絕不會投書到《艾什瑞弗號角報》去。那個男人連算數都不會，不可能會有那種能耐。他唯一會的，就是把錢都拿去喝酒，還有拿起隨手拿得到的木頭、鐵具或皮帶靠近我。」

事。」

黛絲瑪搖搖頭。「因為一匹小馬被射殺。天啊，諾拉，你總是忍不住要炫耀你知道的每一件小事。」

又猛又激烈的憤怒，讓她怒吼了。「哎，是你自己的錯。搞什麼嘛，騙大家你丈夫的死因，卻又跟人說他的真名？」

「沒有人會想到這種事會隨著她橫越千里的沙漠，最後出現在報紙上，諾拉。人會以為她的閨蜜不會拿她最不堪回首的事來給自己解圍——而且同時另一邊還有畜牧大亨、記者和郵差正虎視眈眈地想搶她辛苦了一輩子掙來的一點東西。」

諾拉壓著她的下巴想保持穩定。要是它一直喀喀響，黛絲瑪可能會聽到，並直接講出來。片刻之後，她又可以說話了。

「我只是做我覺得對的事。我以為你也會那麼做。」

黛絲瑪哈哈笑。「要是沒有你，我要怎麼確定我有那麼多美德？」

「哎，」她說，「所以我今天不是成了眾矢之的了嗎？」這確實是艾蓮．法蘭西絲——活生生的艾蓮．法蘭西絲．沃爾克，在她女兒的喉嚨裡復活，並突然揪住了人生中明顯不公平之處。她不是來這裡受這種罪的。她是很抱歉沒錯，但她只是想幫上忙。難道經過這麼久，黛絲瑪還不相信她嗎？她以為諾拉會故意傷害她，或者讓她的婚姻蒙羞、害她失去遺產？她的情況還不夠慘嗎？缺水缺了那麼多天，丈夫一聲不響消失了，不知感恩的兒子——順便一提，還發瘋了——還無情地抱怨，這些都不是一個女人該承受的，她都承受了，還誤以為這裡是個令她安心的地方所以來了！她真是錯得離譜啊，以為可以在這裡得到安慰，得到保護，暫時脫離剪不斷、理還亂的家務事。被家人誤會她視而不見、有勇無謀就算了，還被攻擊——是的，攻擊，在自己的廚房裡被一個她養大的年輕人攻擊。他是那麼憤怒，那麼容易聽信別人搬弄是非，她都幾乎不認得那是她的兒子了。黛絲瑪也很可能會跟羅伯和多倫站在一起，加上不管現在在哪裡的艾默特，一起聯合起來跟她作對。

黛絲瑪冷冷地看著她。「確實是挺悲慘的。」她說，「可是那些絕對都跟這件事有關。你一定好幾個星期前就寫好那篇文章了，諾拉。」

好了。結束了。她們的怒氣已經照慣例發展了：發酵，然後瞬間消散。屋內已經感覺寬敞了一點，呼吸更順暢了。她幾乎覺得清涼了。接下來會有一段時間很安靜，然後某人——很可能是諾拉，因為她從來就不像黛絲瑪那樣有膽堅持冷戰——會說句輕鬆、溫和的話，接著就是不好意思的笑容。再過幾分鐘她們又會開心大笑了。呃，也許還沒辦法大笑。這次鬧得很嚴重。她心想，一次一件事。慢慢來。慢慢來。她會先道歉。說點好聽的話。然後，她會很小心地，自然地提起水的問題。

她試了試。她說：「真是抱歉給你惹了那麼多麻煩，黛絲瑪。」接著，「說實在的，我覺得你應該不會再接到信了。」

可是黛絲瑪沒笑。她用手背碰了碰一邊的臉頰，然後是另一邊。她繼續看著地上。

諾拉心想，可能嗎？不可能吧。

「啊，黛絲瑪。」她說。「你不是在哭吧？」

見到彗星和雙頭牛的機率，都比見到這個畫面的機率更大。她不記得上次是什麼時候了——如果真的有上次的話。

而這會兒已經停了。黛絲瑪坐直了。她又回到了冷硬的那個她。

她說：「拉克太太，你沒別的事要忙嗎？」

*

中午，她來到可以看到阿馬戈鎮中心的地方。那片山丘除了僅剩的幾個井架，一片光禿。山頂是平的，遍布一條條礦脈，黑帶子從山脊陡降到另一個山脊。峽谷邊緣的石脊，從鼠尾草叢中冒出來。在大弗克溪的窪地看到屋頂，還是讓她很意外。偶爾她還會差點以為，爬到了山頭，就會發現那裡恢復了原始狀態：兩岸都布滿了帳棚、晾衣線和賭局；剛開始發展的主道路擠滿了馬車；乞丐流連在發臭的鍋子旁；在大太陽底下曝曬的男人淘著閃亮的水流。銀礦沒了之後，這些想發財的人多半都走了。少數一些在這裡定居下來的人，蓋了房子，買了圓頂硬禮帽，開始喜歡互稱先生——直到現在。

大老遠跑去黛絲瑪家，結果太生氣又太委屈，沒能開口跟她討水，這算什麼事啊。鹿肉排就算了，沒有也不會怎麼樣。可是這是第一次，吵完架後，她覺得不應該、不敢跟黛絲瑪要任何東西，就這麼走了。哎，這真是太意外了。

她沒帶水就逃了——是的，用逃的。現在她只能靠鎮上那水位飄忽不定的水井了，而她誰也不能怪，只能怪自己。

她騎馬過橋。底下微濕的溪床，只有去年的雨水最稀薄的影子，讓莫斯．萊利成為騙子，因為他的旅館，帕洛瑪之家，到現在還宣稱每個房間都能看到河景。莫斯讓旅館成為廢墟，這其實是作孽。沒錯，烈日和塵土使盡折磨這裡的一切，但人不必跟它同流合汙。他至少可以稍微翻修一下，補一點漆，把遮陽板修好。不是每個從這條路到鎮上來的人，都要忍受看到壞掉的桌子、破碎的鏡子以及骯髒的尿壺等東西。他的妻子到底在幹嘛？讓那一大堆東西就堆在後陽臺上。看來是忙著在旅館後面的溪岸發呆，額頭靠在膝蓋上，最後一點香菸隱沒在指尖，而沒空去整理旅館。她是個大嗓門、挺無趣的田納西女孩，毫無爭議地證明更好的生活水準未必能讓每個女人都成為淑女，或減少她手上的紅蔻丹。或許，要是來點奇蹟，她可能會一直低著頭，直到諾拉完全經過。可是這時老比爾一路噹啷作響地從橋尾過來，米莉的臉就像潮濕的氣球一樣浮起來了。她趕緊用圍裙擦了擦眼睛。她在哭什麼？她還很年輕，但因為出身不好，很有機會嫁給比莫斯・萊利還差很多的人。

米莉一出聲，就犯了嚴重的錯誤。「啊，拉克太太。」她還在擦眼睛。「羅伯好嗎？」

她從黛絲瑪家一直憋到現在的怒氣一次爆發了。

「關你什麼事，米莉森特・萊利？」

客棧老闆娘還懂得用一臉震驚來維持表面的體面。「拉克太太！我只是問候他而已，我沒有想要——」

「就算你現在已經不站在陽臺上往下喊了，並不表示你就可以在我面前提到我兒子！」

「我沒別的意思！我只是想知道他好不好。」

「他當然很好！」

她本來是很理直氣壯的，結果一轉個彎，就發現莫斯安坐在他常坐的陽臺椅上。幾個星期沒看到他，他顯然是把艾梅納拉醫師關於甘藍的建議都放在心上了。他的衣服像靜止的風帆一樣下垂。

諾拉已經喊起來了：「莫斯，這裡真的很丟臉——我剛剛才跟你太太說，何不讓那兩個孩子幫你們粉刷一下？」這是先下手為強，以免他聽到了她剛剛亂發脾氣。

曬得臉色發紅的莫斯，一直不肯戴眼鏡，此刻冷冷地朝她的方向瞇起了眼睛。他說：「這是誰啊？啊，諾拉！」他抓住欄杆，搖搖晃晃地站起來。「諾拉，你怎麼到鎮上來了？」

「給兩個孩子帶午餐來——晚一點我就叫他們過來吧？」

「你那兩個兒子？」

「對，莫斯，我那兩個兒子。」

「來做什麼？」

這時有個男人，一名陌生人，從陰涼黑暗的走廊走到陽臺來，站在莫斯後面。她突然想到，這個男人有可能擁有最罕見的身分——房客。如果有件事比年輕的妻子往樓下喊更讓莫斯心煩，那就是在付錢的客人面前細數這間旅社的缺點。從那個人的外表看來，他很可能已經知道了。要費點心才能讓那套衣服在莫斯這裡還看起來這麼黑。

但她還是往後退了幾步。「歡迎你啊，先生。」她熱心地說，「別介意鄰居之間開個玩笑。你會發現我們阿馬戈的人習慣拿彼此的房子開玩笑。你挑對地方了——我不會把頭放在不是我自己的枕頭上，除了莫斯．萊利這裡。」

陌生人碰了碰帽子。

她轉向莫斯。「那我就叫兩個孩子晚點來囉？」

莫斯問：「那兩個孩子現在跟你在一起啊？」

「他們三點左右會結束《前哨報》的工作——到時我叫他們過來？」

莫斯繼續瞇著眼睛。

這時那名陌生人走到欄杆處。他說：「萊利先生，別因為我耽擱了這裡的工作。我不介意有點吵。」

「這就對了！」諾拉說。「你看吧？很有冒險精神的人。希望你給他安排了好房間，莫斯。」

「你是說哪裡？」

「我是說，希望你讓這位先生住在塔樓，這樣他就看得到舊礦區了。」

「啊！」

陌生人說：「他確實讓我住在塔樓了。謝謝你。」

她露出燦爛的微笑，同時也突然有種難以釋懷的感覺：這個男人不僅從未見過塔樓，或許也從未去過莫斯．萊利旅社的走廊以外的地方。她在一場對話裡虛張聲勢，而在此同時他們兩個也正在進行另一場對話。

她設法接下去：「那就三點了？」

陌生人說：「好極了。我們就等著他們來了。」

莫斯停頓了片刻。「好。諾拉，謝謝了。就這樣。」

她只來得及說：「好，莫斯，就這樣。」他們就進去了。

諾拉暗忖，他這回又給自己惹了什麼麻煩？真是個莽撞、粗心的傢伙——既衝動又陰險，自從踏上這塊土地的那一刻，就跟華特．史提爾曼，也就是對面的苦根旅社的老闆，開始一場激烈的競爭。華特．史提爾曼的供膳旅社，是第一家歡迎流浪漢以及醉漢的旅社。沒有人知道他為什麼要這麼做，但顯然這件事重要到足以讓兩人互相仇恨到動手動腳。這些年來，兩間旅社的招牌都至少換過十幾次了。雙方倒退著比賽，首先繞過此鎮奠基，然後是領地建立，再來是叛亂戰爭。現在懸掛在苦根旅社上的新鋼板寫著：與共和國同年——感覺就像在一個沒有結尾的句子末端打上一個突兀的句點。

要是在她離開前華特出現了，她實在很想也取笑他一番——畢竟剛剛實在太順利了。她可能會說：「你是指哪個共和國啊，華特？」就讓他氣死好了。她放慢馬速，但他沒出現。在他的旅社陽臺上的男人，就跟剛剛那個在帕洛瑪之家的黑外套男子一樣陌生——高個子，稀疏的頭髮梳得直直的，胸前口袋上一條巴洛克方巾，靴子乾淨到只可能是新的。他站在陽臺，一身筆直的風衣，一隻鞋跟踏在陽臺椅子上，點著菸斗，並對她點個頭。還有幾個跟他類似打扮的人在裡面活動。其中一個正在華特．史提爾曼寶貝的鋼琴上敲打出難以入耳的〈拉雷多〉，而那具鋼琴，就跟華特．史提爾曼這裡的女孩子一樣，並不習慣在四點以前有人碰觸。另一個男人站在樓上窗戶邊，旁邊是一個女人裸露的手臂。

還有一個衣著體面的陌生人正在商舖前廊上走來走去，顯然是在等胡安．卡洛斯．艾斯孔迪多開門。諾拉現在注意到了，要去水井那裡，她就得經過他。那水井，六天裡有五天只能打得出喀喀作響的空氣。要是今天是其中一天——很可能是，因為她在這麼遠都看得出來，那底下的地面既灰白又乾燥——那似乎不值得這麼做。

可是她好渴，真的好渴——乾渴已經讓她很不舒服、很憤怒了，而這一天還有這麼久要忍耐。

「今天有水嗎？」

那個人看了看她，然後又低頭看著不言自明的出水口。「看起來是沒有。」

「可以讓我試一下嗎，先生？」

他慢慢地將把手往下壓。出水口冒出一股壓縮空氣。

「你要原諒它，」諾拉說，「它向來就是那麼不上道。」

他微微點頭，然後又回去研究他的指甲。他就那麼有氣無力地壓一下抽水機——他不知道該用力一點嗎？——當然沒有結果，但更讓她生氣的是，他似乎對她的魅力無動無衷。她並非完全沒有魅力。她還很年輕，還算得上風姿綽約。還不算太久以前，她不太想在這種場合跟這種男人說話，是因為在內心深處，她並不想強調她已經結婚了。哎，這種笑話也只能愚弄她自己了。她翻身下馬，走上階梯，整理了一下被繫繩纏住的水囊。那個人不情願地挪到一旁，讓她過去。

她解釋說：「有時候得多壓幾下才行。」她壓下把手一次、兩次、三次。她可以感覺他目不轉睛地看著她。有那麼一刻，好像有了希望，操縱桿碰到了底下的什麼東西，讓她感覺到了阻力，但打出來的還是潮濕的空氣。她緊張地說：「它就是這麼善變。」

「可不就是這樣。」

「看來得晚點再試試了。」

「我想也是。」

印刷房就在大道的盡頭，過了監獄之後。那是間低矮的房子，前面有一段彎曲的木板路。暗沉的色調和窄小的窗戶，總讓她想到莫頓洞。不過門口少了一群總是等著買報紙、抱怨或登廣告的人，算是好很多了。

她在馬鞍袋裡摸索午餐罐。太陽把兩個罐子都曬熱了。她突然想起羅伯脾氣還沒這麼壞的那些年，莫名覺得這件事很有趣。每次遇到這種情況——常常——他就會拍拍她的肩膀，說：「沒關係，媽媽。你沒有毀了午餐——你只是在路上煮。」想起這件事，彷彿猛然打開一個被遺忘的房間的門。那句話似乎跟年幼的他糾纏在一起——這幾年那樣的他到哪裡去了？她懷疑他可能都忘了。他似乎把他多出來的時間，都用來擺脫他第一次刮鬍子之前的自己了。但她還是想測試一下他。她會一進門就喊：「你們兩個，豆子來了——在路上煮的！」

至少可能讓他們在意外之餘，露出笑容。

用金色字母刻著「拉克父子」的牆面板又從吊鉤上掉下去了。她俯身去撿時，注意到了臨街的窗戶。

一小塊玻璃碎片還卡在窗格上。碎片的邊緣反映了照過來的陽光，折射進辦公室，讓印刷機、鉤子上的圍裙，以及艾默特那張堆滿紙張的桌子都閃閃發亮。她走進一室的凝滯和油墨與紙張的酸味中。沒有人回應。印刷機的上蓋開得很大，看得出來是往下壓時被打斷了。一片排字版還放在壓印板上，落了一堆沾了印的金屬字母。拉在兩牆之間的曬衣繩上掛著上週的報紙。

她顫抖地回到窗戶旁。她前不久才在艾斯孔迪多的商舖看過子彈穿過玻璃留下的殘骸。這種破碎方式跟子彈造成的俐落擦痕並不一樣。對面牆上也沒有留下子彈。槍戰之後應該會有的：鎮上的每個店面不是還有早期營區遺留的彈痕嗎？艾斯孔迪多家的子彈卡得很深，胡安．卡洛斯已經放棄把它挖出來了。為了遮住子彈，還重新調整了他的照片和招牌，結果只變得更難看。

不，這個洞大多了。她的拳頭可以輕易從中穿過去而不碰到玻璃尖角。不管那個破洞是什麼造成的，那東西都一定有那麼大。也許是一塊石頭，有人故意丟進來的。說不定就是正在馬路對面看著她的其中一個陌生人丟的——但目的是什麼呢？更有可能是某個偶然丟出來的東西碰巧打中了，因為除了角落裡的掃帚鬃毛間散落的小碎片，她沒辦法在這裡找到更多證據。看到那把掃帚，她的心跳慢了一拍。有人掃過了。呃，不可能是她的兒子掃的。他們從來不會在打架之後整理現場。他們會直接到帕洛瑪去找秘方，麻痺移位的牙齒，接著徒勞編造等一下要交代的謊言。

裡屋跟外面一樣空無一人，不過明顯散布著羅伯待過的痕跡：揉成一團的紙張、菸蒂（**真是要命啊，媽媽**，艾芙琳喃喃地說，**這個大笨蛋，竟然在這麼多紙旁邊抽菸！**）。椅子底下莫名其妙地放了一雙破爛的靴子。這星期的頭版手寫樣本放在桌上，先是順向寫了綱要，然後再顫抖而遲疑地寫出反字來。羅伯說他可以不打草稿排字，顯然是在說謊。從他排的沉重字版上的深色迴圈就看得出來他做得很沮喪。每隔幾個句子，就可以看到他倒放了一個R或者K，然後用更暗更重的氣旋把它刮掉。

她拉開辦公桌抽屜，在紙張間摸索艾默特那把舊科爾特手槍。沒有。只有一支藏得很差勁的威士忌酒瓶。

艾芙琳說，**他們一直在喝酒。還喝很多**。

一道橢圓形的光在瓶底那一點棕色殘餘上流轉。她忍不住。它像火一樣往下燒，但很值得。她的喉嚨舒暢地收縮，帶來短暫解渴的幻覺。

她跪下來查看桌子下方，但只找到幾個散落的字母活字，還有一隻扁掉的甲蟲。最裡面有一張皺巴巴又沾滿灰塵的電報紙，卡在牆壁上。她扭彎了脖子才能把它拿出來。

她把電報放在地上攤平。「艾什瑞弗電報局」這幾個字歪歪斜斜地印在紙上。收信人是羅伯．C．拉克先生和多倫．M．拉克先生。電報是這麼寫的：

兩位先生：已收到正式請求法警辦公室調查艾默特．蘇沃．拉克行蹤的請願書。對於針對保羅．葛利格斯（格雷松郡葛利格斯水公司之運水人）的同樣請求，目前無從調查起。兩位對於拉克先生的平板馬車的描述，以及有人在格雷松郡桑切茲牧場附近看到他的資訊，已轉達相關單位。已與該地的哈蘭．貝爾治安官確認，桑切茲牧場或附近並無類似馬車。目前我們認為無明顯犯罪跡象。細節請至亞利桑那領地普雷斯科特法警處洽談。亞利桑那領地普雷斯科特丹斯法警敬上。

＊

她走出來時，那個沒用的陌生人還在胡安．卡洛斯的陽臺上裝模作樣。他似乎沒有察覺到她的苦惱，而她站在那裡，半舉著雙手——是打招呼，還是要求解釋，連諾拉自己都不知道。

好一會之後，她終於問了蠢話：「這裡是怎麼回事？」

「哪裡？」

「窗戶破了，到處都是玻璃。」

「是嗎？」這件事似乎對他一點影響也沒有。

「你有看到什麼嗎？」

「沒有，女士。」

「喔，你站在這裡多久了？」

「好一會了。」

「你站那裡好一會了，然後沒看到有人對這扇窗戶丟東西？」

她現在知道，她是想要贏得他的好感。她罵自己竟然有這種想法。但即使是拙劣的文法也沒能動搖他的冷淡。他聳聳肩。「我什麼都沒看到。」

「哎，那可怪了。」

「不過看來你已經都搞清楚了。你挺厲害的，女士。」

她突然明白，他是故意的。他果然不是天底下最遲鈍的男人——他是在取笑她。她說：

「哎，那我要去找我的治安官朋友了。」

「午安，女士。」

她可以感覺他一路看著她越走越遠。

監獄的門上了鎖。她把門廊上的椅子拉過來，站上去往裡面看。哈蘭一上任就把整個地方封得滴水不漏，彷彿整個阿帕契族的人隨時都可能闖進或衝出。她幾乎什麼都看不到。幾道陽光聚攏在前面辦公室的地上。角落的水槽邊堆著一條領帶和一雙不成對的靴子，不過她最後才認出那頂阿曼多．科提茲的帽子。他又來了，就在那裡，沒穿襪子，曬得黝黑，側躺著，不規則的呼吸搭配著打呼，壓得身下的監獄小床嘎吱響。

諾拉喊他的名字，直到他坐起來。有時候他似乎就是原來那個他。那時他會在涼爽的傍晚走整整三哩路，從他家走到他們家，穿著體面的衣服，總是一隻手拿著一條麵包，而另一隻手上是他給幾個孩子挑的新鮮玩意——鳥蛋、松果化石、奇怪的牙齒之類的。她上次在別的地方見到這位老自然學家是什麼時候的事了？也許是在安格妮絲帶著他們的女兒上了聖塔非的篷車、把他留給那間空房子和乾井，還有他在苦根旅社的帳單那時。她走了之後，那單子變得更長了。哈蘭說，偶爾教授醒來，會讓人覺得他過了一夜突然就好轉了，而且是永遠好轉了，這時哈蘭就會容許自己希望果真如此。也許這一次，不會到了晚上就發現他癱倒在酒吧，欠了更多債，然後人也越來越激動——這天氣，這鬼天氣，這鎮上都沒別的人看過年鑑或歷史嗎？他們都在這裡幹嘛？看著天空，耕種土石？他們不知道唯一可靠的收成是死亡嗎？一旦阿曼多講到這一點，哈蘭就會走過去，把他帶回來。他的理由是，在家裡比起在牢房更容易自殺。至少在這裡，阿曼多可以紓解一下困擾心神的恐懼：人類的腐敗、他的女兒終將一死的命運。貝爾治安官很幸運，沒有孩子。他這輩子只要想像孩子的死亡就好了。諾拉也跟他講過同樣的話。確實，在那少數幾個壓得她喘不過氣來的晚上，總是少不了阿曼多．科提茲。因為艾芙琳，她和阿曼多兩人的想法和悲傷或許一直是一致的。她認為自己算好運了，已經學會多半時候不會想到他。

他終於用正常的那隻眼睛看到她了。「門上一顆頭。諾拉！你又來了。」

「教授，治安官呢？」

阿曼多抓了抓他的鬍渣。「他剛剛不是在這裡嗎？」他坐在一團飛揚的灰塵裡，兩條細瘦的腿在小床邊晃蕩。「也許我想的是昨天晚上。」

「我那兩個兒子呢？他們今天有過來嗎？」

他想了好久。「沒有，女士。對，沒有，他們沒來。」

也許在這種狀況下向他追問細節，對他們兩人來說都是不必要的殘忍。他似乎跟清醒時一樣肯定。這樣至少還保有一點希望。也許他記錯了。也許他甚至不確定她問的是誰家的孩子。

她說：「羅伯和多倫。拉克家的男孩子？」

「我知道你兒子是誰，諾拉。我還沒有糊塗到那種地步。」

他挪到床邊，彎腰對著哈蘭留給他的桶子，開始往臉上潑水。她的血液飆快了。水濺到錫桶邊緣還有阿曼多的腳背上。就在那裡，就隔著兩道欄杆。她應該來鎮上當酒鬼。那麼也許被關起來、用雙手捧著水喝，還能濺出來——可惡——的人就是她了。

「哈蘭從哪裡弄來的水？」

「應該是水井吧。你渴嗎？進來，快進來。」

她又拉了一次門把。「鎖住了。」

「啊，治安官很快就會回來了。」

阿曼多坐在那裡，四處張望，弄濕的臉閃閃發亮。

諾拉說：「你有聽到外面有什麼騷動嗎？」

「騷動？」

「玻璃破掉之類的。」

「沒有，好一陣子沒有了。跟平常差不多。」他在褲子上擦了擦手。「昨天晚上好像有人在哭喊。」

「哭喊？」

他點點頭。「治安官帶我過來後沒多久。我想想看——是的，治安官帶我來這裡。我被哭喊聲吵醒時，天還沒黑，我起來後，發現哈蘭不在這裡。是這樣嗎？應該是的。他去哪裡了？」她等著他想起來。他又招手要她進來。「他很快就回來了，諾拉。你進來裡面躲太陽。你知道我不會聽你們兩個講話的。」

她把椅子放回原來的角落，站在木板路上，對著馬路左右來回張望。

媽媽，怎麼了？

乖女兒，我不知道。

羅伯和多倫呢？

我真的不知道。

你頭暈嗎？

有一點。

你不再去水井那裡試試看嗎？

我不想在那個人身邊逗留，艾芙琳。我不知道他是什麼人。

也許你可以回莫斯那裡去。

莫斯自己也不知道惹了什麼事，我不想牽扯進去。

那你就坐在這邊的陰影下，媽媽。

好，我會的。

你好一點了嗎？

好一點了，親愛的——再等我一下。

你覺得他們去哪裡了，媽媽？去普雷斯科特找法警了？

我要能感應他們腦袋裡的想法，才能知道——而那似乎超過我的能力了，艾芙琳。真是的。普雷斯科特的法警！哈蘭都把他們需要知道的事告訴他們了，他們還去，而且沒跟我說一聲。

也許是昨晚的爭執促使他們去的。

也許。

也許他們覺得你沒有他們那麼擔心。

胡說八道。

我覺得他們昨天晚上是想跟你說的。

他們真的很愚蠢，艾芙琳。如果我讓他們繼續沉溺在那種狀態、滿嘴胡言亂語、破壞這個地方，我算什麼母親？

可是你完全沒想到爸爸可能出了什麼事？這麼多天來都沒有？

當然有。可是哈蘭讓我不再擔心了。你也知道，他夠好心，不管那樣的想法有多離譜，還是去桑切茲牧場查看了。

他的話應該可以相信吧。

當然。

我確定你是對的，媽媽。

我當然是對的。普雷斯科特的法警——真是太異想天開了。

要是他們真的去了那裡，那把那封信留在印刷房，真是太粗心了。他們應該帶著當作介紹信的。

哎，如果出主意的是羅伯，多倫是聽他的，那他們還記得穿鞋子就算運氣好了。

這倒是真的。

天啊，要是你爸爸能寫信來，我們可以少受多少折磨啊。他只要寫「我會晚點才帶水回去，你們先去別的地方找水，別渴死了」這樣就可以了。

我相信羅伯和多倫就是這麼想的。如果爸爸可以寫信，早就寄信來了。

沒這回事。「如果他可以寫信。」你們都不記得爸爸以前是什麼樣子。他會一走就是好幾個星期，去找支持者、機器或者某個遠方的報人——這個人真的很懂該怎麼避免破產——然後日子一天一天過去，他連一句：諾拉，你好嗎？孩子們好嗎？你們是不是快熱死了？有沒有找到水？阿帕契人是不是殺上門了？等等這樣的話都沒有。

可是一封電報都沒有，這不像爸爸。

阿帕契人一直在破壞電報線。

這陣子比較少了，媽媽。

並沒有，艾芙琳。我幾年前不是去寄了一份電報，後來電報局的人跟我說，那條線被切斷了嗎？他說只能等找到斷掉的地方修理好再說了。他還說可能要好幾個禮拜。我永遠忘不掉他的表情。他說，那麼多人要說的話，都被燒掉了，永遠失去了。他騎著馬到處去跟大家說，如果想通知遠方的親友最近發生的生老病死，那就必須像以前一樣靠郵件了。可憐的討厭鬼。

看來你好多了，媽媽。

我是好多了。不過今天晚上要讓你那兩個闖禍精弟弟承認他們去了哪裡，做了什麼，應該會很慘烈。光想到那個情景我就累了。

也許到時爸爸就回來了。

那好。讓他自己去對付你那兩個弟弟。

他們真的去那裡了嗎，媽媽？去普雷斯科特找法警？

對。他們去那裡了。

去普雷斯科特？

去普雷斯科特。一定是的。

科羅拉多

我們真的得出發了，柏克，趁那些人還沒回來。他們會有好一會沒空理我們，但你可以拿你的鬍子打賭，他們不太可能會忘了我們。我們已經喝了水又休息過了。現在也沒那麼熱了。如果在天亮之前離開，我們可以好好趕點路——當然跟駱駝部隊那時候不能比。就算是狀態最好的時候，我們也已經沒精力一天走上十八哩了。我想，也許等過了聖安東尼奧附近的濕地，到了那一大片綿延到天邊的棕色平原時，就會比較輕鬆，速度比較快了。就在我們北轉新墨西哥領地之前，在科羅拉多河岸，我第一次沒把水壺裝滿。那裡的水刺鼻又難以入口。它們讓我看到了玩耍的哈伯，一個小小孩，背後是即將隱沒的太陽。

一直喊著要加快速度的是奈德．畢爾，高坐在薩伊德的背上一直往前衝。在科曼奇地區時，他還有點理智，沒有找來騎兵樂隊一路演奏，但他身後還是有一群敲敲打打的開路隊，兩側是騎兵和步兵，後面跟著他的醫療車、騾車隊、地質學家、狗和洗衣婦，最後，落後大約兩哩路的，是駕著炊事馬車的老艾和我們——所以不能說我們前進得無聲無息。但走了五十多哩，一路上都沒有遇到人，也沒有水——除了死人，從懸崖洞穴或是盆地裡看著我們經過，他們未能掩埋的骸骨就散落在那裡。

我們渡過紅河和加拿大河，之後的路就一路攀升，到了最後，一對角彎彎繞繞的棕羊，只得避走上更陡峭的峭壁。畢爾覺得一切都很神奇。他的外套腰帶上掛著一本日誌，仔細記錄這趟路程的細節：紮營地、草的有利性，每種蜥蜴、石頭和箭頭的特性。

他的地質學家威廉斯，是個臉色蒼白、個性一板一眼的人，每天都流汗流到外套都濕了。每走三、四百公尺，他就會從馬車裡探出身子來，抓一把泥土篩一篩，慎重其事地舉起來，然後搖搖頭。喬利因為被迫跟薩伊德分開，一肚子火沒處發，就一直拿石頭和泥土的特徵去煩威廉斯，好轉移自己的注意力。他問，真的有森林下了好多年的金粉，連野味都拿金粉來灑？冬雨真的會把拳頭大的金塊沖到山下去嗎？

「我不知道，先生。」威廉斯會這樣跟他說。「不過我的目的就是找出答案。」

威廉斯很愛亂走，就是因為他的這個習慣，我們才會跟印第安人起衝突。我們才剛跨越邊境，進入新墨西哥領地，地形就下陷形成一大片的乾燥盆地，將各種誘人的塵土呈現在他好奇的眼睛前。某天下午，我們發現他的馬車停在路邊，而他不在車上。我們喊了他好幾聲，都沒回應。最後，大約在離馬路三、四百公尺的地方，我們看到他黯淡的身影，靜靜地蹲在一道山脊上。「威廉斯！」喬利大叫，「該回頭了。」可是他沒回頭。我們往上爬，結果發現兩名凱奧瓦人拉開弓箭站在他前面不遠的草叢裡。他們靠得好近，近得看得到他們光裸的手臂反射的陽光。「科曼奇人！」喬治大喊一聲——那口氣彷彿他會從梅達身上跳下去，衝向他們的懷抱，而大家對此都不意外。

不過，看到你們駱駝，凱奧瓦人就放鬆弓弦了。過了好久好久，他們往後退，我們也往我們這邊退。後來，說也奇怪，我們沒看到幾個印第安人。畢爾認為應該是我們帶著怪獸一起走的消息傳出去了，而消息總是傳得這麼快。

在我們之前走過這條路的會是什麼人？他們有什麼故事？當駱駝在這片荒野裡，變得跟野兔和走鵑一樣平常時，生活會有什麼改變呢？畢爾一整天都在問這些問題，只要有人倒楣走到聽得到的距離就問。如果他懷疑他的步兵很認真地在嘲笑他，他也沒有表現出來。到了晚上，他會騎著馬稍微離開營地，給他的軍官們提供一點新鮮野味。我們整晚都聞到烤肉香，連夢裡也不放過我們，而那香味把郊狼引到了我們的營火邊。在佩科斯河釣到那條超大割喉鱒的，就是畢爾，記得嗎？我們在岸上看到牠背上閃閃發亮的鱗片激起了水中的泡沫，喬治和我想都沒想就衝進淺灘把牠拖出來。那真是奇妙的東西：突出的下顎讓牠具有凶猛的咬勁，紅色的鰭在牠的背部上端閃耀。突然之間，士兵和趕牲口的全都衝到岸邊，折了樹枝權充釣魚竿。老艾大喊：「孩子們，再給我抓一條來，跟這條一樣大的！」我們在渦流四周忙活，我們的聲音在峽壁之間迴盪。你們駱駝站成了一排在旁邊看，還在蘆葦叢間搜尋，彷彿你們也參與了捕魚任務。太陽漸漸升起，映照在水面上形成刺眼的閃光，但我只抓到佩科斯河微鹹的靈魂，看到了一艘蒸氣船和某個我從未見過的城鎮昏暗的街道。那一整天，佩科斯河沒再交給我們別的生命。我們激動地忘了畢爾的割喉鱒，而牠就在我們拖牠上來的那塊大石頭上嚥下了最後一口氣。等我們再想到牠時，牠的一隻眼睛已經被某隻食腐鳥類咬走了，老艾因此不肯煮牠。最後，我們把牠留在那裡，像一層微亮的鱗片，然後回去吃原本微薄的配給。柏克，我活得越久，越明白一個道理：不凡的人被自己的煩惱侵蝕，而沒用的人則被自己的妄念拉著前進。我只能想到這個原因，來說明可惡的傑拉德・蕭為什麼屹立不搖，現在甚至帶領著更大的馱騾團，走在我們前方兩哩處，穿過新墨西哥領地，而他在畢爾的指揮下，就跟當初在韋恩的指揮下一樣吵鬧。他似乎永遠陷在兩難之中，既嘲笑駱駝——我們的馱隊每天都落在後面，讓他更有理由嘲笑——又要羨慕你們駱駝讓女人激動不已。

你會記得他的矛盾心情在快到阿布奎基的某個地方到了臨界點。米寇和我一定是跟著老艾的炊事馬車騎去鎮上的，因為當時只有我們三個在那裡。老艾跟隨軍小販打交道時，米寇叫我去看一堆住宅，房子蓋在房子上面，用彎彎曲曲的階梯連在一起。而看到樓梯，他的眼睛更亮了，我從來沒有想過他會這麼興奮。

「你看！」他大叫，「**這**才像樣。」他在那些臺階上跑來跑去，我跟著他上上下下，聽著他喊：「米薩法，這是真正的城市！」

可是那個奇怪的堡壘，每一扇門打開都是空無一物的房間。偶爾看到一只孤單的鍋子，或是某個冷灶的灰塵。每次米寇推門進去一個新的空間，我的心跳就會加速，以為這次一定有某個幽靈在另一邊等著我們。但一個都沒有。我想那些死去的人應該都被親友好好下葬了，或者早就遠離這裡了。

等我們從那堆房屋迷宮找到路回到隨軍小販那裡，已經入夜了。回來已經晚了，再看到蕭和他的三名部屬騎著我們的駱駝一路吆喝到酒館去的情景，我們的心情更差了。女孩子們擠在陽臺上，搶著跟你和莎樂打招呼。那種激動勁，我感覺整個陽臺都快被她們壓垮了。

正如米寇後來解釋的，我們只是跟著那幾個男人到裡面去，糾正他們鞭策動物的方式。「先生，要用手。」米寇說得很冷靜，只是他的指節都白了。「牠們不太喜歡鞭打。」

蕭比在場次壯的人重了大約二十磅，可能也大了二十歲，可是他不需要喝二十杯的烈酒，就從大聲嚷嚷變成揮拳了。只需要兩秒鐘。在把米寇壓在桌子上和把他的鼻子泡在威士忌兩種選擇之間，蕭突然露出瘋狂的表情，接下來什麼事都可能發生。他可能把冒犯他的人拉起來，讓他站好，拍拍他的外套，然後哈哈大笑。他也可能殺了他。後來有人跟我說，我那時開始大叫：「拜託，蕭，不要鬧了！」這讓情況變本加厲。傑拉德．蕭沒鬆手，轉身抓起他的威士忌酒杯朝我砸過來。酒吧鏡子應聲而破，那種性質的店家只需要那樣就完蛋了。大家開始抓起人就拳打腳踢。有人用手臂鉤住我的脖子，把我壓在地上。我撞到了一隻靴子和一隻桌腳，然後，以頭下腳上屁股朝天的姿勢，看到另一頭的米寇，一邊尖叫一邊跳進一群士兵中。

大約就是那時候，客棧老闆從吧檯後拿出獵槍，在天花板上射出一個洞。

「我警告你們！」他對著一時嚇住的人群大喊：「放開那些希臘人，給我滾出去！」

這句話引發執法人員到來之前的逃竄行動。鋼琴下方傳出呻吟聲。鞋跟刮擦著往門口去。米寇從一堆四肢和椅腳中爬出來，把他衣服上的玻璃碎片挑出來。我從來沒有這麼敬佩他。

畢爾知道後，狠狠罵了我們五個人一頓。他搖著頭，不快地說：「我以為你們土耳其人都很善良、很虔誠，不會做出這種愚蠢的行為。可是現在我發現你們比我手下那些人還糟糕。」

這件事之後，喬治一心一意想要超過開路隊。一天又一天，我們其他人都被他拉去執行這個任務，起床號還沒吹起，四周還一片幽暗靜謐，就拔了營，又哄又罵地讓我們的馱獸清醒。我想不通這件事為什麼對他那麼重要，但我猜他覺得這只是算數問題。一騎上駱駝，喬治就會騎在隊伍前半哩左右，大呼小叫地督促我們前進，看到一點點進步的證據就興奮不已。他可能會抓住我的手臂，這樣說：「米薩法，看到沒？你看那傢伙，那個某某還躺在那裡？我們昨天這個時間入營時，他已經睡著了。這一定表示我們已經爭取了十分鐘，也許十五分鐘了！你覺得怎麼樣啊？」

我覺得不管我們再怎麼超前，都得等老艾的炊事馬車來，那是馱隊最後一節守車，每天至少會有一次陷進車轍裡，沒有你的協助是拉不起來的。

喬治看到了這一點。「老艾，你不能快一點嗎？」

「都要怪這臺玉米碾磨機啦，」這是廚子的回應，「足足有三百磅重，車軸都快被它壓斷了，而實際上都沒在用。」

等喬治弄清楚拖累我們的是小巨無霸時，大家也發現畢爾對那東西很有感情。我們的指揮官立刻就提到了它的名字，這當然也給喬治反它的行動增添了困難度。但我們得到的命令是要在十月前到達德洪堡，再加上喬治預測我們會在冬天狼狽地抵達目的地，最後畢爾異想天開，說乾脆把那臺玉米碾磨機留在熔岩區那裡好了，給下一個到那裡的部落或篷車隊一個驚喜。

畢爾心不在焉地說：「我有一次就是這樣看到一部印刷機。」

喬治問他：「你給它取了什麼名字？」

但即使得到了中尉的默許，老艾還是捨不得把小巨無霸抬下車。「兩百元的鑄鐵說丟就丟——只因為有個愚蠢的軍需官覺得磨玉米很適合拿來消磨時間。」

於是，我們繼續拖著玉米碾磨機前進，宛如拖著一條受傷的腿，一路走到羅吉塔，讓喬治氣得要死。畢爾年輕時，把那裡的一座平頂山當作路徑的標記，於是我們全都站在塵土中，等著他在山腳下四處搜尋多年前他的裝備在這片古老的印第安景致中刮擦過的痕跡。結果我們只找到一小條蜿蜒的步道，而他不記得之前有那條路。路徑陡升往上，看得到上面有一間殘破的教堂，血的顏色，隱隱露在黑雪松林的邊緣。

米寇小聲對我說：「你覺得那裡堆了多少死人啊？」

「幾個吧。」

其實有好幾十個。最後一點日光隱沒時，我看到他們閃爍著現身，從峭壁上往下看，亮得跟流星一樣。

教堂鐘響時，我們才剛圍在營火邊坐下來。突然響起的樂音，好久以來第一次聽到。那旋律慢慢從平頂山上滑下來，沿著我們的脊椎往下，讓我們僵在原地。我發誓，連你們駱駝都靠在一起，彷彿你們知道應該擔心：誰在上面，拉動了鐘樓的繩子？

我從來沒有跟你以外的人講過死者的事，柏克，唯一的例外，是那天晚上，晚餐吃到一半時，我轉向喬治。「你覺得是上面那些幽靈在警告我們離開嗎？」

他說：「也許是。但如果不是，你想他們用得上玉米碾磨機嗎？」

不知怎麼地，大家都接受了這個辦法：我們把小巨無霸留在這裡，對在這麼偏僻的地方蓋了一座教堂的好人表示謝意。

於是翌日上午，畢爾拔營帶著馱隊出發時，我們這些不情願看守末車廂的人，拉著老艾的炊事馬車，連同車上所有鏗鏗鏘鏘的設備，都往山上的教堂去了。

靠近看了一下，那裡顯得很莊重。稚嫩的紫色藤蔓成拱形纏繞在大門上。墓地立著整齊的圍籬。一群穿著白衣的印第安小孩在院子裡推鐵圈。你出現在臺地最上面時，讓一個倒楣的輪圈滾到灌木叢去了。我們就停在拱廊上，小朋友都擠在你的腿邊。死掉的孩子也在那裡，飄在人群邊緣，拇指塞在嘴裡，眼神很遙遠。

一名禿頭、穿著棕色袍子的牧師，帶著微笑沿著柱廊走過來。他跟我們握手、煮咖啡，而那些孩子把你當成了攀爬桿。

喬治毫不浪費時間。「畢爾中尉想問，你們用不用得上玉米碾磨機？」

我從來沒看過一個人收禮物要考慮這麼久。

牧師說：「喔，看情況。它可以磨到多細？」

我們打定注意不讓他阻礙我們行善，於是開始向這名沒禮貌的牧師證明，我們要送他的是密西西比這一岸最好的碾磨機。可是第一批碾磨的成果沒能讓他刮目相看。牧師讓那些粗糙的玉米粉從指尖落下，只說：「唔。」第二次努力還是不太行。喬治一直逼輪子轉得快一點，再快一點，什麼難聽的話都罵上了。老艾靠得很近，不敢置信又幫不上忙，已經預見了小巨無霸注定黯淡的未來。到這時候，午後的高溫已經降下來了。孩子們在你的轡頭上插滿了野花，而你只是站在那裡，一副得意洋洋的樣子，看著我們輪流轉動曲柄直到雙手發紅。

我甚至沒有注意到喬利不見了，直到他從某個地方回來，一副心神不寧的樣子。他跪下來接手我的工作時，低聲說：「我剛剛經過墓園。米薩法，這些是誰的孩子？」

「我不知道，可能是孤兒吧。」

「你覺得他們是偷抱來的嗎？」

等磨到第四回時，他已經走了又回來，這次更激動了。「我認為他們是被偷抱來的。」牧師一定聽到他說的話、或者猜到他的想法了，因為這時他走過來，親切地環住喬利的肩膀，接下來我就發現他們兩個一起慢慢晃向小花園了。喬利一直想插嘴發問，可是牧師的話一直沒停過，然後一隻手溫柔地劃過空中，撥動灌木叢，拉下樹枝舉到喬利的鼻子前。沒多久，他們就大聲討論起植物的名字了。

牧師會這麼說：「利檬（檸檬）。」然後問：「利檬？」

而喬利就會不情願地用阿拉伯語回答：「雷檬。」

「阿札哈（橙花）？」

「札哈。」

他從這趟探險回來時，胸前抱著一麻袋奇怪的香草植物，然後一臉鬱悶地站在那裡好一會。

我說：「怎麼樣？是偷抱來的嗎？」

「他說不是，他說他們是被帶來基督面前上課的。」

我說：「那就沒事啦。」

我們一定是將上百磅的玉米磨成了粉，結果到了晚上，還是又拉著這個不受歡迎的機器回去跟篷車隊伍會合了。我們要下山時，牧師站在大門口揮手高喊祝福，那一小群穿著白衣的孩子圍在他身邊。喬利一直回頭去看。他又說了一次：「如果他們是偷來的，他們會知道的，不是嗎？」

被埋在那個山頂，卻離安息之地上千哩的死者當然知道。

不管那些是不是偷來的孩子，他都沒能狠心把那個麻袋處理掉。後來那個地方的味道一直跟著我們：熊果、鼠尾草，還有一種小時候看過的灌木鮮明的香氣，那種植物的古名跟著植物本身去了西班牙，再從西班牙來到這個地方，不知怎麼地順利在這個位在半個世界之外的炎熱石塔旁開了花，最後讓喬利想起了家。

回營地的路上，我們又讓可憐的炊事馬車陷在沖刷河床上了。於是我們就把玉米碾磨機留在那裡，在紅泥地上一片的石炭酸灌木之間。也許某一天，會有某個需要粗磨玉米的移民剛好來到這裡。

喬治要我們加快速度的努力，就在巴加多這個小鎮外發揮效果了。剛過正午，畢爾跟他的先遣部隊正在牧豆樹蔭下休息，我們剛好在哨兵的軍號聲中趕上他們。我們散開來，穿過休息的人，到了草原上再重新整隊，踏著尚未開拓的道路繼續前進，走到下一條河——奧羅河，喝起來鹹鹹的。

之後我們就從來沒有落在開路部隊之後，一路帶頭往西，穿過一片紅色的亂石區，再爬上魔鬼叉上面林木濃密的高地。又過了一個星期，我們離開了舊金山大區，進入一片黃草和石化木的荒原，再繼續深入一個仙人掌到處搖曳的沙漠。我們經過一個又一個溪床，全都乾涸了，什麼都沒有，直到遇到一條連喬治都不知道名字的細流，才再度找到水。大白天，一顆蒼白的月亮掛在頭頂上。

我們剛要紮營，地平線那端出現一條線。那東西太小了，不可能是馬，穿過金光閃閃的夕陽前來，忽左忽右，最後具體成形：是個女孩子，腳步踉蹌，衣衫破得簡直跟沒穿一樣。

等畢爾帶著開路隊到達時，喬治已經用毯子將她包起來，而兩人正針對她可以喝多少水對峙中。她已經喝掉了一整個山羊皮水袋的水，還想要。他指著她鼓脹的肚子，說：「等一下再喝，不然你會肚子痛。」

這句話把她惹哭了，她轉而向畢爾求情。她說，她從熔岩區那裡開始走，走了好幾天。兩匹力氣耗盡的騾子和越來越少的水把他們的篷車隊困在那裡了。

畢爾問：「在哪裡？」

她指著北方。

我們已經離開既成道路太遠，以至於畢爾不知道該怎麼辦。我們該做的事似乎很明顯：幫助這個可憐的孩子。然而我們一路上遇到的災難太少了，她的到來，似乎是一種序曲，預告著讓我們全體蒙羞的意外在後面等著我們。畢爾低聲說：「想想看，敢來偷戰爭部的駱駝的勇士，名聲會有多響亮。」當然，打從在印第亞諾拉開始，每個人都想像過這種膽大妄為的人。可是這個女孩子就在這裡。有人──可能是喬治──讓她穿上了太大的上衣和太長的褲子。她一臉鬱悶地坐在那裡，一身塵土，一隻手抱住梅達的膝部。

哎，如果她有勇氣又有運氣，能夠安然無恙走這麼長一段路，要是畢爾悍然拒絕派人去幫助她的同伴們，那畢爾會成什麼人呢？畢爾說：「一場艱難但不可避免的救援行動，會讓我們的事蹟更加精彩。」他惆悵地看著漸濃的夜色。「真希望我可以跟你們一起去。」

到了早上，我們已經很清楚，女孩在來的路上走得暈頭轉向，就算我們沒帶她一起來也沒差了。她有一張飽受風霜的圓臉，而她那張嘴，如果沒被曬傷的疤痕完全遮住的話，可能屬於印第安人。她就騎在蕭的前面。對於蕭在最後一刻跟我們一起來，喬利在一次低聲咒罵中是這麼猜的：「他當然不信任我們單獨跟她一起走。」

喬治對這場冒險興致勃勃。我們持續往北爬升，他很快就辨識出她走過的路，指出她穿過灌木叢留下的缺口。

女孩可憐兮兮地說：「我都不認得了。」

喬治跟她說：「你走到神智不清了。別擔心，你會想起來的。」

我們沒給她休息的機會，也難怪她開始從鞍具上滑下去。蕭把她的騾子跟他的馬綁在一起，然後把她拉上來坐在他前面。喬利不喜歡這樣。他會忽前忽後，騎靠近蕭，瞄她一眼，又退開。他像閒坐在前廊上的老人，低聲跟我說：「你看看他，幹嘛非得那樣抱她？」

我們停在一條小溪喝水時，女孩子急壞了。她說：「我不認得這裡。我沒來過這裡。」

「你來過。」喬治帶她到灌木叢裡，給她看她自己的足跡。他甚至要她站在上面，證明那個腳印跟她的腳一樣大。看到自己經過的證據，卻想不起來，她哭了。她對我說：「我一定是死了，先生，我覺得你不可能是真人。」

我笑了，但我願意承認，她的話刺激到我了。我帶她到你旁邊，好讓她可以在她的頭髮間感覺到你的氣息，摸摸你的鼻子，再把她的耳朵貼在你悶響的心臟上。「你喜歡魔術嗎？」我打開我的水壺。她看了看裡面。「裡面有六條河的水。瓜達魯佩河、佩科斯河、格蘭德河、加拿大河、布拉左斯河、科羅拉多河。你沒一次喝過六條河的水吧？」

她斜舉起水壺。「鹹鹹的。」

我騙她：「那是布拉左斯河。你再喝一口。」

「現在有點鐵味。」

「那是格蘭德河。」

我們把你的馱鞍當帳棚，她蜷著身子躺在下面，一直睡到暑氣稍退。在此同時，喬利在營地周圍生悶氣。他跪下來潑水到臉上，蕭在溪水的另一邊，已經脫了上衣。他的胸膛很緊實，白得刺眼，儼然剛出土的雕像。

「蕭，你有老婆嗎？」

「你應該叫我蕭先生。」他把雙手放在膝蓋上。「而且我有沒有老婆跟你有什麼關係？」

「剛剛看著你，我只是納悶，你是不是最近又想起了女人跟女孩子的差別。」

「聽你談女人，我實在太意外了。我還以為你比較喜歡你那頭大山羊呢。」

天氣實在太熱了，不適合照著往常的習慣越吵越烈，所以他們就不了了之了。他們默默分別走到營地兩邊，躺進了帳棚，天色在我們的周圍大放光明。喬利睡得再好的時候也睡得很淺，接下來幾個鐘頭一直在嘆氣。「你看到他們騎在路上時，他的手放在她身上的樣子嗎？」他說得沒頭沒尾，彷彿我們一直在講這件事。「我應該扭斷他的脖子。」我沒說話。跟蕭在一起超過一個鐘頭的人，就會發現蕭的脖子遲早會被人扭斷。我才剛要睡著時，喬利又說了一次：「我應該扭斷他那該死的脖子。」

我說：「你做過嗎？」

「什麼？」

「扭斷別人的脖子？我是說，殺人。」

「當然有。」他坐起來，開始將馬鞍墊粗略折成一半。「我在阿爾及爾打了兩年仗。」

「我是指殺一個並沒有要殺你的人。」

墊子折了一半，又一半，再一半。「你有？」

「也許吧。」我發現自己拔起了乾枯的鼠尾草葉尖。「其實，那跟打仗很不一樣，你最好不要知道。」

接下來是豔陽高照的午後。我們和遠山之間，有綿長的滾燙空氣。我們在牧豆樹糾纏的樹蔭下，度過了下午三點左右的暑氣。水銀很快往上冒。喬治一直拍打溫度計，可是溫度計仍不斷出現誇張的數字。當然，他覺得這件事很有意思，值得笑一笑。

女孩子拉了一下我的手。她還想喝水。「六條河的水。」

我說：「水不夠每天喝。」

她說：「拜託。喝水的時候，我什麼都看到了。」

我讓她喝一小口。「你看到什麼了？」

「我看到媽媽和老家。」

「還有呢？」

「我不喜歡的東西。」

「什麼東西？」

「狼。」

我們又快睡著時，喬治起身拿起他的步槍。「那邊那個是什麼？」從蒸騰的最高點，閃爍著出現了一個又寬又平的東西。那東西穿過硬磐地，越來越大，在扭曲的光線中不斷融合又破碎，最後終於露出了真面目：一名穿著套裝的印第安人，駕著一輛平板牛車。一頭長及腰的辮子掛在肩上，辮子上編織著彩色緞帶。他撐著一把黑色的小陽傘。走到我們面前時，他舉起帽子。

「唉呀，唉呀。你們這一群可真是特別。那東西叫什麼啊？」

我跟他說：「駱駝。漂亮吧？」

我們的小女孩說：「牠很臭。」

「確實很臭。他的背怎麼那麼奇怪？」

蕭說：「你是打哪兒來的？」

印第安人坐回去。「要塞那裡。」

喬治說：「你來的路上有遇到困住的篷車隊嗎？」

「篷車隊？沒有。你是說那邊？困在那邊準沒好事。那裡有食人族出沒。」

他賣給我們水和肉乾，然後舉起帽子，又走了。我們一直看著他，直到看不到他的身影，只是想確定他是真的人。然後我們繼續愣在那裡。喬利露出笑容，說：「這麼熱的天，還穿得那麼正式。」

米寇遮著光往他那邊看。他說：「偉大的王國不就該這樣嗎？讓未開化的人都穿上正裝？」

「我只是說他一定很熱。」

「他一定以為他穿了正裝，就是個大人物了。比他的兄弟都還要優秀。」

「好了。」

「說不定他告訴自己，只有穿上正裝他才不會受苦。而在此同時，他還瞧不起他的兄弟們。」

「我說好了，米米。」

米寇說：「不要那樣叫我。」

很快，他又開始了。

「他對自己說，他的兄弟怎麼都那麼傻啊？為什麼不穿正裝呢？這樣他們的孩子就不會被抓走，他們的房子就不會被搶走了。他們總是選擇受苦的路，真是傻子。」

喬利看著他，用希臘語說了一句什麼。至於米寇的回應，我只聽得出來他的語氣很兇，還有喬利聽了之後就一聲不吭地繼續研究他鞋子周圍的泥土了。米寇還在看他，皮笑肉不笑。他靠過去。「你聽到了嗎？」

蕭站起來。「你們兩個，看這裡。」

喬治跟他說：「坐下。」

米寇沒理他們。「你聽到了嗎，哈吉．阿里？聽到了嗎，哈吉？聽到了嗎，叛徒？」

這下好了，阿里跳起來。米寇已經站起來，朝他衝到一半了。我及時伸出一隻手擋在他們中間，可是拳頭在左右飛舞。一隻腳踢到我的膝蓋，我們全都跌在地上，刮來擦去，最後我們的嘴裡都是塵土，三張臉都在抽痛。然後喬利站起來去找他的鞋子。米寇拿起掛在灌木上的帽子。

那天晚上我們再出發時，兩個表兄弟之間隔著一大片沉默的壕溝。我擔心他們之間的裂痕會一直持續下去。

喬治低聲對我說：「不用擔心，過幾天他們就好了。」

「我不懂。」

「有的傷口是時間的，有的傷口是人的，米薩法。有時人挺過了傷口，可是時間沒挺過。有時剛好反過來。還有些傷口太嚴重了，完全不可能挺過去。」

「為什麼？」

「因為人只是人。而神，以祂無上的智慧，讓人活著，通常就是去傷害另一個人。祂還讓每個人都看不到自己的武器，而且因為生命太短暫了，人只能嫉妒地守著自己渺小而無用的辦法。我們就是這樣活下去的。」

到了早上，我們到了屠夫峽谷以及另一邊的荒原。八十哩滾燙發亮的焦土。地圖上完全沒有水的痕跡，而女孩一行人受困的篷車隊，就在其中某處。

喬治要我們夜間前進，但他也知道時間很緊。太陽升起，把你的影子牢牢釘在硬磐地上。在我的前方，直到地平線之前，只有米寇濕透的亞麻布上衣。我看著他搖頭晃腦，陽光越烈晃得越明顯。看到他太歪了一點，我就喊一聲：「嘿。」

他說：「滾遠一點，不要跟我說話。」

一路上遇到樹木、平原，還有一大片枯草。印第安人的雪橇桿。羚羊的胸腔和顎部。一根粗壯捲曲的山羊角。一個印第安營區的焦黑殘骸。然後，幾個鐘頭後，一間少了屋頂的教堂，我們劃過它發亮的地板，手指有點刺痛。喬利驚奇地問：「珠寶？」喬治搖頭，指著少了窗片的窗戶。「彩繪玻璃。」

我猜我是想提醒你：我們經歷過比現在更糟的時候。忘了我們昨天說的話吧。抱歉我誤導你了。你現在喝了水，柏克。也乘了涼。沒錯，你受了一點槍傷，但痛楚會漸漸消退。一向如此。才這一會你就撐起那條受傷的腿站起來了。至少我們知道我們要往哪裡去——當時我們不知道。

睡了幾個鐘頭後，我們趕在天亮之前繼續最後一段路。天空邊緣還有點灰白，一路走，星星開始露臉了。接近午夜時，女孩子指著上面。我們來到一處平頂山的陰影下，高臺的邊緣有很多石脊。她說：「我認得這些大石頭。我認得這個地方。」

喬治靠近我。「你聽。」前方山腳下傳來一陣低沉呼嘯聲。那聲音繼續拔高，接著另一個聲音加入，然後再一個。那時你也聽到了，猛然動了一下，我必須用雙手才拉得住。

喬治說：「如果這裡有狼，那我們就太遲了。」

當然，他說對了。他把女孩子攔住，我們靠近篷車。我們拉起外套遮住口鼻，擋住氣味。我們在平頂山腳下發現一塊乾河床，裡面躺了一隻死掉不久的騾。狼已經來過了，露出的肋骨在月光下閃著白光。我們循著翻覆的篷車廂痕跡往河床上游走，從另一邊上去，一堆紙片飛進乾溝裡。在殘破的篷車頭底下，看得到一個男人變形的腳跟。他的臉傷得太嚴重了，我們看不出來他的年紀，只知道他的鬍子是白色的。我們發現幾個女人被亂槍射死在不遠處的樹林間。總共有四人，我們立刻設法將他們蓋起來。

喬利問女孩：「你們總共有多少人？」全都在這裡了。他沒跟她說他們是怎麼死的。她會繼續活下去，但他不知道哪一點更糟：是知道自己辛苦跋涉卻沒能讓他們逃過一死，還是自己注定逃過一劫？

狼已經退到峭壁那裡去了，但我們挖墳時，可以看到牠們的眼睛就在上方。米寇把殘存的屍體拼好包在一條覆被裡之後，我最後再看一次四周。硬磐地上散落著紙張。一百碼外有一小撮石炭酸灌木叢，枝葉間似乎卡了飄揚的旗幟。我就是在那裡看到她的：一個女人，跟大地一樣赤裸。她站在樹林間，一動也不動，頭髮披散在肩上。她直直地看著我。然後她的視線移向你，如此荒謬的你——你也知道，死者還是會驚訝。過了一會，我把你的側身轉過來，讓她看得更清楚。她的臉和雙肩有細細的割傷，而刺向她胸口的刀子閃著黑色帶點光澤的東西，我猜一定是血。其他人也在那裡，在更後面的樹林間。老人蹲在地上抓著泥土。

他們走來走去，經過彼此，母親、小女孩、老人都一樣——看到死者這麼多年之後，我站在那裡，抓著你的臠頭，你的氣息在我的頭髮間噴吐，我突然想到，我從來沒有一次看過一個以上的死者，也從來沒發現：他們不知道彼此的存在。突然間，他們悽慘的倒地方式，似乎是這個地方最不悲哀的一件事。他們可以看到生者，卻看不到彼此。他們沒有名字，未能安葬，突然進入茫然無頭緒的黑暗中，再次起身時，發現自己陷入了全然的孤獨。

我們離開那悽慘的殺戮現場，往西南走了大約八哩路後，發現一條溪。才剛天亮。你第一個走到水邊。我們跪在河岸，朝臉上潑水。女孩躊躇不前。我想，看過之前的畫面，卻又在她面前表現出這麼渴、這麼急迫地想要除了生命以外的東西，讓我們覺得很慚愧。彎下去喝水時，我看到前面的樹林裡有一隻狼。牠穿梭在樹叢間，每隔幾秒就消失不見，我必須很費力才能再找到牠。

「米薩法？」

「我是說，牠看起來真像影子吧？」

「你看過之前那種狀況嗎？」喬利的臉都糾結在一起了。「我走遍大半個世界，米薩法，這輩子還沒見過那種慘狀。印第安人？」

我說：「是有這個可能，可是那些箱子是怎麼回事？還有丟在那裡的紙？我很懷疑。」

女孩帶著一臉呆滯、恍惚的表情躺下來了。沒有人知道要跟她說什麼。我利用你搭了一個單邊棚，讓我們三個睡了一下，可是她不肯再像先前那樣躺在我的手臂上。我睡得可憐兮兮，我想你一定也是，但是你減輕了我的痛苦，希望我也減輕了你的痛苦。

你知道接下來發生的事：吵雜的說話聲把我們吵醒了。四名步兵出現在邊坡上，正牽著馬到溪邊來。領頭的是個壯碩的大鬍子，長得很奇怪，立刻就注意到你了。「天哪，那是什麼鬼東西？」

我趕快站起來解釋：我們是奈德・畢爾中尉的人，帶水來給受困的篷車隊。這隻是戰爭部的駱駝。但我的主動說明並沒能避免他們舉起槍。我清楚地感覺到你在我身後的龐大身軀。你——寬得像艘船，寬到任何距離外的人不需費力、不需技巧就能射中。這個念頭直接壓在我的胸口，我感覺無法呼吸了。

「我們不想惹麻煩。」喬利已經從外套底下坐起來了。他也把步槍橫放在膝蓋上。

大個子好好看了我們所有人一眼。最後他終於說：「嗯，請代我們向畢爾中尉致意。我們一再聽到他的豐功偉業。」

剛剛的緊張氣氛已經消失了。醜八怪伸出一隻手，蕭下到河岸來跟他握手。喬治也跟他握了手，然後跪下來，朝臉上潑水。幾名騎士開始解開裝備。拆下馬鞍袋丟在地上；脫了上衣，蒼白的雙腿從發皺的靴子裡解放。很快就有人放聲大笑。氣氛就這麼輕易變得友好了。

就在這時候，女孩醒了，往我這邊靠過來。

她低聲說：「那是我的馬。」

「親愛的，是駱駝。」

她搖頭。「不是的——那是我的馬。」

她指著一匹其中一名騎士正在卸馬鞍的些微雜色馬。「我爸爸以前給我的馬。」她以為她還是說得很小聲，可是溪水四周的談話聲突然停了。我可以看到蕭左右動了一下，在考慮要不要繼續假裝沒聽到她的話。

但這件事由不得他。醜八怪再次舉起步槍，近距離朝蕭開槍。我沒看到接下來的狀況，因為我一把抓住女孩，我們兩個一起衝進了沖積地。等我搞清楚方位，你已經迅速站了起來，而子彈在半空中咻咻不停。蕭正左右扭著身體，撐著手肘費力爬上岸。那幾個人都退到了岩石後，並在岩石的掩護下連番開槍。感覺像經過了一輩子，其實頂多只有幾秒鐘，因為喬利才剛剛跳上薩伊德，後者低吼一聲，將他抬起來，然後一人一駱駝一陣翻騰過了河。米寇騎在莎樂上，緊跟在後。他們衝過火線，越過平原——雖然他們的出擊將火力從我們這邊引走，但也讓我們面臨了朝敵人開槍，有可能會射到自己人的難題：喬利正在追一個決定逃走的魯莽傢伙，而米寇已經又轉回來切斷火線了。我繼續朝著岩石開槍，瞄到帽子和肩膀就射，直到對方其中一支步槍沒了聲息。這時莎樂已經中了槍，一陣踉蹌，將米寇摔了下去。此時喬利又衝了回來，不過使出最後一擊的是薩伊德：我們看著最後一名歹徒在駱駝的腿下扭曲變形。

經過盤點，我們的損失是這樣的：蕭中了槍。米寇的傷口比較單純——只有肩膀中了一槍——可是他摔斷了肋骨，完全沒辦法坐起來。我們將營地往河谷下游移了三、四百公尺，可是米寇太喘了，我們不得不停下來。喬治擔心他斷掉的肋骨刺破了肺。每次一移動他，他就叫得痛徹心扉，讓我的胃都跟著痛了。喬利在擦眼睛。他說：「米米，不要這麼用力呼吸。」

蕭一直罵女孩。「你去死好了，沒人教你要懂得閉嘴嗎？」為此喬治踢了他的膝蓋一腳。通常大多數人會就此安靜下來，但傑拉德．蕭一等兵不然。他正處在一團平凡人無法看透的泡沫中。他繼續咒罵我們每一個人，各種難堪的字眼都用上了，罵到最後喬治在他旁邊跪了下來。「孩子，我不知道你是怎麼想的，但你永遠不可能回到畢爾那裡了。在我們還願意跟你作伴、陪你到死的時候，安靜一點吧。」

太陽下山後，沖積地周圍的樹上黑壓壓一片都是鷲，狼也來了。我們聽得到牠們在溪邊爭奪那幾名歹徒的殘屍。我這才發現，假使我們沒有至少將他們稍微掩埋，危害的將是我們自己。我把這個想法跟喬利說時，他不以為然地看著我。「為什麼？」一頭狼拖著一條手臂來到看得見營地的地方之後，喬治讓女孩子坐在他後面，朝著他猜測畢爾一行人可能的方向出發。她回頭再看我們一次。我後來沒有再見到她，因為等到我們的苦難都結束後，她已經被交給一個好心的女人照顧，將她好好養大。而長成年輕小姐的她，搭上火車一路往西，到某個更安全的地方，在一個越來越配得上她的世界裡過完一生，從此沒有再想到我們。我一直是這麼跟你說的。

喬利跟我把樹枝綁在一起做拖架時，一隻狼出現在平地上。我們知道牠在那裡，是因為你和薩伊德變得很不安，過了一會我們就看到那灰濁的瘦小身軀，在黑暗中忽左忽右。牠溜回去灌木林，稍後又帶了兩、三隻同伴回來了。牠們聚攏，在樹林邊緣坐下來，看著我們。

我們把拖架套在你身上，沿著喬治的痕跡出發了。走了大約兩哩時，我們開始聽到狼的動靜。起初是牠們在灌木林裡活動的聲音，再來就是牠們的嚎叫聲。我記得，你拚命揮動尾巴，像火車頭一樣噴氣。你一直想要轉頭看牠們。其中一隻穿過我們前面的路徑時，你立刻追過去，我拚盡全力才沒讓你把可憐的米寇翻倒到地面上。他一身灰白，自從摔傷後只說了三個字：「我好冷。」

我說：「他挺得過嗎？」

喬利說：「如果他活過今晚，也許可以吧。」

我們來到一個廢棄的商站，做好防護，躲在裡面。貨倉窄小，什麼都沒有。屋樑以奇怪的角度互相堆疊，撐在我們和星空之間。門不著地，土磚牆碎裂了，留下好幾個洞，看出去一片黑暗。外面，狼在嚎叫。膽子最大的一隻，落下長長的影子，出現在門下的縫細中，有時看起來像人。我們朝著荒野盲目射擊，可是牠們只稍微退開，一下子又回來了。

蕭坐在火堆旁冒汗。「你們會把我丟給牠們？」

喬利說：「不會。」

「我不相信你們。」

「不會的。」

喬利和我背靠背坐著，槍口穿過土磚牆朝著外面。蕭的臉色已經白到幾乎發青了，他很努力保持清醒。也許他擔心要是他暈過去了，我們會殺了他。他每隔幾分鐘就要講話。「我跟著一名陷阱獵人在梅迪辛博附近打過一陣子的獵。他會爬上蘇族的絞刑臺，拿屍體來誘狼。有一次我們在一個山谷裡發現一堆遇害的摩門教徒，可是他不肯拿他們來當誘餌。我以為他是不想承擔那種罪孽，可是你們知道他說什麼嗎？『不是我不想傷害他們，是狼。狼可以挨餓三個星期，也不會去碰白人的屍體。牠們就是這樣，比印第安人更有人性。』」

喬利說：「你確定嗎？之前牠們吃那幾個人，也沒多遲疑啊。」

他讓米寇的頭躺在他的大腿上，想讓一些水從表弟的齒縫間流進去。我拿出水壺，米寇喝了好久，我得硬扯才能把水壺拿回來。

他說：「天哪，真的什麼都有，米薩法。」

他坐起來，環顧四周。他說：「阿里，真不敢相信我會死在這個鬼地方。」幾分鐘後，他又進入混沌狀態。

蕭看了看他。「看來他撐不了比我久了。」

不知道過了多久，第一隻狼開始抓起了門板。急促、響亮的刮擦聲，感覺牠已經進到小屋裡來了。喬利開了槍，可是刮擦聲只停了一下下，又開始了。很快，我們就看到塵土飛揚，還有狼爪迅速抓動的影子。「老天哪，」蕭不停地說，「老天哪。」你前後晃動，憤怒地噴著嗝氣。如果不攔著你，你會扯斷挽具，把這個地方鬧得天翻地覆。我趴在地上，朝那些快速移動的影子開槍。可是那隻狼還是繼續耙。門上又有了動靜。這時已經來了太多狼，多到讓我以為世界是由狼嚎構成的。

「我真是太高興了，」蕭說，「我真是太高興你們幾個跟我在一起了。」說完，他轉個身，一腳踢向米寇的胸口。

米寇發出的聲音就跟狼一樣。喬利跳起來。米寇躺在血泊中，我趴在那裡，看著朋友的步槍斜抵著蕭的下巴。這是我記得的畫面。蕭躺著，兩隻腳踩在地上，整個人因為費力想要坐起來而顫動。他說：「全能的神啊，讓我起來。」

「你哪裡也去不了，只會被外面那群魔鬼的牙齒撕裂。」

「也許吧，但至少他們還得辛苦好一陣子才能碰到我。」

柏克，你也在那裡。你很清楚。喬利俯視他。在我知道自己在做什麼之前，我已經將手上的步槍轉了方向，對著蕭的頭部開了一槍。然後一切——連外面的狼——都靜止不動了。我們用毯子把米寇裹起來，埋在那間小倉庫的地下，直到今天，他還躺在那裡。幾年後，我們回去過一次——記得嗎？——站在那裡聽他的聲音，但他沒出現。我很高興地知道，他一直安息著，沒被人打擾。

至於蕭的屍體，我們拖了應該有八哩路吧。然後我們把他丟在那裡交給狼群。切斷了拖他的繩子後，我沒轉頭去看，怕他碰到我，讓他的慾望附在我身上。

風掩蓋了喬治的足跡，所以有好長一段時間，我們只能摸索前進。莎樂停下來等再也不回來的騎士時，我們就拉著她走。我們又走了三天才找到水：一條淺淺的小溪，閃著亮光，像一面放在塵土裡的鏡子。那時你已經吐了好多泡沫，開始左搖右晃，駝峰也凹陷得很嚴重。

喬利和我一起蹲在水邊，將那溫暖、甜美的光潑在臉上，沉浸在解脫的寂靜奧妙中。說完禱詞之後，喬利說：「想像一下我們不回去跟其他人會合的情景。」

「想像。」

「我是說真的，米薩法。我們可以裝作已經死在這裡了。去找屬於我們的財富。誰會想念我們？」

啊，柏克。有時我會納悶，他真的是這個意思嗎？我很高興他說出口了，因為那句話洩漏了他的流浪本質，他無法擺脫的慾望。我必須承認，我動搖了——我想你一定不意外。但我想到喬治和萊洛在營火邊等我們，所以這一次，我沒有逃跑。也正是因為這樣，十月底的某個晚上，我們在科羅拉多河東岸又加入了畢爾的馱隊。科羅拉多河在那裡出了峽谷，沿著寬闊的沖積平原緩緩往下，終於以藍色河道的面貌前往猶馬。

畢爾已經回頭了一次還是兩次，最後停在那裡，想找到適合涉水的地方。一百六十七天以來，都沒有適合渡河的地方，只有陡下消失在深水裡的絕壁。他派出偵察兵到上下游看過了，但回報的都不是好消息：沒有適合航行的淺水區，現在只能讓牲畜游泳渡河了。

畢爾問：「牠們當然**會**游泳吧？」這時大家都明白了，他之所以等我們回來，唯一的目的就是要問喬利這句話，免得貿然讓那些駱駝下水，害整個戰爭部的牲畜都溺死。

喬利不知道。他在河岸來回查看，尋找最和緩、最適合下水的地方。我問他：「你看過駱駝游泳嗎？」

「我去哪裡可以看到駱駝游泳？」

莫哈維人從他們的地盤上過來了；臉上畫著墨線的女人，低聲跟孩子說話；瘦弱的年輕人聚在一起，帶著疲憊的笑容打量我們。

到了下午，篷車都過河了，溺死了騾、馬各一匹。我們只能把所有駱駝綁在一起，然後將第一頭你的同伴趕下水。喬利滑著靴子，慢慢往下。在他後面的薩伊德，先是抗拒滑動的碎石，然後放棄抵抗，順勢往前。水從他的脖頸處分開，繞過他背上的駝峰，而他白色的那段腿在幽暗的水中微微閃著亮光。

在場的人一陣歡呼，除了莫哈維人。他們只是一個個漠然地轉身，往下游去看另一個荒謬的場面：遠處，一艘船灰色的船頭尖角，慢慢地彎進了這段河道。那是一艘舷俥船，**傑沙普將軍號**。壯觀的船身緩緩出現。直到今天，柏克，我還無法告訴你，到底是誰比較驚訝看到眼前的景象：是在岸上的我們，在這片原本無法航行的水域裡第一次看到船，還是在船上的人，看到水裡到處是我們的駱駝。

那次渡河，是莎樂第一次游泳，也是她最後的旅程。我們繞道去救那支不幸的篷車隊，以及米寇的死，讓她耗盡了心力。畢爾想把她留在那裡，讓她自生自滅——可是喬利覺得這樣不是真正的慈悲。畢爾說：「做你覺得該做的，但是不要告訴我。」

於是他從未寫下喬利割了她的喉嚨，把她的血放乾，然後就在科羅拉多河岸屠宰她，而從頭到尾謹慎的莫哈維人就在一旁看著。他也沒寫到喬利把肉切成大塊，一塊塊分給等在一旁的人。

到了晚上，莎樂的肉都分完了，除了峰肉，被老艾拿去叉在鐵棍上烤到焦黑，邊烤邊懷疑到底能不能吃。後來我們坐在那裡，一邊看著蒸氣船駛近，一邊聊著米寇。聊他沒耐心、膽子大、老是講不好笑的笑話，還有對穿衣打扮超講究，聊到我們的心裡滿滿都是他。我們周圍是銀白色的矮樹叢，夜裡不時傳來細微的沙沙聲。兩岸都有莫哈維人的火光。

其他人都去睡了，只剩我們兩人清醒地並肩坐著時，喬利說：「這些人，他們看起來不怎麼擔心船。」

「對。」

「也不覺得船有什麼了不起。」

「應該是吧。」

「他們也不怎麼擔心駱駝。」

這點似乎讓他很困擾。他思索了一會，想要弄清楚。「船，駱駝，對他們來說都是一樣的東西。有什麼不同嗎？兩者都不會帶來什麼奇蹟，只是另一個結束他們的手段。」

「應該是吧。」

「我奶奶常說，土耳其人第一次來到她的家鄉時，蓋了一座大橋。可是沒人能喜歡那座橋。他們想要我們相信，非凡的時代來了，可是我們從來就沒能有同感。那些奇蹟不是為我們而來的。」

「你不是土耳其人嗎？」

他伸出一隻手從眼睛上抹過。「我想現在我應該是了吧。」

「哎，那就好了啊。不管你是用什麼方法知道的，能知道這點就算運氣好了。」

「你不要搞錯了，米薩法：你也一樣。在你的語言裡，你的骨子裡，你也一樣。」

我不介意讓你知道，柏克——我感覺他那句話，彷彿是他張開雙臂抱住了我。

等我可以再度開口時，我說：「嗯，那確實很了不起。」

傑沙普將軍號靠岸綁起來，我們看到一直有乘客上岸來，維持了那一整個漫長而奇妙的一夜，一直到翌日上午。都是來自下游的商人和陷阱獵人，粗野，全身髒兮兮。他們帶著毛皮、箱子、小提琴和威士忌桶，還有漫長旅途到了盡頭的歡樂，來侵蝕我們的悲傷。

我們吃早餐時，一雙斑駁的小牛皮靴踏上了梯板——是誰穿著這雙鞋子呢，柏克？你已經知道了。在這個奇特、野蠻的世界，誰會穿著那樣一雙小牛皮靴，從一艘開到科羅拉多河南部河段的蒸氣船裡走出來？當然是惡狼，約翰．伯格法警本人了。

要不是他直接穿過人群，走進畢爾的懷抱裡，我可能會以為他已經死了。

我問喬治：「那個人來這裡做什麼？」

經過一番偵察，問到答案了。喬治說：「看來他是名執法人員。中尉的老朋友。」

哎，我盡可能躲在帳棚裡，要不就頭上蓋著披肩低調活動。可是當天晚上，伯格就在營火邊找到了我。他抓住我的手，說：「我應該認識你。」

因為我整天滿腦子都在想著我們上一次碰面的狀況，於是說：「是的，在葛林要塞。」太快了，那些話就這樣脫口而出。要是我吸一口氣，停頓一下再說就好了。他的眉毛擠在一起，我看到他正在思索——我會不會正是他懷疑的那個人？我為什麼會記得某個朦朧的夜晚，記得那麼清楚、那麼快、那麼確定？我暴露自己了。

伯格說：「哎，瞧我這記性。一定是那裡了。」

你不太可能怪我那麼做，柏克——只是我從來沒有放下這個疑惑：要是我做了不同的選擇，事情會變得怎麼樣。在動身之前，我斜舉起水壺，只在水壺裡看到一間灰暗的酒館，一雙布滿斑點的手，一碗滿滿的湯。那個畫面給了我勇氣。我心想，那一定是老了的我。我最後一次躺在駱駝騎士的帳棚裡，想像自己一直往北走，走到缺水乾癟，或者滿身子彈，倒地不起。

我們已經一起逃了這麼久——我有可能拋下你嗎？

我牽著你走進樹林裡時，喬利正在那裡等我們。他問我：「那個人是誰？」

「哪個人？」

「你要逃開的那個人。」

「誰也不是。」

「誰也不是？誰也不是你會打算偷走一隻戰爭部的駱駝？」

最後，我說：「那是這三年來一直在追捕盧里．馬蒂的人。」

喬利一言不發站了許久，他的菸斗照亮了他的臉緣。「我應該開槍的。我應該現在就對你開槍。」然後他脫下帽子，將下巴轉過來斜對著我。「打我這裡。」他指著下巴。「但是小心不要把我打死了。」

下 AFTERNOON 午

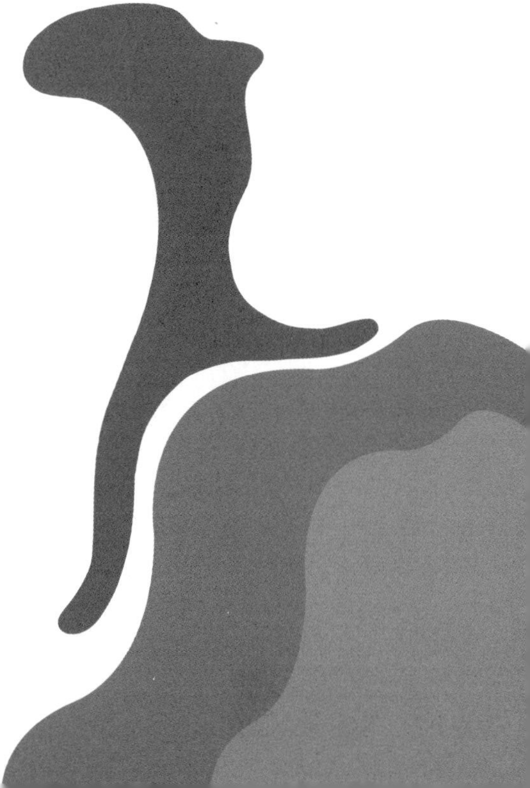

阿馬戈

亞利桑那領地，一八九三年

離家大約一哩處，諾拉看到一團煙塵。起初她以為是一隻奔跑的羚羊，不過等那團煙塵轉入她的車道，她認出那是艾梅納拉醫師，駕著他的新型輕馬車——多麼閃耀奇妙的東西，跟拉著它的那兩匹馬一樣黑亮，幾乎漂亮得值得驕傲。這名西班牙人已經從座位上站起來，舉起帽子，大喊：「哈囉哈囉哈囉，房子，你好啊！」

赫克特．艾梅納拉．維加今年六十歲——諾拉是這麼聽說的——一直是第一個下地，最後一個上床的。他長得高瘦，身子柔軟，竹竿似的，整個人散發出長腳蜘蛛般無法抑制的活力。一把發白凌亂的鬍鬚——他一度壯觀的頭髮最後剩這些——圍繞他的下巴。諾拉從來沒見過他不穿制服的樣子：遮陽帽、燕尾服加領巾、發亮的鞋子，以及柔軟的騎馬手套，讓人對奉獻性命製造出那種手套的羚羊產生敬意。在阿馬戈當了二十年的醫師，攝氏四十六度的高溫，醫師還如此打扮，代表了他對阿馬戈的期待：一個瞬間蓬勃發展的小鎮，貨真價實，有個主要火車站，熙來攘往的都是同一類人：能引用幾句歌劇臺詞、深度討論軍事行動以及黃金的價值——不是你在地上找到的那種黃金，而是構成他口中所謂的神秘「市場」的黃金。艾默特戲謔地稱那種人為「吃蝸牛的人」。

她有一次跟丈夫說：「說實在的，我喜歡他的品味，不然我可能永遠不會有機會吃到龜湯。而且他從來沒請我們吃過蝸牛們。」

艾默特逗弄地捏了捏她的手臂。「無脊椎動物不能用『們』。」

三個孩子都叫他赫克特醫生。因為他一直是他們的好朋友——他個性放縱、愛玩、奢侈，本來就像個孩子——他們覺得不可能有人比他更有魅力。這時，毫無意外地，托比和嬌西顧不得會不會跌倒，衝出家門跟他打招呼。托比還把可憐的茶隼屍體捧在手上，宛如某種貴重的獎品。醫師表現出明顯欣賞的動作，接著是一套活力充沛的默劇。現在他帶著手套的手畫出一個看不見的長方形。等諾拉靠近時，他的教學已經結束了：「先生，這就是展示死鳥的方法。」

諾拉喊：「你不准用那髒東西做任何東西。絕對不准，托比。」

醫師轉頭看身後。「女主人！你去鎮上了？治安官好嗎？」

她努力壓下了驚訝。「他不在。」

醫師站起來，雙手插在腰臀上，搖搖頭。他說：「這個年輕人有個很精緻的標本呢。我帶來的東西都相形見絀了。」他從座椅上拿起一個包著布的盤子，慎重地捧出來。「甜麵包。」

她希望他帶了水來。她瞄一眼輕馬車的後面，但除了一條隨意披掛在座位上的毯子，什麼都沒有。這樣也好——艾默特不喜歡她鼓勵醫師送東西。他總是不請自來，這樣他們就沒有理由拒絕他，還每次都少收錢。她的手抱著盤子冒汗，兩人開始閒話家常：醫師的兒子，亞歷山卓，在墨西哥市當學徒，一切順利。他的妻子在最近的高溫暫歇後，又恢復晚上睡覺的作息了，而且她很好，真的很好——諾拉覺得這樣說實在太輕描淡寫了，因為她在耶誕節的聚會上看過他們，高大的醫師和他粗壯的小妻子，以不平衡的波卡舞對抗時間的摧殘。

進到屋裡，艾梅納拉醫師開始例行檢查。首先巡一遍組合成托比的奧妙構造：礦井耳朵、巨石牙、大面積的四肢。「每天都在長大！他們一定給你吃山吃海了！」他刮了刮托比的頭皮。「不過你成刺猬了。是蝨子吧？不咬多久了？」答案——一整個星期！——似乎值得慶祝。不過，講到托比的眼睛，醫師就嚴肅多了。「現在光線看起來怎麼樣？」托比在空中畫了一個飛鏢的形狀，然後在四周又加上鋸齒狀的東西。醫師翻開托比的眼皮，靠過去看。「你行動沒問題吧？」

「還可以。」

「你怎麼不把這隻眼睛遮起來？」

「太熱了。」

「你有騎馬嗎？」

「可以的話就沒騎。」

醫師搖頭。「我們做過君子之約：完全不能騎馬。」

「醫生，**完全**不騎馬真的很難耶。」

「我是說真的：稍微用力撞一下就可能讓你徹底失明。」他轉向諾拉。「不能騎馬、不能打打鬧鬧、不能跳水。」

諾拉說：「他還能去哪裡跳水？」

「我不知道。也許某個只有他知道的秘泉。亞歷山卓在你這個年紀時，總是有辦法出人意料。他應該可以在一週之內就把以色列人帶到迦南地去。」他又抓了抓托比的頭。「希望你的頭髮很快就長回來了。跟皮克懷爾這一帶最好的理髮師住在一起，如果她英雄無用武之地，那還有什麼好處？」他口中的理髮師正站在門口扭著辮子，笑得很開心。「怎麼樣啊，嬌西？還幫人剪頭髮嗎？」

「有人需要我就剪。」

他摸了摸自己發亮的禿頂。「這你應該無能為力了吧？」

「以前我爸爸也跟你一樣是禿頭，赫克特醫生，我用一點月見草油解決他的問題了。」

他老是提到他的頭髮，要不是出於習慣，就是一不小心透露了他的虛榮心。諾拉覺得一定是後者：畢竟，他是鎮上唯一擁有瓦斯爐的人——他當初買下瓦斯爐時，甚至懶得裝作是送給醫師娘的禮物。他親自到夫拉格斯塔弗的賣場去看。瓦斯爐由八匹騾子載來鎮上，熱鬧得像在遊行。不過，在它到來的那天——好大一個時髦的東西，在馬車後座閃閃發亮——諾拉站在「拉克父子印刷房」的招牌下，她當時的想法跟現在是一樣的：他的坦率，讓那些缺點變得可以原諒。真正擔心別人怎麼講的人，不會引來這麼多議論。他就是他，在每個人面前都一樣。

他靠向奶奶。「哈莉葉特太太，身子還是那麼靈活嗎？」

嬌西說：「她今天又自己走動了。」

諾拉說：「我們不是才說不要亂講話嗎？」

「是真的。」嬌西轉向醫師，「今天早上我背對著她在弄早餐，照你說的那樣大聲講話，講得很慢，讓她能跟得上。我跟她聊蒙大拿——那裡有個耶誕市集，據說是全世界最棒的，因為附近住了很多德國人。不過她好像對那些事沒什麼興趣，因為等我轉頭，就發現這位年輕先生正推著她從前廊回來了。」對於醫師的驚訝，嬌西熱切地點頭。「我自己從沒親眼見過，可是我對天發誓，是真的。你問托比就知道了。每次都是相同的時間：一大早，或是太陽剛下山。我猜啊，這時的她，被腦子受傷之前的她壓制住了，所以使盡力氣要去把自己找回來。」

「你講得太感人了，嬌西。」他握住她的手，搖了幾下。「你有詩人的靈魂。」

諾拉說：「與其浪費醫師的時間，也許你應該請醫師看一下你脖子上莫名其妙出現的疹子？」

醫師趁嬌西低頭將下巴壓在手上的機會往前走。「哈莉葉特太太，真的嗎？你真的常常越獄嗎？」奶奶的雙頰垮了下去，一臉不高興。他仔細觀察她，慎重地順著她的手臂關節往下捏，一隻手捏完了，換另一隻手往上捏。他逗她笑，好看一下她僅剩的幾顆不完整的牙齒，同時他還拉起她的嘴唇，製造她是自己在觀察的錯覺，以維護她的尊嚴。中風之前，奶奶總是很小心，不讓人注意到她悄悄從醫師的手中掙脫。彷彿讓人看出她討厭他、討厭所有墨西哥人，有損她的尊嚴。可是現在她整個人竭盡全力抗拒他。從她的眼神、她從頭到腳僵硬的身體就看得出來。諾拉猜想，他當然知道，他應該很常從新來到這個領地的人身上見到。他的病人抗拒得越激烈，他似乎越堅持要把自己的工作做完。她冷眼旁觀，一邊覺得尷尬，同時又非常想要看到老太太無法掩飾自己的感覺。

最後，他轉向諾拉。「你呢，拉克太太？」

她很渴。三個男孩子，一個瘦小的女孩，再加上一個生病的老婦人，他們都該比她先喝到水。她渴著入睡，渴著醒來；一整個早上，喉嚨乾得讓她說話都痛；乾到她忍不住要用威士忌和苦咖啡去滋潤，最後讓喉嚨燒灼得更厲害，而且她已經不記得上次喝一大口水是什麼時候了。她說：「我的頭一直有點痛。」

他摸了摸她的太陽穴。「你會不會是曬太多太陽了？」

「也許是吧。」

他語帶戲謔地說：「諾拉，你不會一直在喝酒吧？」

*

他們在廚房外面一張小桌子旁坐下。她可以隔著窗戶留意托比和嬌西在外面的動靜。此刻看來他們像是在幫已僵硬的鳥兒挖墳。她沒什麼東西待客，只有玉米餅。此刻他把玉米餅放在膝上，臉上的表情彷彿在說，如果有必要，他可以勉強吃下去，但非到絕對必要前，他不會動。

「我很高興看到你，赫克特，我們已經好一陣子沒請你過來了，因為最近這個月的負擔已經讓我們還不了錢了。」

他舉起一隻手。「要是我只去看出得起診金的病人，諾拉，那這個鎮上的死人就會比活人多很多了。」

「哎，要是嬌西的話能信的話，死人確實比活人多。」

他大笑，笑得牙齒都露出來了。他拿出褪色的皮筆記本來。他說：「你想你什麼時候能把錢還清？十號？十一號？」

「對。」

「我給你寬限到七〇五〇號吧。」他拿著一支看不見的筆壓了壓那一頁，在空中畫了畫圈。

「要是你到那時還是還不了錢，拉克太太，那就祝你好運了。」

「赫克特。」

她沒有被他的笑話逗笑，使得他捏了捏她的手。他用門牙咬一口玉米餅，然後隨口恭維她的廚藝。她任由他說。眾所周知，當艾梅納拉的妻子亞瑪達．利歐斯．博雷戈捲起袖子指使女僕時，就是全領地最好的廚子準備上場了。在她那裡吃過飯喝過水的人，去別的地方用餐，只是為了提醒自己，要感謝自己夠好運，能夠回到家。

諾拉終於說：「我猜你不只是來寬限債務的。」

「確實不是。」她聽得出來玉米餅黏在他的上顎了。「我有事要跟艾默特討論，他叫我來的。」

「喔。」

她以為自己已經笑得更明顯了，其實並沒有。醫師看著她。他說：「啊，所以他沒跟你說。好吧，我很高興可以跟你消磨一點時間，等他忙完手上的事。」

「你是……今天跟他約的？」

「上個星期。」諾拉感覺他好像在假裝他很有耐心。現在她看得出來他很努力忍著不四處張望。「我想艾默特可能是忘記了。」

「我不知道他有沒有忘記，醫師，不過我們兩個可能要一起待很久了。」

「他不在？」

她說：「他去坎伯蘭取水還沒回來。你知道保羅．葛利格斯嗎？」

「大概知道。」

「哎，他幫我們送了兩年的水，但是這次他沒準時出現。」

「我的天啊。」一點酸楚的顫意停在他的唇上。

「艾默特認為，應該是因為乾旱，他們的水不夠。要不然就是因為弗洛勒斯一家搬走了，只剩我們這一戶人家需要補給水，保羅就想放棄我們了。」

「那個王八蛋。」他用菸斗打了一下自己的大腿。「原諒我口不擇言。你知道運水人是什麼樣的人嗎？最卑劣的小偷。到井水乾枯的地方去，拿本來不用錢的東西來騙錢，而其實那就是個運貨人而已。艾默特會好好修理他。」他眼帶責備地盯著她。「諾拉，你為什麼不來找我？」

「你跟我們其他人一樣缺水。」

「就算是這樣，你也一定要問問看。他什麼時候回來？」

她說：「應該快了。」她頓了一下，然後，為了她自己也不清楚的原因，她承認：「老實說，他兩天前就該回來了。」

她想像他費了好大的勁，宛如有人抓緊他的胸腹，不讓他的聲音拔高。「他晚了兩天了？」

「應該是三天吧，如果把星期一也算進來的話。」

「他有寄信回來嗎？」

「沒有。」

「沒有？」

「但那也是常有的事。」

聽到這句話，他的反應是拚命抓自己，像煩躁的貓頭鷹。「當然不是。他有可能是在去的路上耽擱了，可能是因為等水耽擱了，或者在回來的路上被攔截了。」

「有時又因為太興奮了沒有注意到時間的流逝！」

「沒錯。」

「我沒聽說去坎伯蘭的路上有過出什麼事。」

「出事？不。」他往後靠。「不，出事的是帕洛弗德。」

「怎麼回事？」

「你沒聽說馬丁．克魯薩多的事？」

她沒有。

醫師終於說：「那件事情不適合配玉米餅。」

她拿來兩個杯子，醫師拿出他的隨身酒瓶，各倒了一點。諾拉一直把那杯酒拿在膝上，盡可能遠離她的鼻孔。

醫師嚴肅地晃了晃他的那杯酒。「上個星期，馬丁讓幾個男孩子出去找羊群。他親戚的孩子。他們去了三天，也許四天。太久了。馬丁有不祥的預感。你也知道他那個人。」她點頭。（她並不知道。）「所以，因為自己的預感，他騎馬去找他們。他在山裡四處奔走，沒看到人也沒看到羊的蹤跡。他帶了一名擅長追蹤的人跟他一起去，一個叫理查．奈特的科曼奇商人。他要尋找蛛絲馬跡，可是他說痕跡很混亂，到處都是羊。當然了，最後是鷲帶他們到了峭壁那裡，而馬丁所有的羊，全都粉身碎骨摔在峽谷裡了。」他頓了頓，讓一陣戰慄過去。「總之，理查・奈特認為牠們是從平頂山那邊奔逃過來的，就像野牛跳崖一樣。」

「天哪。有人親眼見到嗎？」

「馬丁到的時候已經太遲了。其中一個孩子從馬下掙脫，但沒能撐下去。」醫師指了指酒瓶。她搖頭。「在那種大熱天裡過了四天，那幾個孩子才被帶到帕洛弗德的藥房。諾拉，你沒看過我太太做的烤鴨吧？」他揚起眉毛，讓她想了一下。她不確定他讓她想像的，是鴨子臃腫的體態，還是鴨皮起泡的樣子。

「可憐的馬丁。他到鎮上時叫得呼天搶地。說那看起來就像一個雙手泡過血的人，把枕頭裡塞的東西都拉出來的樣子。」

「可憐的馬丁。」

醫師說：「啊，我很高興看到你變得寬容了。」他從外套裡拿出一包東西來。他用慢得叫人心焦的速度打開來，裡面是一塊重量和大小都很普通的土磚。他把土磚放在兩人之間的桌子上，慎重得宛如是金塊。「這是他昨天深夜從《前哨報》窗戶丟進去的那塊磚。他真的很抱歉。」

這個攻擊武器讓她嚇了一跳。她想像的，跟這個很不一樣：一塊石頭，某種很基本的東西，可以隨機拿到的東西，某個人一時激動、彎下腰來在路上撿起的東西。結果，是一塊磚——磚塊就不一樣了。磚塊就可以說是醞釀已久了。要刻意去找。要有人拿到攻擊現場來。磚塊帶有惡意——有所圖，有預謀。

「幸好沒有人受傷。」

「確實很慶幸。」他在位子上動了動。「不過話說回來，也不算太意外。那裡已經好幾天沒人了。」

「他為什麼要這麼做？」

醫師舉起雙手。「哎，是什麼最常讓人悔不當初？當然是酒。」接著他又說，「不過我想傷心和疑惑也是部分原因吧。」他說得幾乎就像剛剛才想到這一點。

「傷心和疑惑？」

「我想馬丁最初去那裡，是想要個解釋，為何《前哨報》對於投票的事一直不表態。」

她覺得好熱。「我們人手不夠。」

「當然了——所以他才會認為，他一再投書，應該很有機會登在你們的報頭下方吧。艾默特跟他說他會考慮一下——我是說刊登馬丁寫的信。而且是以西班牙文刊登。可是投票日越來越近了，《前哨報》還是無聲無息。這讓馬丁認為——我不知道，但我猜不是只有他這樣想——也許《前哨報》根本不在乎投票結果。」

「不在乎？」

「或者更糟：站在艾什瑞弗那邊。」

「那太可笑了。」

「是嗎？」

她說：「赫克特，別說笑了。」

他雙手抱胸，若有所思。「你知道我以前在克魯克將軍下面當戰地醫生嗎？」她知道。大家都知道。「我應該跟你提過這件事。他在蒙大拿四處追趕蘇族時，我開著一輛救護車跟在後面。總之，有一天，有三個人用一張牛皮袍扛著一名士兵進來醫事帳。他被人剝了頭皮，不過一息尚存，手上還抓著一小塊帶著頭髮的頭皮。我扳開他的手掌，依他們的請求將那塊頭皮縫回去。我當時也不確定這樣做成不成。他後來頭上總像是跨坐著一隻爛醉的鴿子，不過這樣他就夠感激了。人總有自己的一點小虛榮。」她不知道他有沒有注意到，他的手又放在他發亮的頭上了。「大概過了一年，因為寒冬，那陣子我滯留在一間倉庫，冷風吹來，進來一個拉科塔孩子，身上有四顆軍用子彈。那名隨軍小販的老婆是他的阿姨，所以顯然他們是收到消息趕來要我救那孩子一命。好，我答應了，他也復原得很好。為了表示謝意，他用一張曬黑的頭皮做了一份禮物送給我。他在上頭塗了顏色，還加上珠子之類的。實不相瞞，我還挺高興的，因為那正是別人會有、而你從來不覺得自己有機會得到的稀奇小東西。只是——仔細一看，我才發現那就是前一年我幫克魯克的步兵縫回去的那片頭皮的另一半！」

諾拉說：「天哪。」

「很難想像吧。」

「我猜你把它丟了吧。」

「當然沒有，我留下來了。都已經剝下來了，丟在樹叢裡有什麼好處？」她不知道該作何感想。「好，隔年夏天，就在**細丘之戰**前，我又加入克魯克將軍的隊伍，發現他的整個軍團都汞中毒了。他們只帶了兩、三個女孩子，度過漫長的一季，不用我說，你也知道那種情況會怎樣，反正我是忙得天昏地暗。這時前一年認識的那個被剝了一半皮的朋友進來了，坐在我前面的桌子上看我工作。我當時沒多想那個環境，直到我抬起頭來，看到他張著嘴，盯著我的營帳牆壁看。過了一會，他說：『真是見鬼了，醫師——我真的不知道該怎麼想你這個人。你到底站在哪一邊？』這時我才想到：我把那張頭皮跟幾個箭頭和其他紀念品都擺在那裡，根本就忘了那是這個人的頭皮！我知道如果我過度反應，那情況就無法挽回了，所以我冷靜地轉身，看著那面牆。我說：『啊，蘭斯伯里先生，我現在明白你為什麼會搞不清楚了。』」

「故事很精彩，赫克特，可是《前哨報》並沒有掛什麼頭皮。」

「可是也沒有縫補頭皮。」

她不由自主地笑了。「年紀大了，你的比喻能力也差多了。」她接著說，「可憐的馬丁現在怎麼樣了？」

「悔不當初地在藥房睡覺。」他稍微往前靠。「所以，在這種情況下，我希望你考慮送他去坐牢以外的處理方式。」

「當然了。誰在最難受的時候沒想過要丟磚塊？」

「很高興聽到你這麼說，諾拉。」他靠過去捏了捏她的手，彷彿他覺得有義務這麼做。她猜想他會立刻說下去。她猜對了。「不過，老實說，這整件事讓我開始納悶《前哨報》的意圖。」

「你這是什麼意思？」

「我在收拾殘局時，突然發現，那部印刷機已經一個多星期沒轉動了。」所以今天早上是他去打掃的。他是自己開門進去的嗎？他能夠忍著不去翻抽屜、讀草稿嗎？

「你不需要那麼做，赫克特。」

「哎，我覺得我有那個義務。我不想讓那些設備就那樣放在那裡。最近這幾天都沒看到那兩個孩子。」

「真的嗎？」她的聲音有一點顫抖。

「他們一旦去了鎮上，我想你就很難知道他們在做什麼了。」

「我今天早上才去了一趟。」

「聽說是第一次。」

他竟敢像三姑六婆一樣，留意他們來來去去的次數。「那是一間房子，赫克特，不是生病的叔叔。我難道還應該每天去探望它，帶湯給它喝嗎？」

「更確切地說，那是一間有電力的房子，裡面的機器和電器設備，還比屋子本身更有價值得多。在阿馬戈，比它更不值錢的廢墟都曾經遭宵小覬覦，而且那還是在阿馬戈更發達的時候。」

她看著他又點燃了菸斗。她納悶，這是因為他一直不由自主地要去抽菸，還是因為他不懂得怎麼維持菸火不滅？「我可以坦白說嗎？」他不是一直這麼做嗎？「自從郡治的爭議開始後，昨天晚上才第一次有人對《前哨報》丟磚塊，我覺得這簡直是奇蹟。」

「《前哨報》為什麼應該更早受到攻擊？」

她看到他遲疑了。但只有片刻——不到片刻，只是一瞬間。她瞭解，那是他遵守他和艾默特的協議的最後機會。

她說：「赫克特。」

他拿出第二包東西來，推過桌子給她。重量透露了那東西的性質，是個信封，經手過很多人，一再開啟又闔上；被某個人放在口袋、抽屜裡，夾在書頁中，隨著時間過去而壓平了。她讓那封信放在那裡好一會。他樂於製造戲劇效果，她不能如法炮製嗎？信封裡是寫給艾默特或《前哨報》的信，在每一頁上，不管是用西班牙文還是英文，是拼對還是拼錯，她都看到了「駁回」這個字。

醫師說：「如你所見，每個人憤憤不平的原因都不一樣。有些人是難過《前哨報》沒能，或者說拒絕刊登捍衛阿馬戈的投書——包括兩個星期前我寄給艾默特的第一封信。有些人是因為，上週他終於站出來對抗《號角報》，儘管為時短暫、力道不足，但總算是有作為了，結果他又突然縮手了，這讓那些人覺得受到背叛。」

她難得感覺坐立難安了。「那樣的發言就夠打擊黛絲瑪．魯易茲了。她的婚姻受到質疑，她的未來毀了。在河邊開墾了二十年——現在她要血本無歸了。」

醫師說：「那就是公民生活的代價。」

她拿起那些信對他揮了揮。「這些人都可能承受相同的命運。」

「他們似乎願意冒那個險。他們值得有個管道尊重他們的勇氣。」

她老是這樣，講著講著，就踏進了斥責艾默特的陷阱裡。都要怪她自己，才會陷入這個討厭的困境：是要遵從自己的信念，跟著醫師一起反對艾默特；還是要在丈夫不在的時候，捍衛他可笑的想法。「他沒有導正本郡受到的所有誤解，我替他道歉。」

醫師不為所動。「那不是小事。」

「可是——你應該也是來跟我說這個的——總有人要做。」

「我是來問，艾默特有沒有打算要承擔這個責任。或者他有別的顧慮。」

她想了想。「他能有什麼顧慮？」

「這我就猜不到了。」他聳聳肩。「諾拉，我治療的是身體的衰敗，而不是心智問題。也許他猶豫不決。也許他害怕。也許他認為郡治換到艾什瑞弗對他有利。」

「怎麼會？」

「也許有人給了他豐富的報酬，讓他停下動作了。」

她本來以為他們還在開玩笑，至少沒那麼嚴肅。顯然並不是。

「豐富的報酬——你瘋了嗎？你認識艾默特多久了？」

醫師說：「很久了，只是沒特別熟——他不喜歡跟人太熟。」

「赫克特，來到某人的家裡，指責對方是叛徒，你膽子可真大。」

「我不是衝動來的，只是這一行會讓人重新考慮忠誠的界線。他不會是第一個負債累累、突然改變立場的報人。」

「他沒有改變立場。」

醫師的聳肩，是天底下最讓人憤怒的事了。「那也許他只是對這件事不感興趣了。」

她說：「我真的不知道我丈夫有什麼打算。我只知道在他回來之前，我的兩個兒子在幫他維持報社的運作。」

「是嗎？他們已經一個星期沒在鎮上露面了──這幾天我們其他人還一直浪費時間擠在印刷房門口，拚命往窗戶裡看。如果艾默特打算在投票之前保持中立，那也許他應該考慮把報社賣掉，讓它還有機會為我們其他人做點事。」

她大笑。「賣掉？賣給誰？」

他刻意往後靠。

就是這樣。這就是艾默特不喜歡他的原因。不只是醫師的「裝模作樣」──對於在公開場合作某種打扮的人，艾默特都這麼說。也是因為赫克特．艾梅納拉．維加信心滿滿地自詡為是非對錯的仲裁者。她納悶他知不知道別人在背後怎麼說他──說他對兒子的期待，幾乎把他那可憐的兒子逼瘋了；說他太太服用鴉片酊，好讓自己聽不到赫克特的情婦從這裡排到猶馬的傳言──面對這些指控，諾拉看在彼此的交情份上，在全郡的人面前，一次又一次替他辯護。

結果，他們還是走到這一步了。說什麼寬限債務；聊什麼馬丁．克魯薩多的不幸。最後還是要說這件事。

她說：「要是艾默特回來了，他知道我考慮要把《前哨報》賣掉。」

「你是指：考慮賣給我。」他沒給她抗議的機會。「我明白我跟艾默特意見分歧，早就不是新聞了。」

她說：「真是的，赫克特，你又要舊事重提了？」

「不提這十七年來，我每次來你們家，都只是送藥來——而且他從來沒有拒絕過我的好意，也沒在報社資金不足時拒絕我的幫助。也不提我細心照顧他妻小的健康後，請他幫個忙，他卻隨口敷衍我，說什麼他現在沒辦法負擔再多請一名排版工人，即使那是我姪女也一樣。這些我都不在意。」

「赫克特。」

「我說我不在意。」

「以一個不在意的人來說，你記得還真清楚。」

「這些我都放下了，因為自從你們來到卡特郡，我們就是好朋友，我也一直很喜歡你們家的孩子。我一直希望，你可以好好教養他們長大成人，而不只是養出跟艾默特．拉克一樣衝動的繼承人而已。」她一時百感交集。不過沒差，因為醫師還沒發洩完。「現在，如果我是小人，如果我懷恨在心，覺得**這個外國佬侮辱我，不尊重我的親族，不管我提過多少次，建議在報紙上加一個西班牙文專欄，服務本郡一半的讀者，他都不願意**，那麼我才不會管艾默特．拉克的死活，我才不會管他的妻小死活，更不會管他的報社死活。我為什麼要作賤自己，主動承擔他怯懦到不敢承擔的責任？」她從沒見過有人這麼小聲說話還能說到喘，可是他真的說到上氣不接下氣。他的頭頂氣到紅得發亮。「可是事實是，上個星期，《阿馬戈前哨報》對家畜協會出擊了。效果也許不大，但還是留下痕跡——這點毋庸置疑。剛有了進展就收手，實在太可惜了，那樣一來，許許多多像馬丁．克魯薩多這樣的人，就會一直被梅瑞恩．克雷斯奪去他們的人生和家園。」他清了清喉嚨。「可以給我一點水嗎，諾拉？」

她看了一下放在廚房隱密處的桶子。水到底為什麼又變更少了？那個笨女孩又找到什麼理由浪費更多水了？可是現在不給醫師水，就顯得太小心眼了，她辦不到。她卡著喉嚨，看著他把水喝掉。她沒看過別人喝水喝這麼久、這麼多。

喝完後，他說：「謝謝。」

她說：「赫克特，你要我怎麼做？」

「我希望你想一下把報社賣給我的事。」他的靴子輕輕敲著桌腳。「然後，如果你覺得應該這麼做，那也許你可以說服艾默特得出同樣的結論。現在是關鍵時刻，不能把這麼好的資源浪費在猶豫不決或者退縮上。」

「就是這樣，艾默特才不喜歡你。他老是跟我說，你不請自來給的藥不要拿。表面看起來也許不用錢，諾拉——可是有人會把帳記下來。」

「我相信，大部分的帳，是不管你有沒有錢，都想從你那裡榨出更多錢來，而不是給你錢。我不是那種人。」

她站起來，她知道他會跟著站起來。「好，我會想一想。我會問自己：這樣做能怎麼幫助我不只是養出跟艾默特．拉克一樣衝動的繼承人？」

他將那一袋信推過桌面給她。「可能會有很多事讓你動搖。誰知道呢，諾拉？也許一個星期後，你就成了富婆，跟哈蘭治安官跑了。」

提到哈蘭．貝爾一次就夠沒禮貌了。提到第二次就太過分了。「你怎麼會覺得我跟哈蘭．貝爾有關係？」

他戴上帽子。帽頂幾乎要碰到屋樑了。「我們是很久很久的好朋友了，諾拉——我就給你留點面子，不回答這個問題了。」

*

她看著醫師站在門廊酷熱的陰影下道別。他又恢復原來輕鬆迷人的樣子，一隻手放在托比的頭髮上，另一隻手放在嬌西的後腰，在親切的話語裡穿插無傷大雅的玩笑，讓人忍不住想親近他。連諾拉自己都開始懷念才半個鐘頭前發生的事：他拿著看不見的筆優雅地畫個圈，開玩笑說要免除她欠的債。她心想，好個花花公子。這種溫文儒雅的人，走了許久還是讓人懷念。

艾默特也是這樣：用心、殷勤、舉手投足盡是魅力。擁有最希有的禮物：讓他的一舉一動都像是祝福。大家看到他的熱情，也會心生嚮往。她一直懷疑，這應該就是山迪．佛瑞德在他身上看到的東西。他任性地堅持自己的立場，因為他為了得到這些結論付出了極大的努力。每一篇反對以繁文縟節取得土地所有權或討論印第安人主權的文章，都只為他贏來更多欣賞他的人，而不是讓他失去朋友。即使是在達科塔可怕的陰影下長大的諾拉，在他說印第安人是「被驅逐的大地之子」時也曾假笑以對，最後也被他的信念動搖了。

當然，當初的她和現在很不一樣：陷入熱戀、興奮而天真。她並不真的知道擁有土地、安定下來是什麼意思。她從來不曾寂寞。連她的恐懼都是跟別人共有的。對於印第安人，尤其是印第安女人，她知道什麼？在愛荷華時，那些人不會來他們家，不像這裡。她才來領地三個星期時，就發現自己跟一名納瓦荷母親以及她的兩個活潑的女兒一起坐在黛絲瑪家的桌子旁。二十分鐘前，她們僅僅是遠方朦朧的影子，此刻已經在西班牙語和納瓦荷語之間轉換自如，而黛絲瑪則幫她們倒咖啡，裝幾包玉米粉給她們帶回去。隔週她們又來時，諾拉問：「我聽說他們在內布拉斯加就這樣乞討——他們就這樣挨家挨戶去嗎？」

黛絲瑪說：「不是乞討，這就是他們的生活方式。」

她打定主意，要在黛絲瑪的直接和艾默特的大地之子論調中，成為大方好客的主人。不管有多不容易，她都願意努力。

因為他們是新搬來的，而那些女人似乎都已經有固定會去的人家了，所以，一直沒有印第安人來訪。直到六月的某一天，諾拉抱著艾芙琳在胸前餵奶，一轉身，看到窗外有張好奇的臉。是個老女人——很可能是納瓦荷人，不過後來，她會自問，當初她到底是從哪裡得出這個結論的。

一個鐘頭後，諾拉開門時，那個老女人還在那裡。她自己進門，在廚房桌子旁坐下，彷彿她已經這麼做了上百次，然後開始四處張望，表達無聲但洶湧的意見。諾拉猜想對方一定是在批評她不會整理家務。這個家的運作看起來岌岌可危。諾拉不會說納瓦荷語，那個女人也不會說英語。她那麼年輕，對待老人態度自然很恭敬，但她猜想自己的每個動作——例如上茶時沒用淺碟、在客人面前站著而不是坐著——對客人來說都是很嚴重的侮辱。

但是這次，老婦人平靜無波地走了。

之後每隔幾個星期，她就會出現在山脊上，而諾拉就會把水壺放在火爐擱架上保溫。她的客人會一直講話——這其實值得感謝，因為諾拉可以配合著點頭，就算她自己話不多，也感覺算是個盡責好客的主人了。而且她不介意，甚至有點高興家裡有另一個人在——唯一不喜歡的是，偶爾她的客人會忍不住擅自去幫她照顧艾芙琳。那時艾芙琳三個月大，艾默特把一個廚房抽屜改造成搖籃，她多半時間就在搖籃裡哼叫、打嗝。

每次覺得突然安靜下來，諾拉轉頭就會發現她的女兒在陌生人的毯子裡睡著了。

黛絲瑪說：「那樣有什麼不好？」

還用說嗎？萬一有一天——因為嚴重的誤會或者年老神智不清——老女人竟然不肯把孩子還她怎麼辦？以前就發生過這種事。黛絲瑪或許不以為然，艾默特或許會笑她，但那種事真的發生在別人家、發生在別的女人身上。諾拉看過類似的報導，有時甚至覺得她的恐懼太明顯了，明顯到足以刺激老女人行動。

她很快就想出一個辦法，拿東西來交換，讓這名訪客不再把心思放在幫她照顧孩子上。老女人很喜歡糖，但回報得很少——多半是小飾品。她一離開，諾拉就把那些東西放在門廊上，而她一再度出現，就恢復屋裡的各種擺設位置。

付清了他們在商舖的帳後，艾默特喃喃抱怨：「希望你們兩個很合得來。我想我們這個月應該把全郡的糖都買光了。」諾拉想說，那是友誼的代價——但是她懊惱自己才剛創了先例，把咖啡豆跟糖一起送出去了。老女人再出現時，諾拉不想再像之前那樣奢侈了。這個舉動應該是引起了一場爭執：老女人變得很激動，一直指著廚房。她下次再來成了大事，她給諾拉帶來了一條漂亮又精緻的毯子。她想用那條毯子把艾芙琳包起來時，諾拉塞了一包糖進她的手裡。

她當下就感覺自己碰觸到了侮辱的界線——稍微有點概念的人，都會明白那種交換是補償。諾拉的客人理解到女主人不讓她抱孩子，一臉困惑與不悅。諾拉再拿一包糖討好她。發現對方似乎想要第三包糖時，諾拉也忍不住發怒了。「已經夠多了。」她當然是用英文說的，可是她的意思再清楚不過了。老女人開始抗議，而諾拉手裡還抱著艾芙琳，開始將她往門口推。

諾拉最後一次看到老女人時，她正在山脊上，朝著她習慣走的反方向去了。不是左轉往上到鎮上去，而是右轉——往下，朝著荒郊野外而去，離開地圖上的路徑，轉進暗夜。

接著是直墜到底的恐懼。諾拉在窗邊等了好幾個鐘頭，等著那個老女人回來。

艾默特回家來，發現一室寂靜、沒有晚餐時，她提起了白天的事，但未能承認這件事在她心裡如何掀起滔天巨浪。現在她很確定，她的這名客人，因為老女人的小心眼，一定會要村子裡的人過來把小女孩搶走。沒錯。諾拉看過這種報導——正是艾默特會嘲笑的那種刊物常登的新聞，但事實就是如此，一想到有這種可能她就受不了。

她說：「我們今天鬧得不太愉快。」

「別那麼擔心。」艾默特捏了捏她。「老女人脾氣都很差。下個星期她會再來，就算只是來提醒你你有多小氣也好。」

但是老女人還是沒回來。

當然，這樣只讓情況更糟。諾拉小時候聽多了古斯塔夫・沃爾克天馬行空編出來的故事，故事裡少不了有仇必報的老太婆——那些森林裡的女巫，不是把漂亮的孩子推進爐子裡，就是拿激怒她們的男人的骨頭來當屋子的圍籬。熟知這種情節的女孩，應該知道不要侮辱德高望重的老人。她在越來越深的絕望之中，明白自己的無知，連那個女人到底是不是納瓦荷人都無法確定——更糟的是，諾拉很可能趕走了一名阿帕契人。為了什麼呢？捨不得多給一包糖？

讓她抱抱孩子會怎樣？那麼老的女人，很可能養大了好幾個自己的孩子。也可能失去過幾個孩子——因為離家，因為生病，或者因為在南方這裡出沒的頭皮獵人——想要深吸一口新生兒的明朗和溫暖。

那段時間，諾拉都晚上活動，白天睡覺。她的贖罪計畫越來越細緻。她想到了幾件她可以白費力氣的事：她會聽艾默特的勸，克服天生的笨拙，好不容易學會西班牙語，儘管過程辛苦得讓她掉眼淚；她會熱誠好客、努力學習，從頭到尾忍著不發怒，只要全能的上帝讓她那位覺得受到鄙視的客人再度上門。

可是每件事都逃不開那個老女人的陰影，唯一沒有她的地方，就是他們家的門檻。而時間過去越久，諾拉的恐懼就似乎越有道理。

她去請教黛絲瑪的建議時，一向恣意的魯易茲太太完全不當一回事。「啊，你確實是傷透她的心了。不過你也別傻了，不管她是誰，她要煩惱的事多得去了，你那點侮辱算得了什麼。」

這句話沒能讓她的心情輕鬆多少。而黛絲瑪容忍女人的荒謬行徑有其限度。她又忍受了幾天的問題，最後硬生生一句話讓諾拉打住了：「別那麼蠢好不好。」

當然，諾拉從來不怪她。黛絲瑪沒有孩子。黛絲瑪不懂夜晚來臨的意義。她不懂艾默特出門時，或樹叢裡有任何聲響時，那種幾乎要將諾拉淹沒的恐懼。還有，幾個星期後，那匹雜色馬和那名騎士出現在山上時。

*

剛開始，艾芙琳的死，對諾拉和艾默特的打擊一樣大。他們不吃東西。不見外人。白天睡覺，任由作物腐爛、羊群亂跑。他們的生活似乎即將崩毀，但那不重要；夜晚——一直以來完全靠意志力、靠認真地整理事實、熟悉環境而阻擋在外的夜晚——都已經籠罩整間屋子了，別的事有什麼重要的？諾拉活了下去，但是她只在她的心裡活著。極少數幾次忍不住想起那件事時，現在她只能回想起兩個畫面：某個上午或下午，她坐起來，看著黛絲瑪．魯易茲在他們的菜園裡除草；還有晚上睡覺時，她的臉抵著艾默特的鬍子，發現他的鬍子已經長到不再讓他的下巴發紅了。

艾默特的悲傷讓她動容。她總覺得過度的悲傷會讓他們成為陌生人，或者，正如不幸的常見後果，會讓他們發現他們本來就是陌生人。可是他讓她很意外。他打理家務、煮出難吃的東西、幫她洗澡、為她梳頭。他對她的感情似乎莫名其妙加深了。那一陣子，他們就這麼攜手度過好幾個星期，彷彿他們唯一需要做的事，就是互相照顧。過了還不到一年，他們就有了羅伯，羅伯嚴肅得像個小貓頭鷹。艾默特的歡樂都回來了，可是光看著那孩子，看著他粉紅色的指甲和柔軟的頭髮，諾拉就覺得無望。她的心一而再、再而三地想到所有他可能死掉的方式，她的丈夫卻似乎很幸福，完全不會想到那些事。他不知道生活很殘酷嗎？黑夜撤退了一點點，但是隨時會再回來取走這個孩子，就像它取走上一個孩子一樣，到時連諾拉都會跟著一起走了。她開始考慮逃走。她寫了一封又一封的信，想讓她的母親有心理準備，她可能會回去。她覺得很不舒服，她想念愛荷華；西部跟她一點也不合。可是艾蓮．法蘭西絲．沃爾克很猶豫。別人會怎麼說，諾拉？猜都猜得到。沒必要問。可是成為跟著丈夫過來又不能忍受這裡的生活、被鎮民私下嘲笑的那種女人，有那麼可怕嗎？跟人解釋說她是為了健康而暫時離開，有那麼可怕嗎？漢姆．艾福特古德的妻子就是這種女人；羅貝托．席爾瓦的妻子也是。之後沒人再聽說過她們兩人的消息，那麼多年過去了，漢姆和羅貝托看起來也沒特別傷心。可是問題就在這裡——艾默特會很傷心。跟那兩對夫妻不一樣的是，拉克兩口子是戀愛結婚的。他不是拿著一束乾燥花回來找她了嗎？他不是對她噓寒問暖、細心照料超乎她的奢望嗎？現在要是為了這個皺著眉頭的小小兒子棄他而去，那是何等的背叛啊。而這個孩子，她從骨子裡感覺到，不管她花多大的力氣去救他，他都活不過第一年。這孩子會死，這對她來說就跟下雨的跡象一樣確切。

她心裡一直有個模糊的聲音輕聲說，**真可惜啊，可憐的東西，他注定要死**。

她發現這個必然的結果讓她感到莫名的安心。既然羅伯注定要死，她就可以抽象地對待他——不是漠不關心，而是隔著一個朦朧的、奇怪的距離，彷彿她只是隔著玻璃在看他。她的母親角色可以當得隨便一點。她可以把他綁在胸前，騎馬到鎮上去。她可以把他放在廚房抽屜做的搖籃裡，然後一分鐘或一個鐘頭後，驚喜地發現他還在那裡，手舞足蹈，哼哼呀呀。那聲音會說，**啊，可是下一次他就不會那麼幸運了**。不知怎麼的，他每次都那麼幸運。羅伯滿一歲了，然後是兩歲，搖搖晃晃地在院子裡追著雞跑，瞧不起諾拉給他生的弟弟——這個變化並沒有讓她更樂觀，她覺得兩個孩子都不太可能活下去。遲早會發生嚴重的不幸——她剛好轉身，或者就在她眼前發生——生鏽的釘子、不穩的梯子、突然發脾氣的馬或是白喉病爆發，一舉毀了他們兩個，證明她是對的。**那一定很遺憾，媽媽，但誰也無能為力**。

等到她開始覺得自己恢復正常了——至少，她可以允許自己越來越愛兒子了，而不是像旁觀者一樣隔著一段距離——艾默特也就回頭試著挽救印刷房了。最重要的是，每當諾拉在家裡自言自語時，那個新出現的、老是要反駁她的小小聲音，就開始回應她了。

她知道那個聲音不屬於真正的艾芙琳。拉克一家人並沒有特別虔誠，但諾拉從小接觸古斯塔夫・沃爾克的信仰，她相信到了天界的幽靈或天使，並不會繼續長大。可是這個聲音——甜甜的，語調稍微有點快——似乎更像是一個六歲的小孩，而不是艾芙琳死時的那個嬰兒。諾拉心想，也許那是別的孩子的幽靈——一樣被熱死的孩子，也許是印第安小孩——可是她的回答，幾乎都跟諾拉自己的回答一致。不——這是艾芙琳應該有的年紀，剛開始是六歲，然後是八歲，再來是十一歲，彷彿唯有諾拉一個人得到了這份禮物，能夠一睹這孩子要是活下來會經歷怎樣的生命變化。艾芙琳・艾碧蓋兒・拉克：夠善良，但是很固執；務實，但也有些念想；平凡無奇，但長到了十二到十四歲那個騷動不安的年紀，有點叛逆。不知怎麼的，她從一片幽暗中晃回了多年前跌落的地方，而這房子在她周圍豎起高牆，護她平安。

她的伶牙俐齒，多半是跟兩個弟弟學的。他們睡覺時，她就在床上方看著他們，跟他們一起經歷調皮搗蛋、意外不斷的幼年時期。她嘲笑諾拉的烘焙手藝，對牧場的問題表達另類觀點，在政治方面的看法有時和諾拉相反。她看問題的角度非常全面，這使得諾拉在大大小小的事情上都要詢問她的意見：改善家務、照顧牲畜、雇用人手，方方面面。男生都不在家的晚上，她會很高興地叨叨絮絮說到天明，只是為了不想認輸，只是不想讓諾拉睡覺。

艾默特聽不到這個聲音。諾拉只在幾年前跟他提過一次，他似乎不怎麼在意，也沒想過這件事能有多大的影響。鎮上的生活隨時都有事要忙：這些年來他一直在募集書本、經營印刷房、教兩個兒子排字。他從領地的各個角落蒐集各種故事來刊登，偶爾也自己寫：主題包括政府對印第安人的窮追猛打、領地的爭議、將他姊姊在北方的牧場併吞的土地戰爭。如果諾拉越來越粗野的舉止三不五時讓他感到意外，也許他有可能認為她是因為管教兒子累了，還有經常在家裡看著天空造成的。

兩人因為責任不同，越行越遠：他主言，她重行。

最近，他似乎一逮到機會就要到坎伯蘭去。她開始懷疑那裡可能有個女人——艾芙琳對她這個想法嗤之以鼻——不然就是他正在準備舉家遷移。畢竟，也有可能是這樣。她已經成了越來越不寬容的伴侶。兩個兒子越來越不服管教，已經讓艾默特束手無策了。羅伯可能會對她回嘴，但至少她還有辦法拿捏他；艾默特從很久以前就管不住他了。他們吵起來時，她總擔心兩人會動手，而她得出面幫艾默特講話。而總是跟在羅伯後面有樣學樣的多倫，也沒好到那裡去。去買水，晚了三天還沒回來。要她假裝在此之前沒有想過這種可能性，那就太虛偽了。當然，那幾乎不可能——就算他的心，為了某種沒說出口的理由，已經累到想把他們全都拋下，他的良心也不會允許自己這麼做。不會在鬧大旱的時候。

可是，話是這麼說……

幾年前，因為黑腿病，他們幾乎失去所有的牲畜，而諾拉忙著將叛逆的男孩子拉出各式各樣的災難，已經疲於奔命、無計可施了。當時艾默特不是戴上帽子，將平板馬車拉出穀倉，就那麼坐在轉紅的夕陽下嗎？半個小時後，她看到他把平板馬車放好，鬆開馬，彷彿什麼事也沒有嗎？

他們從來沒有提起過那件事。她假裝沒看到他，他也假裝沒人看到他。

去年三月又怎麼說？她瞥了一眼廚房窗外，看到艾默特從溪邊回來，渾身發抖，她以為是他扛著水。等他靠近了，她才看清楚那是嬌西，渾身是泥，沒有意識，像塊破掉的毛皮一樣掛在他的雙臂上。當然是中暑了。再怎麼提醒她都沒用。諾拉把嬌西安置在床上，指示托比要一直換冷敷巾，然後她一有意識就餵她喝一點水。她從嬌西的房間出來，發現艾默特和兩個兒子在廚房裡聊著癡心妄想的事。

艾默特正在說：「她不適合這麼辛苦的生活。畢竟，她從小生活在大西洋岸。」

羅伯懶懶地靠在流理臺邊，像廉價小說裡的壞人那樣把玩他的帽子。

多倫說：「如果嬌西和我真的在一起——我是說，假設她願意，呃，假設我開口了，她也答應了。或者她願意考慮。假設是這種情況，那我們或許就得換到比這裡更好的地方去。」

諾拉早就忍不住了。

她脫口而出：「幹嘛換地方？」

「讓她過得舒服一點。」

「舒服？我大半輩子都住在這裡，也沒人問過我舒不舒服。」

艾默特在位子上動了動。「哎，人不總是希望孩子過得比自己好嗎？」

「她不是我的孩子。」

「可是多倫是。」

「我從來都不知道多倫有這麼容易昏倒。」

她輕推他一下。這個把戲夠妙。可是多倫已經大到不會被她的讚美收買了。他低頭看著他的咖啡。

父子三人一直等到她走開才繼續原來的話題。她在走廊上聽到艾默特的聲音有了力道。「我想說的是，艱苦的生活適合強悍的人。而強悍的女人是很特別的一種人，嬌西並不是那種人。」

她感覺全身上下都往內塌縮了。當然了，艾默特的意思並不只是**人都想要孩子過得更好**。他的意思是：**人會想要淑女過得更好——而且人會想給自己的兒子找淑女，而不是強悍的女人**。

他不也曾經認為她是淑女嗎？

也許並沒有。他們的交往並沒有經過伴護的監督，也沒受制於任何常規。他們是因為相愛而結合的——頭幾年愛得夠深，甚至死了一個孩子還能挺過來。可是不知怎麼的，後來那幾年，跟她一直以來懷疑的一樣，艾默特想到她時，再也跟以前不一樣了。這件事不能完全怪他。諾拉費了很大的力氣讓自己堅強起來，應付嫁雞隨雞的生活。這需要她硬起心腸來：她不是莉比・卡斯特[15]，舀罐子裡的魚子醬來吃，而她身邊的男人還曾因為偷火腿而挨鞭子。就算她想保持溫柔，那些工作也不容許她溫柔。兩個人全力以赴也只能勉強應付家園的所有雜事：耕地、播種、立籬笆。如果黛絲瑪、她自己的母親、哈莉葉特太太是強悍的女人，那麼諾拉也必須是。絕不能讓人說她向人生的考驗低頭，只能回去過從前那種較輕鬆的日子。艾芙琳的死讓她有了更積極的目標。保持忙碌，不然就會發瘋。保持忙碌，不然別人就會說她是瘋子。而從頭到尾她都確定這樣只會讓他們的感情更深。確定這樣會讓艾默特更瞭解她，看清她的本質。或許不是美女，但絕對不是脆弱的女人。而是配得上他帶她面對的人生。

結果，一場在廚房的閒聊——類似的談話她和艾芙琳偶然聽過上千次，每次都忍不住發笑——艾默特竟然完全否定了她。他不僅沒把她當淑女看，甚至懶得拿淑女來跟她相比。她就像頭強悍、有主見、四肢瘦長、耐操的騾子，而她辛苦了一輩子，結果跟她結褵二十年的丈夫，卻不希望兒子找的媳婦具有跟她一樣的特質，反而想要搬到氣候更宜人的地方去，好取悅一個優點不及諾拉一半的人。

---

15 Libbie Custer，美國作家及演說家，知名陸軍軍官喬治・阿姆斯壯・卡斯特的妻子。

當然了。在艾默特眼中，一走了之可以解決任何困難。任何失敗都可以抽身。在巴爾的摩失敗了，可以搬到愛荷華。在愛荷華失敗了，可以搬到懷俄明，接著再到西南部的領地去。養一群羊。辦一份報紙。

他把歷次失敗變成一場精彩的冒險，等阿馬戈不行了，他可以開始另一場冒險。

而另一邊的諾拉：三十七歲，似有若無地被一個孩子的幽靈附身。這個孩子，她只認識了五個月，但這孩子未能經歷的餘生不知怎麼地就在她的想像中展開了，以致於這間房子的每根屋樑、每面鏡子、每個角落，都吞吐著她女兒恆久不變的靈魂——這孩子也是個強悍的人，因為生死、因為諾拉的幻想而強悍了。她不得不成為這個樣子。

嬌西昏倒後的那個月，每個來他們家的人都要從頭到尾聽一遍嬌西・金凱德昏倒那一天發生的事。艾默特會說：「桶子先掉下去，接著嬌西就跟著跌下去了，臉先跌進泥巴裡。太突然了，起先我還以為她在跟我開玩笑。當然了，跑回家的路上，我就覺得這絕對不是玩笑。要把她從溪谷裡抱上來，還真不是小事。你沒下去過那裡？你知道有多遠嗎？」

在鎮上的某次聚會中，一字不漏地聽了大概第十五遍相同的故事後，諾拉忍不住發作了。她說：「你抱了一個瘦小的女孩子爬了半哩的山路。你可真是大巨人保羅・班揚[16]再世。」

這句話當然引來大笑，只不過艾默特沒笑。

後來他跟她說：「真難相信你會吃一個小孩子的醋。」

諾拉說：「那看來我們兩人都失望了。原來我嫁了一個連抱一個昏倒的女孩子都覺得很英勇的人，還值得拿到人前去說。」

他坐在她旁邊的床上，背對著她，一隻手上綁著一個吊帶。就這麼僵持著，等待回應，這是近來才有的習慣。他終於說：「我相信哈蘭．貝爾不需要昏倒的女孩子。可是我們其他凡人總要把握每個機會證明自己的英勇。」

跟他爭執這一點毫無意義。你不可能拿哈蘭．貝爾跟他吵還吵贏，而如果艾默特真的想要好好談一談，就絕對不會提起治安官。她不是吃醋。她也不相信艾默特和嬌西之間會有什麼不可告人的事。她更不是認為嬌西不適合多倫——不過她懷疑，如果他們兩人真的在一起了，不出一個星期，那個家一定會因為某種絕對可避免的家庭災難而毀了。

不。她沒辦法把自己的感覺說出口。二十年前，諾拉．沃爾克和艾默特．拉克因為相愛而結合，或者說他們以為那就是愛，然後滿懷希望，相信彼此是同一種人，能把世界邊緣的生活變成一場精彩的冒險。冒險，他是有了，她沒有。而現在，因為希望兒子過得更好，艾默特掂斤估兩，覺得他們在一起的這幾年搬不上檯面了。

要是有機會重新設想他的人生，艾默特可能根本不會選擇諾拉當他的人生伴侶。

這是羅伯、多倫和嬌西，還有那些對艾默特的消失議論紛紛的人不知道的事。如果他不是因為嚴重的事故而在坎伯蘭耽擱了——她知道不是的，她打從骨子裡感覺她的另一半還活得好好

---

16 Paul Bunyan，美國神話中的巨人樵夫，傳說他只要邁一小步，就可以跨越三條街。

的——那就可能是因為衝動了。為了精彩的冒險。她十分確定，去年艾默特不可能在窗沿上寫下任何字；還有，他可以輕易地駕著平板馬車進入乾枯的深溝、爬上來，繼續往前走。過了坎伯蘭，也過了金特里。過了標福和克魯塞斯，再越過邊界，將他們全部的人生都擺脫在索諾蘭荒漠的藍夜裡。

＊

托比和嬌西協力，多多少少讓泉水房恢復了秩序。還可以挽救的東西都堆在桌上，看起來有點慘。剩下的都沒用了：破碎的玻璃、摔爛的水果、斜斜斷成兩半的威士忌酒瓶。小鳥的屍體綁了腳，塞在翅膀下，規規矩矩放在一個箱子上，還用乾枯的薊花當擺飾。

「托比，拜託你把那鬼東西埋起來好嗎？可以嗎？」

他失望又驚恐地看著她。「牠還不能下葬，媽媽！」

她打發他去看一下奶奶。他默默地走了，走幾步就轉過來看她一眼，彷彿在懷疑什麼。

嬌西在角落整理破布。這裡還瀰漫著刺鼻的鹹味，讓人想到夏天最辛苦的工作：柴爐烘烤著整間廚房，煮開的醋冒著白煙，一批又一批泡了醃漬物的罐子，濕透的上衣黏在她的背上，而嬌西跪著把木頭塞進爐子、把灰燼鏟出來──到底為什麼？

「他們去鎮上的路上都沒聽到這裡的騷動，還真奇怪。」

嬌西說：「我沒說謊。」

「你說什麼？」

「奶奶移動的事我沒說謊。」

「你當然也知道那是不可能的。」

「也許吧，太太，可是那是真的。」

「你的迷信讓我們全部人看起來像無知的土包子。」

「她移動了，拉克太太，我沒說謊。哈莉葉特太太的事、迷路的男人，還有怪獸的事，我都沒說謊。」

她說：「真要說起來，你已經被解雇上百次了。你只會跟我們說這裡鬧鬼，跟托比說些亂七八糟的事。」

「說實在的，太太，我覺得我早就被解雇了，只是沒有被告知而已。因為你們已經好幾個星期沒給我薪水了。」嬌西拿著破布，一條接著一條地在水桶上擰。「不過我當然很高興知道我還有救。」

諾拉打量她。那張曬出了紅疹子的臉上看不出來挑釁的神色。「什麼事都有個規矩。你很快就可以拿到薪水了。」

嬌西相信她。她不是在抱怨。「當然了。反正我在這裡有錢又有什麼用？」

「所以你才沒把泉水房的門關好嗎？為了洩憤？」

「太太，你這麼想，真的太傷我的心了。我們都被多倫先生的事嚇糊塗了，我有點搞不清狀況，等到我想到時，已經過了好幾個鐘頭。而太陽又下山了，我根本不敢到外面去。事實就是這樣。」

諾拉說：「你提到很重要的一點。你知道托比的一隻眼睛壞了」——嬌西點頭；她很清楚，出事時就是她去找艾梅納拉醫師來的——「我想你一定很願意寵他。」

「我全心全意愛他。」

「所以你更不能順著他胡言亂語。」

「太太？」

「我是說真的，嬌西。」

「他很害怕。」

「他沒理由害怕。他那些關於怪獸的胡話，只有在我們願意縱容他時，才會有害。」她不知道嬌西有沒有那個腦子聽出來，現在諾拉是在自責了。畢竟，今天早上下去溪谷那裡，爬進樹叢、假裝尋找蛛絲馬跡的人，並不是嬌西。諾拉完全是出於自由意志、自告奮勇演了那齣戲。她騙她：「你是個夠聰明的孩子，我相信你可以幫助我糾正他的想法。」

嬌西想了好一會。「你是說騙他？」

「我是說你盡你的本分讓他瞭解根本沒有怪獸。」

嬌西看著她，看得非常認真。彷彿她現在才明白，她們兩個一直在各說各話。來不及了，諾拉已經知道她明白了。

她說：「可是拉克太太，真的有，我看到了。」

諾拉感覺不到先前的怒氣，應該是被疲累、失望還有泉水房的酒氣遮掩了。她鬆了一口氣。

「我猜牠從你的窗戶外飛過去了。」

她跪下來，把地上亂七八糟的玻璃碎片聚攏來。威士忌酒瓶滾了幾下。她心想，這酒瓶有點問題，她應該一看就知道才對。可是跟怒氣一樣，朦朦朧朧的。

「就跟托比說的一模一樣。」

諾拉動了動，伸展一下脖子。托比沒說過他看過怪獸。他從頭到尾都只提到腳印。他還隱約提到另一件事——弗洛勒斯家菜園邊的野櫻樹叢附近一直有一種奇怪的味道，諾拉以為是發情的麋鹿造成的。

「他怎麼說？」

嬌西跟她說，那怪獸很大。一個骨架成波浪狀的骷髏，背上折疊收著一對很大的翅膀。這景象太離譜了，連托比自己都無法相信。覺得兩個哥哥確實有理由嘲笑他。只不過嬌西覺得他們不該這樣欺負他，於是翻遍了他的圖畫書，想看看他是不是在哪裡看過這樣的動物，留下了深刻的印象——但是一無所獲。她不喜歡就這樣不管他：不敢再相信自己，可是也找不到其他的解釋。完全不像幻影，又開始感覺像個夢了。

諾拉說：「就是個夢。」

「不是的，太太。」

嬌西看過牠。她有時會睡不著，想念城市的喧囂。而幾個星期前，一個明月皎潔的夜裡，她又半夜不成眠，從床上坐起來，拉開窗簾，就看到一個巨大的黑影子慢慢地從穀倉邊轉出來。嬌西沒看過這麼大的東西，而牠背上那對收折起來的超大翅膀，剛好擦過樓上的窗戶。

諾拉說：「我很驚訝你沒尖叫。」

「我在腦子裡叫了。從頭到尾，我都一直尖叫，好像有人在撕扯我的心。只是那個聲音卡在裡面出不來。」在嬌西看來，不只是她自己的聲音，而是整個世界的聲音都被吸進一個巨大漆黑的虛無裡——也許，光憑她看到的那個景象，就表示她已經不在人世了。

諾拉失望地說：「可是你還在這裡。」

「老實說，太太，我敢說我之所以還留著一條命，是因為我決心要活下來，這樣才能跟托比先生說他是對的。因為我實在是太抱歉了，你們竟然跟其他人一起懷疑他。」

「我相信你是真的很抱歉。所以你跟他說了嗎？」

「說了，太太。」

「他說什麼了？」

「他說他看過一樣的東西。」

「在哪裡？」

「在弗洛勒斯他們那裡。只不過離得比較遠，而太陽光又很刺眼。不過有一點不一樣。」

有個重要的細節，嬌西自己都差點忽略了。正當那巨大的影子移出了她的視線之際——到底是過了一個鐘頭，還是一分鐘，她幾乎無法分辨——嬌西一直在尖叫的心，暴露了她的存在。她的恐懼撼動了虛空。怪獸停下動作，把那顆發亮的大頭轉過來，從收折的翅膀之間朝她笑得露出了牙齒。

　　看著別人回想一段不愉快的回憶，是很不舒服的事。嬌西盤腿坐在泉水房地上，一張臉扭曲得就像半夜經過墓園的人。但不管諾拉有多同情這個女孩子，那股同情還是隔了一層紗網，跟其他的感覺一樣朦朧，只有一個念頭慢慢浮現。托比——她的托比——再一次跟別人交頭接耳，而諾拉完全被排除在外。

「你和托比會看到同樣的東西，可能是因為他跟你說過，所以你以為自己也看到了吧？」

「我本來也是這麼想的，太太。只是事後，我想了又想，然後我想到了，托比從來就沒說過笑得露出牙齒的頭。」

「記憶是會改變的。我要提醒你，你認為你可能記得托比說他**可能**記得什麼，那些事情你都不能盡信。」

「可是那樣我就只能得出同一個結論了，太太。因為我自己的觀察力只會讓我往神秘的事情上去想。」

　　諾拉最後說：「哎，當時夜色很暗。」

　　嬌西低頭沉默不語。摸了摸發汗發紅的下巴。等著被打一頓。諾拉心想，也許真的該好好打她一頓。

　　這時女孩跳起來。「我可以證明。」

*

她站在嬌西悶熱寂靜的房間裡，看著女孩在舊梳妝臺殘破的椅腳上一陣摸索。置身在一堆嬌西被拋棄的證據裡，諾拉感覺自己的存在很突兀：一路往西蓋了好幾個戳章的行李箱，從紐約到芝加哥，從芝加哥到聖約瑟，從聖約瑟到夏安；整整齊齊收在床下的漆皮靴；點綴著一大坨麻布花的誇張帽子，嬌西很聰明地收起來了。

嬌西得意洋洋地回來了，把一樣東西放進她的手裡。

諾拉把它翻過來。是某種珠子，豆莢或念珠般大小，中間陷了下去，畫著藍色的漩渦狀圓圈。她用指甲敲了敲。

「這是什麼？」

「看到怪獸之後，我想我最好非常確定，才能跟托比先生說。所以我第二天一大早就去了穀倉。太太，你一定想不到我得鼓起多大的勇氣才敢去，真怕我看到的那個東西還在那裡啊。」

「應該有腳印吧？」

「我不確定，太太，我不怎麼會觀察這些跡象。」還真是輕描淡寫。「不過就在我怪自己，有拉克先生這麼好的人可以教我卻還是這麼不長進時，就看到草叢裡有這個發亮的東西了。這一定是天意，要提醒我相信自己看到的東西。」

「這是什麼？」

「我猜不到，不過我從來沒見過這種東西。雖然有可能是邪惡的東西，但我還是撿起來收好，現在就派上用場了。」

那珠子感覺是中空的。重量感覺很陌生。「也許是印第安人的小飾品。」

「可是幾個鐘頭前我才看到怪獸站在穀倉窗戶下，而這東西就這麼剛好就在旁邊？」

諾拉看向外面。陽光在曬衣繩下面跳動。她可以看到後面那片只剩殘株的空地，還有乾枯糾結的灌木叢，越靠近峭壁長得越濃密。

她說：「嬌西，不管這是什麼，都只是讓你說的話更不可信。」她指著外面。「你的窗戶根本看不到穀倉。」

*

她從外面折了一根枝條，放在她們之間的桌子上。光是這個動作，連幾個男孩子都會嚇到，更何況是嬌西。她哭了起來。諾拉在她對面的椅子上坐下來，等著。

托比——她沒打過托比，但光是看到枝條就夠他心驚膽跳了——正隔著破裂的廚房門往裡面瞧。她可以從眼角餘光看到他。

她對嬌西說：「我們一次說清楚，之後就不再提了。」

嬌西的聲音彷彿嘴裡塞了濕棉花。「我已經都跟你說了。」

「那你哭什麼？」

「因為你打定主意不相信我，拉克太太，可是我什麼都說了，我也沒做什麼應該挨打的事。」

「什麼挨打？」

「你等一下就會打我了。」

「我只是坐在這裡。」

「等一下你就會拿起那根樹枝了。我聽羅伯先生說過，你真正生起氣來是什麼樣子。」

諾拉用一隻手撫了撫桌巾，盡可能把桌巾撫平。她和另一頭嬌西無血色的指尖之間，隔著三、六、九、十二個藍線條正方形。

她問：「我們剛剛不是一起在樓上嗎？」嬌西點點頭。「你不是才跟我說那天晚上你從床上坐起來，看到窗外穀倉邊有怪獸嗎？」

「我說我看到怪獸了。」

「在穀倉旁邊。」

「應該是吧。」

「可是我們剛剛才確認，嬌西，你房間的窗戶看不到穀倉。穀倉明明就在房子的另一邊。」

嬌西吸一口氣，從頭再說一次，這次說得比較慢。講到最後，她說：「可能我記錯牠那時站的地方了。」

「可是你不是在穀倉後面找到那個藍色珠子嗎？因為你知道要去那裡找。」

嬌西把頭埋進雙手裡哀嚎。諾拉等著她停下來。她生氣的不是謊言本身。不盡然。她無法忍受的是漏洞百出的謊言——太隨意、太不經考慮，就像任何在這塊特別的土地上見到諾拉的人所說的謊言。不是太含糊就是太詳細，再加上多此一舉的細節，遇到一點點壓力就不堪一擊。好像以為諾拉是無知婦人，不懂得從跳動的眉毛或扭曲的嘴角來審查別人說的話。現在的她，比起說謊，更需要揪出說謊的人。她可是養大了三個兒子呢。

麻雀在外面的石炭酸樹叢裡騷動著。一個小石子之類的東西，已經在諾拉的襪子裡滾落快十分鐘了，這會兒跑到她的腳下，刺得她坐立不安。

她說：「好了，嬌西，哭夠了。」

這句話讓托比從廚房出來了。他把小手放在她的膝蓋上。他說：「媽媽，我看不到。」

「等一下，小乖。」

「可是媽媽，我看不到。」

他壞的那隻眼睛還四處游移，但好的那隻會追隨她的手指。她要他回廚房去。等到他靠著牆摸索前進時，他也抽抽嗒嗒地哭了。走到門口，他還僵著站在那裡：手肘壓在門框上，袖子上滿是傷心的眼淚。

她對嬌西說：「這件事只能有兩種解釋。不是你沒看到怪獸，就是你當時沒在自己的房間。你想一下看哪一種比較糟糕。如果是前者，那也許你只是對是非對錯有錯誤的理解，所以罔顧我的指示，想取悅我兒子，可是亂七八糟的泉水房告訴我應該是後者，你完全是在扯謊，孩子。我想不通的是你為什麼要說謊。」

他們兩個這樣大哭，哭得她自己的眼睛都像長了刺。她的鼻子有點刺痛。她不知道是因為托比看起來很可憐，還是因為他站在嬌西那邊跟她作對，仍舊讓她很難過。

可是嬌西不肯屈服。她抽著鼻子，含糊不清地說什麼錯了，最後幾個字小聲到幾乎聽不見。

「你說什麼？」

「我說我一定是搞錯了。」

諾拉推了一下桌子往後靠。「我小時候，媽媽不准我天黑後出門，可是我有幾個哥哥當壞榜樣。我會在半夜跟他們從閣樓窗戶爬出去，到伐木場的小木屋去，玩手鼓玩到天亮。有一天晚上，帕西．福特的老狗不見了。帕西是個腦子不會轉彎的人，指控說是被住在下游的達科塔男孩子偷走了。」停在廚房門口的托比，把埋在手臂裡的頭抬起來。那張臉壓得斑斑點點像顆南瓜。「帕西找了一群人，到下游那個達科塔男孩住的地方去理論，沒想到就在前一天晚上的燉鍋裡發現一些毛，他理所當然認為那是老魯弗斯的毛。」

嬌西可憐兮兮地說：「可憐的魯弗斯。」

「是很可憐——只是那天晚上我也偷溜出去玩了，親眼看到魯弗斯被一隻郊狼叼走了。所以，十二歲的我，害怕我媽媽的程度，勝過我自己的孩子怕我，也是唯一一個知道這個達科塔男孩子是無辜的人。但要是我說實話，我自己就完蛋了。」

「那你怎麼做？」

「說實話。承認我隱瞞了自己的行蹤，然後接受了處罰，那個達科塔男孩就沒事了。」事實上，她翻來覆去想了一夜，最後沒有告訴任何人。治安官把那孩子背上的皮剝得精光，情況悽慘到兩個星期後，附近的孩子還在灌木林裡找到他沾血的上衣碎片。她好幾年沒想到他了。

嬌西扭緊雙手，說：「我很佩服你，太太。可是我沒隱瞞我的行蹤。」

諾拉說：「好，跟我來。」

她站起來，讓托比又哭了起來。她手裡拿著枝條，帶頭往樓上走，嬌西拖著腳步跟在後面，托比在樓下嚎哭，雙手緊抓著欄杆，宛如那是一艘翻覆的船隻桅杆。她們從一個房間走到另一個房間，把窗外都看了一遍。她當然知道她和艾默特的房間會看到什麼：黃土色的前院、畜欄，然後就只剩下零星的灌木叢，中間穿插了幾段樹樁，是他們為了將周圍的平原一覽無遺而砍斷的。但是仍然有漏掉的細節叫她意外：他們房間的窗戶也看得到他們第一間雞舍的殘跡，還有他們還在爭執該把菜園劃在哪裡時蓋的牆。看到這些重要標記——至少在此刻的情境裡——讓她心中一動。就像第一次看到某樣東西似的。

其他房間還有更多的意外。托比睡在樓梯右邊走廊的小角落裡。他的窗戶——如果那也叫窗戶的話——幾乎只看得到煙囪，還有一棵胭脂櫟上層交纏的樹枝，而那棵樹的根，已經長到這房子的地基下面去了。

走廊對面是多倫整齊得令人安心的房間：被子蓋得好好的，他的帥氣鞋子依序擺在床下，他的書細心地收在箱子裡，窗簾在打開的窗戶前飄動。窗外是畜欄和菜園，此刻還有一隻大膽的野兔，正在糟蹋諾拉的甘藍菜。牠的進犯恰好提供了擺脫托比的藉口，她要托比去把兔子趕走。可是他哭得太大聲了，她幾乎聽不到自己的聲音。他已經走到樓梯頂了，此刻站在她和嬌西之間，說他哪裡也不去。

諾拉說：「隨便你。」

回想這一刻，她會懷疑她是不是幾乎要放棄了。她納悶，這麼努力有什麼意義？但正是這句拒絕的話，這麼義無反顧地跟嬌西站在一起，讓她繼續往前走。她往閣樓去。

羅伯的房間有麝香味，一片凌亂。到處都是衣服，像爆炸後的碎片。好幾個他放紀念品的盒子，沒有蓋子，到處亂扔。刨刀和削刀擺在他小小的雕刻桌上，像某種神秘的布局。十幾個他的小木雕動物，在窗臺邊隨意擺成一個小動物園，等著拿到鎮上去賣。諾拉拉開窗簾，俯瞰枯黃的草地，山丘上是一棵棵盤根錯節的樹木，還散落著一些本來應該在穀倉屋頂上的屋頂板。

在她身後，嬌西站在門口抽泣。她的哭聲已經緩了下來，從害怕轉為認命了。

好啦。就是這裡了：唯一能俯瞰穀倉的房間。

諾拉在床上坐下來。半晌之後，她說：「托比，我們把奶奶一個人丟在下面了。你可以去陪奶奶嗎？」

他說：「我看不到。」

「麻煩你去陪她。我等一下幫你用草藥熱敷。」

可是他還是不肯拋下嬌西。他用一隻手緊抓著她的裙子。嬌西的雙肩還在顫抖，不過再怎麼焦慮，她似乎也意識到現在不該抱住他。

枝條落地，讓托比安心了一點。他慢吞吞地擦了擦鼻子，然後走了。諾拉可以聽到他扶著欄杆往下走，一路狠狠地刮著壁紙。

一等他走遠、聽不到了，諾拉就說：「哎，看來是這裡了。」

她環顧羅伯的房間。他簡直就是一陣颶風。羅伯，長得最不像艾默特，可是他的習慣卻處處透露著父親的好惡，宛如從水壩的裂縫中鑽出來的水。羅伯的眼裡沒有直角：他的書散落在角落裡，臉盆在這裡，罐子在那裡，歪歪斜斜亂放。一隻落單的襪子從床下露出了腳趾。他拿來當衣櫃的箱子門大開著，雜亂無章的皮帶、吊帶和褲腳隨意晃蕩；一頂高得誇張的帽子，他戴上去看起來就像時髦的紐約人；一件太小的主日外套，注定再過一、兩年就要傳給托比了。

諾拉說：「我想羅伯應該沒看到怪獸吧？」

「沒有，太太。他沒醒來。」

在阿馬戈大街上被從良妓女問起羅伯是一回事，可是現在要抗拒她心裡浮現的畫面又截然不同了：羅伯趴睡著，一隻手跟從小到大的習慣一樣放在頭上，身子一半蓋著皺巴巴的被子，一半露在月光下。而同樣的月光也停留在他身旁嬌西裸露的胸脯上，發出銀色的光芒。那對胸脯，在這短暫而要命的畫面裡，小而堅挺，跟她其他的地方一樣長著雀斑。真是要命！想壓制這個念頭，只是讓它更活躍，就跟諾拉小時候去做彌撒時一樣。諾拉總是坐立難安地窩在長椅上，驚慌失措，可是褻瀆的誓詞——**我們可恨的天父，願人都尊祢可恨的名為聖。願祢的國度降臨，願祢可恨的旨意行在地上，如同行在可恨的天上**——還是悲慘地從她的腦子裡冒出來。

她勉強問出口：「那多倫呢？」

多倫，永遠維持整潔的房間，滿腦子荒謬的觀念，拿著他從小到大都瞧不起的工具滿屋子搜尋，將解除了鼠患危機的老鼠拿到屋子後面的樹林去釋放。這幾個月來他努力裝腔作勢，想打消羅伯對嬌西的想法。結果是這樣。諾拉替他感到憤怒，卻又被另一種鮮明的感覺淹沒了——那是什麼呢？奇特而酸澀的自我肯定。她不是一直提醒他不要那麼急嗎？她果然夠敏銳。

嬌西說：「多倫先生還不知道。」

「你們誰要承擔跟他說的愉快任務？」

「我想應該是羅伯先生吧。」

「羅伯**先生**。」她任由自己笑出聲來。嬌西在房間另一頭動了動腳。她沒有靠牆撐住自己，也沒有知恥地露出應該有的悔恨神情。她就那樣站著，一副她完全有權利待在這個房間、跟羅伯亂七八糟的東西在一起的樣子。這麼凌亂的房間，連諾拉都覺得有點壓迫感，她卻彷彿熟悉得可以視而不見。現在反而是坐在床腳的諾拉，突然覺得很突兀了。她站起來，把羅伯的牛仔褲甩在手臂上。

「照這樣看來，我想泉水房的門應該是你說的謊言裡，最不重要的了。」

嬌西站得更直了。「我必須抗議，太太——我沒有說謊。」她和羅伯先生，他們想了很久很用力，最後決定沒說並不等於說謊。他們一直很小心，在他們覺得時機成熟、可以向全家人宣布兩人的感情之前，避免引發可能迫使他們說謊的問題。「我真是太抱歉了，在他不在的時候，這樣讓你知道這件事。」

「是嗎？」諾拉說。「你真的有那麼抱歉嗎？」嬌西看起來一點也不覺得抱歉。「現在可以告訴我泉水房是怎麼回事嗎？」

嬌西從內心深處長長地嘆了一口氣，既是認命，也是放鬆。她已經盡力不在那件事情上說謊了，太太。不過她想現在應該是坦白的時候了，儘管她更希望另外兩人也在，證明她的人格。事實是，好幾天來那兩個男孩子一直設法要讓他們的母親相信拉克先生已經死了。每個來買報紙或要求投書的人都跟他們說，有人在桑切茲的地盤上看到那輛平板馬車四分五裂，流言四起。諾拉不肯去逼哈蘭治安官進一步追查，再換句話說，為什麼她認為不應該讓他牽扯進來——這一點他們一直想不通。嬌西自己算喜歡哈蘭治安官——他很親切，會逗他笑——可是兩個男孩子懷疑《艾什瑞弗號角報》堅定支持他連任。

「所以羅伯先生想，如果可以讓你從**他們的**角度來看就好了。」

也因此，昨晚他們一起去了泉水房。他們三個——連多倫也去了——想給拉克先生招魂。（諾拉心想，現在聽到羅伯先生和多倫先生的差別，感覺多奇怪啊——前者在嬌西口中，就像隻嬌貴的寵物名字，而後者卻讓人想到老村姑。）

招魂是羅伯提議的。如果成功招到魂，他們的父親就確定死了。因為害怕有怪獸——她親眼看到了——嬌西是被他們強拉著去的。不管拉克太太怎麼想她，她發誓她真的看到怪獸了。看到他們兩個經過晚餐的爭執後那麼無助的樣子，讓她難過死了，所以她好不容易克服了恐懼，沒那麼抗拒了。多倫先生痛恨自己失控了——他竟然一拳撞破了門，而且還那麼靠近諾拉的頭，他跟其他人一樣嚇到了。嬌西認為從他之後的行為根本看不出來他後悔了，因為他繼續大吼大叫，還砸了個盤子，實在是丟臉極了。不過那多半也是因為震驚。後來他上樓去，失望地哭了。他覺得他再也沒辦法面對母親了。

嬌西說：「太太，我跟你說這些，只是想讓你知道他後來的心態。你也知道他是懷疑論者，竟然也同意參加招魂了。太太，他真的太抱歉了，完全無法平靜。他一直很介意那些木屑可能會刺到你的眼睛，所以一直哭。」

他們一起在泉水房待了好幾個鐘頭。嬌西拿了一件艾默特的衣服，一直呼喚他。她用各種他可能會回應的名字喊他：拉克先生、艾默特・拉克、艾默特。因為兩個男孩子也在，連爸爸都叫了。她聽到外面遠遠傳來夜間的喧鬧聲，一如往常。泉水房屋頂的敲打聲，只是胭脂櫟的樹枝。有那麼一刻，有個東西觸動了她心裡青藍色的黑暗，她滿懷希望，可能是拉克先生。可是那個靈魂沒有回應她。它沒有敲打桌子，也沒有移動她放在桌上的懷錶。

他們在凌晨三點左右放棄了，回去睡覺。

嬌西說：「今天早上看到泉水房亂成那個樣子，我狠狠罵了自己。我擔心也許拉克先生花了比一般更久的時間才現身，我們卻太快放棄了。也許泉水房會變成那樣，是因為拉克先生生氣了。他好不容易來了，卻發現我們都走了。可是你說的對，我們一定是忘了拴上門了，一定只是狗跑進去弄亂了。」

「你沒把艾默特叫出來，所以我可以認為他還活著？」諾拉本來是想開玩笑的，但這句話聽起來卻沒那個效果。她感覺自己是把某個傷口剝開來了說話，然後就再也不能把傷口藏起來了。

嬌西搖頭。「那不能證明什麼，太太，只能說我沒找到他。」

諾拉說：「我覺得挺好的啊，一場腦子跟理性的勝利，幾乎值得這一場鬧劇了。」她慎而重之地又把羅伯的牛仔褲折成一半。後面口袋的接縫又破了。褲腳沾了紅土。她心想，他的牛仔褲，在這裡。他的牛仔褲在這裡，所以他穿了正裝。去了別的地方。

「他們今天早上穿得那麼慎重，有跟你說要去哪裡嗎？」

嬌西搖頭。「太太，我發誓，他沒說。」

*

媽媽，你在後面這裡做什麼？

餵可憐的老比爾。

他沒這麼快又需要餵了吧。

去鎮上來回一趟實在是太熱了。他沒累壞，該給他一點小小的獎勵。

你不是在躲著嬌西吧？

怎麼可能？

羅伯和嬌西。你覺得怎麼樣？

謝謝你喔，艾芙琳，我不想多想那件事。

他們似乎不太適合。他這麼有趣，而她是這麼可憐，而且還有點笨。你不是常這麼說嗎？輪到嬌西時，上帝把兩隻手都放在背後了。

我應該沒說過她笨吧。

可是她不像你一樣上過學，媽媽。

那不是有沒有上過學的問題。我小時候也很窮。但是你爸爸和我講話都很謹慎。

哎，話是這麼說沒錯，可是她那樣的成長背景，難免要吃點虧吧。

我相信我用的字是「沒用」。

還不是一樣。他們可真厲害——住在同一個屋簷下還能瞞過你。

我想，所有的陰謀詭計都在黑暗的掩護下進行時，就算是最沒用的人也能多多少少得逞吧。

不曉得有沒有別人知道。

我覺得不太可能。這屋子裡的人根本都不會撒謊。

除了羅伯和嬌西。

應該是吧。

羅伯和嬌西，怎麼想都不適合。我敢說奶奶一定知道，她一直都在附近。她都會認真聽嬌西說話，而不只是假裝聽而已。我敢說她一定知道，就算她沒有在某個晚上在走廊上撞見他們——她很可能看到過喔，畢竟她會自己移動。

別又來了。

她真的會動啊。

如果是我被困在輪椅上，又懷疑有那種事，我就算是耗盡最後一口氣也會讓全家都知道。

你仔細想想，是不是有一點浪漫？

完全沒有。

我還是覺得很浪漫。兩個年輕人，偶然同住在一間破舊的房子裡。吃飯砍柴，朝夕相處，就看對眼了。

多倫怎麼辦？

啊，他會大鬧特鬧的。不過，也許最後他會想通，祝他們幸福。

幸福？不知道嬌西到底清不清楚羅伯有過多少紅粉知己。

是有幾個沒錯。

還有他在鎮上有多受歡迎。那兩間妓院都一樣。

你認識爸爸時，爸爸也算不上聖人啊。

艾芙琳，你不應該說這種話。

我說的都是事實。誰知道呢？也許他們會長長久久。

長長久久？跟羅伯？真可笑。

希拉走廊

如果你對我們的困境感到絕望，柏克，記得，你和大約四十個同伴，翻山越嶺、飄洋過海，從黎凡特來到太平洋這頭，這樣也許你就會得到勇氣。你們辛苦橫越兩千哩的沙漠，當你們的親戚馬和騾在荒地裡哀嘆、在空水桶旁哭嚎時，你們只是繼續前進。

即使我們跟大部隊分開往北走了，你可以想像你會看到的各種奇觀嗎？你站在宏偉的普拉特河河岸，紅雲帶領的蘇族人曾為了會給他們帶來毀滅的會談聚集在這裡。他們還放牧過二千多頭的馬，把從這裡到森林邊緣的草原都吃禿了。你見過痀僂的絲蘭收起刺蝟般的裙擺，躲避即將來襲的沙塵暴。風停息後，我們走出遮蔽處，晃掉滿身沙土，是不是發現樹木的位置都變了，整個大地面目全非？你曾站在長了枯黃小樹的高聳平臺上，地上布滿了吐氣的小洞，車轍吐出了白色的泥漿，宛如大地在呼吸。你曾走在黃澄澄的溪谷邊緣，礦帶高低起伏，一條無名河的滔滔白浪從中穿過。你拉過桶板車、木材車和格林機砲。你給鋪鐵軌的工人扛過枕木；給礦工扛過煤礦；給水牛獵人扛過水牛骨；給鹽販扛過鹽。

最重要的是，你給離水最遠的人扛過水，十足展現你的本色。你這麼不需要水，竟然非常適合帶水給別人，這一點真是奇怪。你扛過裝滿生命之水的桶子，給淘金客和礦工、井水成鹼性的小鎮、迷路的篷車隊和焦渴的亡命之徒。半掛在樹上的男人要我們的水，連跟在我們後面的鬼魂也是，彷彿他們知道死之前，只差一點點就能解脫了。整個莫哈維、奇瓦瓦、科羅拉多上下，大家都知道我們。

他們說：「駱駝人來了。紅色大馬送水來給我們了。」

那時你辦到了，我古怪、高貴的朋友。那時你辦到了，你會再辦到的。現在，趁他們還沒回來，起來吧。

記得在懷俄明葛拉文內克那個平安夜嗎？我沒見過這麼荒涼的前哨村落。兩排假門面房屋中間一條路，路尾是一間酒館熱騰騰的黃色窗戶。水牛獵人從山上下來喝酒、借酒澆愁，街上黑壓壓的人。我們叮叮噹噹進鎮上時，整個地方都安靜下來。我們經過時，有人大著膽子小聲說：「好樣的，來了個魔法師。」

我收了兩塊錢，同意讓你站在一個馬槽邊，馬槽裡有個玉米殼娃娃，打扮成嬰兒耶穌的樣子。而供膳旅社的老闆娘，姬布芮拉，就在那裡。我唯一的愛。我現在就看得到她，黑眼睛的年輕女子，黑色的辮子垂在肩上，遞給我一個空銅杯，同時眨了眨眼，輕聲說了聲：「沒藥。」我跟她說我一直納悶那到底是什麼時，她笑開了嘴。

我們右邊站了一頭小胖驢，每次你動一下，或是斜看牠一眼，牠就畏縮一下。演母牛的，是隻剛褪掉赤褐色毛的小母水牛。我們在這支雜牌軍裡站了好幾個鐘頭，被風吹紅了臉的孩子們擠在穀倉裡，目瞪口呆、指指點點。最勇敢的幾個只夠有勇氣把硬幣丟進我們的罐子裡。還有幾個嚇哭了。姬布芮拉來了，頭上纏著一條毛巾，把玉米殼做的耶穌放在她的膝蓋上。我好想得到她的青睞，於是說出當時唯一想到的話：「看，東方有顆星。也許它會帶我們去到萬王之王面前。」

效果不怎麼樣，因為我們已經在馬槽了。

後來，慶祝活動挪到紅沙漠酒館繼續。一隻發亮的棕雁在烤肉叉上嘶嘶響。外面開始下雪了。通往鎮上的路變得平滑發亮。有個愛爾蘭牧牛人正在給嬰兒耶穌唱一首爐邊讚美詩，有點觸動了我。姬布芮拉拿煮好的耶誕布丁來給我時，我還在擦眼睛。她說：「你的高個子朋友呢？」她指的是你。「他有什麼特別的耶誕晚餐嗎？」她看著我，你可能會說她的眼神裡有著毫不遮掩的想法，也讓我明白，我錯估了她的年輕與意圖。我們交流的玩笑話超過了我的高個子朋友，甚至超過了沒藥，後來我們去了她在樓梯底下的房間，在那溫暖的寂靜中又回味了一次。剛開始，我很克制自己的慾望，害怕它會讓我太快。但是當我們在黑暗中對彼此呢喃時，我發現悲傷就在我的慾望下面，像冰凍的土壤。

她說：「你到底是從哪裡找來一隻駱駝的啊？」

「德克薩斯。」沒有比這個更真實的答案了。

過了一會之後，她說：「啊，我會遭天譴。」

人生的快樂永遠是一場飢荒，沒有人在意我們找到的那一點點快樂。陌生人的快樂有什麼用呢？最糟的情況，是引起旁觀者嫉妒；而最好的情況是讓旁人無聊。尤其是愛情帶來的快樂，只會是後者。美好的日子接踵而來；初期的熱情狂野褪色一點點；取了暱稱；小玩笑生了根，在高漲的情緒中時不時拿來展現溫情；熟悉也容忍了彼此的習慣。某人的駱駝住進了馬房，過了一段時間，牠甚至可以忍受他的情人的騾子，也勉強被騾子接受了，諸如此類的事。平淡——那就是我跟姬布芮拉在一起的那幾年：一種令人覺得幸福的平淡，連唐納文都變得模糊了，主要是因為我擔心要是我屈服於他的慾望，水壺可能會告訴我什麼。

這段時間最讓人掛心的，也是最不能提起的事：例如，姬布芮拉的丈夫去堪薩斯跟他的兄弟們一起搖旗吶喊了。她沒提到他打算回來——但只要她家門口響起腳步聲，我們一定立刻分開，怕萬一是他回來了。

本來就不多的要塞，經過貝勒（注：John R. Baylor，美國內戰中的邦聯軍軍官）南下時的破壞，再加上東邊的戰爭而耗損，現在大家唯一討論的，就是突襲了。我們永遠害怕猶他族會從山上衝下來屠殺我們，而猶他族也怕我們。至於摩門教徒，大致說來，我們兩邊都不怎麼在意他們。鎮上的人因為擔心你的事而難得團結了，他們覺得你的存在可能會引起突擊隊注意。大家開始爭吵，認為葛拉文內克不該跟你我牽扯在一起。斯坦頓牧師開始在講道時宣揚偶像崇拜的壞處。他一直講到金牛犢，最後連最駑鈍的教友都聽懂了，他是在拐彎抹角講你。你——偶像。好吧。就算你是又怎樣？我相信，深受孩童和女人喜愛的你，是他嘲弄的主要對象。但我也是。鎮上沒幾個居民相信我只是紅沙漠酒館的房客。在喬利跟莫哈維族人共宴週年時，我想在葛拉文內克建立類似的傳統，卻因此給自己惹來了劫難。可是在模仿喬利的信仰上，我是東施效顰：不確定屠宰的日期與細節，只知道要把肉分給需要的人，辦一場盛宴，結果牧師說那樣大吃大喝，完全是異教崇拜、罪大惡極。

姬布芮拉說：「不要理他。他認為洗澡有罪。他認為書本、帽子、報紙都有罪。」

不管有沒有罪，我正是靠著報紙，在那段時間得到了唯一跟同胞有關的消息。我們的郵差，懶派麥克連，拿著一封信過來，是三個鎮外的隨軍小販給他的。他說：「拿去。除了你，我想不到還可能是誰。」信是寫給「駱駝人」的。裡面是一張破破爛爛的剪報，寫著一頭叫老道格拉斯的駱駝，在維克斯堡的衝突中，慘死於槍火下。我還在那張剪報上讀到，坎普維德如何落入反抗者手中——我想這應該不算意外。老道格拉斯是養在那個馬房的最後一隻東方馱隊成員，被襲的人搶去，希望能為某個命數已定的軍團帶來好運，最後死在槍下，自始至終都是可悲的附屬品。而在聯邦政府這邊，針對此事發表看法的——我又驚又喜——是艾沙隆．瑞汀下士。他說：「畢爾中尉當初踏上莫哈維大道時，我跟他同行。那些野獸本來是要為我們做事的，不過很多時候都是我們在為牠們忙。我不敢說我對牠們有多深的感情，不過我很遺憾聽到老道格的遭遇。」

我心想，老艾，我的老友。所以他還是回東部去了。這是我唯一一次，為自己沒有回東部去感到羞愧。可是我在領地之外舉目無親。甚至不確定等衝突結束後，你我落腳的地方，會被哪個地區併吞，而那個支離破碎的地方，又要如何修復傷口。於是我們繼續留下來，接受分派任務，拉榴彈砲往返各要塞，偶爾幫一小群疲累的夏安族人搬家。後來每次聽到水牛兵團的消息，我都相信老艾一定在其中。他又回到西部來了，他一定會立功、榮耀加身的。

翌年春天，某天下午，我們去孤風礦區運一批鹽，發現有個留著鬍子、眼睛無神的陌生人在看我們。那個人說：「你是從那場戰役中來的？」

「不是。」

「那你怎麼會騎這頭難看的鬼東西來？」

「我在難看的鬼市集買的。」

他看起來很懷疑。「你是說密西西比河的這一邊有駱駝，可是沒參加過那場戰役？」

這句話把我逮個正著。「哪一場？」

哎。我們是怎麼了？我們不是知道山繆．畢夏普，那個兇狠的騎兵，用駱駝從加州運貨到阿布奎基時，被莫哈維人連同兩百多名友族人困在沙漠裡嗎？報紙上都寫了。畢夏普和那群平民搬運工被包圍了兩個星期，得不到軍方前哨站的支援，跟外界徹底失聯，只有勇敢的信差冒著生命危險帶著求助信到最近的要塞去，但也只是白忙一場。

我說：「他們現在在那裡？」

啊，其實沒有，事情都解決了。那些人把補給品埋起來，把篷車燒了，然後在夜色和煙灰的掩護下，騎著駱駝衝向震驚的莫哈維人，順利逃出來了。

那個陌生人昨天才在聖羅沙聽一名記者說起這件事。原來聖羅沙是個小鎮，在一個長滿雪松的山谷裡，離孤風只有兩日的馬程。你跟我到那裡時，一個戴眼鏡的瘦小職員正在給《聖羅沙宣揚報》辦公室關門。

看到你時，他說：「老天爺。」

答應讓他試騎一下你，他才願意多耽擱一會，給我看我要找的報紙。於是，我看到了比那名陌生人轉述的稍微多一點點的細節。被持續遭受入侵而激怒的莫哈維人，把馱隊攔下來好幾個星期。受困的一行人越來越無望。那頁報導的中間提到了一次山繆．畢夏普「忠實的阿拉伯人」。所以他們真的在那裡——一定有喬利，說不定連喬治都在，在星夜裡靠在一起取暖。

我們牽著你到聖羅沙上面的樹林去，你載著那名記者在那條路上來回走。我永遠不會忘記他的樣子，在鞍具上低頭微笑，朝我揮手。你每走一步，他那副誇張的眼鏡就往下掉一點，離鼻尖越來越近。你忍受這份屈辱，一如你忍受所有的事，我很感激你。

在此同時，我想著喬利。戰爭取走他的命了嗎？要是有傷亡，報紙一定會提到。我發現自己斜舉起水壺——可是它只會顯現它想顯現的，而這次，我只看到一條河段上方的懸崖邊。所以只能靠我自己想像水沒有透露的事。畢夏普、畢夏普，報紙全都在說畢夏普。畢夏普激勵手下。畢夏普騎在一頭白色大駱駝上，帶頭往前衝。

我看到的是喬利抓緊鞍具，準備戰鬥。他的隊伍就在一小叢張牙舞爪的橡樹裡。那是清晨，正飄著細雨。一頭郊狼在某處哭嚎漸褪的夜色。曠野另一頭，莫哈維人連成一條線。他們的火炬濃煙遮蔽了月色。他們也一樣正義凜然、毫不畏懼。還有就是駱駝，在一片鈴響和砲火中往前衝。

我在哪裡？在月光盈盈的樹林裡，想像這一切。

我第一次驚覺，也許逃跑讓我們失去了什麼。也許真的是那樣。那種感覺刺進我心裡。這次不是哈伯的，也不是唐納文的。是我自己的。我的快樂開始瓦解了。姬布芮拉也一樣。她收到丈夫的來信，從郵戳看來，這次是從肯塔基寄來的。他要回來了。我們能相處的日子已經所剩不多了。而我們已經度過了好幾天僅剩的日子。如果他在內布拉斯加停留，那我們還剩幾天？如果他在達科塔遭到突襲，那又還有多久？

午後開始令人畏懼了。姬布芮拉和我騎著你，到格林河湍急的河灣處，情緒低落地坐在河邊。我說：「我們可以一起走。他回來只會發現你不見了。」

「那我成了哪種女人？」這個問題她已經問了自己上千次，此刻語調極其平淡。「拋棄一個為了同胞和國家而戰的男人？我會毀了自己，而你也會恨我。」

我不見得會恨她，但我們都很想相信，我是個英勇到會如此做的男人。我回去睡在我租來的房間，聽著她失眠的腳步踏在木板上。好幾天過去了。我在絕望之中，發了一份電報到德洪堡去。**阿里**——這樣寫，他就會知道是我——**很高興聽到戰爭的結果。我在懷俄明。說說你的狀況**

吧。他的回信來得如此之快，我幾乎沒時間體會他還活著的喜悅。**前一陣子就知道你的行蹤了。最近有個叫伯格的探員離開這裡去找駱駝人。正前往懷俄明。**

我想，當時我是有機會讓人生從頭來過的。我可以留下來，在這裡等約翰·伯格來找我。我也可以把你賣掉，或者放你自由——我知道你會活得很好。可是那時我已經是駱駝人了。你跟我，我們兩個已經綁在一起，不分你我了。說起來令人傷心，但當時的我們跟現在一樣，沒什麼選擇。只不過這一次，我沒有行李箱，也沒有多一雙靴子可賣。可是等你再好起來，可以飛奔了，我們會逃得跟上次一樣遠。

我想我應該承認，我們做錯了幾件事。如果不跟著那個落魄的馬戲團穿過內華達，每天晚上夜宿星空下，也許會更好。我們在馬戲團裡認識了幾個好人，可是他們的友誼並不值得晚上在煙霧瀰漫中面對一群不斷叫囂、近乎喪失理智的群眾。他們對著馬背上的印第安美女歡呼，把蘋果核丟進場子裡辱罵小丑，有時甚至也辱罵你，因為他們覺得你只是繞著表演場走一圈，根本不夠看，就算背上有個半裸的女孩子也一樣。

馬戲團經理問我：「那畜生除了杵在那裡，就不會別的事了嗎？」

他把人趕出表演場地之前就只會問這種問題，所以，我發誓，那也是我這麼回答的唯一理由：「他可以扛一千五百磅。」

我知道，是我這句話引來了後面的慘劇。他設計各種辦法展現你的力量。你會先扛起四百磅，然後是六百磅，到了一千磅，你的嘴裡就開始起泡了。那些狠心的觀眾對這種表演一點反應也沒有，非得自己動手裝鞍袋，而我知道他們總是趁這種機會捏你一把，或扯一下你的毛髮。我從來沒有覺得這麼抱歉。

有時馬戲團會在荒涼的路上紮營，入了夜，就會有一個穿圍裙的女人，有時抱著一個孩子，有時手挽著一名小男孩，在火堆附近逗留，彷彿她可以在那裡找到溫暖。我很小心不讓她碰到我。

這個落魄的馬戲團，成員總是毫無預兆或儀式就脫團。半裸的女孩在坎普奈伊認識了一個性情溫順的男人。一個小丑在雷諾跟兩名偷牛賊同流合汙去了。我們在一個又一個小鎮跟某個團員分道揚鑣，他們或許是夢想改變了，或許是傷勢加重了，或者突然找到愛情，讓原本一片黑暗的前景多了一點點光明。每次遇到這種情況，我只能忍幾天，就又發了一封電報回葛拉文內克。姬布芮拉從未回信過。

就這樣，你跟我又回到熔岩區，在科羅拉多蜿蜒徘徊，從氾濫平原到最北邊的江峽，河流將我們丟在那裡，穿梭在眾峽谷間。我常想到在不得見的河道上的水，從人到不了的地方朝我們而來。我想像那些死者，如果會在某處安息的話，那一定是那種地方。因為他們並沒有在別的地方安歇。我們似乎到處看到他們，每棵樹、每個小鎮的街上，孤伶伶地散落在地平線上。那是死在一場場戰役裡未得到安葬的男人，也有女人和小孩，總是沿路走著，似乎要去某個地方，除非看到你時，會停下來一動也不動，溫柔地對著你笑。

偶爾，紫紅色夕陽中會顯現印第安人渺渺的火煙，可是現在比較少了，距離也更遠了。河岸處處與馬車痕跡交錯。在南方的十字路口，我們又運起了水。可是這種工作機會也減少了，因為到處都在挖灌溉溝渠。三不五時，我會發現，雖然我只有三十歲，卻越來越像討人厭的老人：整個春天都在對摩門教徒、孩童和幾個等新渡輪的移民講駱駝部隊的事——反正只要有人願意給我時間，我就講。寬大的乘艇來來回回過河。遠遠的岸邊，站在新要塞土牆下守衛的男孩太年輕了，不會記得這裡以前有多麼荒蕪：遙遠的藍色山脈；莫哈維人，高大的河邊部族，是密蘇里以西最早也是最後面對駱駝騎兵的人；第一艘航行於這一段科羅拉多河的蒸氣船，轉過彎曲的河道，劃過水面，舵輪還閃閃發亮。可是我們記得，你跟我。這讓我很難過。我們走了，誰還會說起這些事？同樣的，升起那些遠方煙火的人，抗拒他們的世界逐漸衰敗的同時，一定也會這樣問自己。我開始希望，我可以把我們的記憶倒進我們運載的水裡，這樣喝了水的人或許能看到往日的光景。

河谷裡鬧起大旱，人也隨之減少。必敗無疑的法國人，揮著鮮豔的三角旗奔馳出沙漠。一小群死去的印第安騎兵，在舊日的戰場上遊蕩。小樹林的地上還到處是他們的箭頭，他們曾在那裡抗爭、死去、有贏有輸。三不五時會有個死去的印第安戰士經過我們，趕著回家重生。他們偶爾會向我伸手，可是我不敢讓他們碰我。你可能會笑我太膽小，柏克——可是我不能照辦。我知道，他們的慾望經過一代又一代的精鍊，要去感受那慾望裡乘載了多少東西，會將我的心撕成兩半。我不想永遠帶著它走。畢竟那不是我造成的。不是我，柏克。從來都不是我親手造成的。

然後是那個酷熱的七月午後，乾旱讓一片焦乾的泥岸塌陷入科羅拉多河。隨之掉下去的還有兩輛篷車和一個帳棚，以及睡在帳棚裡的一名採礦人。當時你正在岩石露頭邊吃草，剛好遇上土石流。你張惶失措，翻過河岸，掉入水中。你還沒翻正身體，我就已經跳下水，踢著一雙沉重的靴子前進。我抓住你的轡頭，把你拉過來。你的眼裡，是最近這陣子常有的眼神——應該是責備吧，彷彿若作主的是你，就不會發生這種事。但願我們的人生能反過來就好了，諸如此類。

總之，我們在稀落的歡呼聲中上了岸。高高的河岸上一排黑壓壓的人影：男女老幼，全都又笑又叫，反倒讓人鬆了一口氣。

之後你跟我大概跳了上千次的河吧。一天兩次，在渡河的人最多的時候，我們一起跳進清涼湛藍的水裡，背後同時響起安心的呼喊。我們用以前在部隊裡用的銅杯來收零錢。我向一個流動小販買了流蘇裝飾你的轡頭。在我自己的頭上綁了頭巾，中間塞了一片閃亮的玻璃。

九月的一個下午，我們在比格勒湖邊紮營，一個臉色蒼白的年輕人來找我們。他有一張瘦長的臉和一雙乾淨的手。他問：「所以你是真正的土耳其人？」

我跟他說我是。

他是個作家，到西部來想寫西部的故事。他問我對西部有什麼瞭解，我跟他說我不知道——

這個回答讓他覺得很有深度。他遇到的每個人都說到一點：這塊土地正快速變動中。應該是吧，但令我印象最深刻的，是不變的部分。一哩又一哩貧瘠的土地，無法被馴服。不管是活著還是死了，每個人都隨身帶著的，巨大而不變的慾望。

我們一起低著頭看他寫的東西，粗略地描繪篷車的路徑，從印第亞諾拉一路往西到海邊。我不太會繪製地圖，我跟他說喬治更適合這份工作——如果是喬治來畫，每一條河的每個彎道都會畫得清清楚楚——講到這個，當然又讓我想念起喬治來。我不由自主地跟小作家聊起他，說在我們分開之前，他可以講四種語言，還可以解決任何工程上的問題，只是他不會唱歌也不會任何樂器，無法拯救自己的靈魂，這一點一直讓他很痛苦，他甚至願意拿他所有關於土地和水的知識來交換。

小作家說：「如果他這麼厲害，我怎麼從來沒聽說過他？」

我說：「在你這種人報導比爾．科迪[17]之前，也沒有人聽過他啊。」

啊，他喜歡這句話。於是我熬了好幾夜，跟他講我記憶中的喬利和喬治，還有畢爾和老艾，以及平頂山上那間殘破教堂裡的牧師。我覺得沒必要跟他說，你跟我並沒有走到德洪堡路的盡頭——不過他對時間也不是很有概念，從來沒有想到我們不可能同時既在加州又在蒙大拿。我跟他說了，畢爾寫說我們一行人全員無損，那是假的——我們不是把米寇埋在沙漠的某個地方，就

17 Bill Cody，美國西部開拓時期極具傳奇色彩的人物。

算想去看他也想不起來那是哪裡嗎？當然，我還跟他說了很多你的事——你的喜好和胃口。我跟他說你很優秀、很有主見，任性又傲慢，感情含蓄，但美得自成一格，沒有因為年紀大了而遲鈍，什麼都不怕。我跟他說你見過各式各樣的沙漠風情，很少有別雙眼睛比得過你，因為沒有別的生靈比你更不需要水又比你更渴望流浪。我跟他說那次我們在一個五彩斑斕的峽谷裡遇上山洪，你走著走著，四周水位升起，你慢慢踢了踢腳，然後浮起來，越過岩畫、越過峽谷閃亮而壓迫的岩壁，背著我游到雨水匯流而成的新河，一路順河往下，等到水位下降，你的腳在墨西哥落了地。

小作家聽得仔細，筆記本寫了一頁又一頁。

同行數週後，我們分道揚鑣：你跟我南下過冬，他要去大鹽湖跟親友會合。這麼多年來，我第一次感到輕鬆。現在我有一定的把握，會有人記得我們，駱駝以及駱駝騎士，記得我們曾經並肩作戰。

可是再見到小作家時，他站在路上，兩顆子彈穿過背部。他的眼神好奇而疲憊，並不知道他的馬的鬼魂就在身邊。看來他要徘徊一陣子，才會明白自己發生了什麼事。他出聲喊我，可是我督促你繼續走。我不想碰觸他。

我在附近的溝渠裡尋找他寫過的隻字片語，可是什麼都沒找到。

有時候想起喬治，我會懷疑我是不是對你不太公平，柏克，因為我只會跟你說些死者的廢話。喬治在路上時，會唱歌給梅達聽。他會講述天體的運轉。等他們到了德洪堡，我想那個聰明的老女孩應該學會從一數到一百了。

而你又跟我學了什麼呢——除了沉默不語，還有隨時轉頭去看後面？我的命運成了你一生最悲慘、最不應該的不幸。我只知道每當情況變得對我不利時，要冷靜因應。我這輩子一直坐臥不安穩，得隨時提防約翰．伯格法警出現。即使他已經不是執法人員，即使我們踏足的土地一個接著一個爭取成為聯邦州，而戰爭已經成為過去，印第安人被圈入了保留區。

我一定是把那些時間都拿來思考，要是他終於追上我們，我要說什麼。我什麼話都會跟他說。我會嘲笑他花了一輩子找我。

可是等這件事終於成真時——最後，在赤熊外的營區，我正在喝酒，他在我這桌坐下來——我說了什麼？

什麼都沒說。

他說：「我看到你的朋友在外面，我就知道我終於找到你了。」他用布滿斑點的手將一杯酒推向我。上一次看到他時，他已經老了，現在甚至更蒼老了。但老狼仍然是隻狼。

我說：「抱歉，我不認識你。」

他說：「你知道通緝令有時需要重新簽署才有效吧？」我知道。「哎，核准你那張通緝令的法官兩年前的夏天死了，我沒找到人給我重新簽一張。看來你這個殺人凶手不怎麼重要。不過沒差，很久以前我就知道我快抓到你了。所以我來了。」

「我想你是認錯人了，先生。」

他靠過來。「我到哪都認得你——就算那隻醜大個沒在外面等你也一樣。但這些年來，讓我晚上睡不著的不是你這張臉，而是你殺死的那個少年。他死前我在場，本來他們是有希望救他的，可是你把他的眼睛踢掉了，他們得把殘餘的部分切掉。那孩子發燒、大小便失禁，一連好幾個星期連睡著了都在尖叫。而你吆喝一聲就走，不敢回來面對你自己闖下的禍。沒有神把手放在你的肩上嗎？你不覺得你該向祂臣服嗎？」

我說：「抱歉，先生，但我不是你要找的那個人。」

他點了好幾下頭。「我心心念念要找到你，一路經過密蘇里、經過德克薩斯、經過蒙大拿和內華達，再到加利福尼亞。我不能說我完全沒想別的事，畢竟你並不是我遇過最可惡的人。但你惹到我了。所有的壞人，不管做了哪種壞事，都會忍不住向某人懺悔，要不然就是壞到底，最後死在敵人手中。可是你從頭到尾似乎都沒想過要懺悔。有時我懷疑是因為我的追捕，讓你活了下來。說不定，如果我可以原諒你，你就會死了。反正，事情沒那麼發展。可是我知道你是誰，盧里．馬蒂。這個世界上可能只有我知道了。我可以帶著你跟我一起進墳墓去，用我的沉默消滅你。」

所有我還可以說的話，所有這麼多年來我打定主意要說的話，都棄我而去了。我唯一能想到的是：這是最後一個知道我和哈伯及唐納文是兄弟的人。等他走了，我會是誰的家人？我看著那個老人，活著時的慾望已經滲透進他的靈魂，於是我知道了兩件事。我絕不可以殺了他，而他死時，我也不能在附近。以及，不管是出於鄙視還是懦弱，我都不能犧牲自己讓他安心。

「抱歉，先生，我不是那個人。不管那個人是誰，我想你都得繼續找了。」

我永遠不會知道他相不相信我。我們離開時，我回頭又看了一眼那間淒涼、混亂的酒館。我有點期望他會站在門口看著我們。但他只是坐在窗內，像老人一樣看著他的湯。

後來，我們爬上山谷，又跳進冰冷的河裡。河的兩岸都有士兵駐守，活的、死的都有。我們運水到需要水的地方去，也不斷把唐納文的水壺裝滿。我們不在乎誰來挑釁，也不在乎我們冒犯了誰。我們不忍受陌生人的干預，也不懷疑自己。

我想說的是：不管我們現在看來有多慘，柏克，不管你有多生氣、多累，我們那時都比現在糟糕多了。而你為了一點小傷口生悶氣，還把那個女孩子撞成那樣——哎，柏克，這樣真的很丟臉。這樣不像你。

記得上一次嗎？十一月，你因為咳嗽而慢下來那次？你遲疑著不肯吃東西，一種奇怪的乳白色膠狀物黏在你漂亮的睫毛上。我急了，忍不住寫信到德洪堡給喬利：**柏克病了**。可是沒有回信。不久你的肚子就突出了肋骨的線條，你的膝蓋開始顫抖。來了一個馬醫生，把耳朵貼在你的胸口。他說：「他應該是得了黏膜炎，不過我無法想像駱駝得了這種病會怎樣。」

他要你在溫暖的馬廄裡休息一個星期，但情況並沒有改善。

接下來他說：「可以用通寧水試試看。不過還是讓他安息比較好，別讓他繼續痛苦了。」

我說：「謝謝，但是不了。」

「哎，對我是沒差啦。」他走之前，手裡拿著一元硬幣，在門口徘徊不去，若有所思地看著你。「我給你十五塊錢怎麼樣？」

「做什麼？」

「買你那個朋友。」

「你不是說他沒救了嗎？」

「他是沒救了，但我應該也不會再有機會看到駱駝的內部了。而你看起來應該很需要十五塊錢。」

「不，謝了。」

「你確定？整整十五塊錢，現在就能給你。總比你只能看著他死，然後兩天後我再回來免費拿到他的屍體好多了。」

「我說了不賣。」

「隨便你。」他戴上帽子。「沒人可以管你要怎麼照顧牲畜。不過我還是要說，讓他在這裡休息，不要走太遠。我很快會再來看你們。」

我不由得想到，如果這個醫生可以拿十五塊錢來買一隻快死的駱駝，那他也可以花十塊錢找個缺錢的混混來，把駱駝的主人打一頓，把駱駝偷走。而且不愁找不到人動手。

於是我們也從那個小鎮逃走了。

我們走了好幾天的上坡路。紅杉長得又高又密，即使強風吹來，樹幹也沒發出聲音。你走得很慢，經常停下來。你縮在馬鞍墊下，雪片隨風飄落，你抬起頭來對著雪花笑了。每天早上出發前，你忍耐著讓膝蓋上灑滿松針。

我想過要找個地方躲起來，可是山裡到處是伐木場。憔悴的男人圍在火堆旁取暖，從破舊的帳棚裡偷看我們。我跟一對雙眼無神的男孩子買了一卷鋪蓋和兩條毯子，在遠離河邊的樹林裡紮了營。我躺在那裡，聽著你的大心臟微弱的吞吐聲，就在駝峰前面，脖子和肩頭之間的深處。每隔一陣子，我就感覺你乾燥的嘴唇在我的頭髮間移動。那時你的呼吸已經變得很喘了。你躺下時，看起來總像是在禱告。我想，你光是躺在那裡，膝蓋跟球節都靠在一起，彷彿在為我們兩個禱告，就已經足夠了。來來回回禱告。這麼多年來，我第一次屈服於唐納文的慾望，喝了一點水，想看看能知道什麼——可是我只看到喬利，還有一間小房子，壁爐架上有鞋子和花。完全沒看到你。我讓你躺好，用水壺裡的水沾濕抹布包住你的口鼻，我們兩個就這樣睡了好幾天。

我擔心你可能會氣我不讓你安息——可是那一次我不是做對了嗎？不是嗎？現在我不是又做對了嗎？

我承認，我應該早點留意那種渾身不對勁的感覺。每次我走出帳棚，那個營區的亡命之徒就一直看我。不久就有一名炊事少年問我：「你那匹大馬是不是快死了？」

我說：「他不是馬，他也沒有快死了。」

那個男人是禿子，身上穿的是把之前的夏衣和冬衣縫縫補補、綁在一副惠比特犬的骨架上拼湊成的。「我都聽得到他的喘氣聲了。你不是應該發揮基督徒的精神，分點他的肉給我們吃嗎？我們已經吃了好幾個星期的硬麵餅了。」

但是這件事一發生，我們不就是立刻拔營繼續走，一直走到山腳、踏入遠方的藍色沙漠嗎？晚上還是很辛苦，但白天正如我們所願，晴朗又孤單。我們沿著河邊走。你確實走得又慢又曲折。你死都不肯走出藜木叢，以致於你的皮膚越來越鬆垮，你的駝峰也慢慢傾斜了。一個又一個無眠的夜晚，我躺在那裡數著你的呼吸，擔心一不小心睡著了，醒來發現你成了幽靈。

不過後來我們就熬過去了。我記得，一個色彩紛亂的三月天，我們就近進入一個峽谷，躲避一場雷陣雨。我們順著水流，看到一道修修補補的圍籬，一直深入樹林。柵欄門後有間低矮的紅房子，窗戶冒出了炊煙。一個披著羊毛披肩的白髮女人，正彎著腰，把一桶磨碎的飼料倒在黑白毛紛雜的雞群面前。

她說：「哎呀，真是奇了。」

杜娜．瑪麗亞的廚房雜亂地擺著香草枝、玉米餅、各種小罐子和花。壁爐架上有幾張某個老人的畫像，旁邊放了編織的嬰兒鞋。一直到我們坐下來吃玉米粥，我才敢確定，她是活人。就我所知，死人可能會煮東西，但確定不會吃東西。她燉的粥麻痺了我的雙唇，讓我流了鼻水。老女人吃著吃著，就往後靠，看一眼院子。你和她那隻殺氣騰騰的小豬隔著飼料槽互相打量。

她說：「牠吃起來是什麼味道？」

「不知道。我從來沒想過要吃他。」她的視線一直離不開你，於是我說：「而說想吃吃看的人也都死了。」

「你真是了不起，竟然威脅要殺了跟你分享爐火和晚餐的老女人。」

「別人不威脅我的駱駝，我就不威脅別人。」

她繼續吃粥。爐火繼續劈啪作響。

她說：「原來那就是駱駝啊。」

她上下打量你。隔著廚房窗戶，我看著她把你的大頭往下壓，看了看你的嘴巴，你不情願地咬著牙。她又把耳朵貼在你的肩上，聽你咻咻的吸氣聲。你的氣息吹揚了她的漂亮白髮。她把你拉得越近，你的笑容似乎就越明顯。

因為杜娜・瑪麗亞特別幫你調了藥劑，我就幫她清理小屋，清出一大堆板條箱和報紙，並幫她抓穀倉裡的老鼠。我架了一具搖搖晃晃的梯子，爬上屋頂，你跟她就站在下面看。屋頂板間有一大堆陳年鳥巢，都長了苔蘚。大片的土地上長滿了亂七八糟的蕨類。每天都冒出新的工作來。這些工作給我們換來一方空間和一張床，你還多了每天要敷的深綠色膏藥，還有一碗很臭的秘方，你總是使盡全力不肯喝。

但其實沒那麼糟糕，不是嗎？你確實不再咻咻喘氣了。你大腿骨的肉又長回來了。等到屋後的田地都清理乾淨了，是你拉起了犁，而我笨拙地跟在後面，老女人則大吼著發號司令。

有天晚上，吃過晚餐，她心滿意足地說：「真希望我能把今天下午的畫面拍成照片。你們這一對，真是難得一見。」

「大家會不知道該怎麼想。」聽著她的菸斗規律的啪嗒聲，讓我昏昏欲睡。外面下著冰冷的細雨，你和老婦人的小豬忙著把水坑挖深，舔著圍籬樁想嚐鹹味。春天來了。

她說：「我跟你說，遠方小鎮那邊有個男人，願意花大錢，只要這輩子能再看一次駱駝。」

「我已經受不了這些想看駱駝的人了。依我的經驗，他們真正想看的是駱駝背多重才會被壓垮，或是牠們的內臟位置跟馬有什麼不一樣，不然就是駱駝吃起來是什麼味道。」

「這個男人可不是。」

到了早上，她帶我們走了十二哩路到鎮上去。她騎在一頭小白驢上，一會晃左邊，一會晃右邊，像一艘被強風蹂躪的船。四月的太陽懶洋洋地掛在細長的白雲間。山頭沒照到太陽的這一側還積著厚厚的雪，不過天氣很好，很溫暖。到了村裡，我們發現酒館裡的人都出來廣場曬太陽了，一盤西洋棋局四周圍了一圈椅子。你離開樹林，走上主街，下棋的人一個個坐直了身子。

我們跟著杜娜．瑪麗亞來到村莊盡頭一間小房子前。她跳下驢子，走上步道，扯開嗓子：「菲利普．泰卓，快出來，你一定會嚇一跳！」

門用力甩開。在那一頭花白的頭髮和整齊的小鬍子下的人，是哈吉．阿里。

晚
EVENING
上

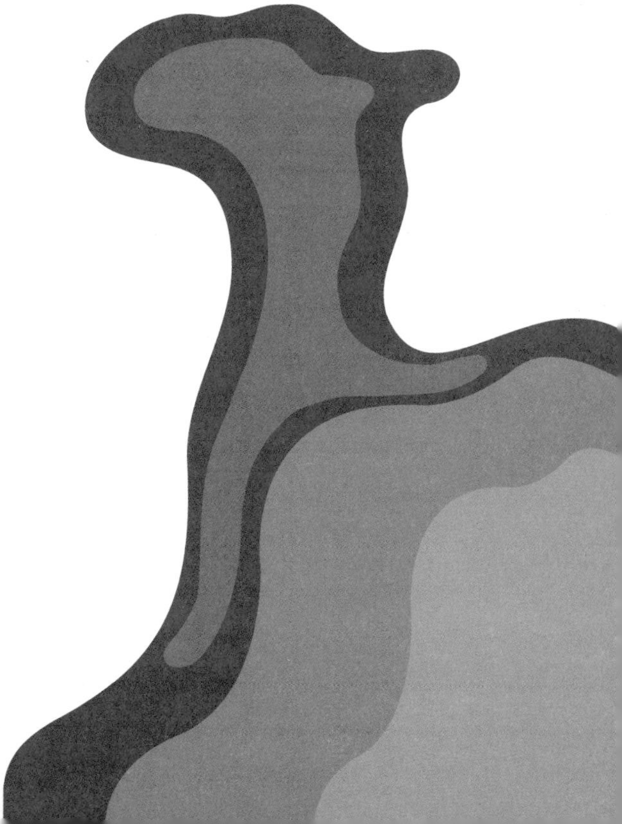

阿馬戈

亞利桑那領地，一八九三年

諾拉說：「那兩個孩子終於回來了。」

天快黑了，蝙蝠出來了，空氣變乾燥，現在路的那一頭有個人騎著馬下來了。他騎在懸崖線上，穿過牧豆樹往屋子這邊來，身後是火紅的太陽。他都已經到了樹林邊，還沒看到第二個人。

艾芙琳說，**是哈蘭**。

嬌西遮著眼睛上方，幾乎同時開口。「那是治安官。」

是他。一個人這麼容易就被認出來，而且不是靠長相也不是靠膚色髮色，而是靠他整個人獨有的姿態，這點真叫人不安。哈蘭．貝爾像獵犬一樣精瘦。他騎馬時胸膛內縮，一隻手以奇怪的角度鬆鬆地握著韁繩。他身體稍微歪斜，減輕右邊的壓力，因為他當年幫克魯克將軍偵察邊境時中了一槍，他總感覺那裡還在痛。

嬌西說：「我猜可能有拉克先生的消息了。」

「你最好去把托比的草藥弄熱。」

諾拉把奶奶塞在廚房一個沒那麼突兀的角落，重新整理了一下自己。她的頭髮亂七八糟，但只能盡量抓順，沒時間做別的了。鏡子裡，奶奶的眼睛隨著諾拉雙手的速度來來回回。

她回到外面時，哈蘭剛好收緊韁繩。他長得並不帥，不過用黛絲瑪的話來說，「看過他之後，你就會活過來了。」他的頭髮稀疏，眉頭高而寬，還有一副更寬的牙齒。諾拉第一次見到他的那個下午，他剛打贏一場拳擊賽，賠上兩顆臼齒。他的臉上挨了一拳，把他前面那排牙齒撞到牙齦後面。他站在那裡，只穿了一條泥濘的褲子，上身是他自己乾掉的血，要人給他一根湯匙。莫斯・萊利拿了一根給他。哈蘭，在大家面前，把湯匙放在牙齒後面，喀擦一聲往前推到原本的位置，讓人想起砍伐倒地的樹木，也讓至少一名觀眾短暫昏厥。儘管不太可能，那幾顆牙齒還是復原了，長得跟原來一樣漂亮。他有一雙深邃靈巧的小眼睛，配上那張削瘦的臉，讓他整個人看起來總顯得有點野。他九月時才突然留的鬍子，讓他的稜角稍微柔和一點。可是鬍子不適合他。

諾拉說：「治安官，你又來了。」

「我那天空手來，你狠狠羞辱了我一番，所以我想我最好盡快來掙回一點面子。」他把韁繩繞過前廊欄杆，再繞回來。

她希望他準備好再被羞辱一次了。「昨天晚上有一塊磚砸破了《前哨報》辦公室的窗戶。結果你來了，既沒提到那件事，也沒打算解決。」

他看起來很嚴肅。「我現在才聽說這件事。」

「我猜你今天早上到現在還沒進過辦公室。」

她原本打算說得隨意一點。他站在那裡，看著她。他說：「我一早就出去忙了，不是徹夜玩樂。」

「你晚上做了什麼，關我什麼事？」

他把兩隻手塞進口袋裡。「羅伯和多倫呢？」

「出去了。」

「很快就回來了嗎？」

「那要看你找他們做什麼。」

現在很明顯了，她並不打算請他進去。他沒有想到會被她擋在門口。這一點令人安心。如果外面有壞消息，他應該會有所準備。

最後他說：「我可能用得上他們想賣掉的那輛兩輪馬車。」

「如果你急著用馬車，怎麼不用我先生那輛？聽說有人在桑切茲牧場附近找到了。」

他還是遲疑了一下。「你從哪裡聽來的？」

「外面。」

「那只是謠言。我去那裡看過了，之後也沒再聽說有什麼新的消息。」她想，要是他能低頭看著靴子，或遲疑，或稍微畏縮一下就好了。那樣她就能確定他有事瞞著她。可是哈蘭總是顯得很真摯，直接看著她，就像現在一樣。「如果你懷疑我，諾拉，明天早上我就再去一次。真的。」

她在無意間耽擱了回應的時機，於是換了話題。「你要兩輪馬車做什麼？」

「我想叫我的副手在上面漆上我的名字，讓馬拉著到處跑，在選舉之前刺激一下還沒決定的選民。」他趁著她大笑的機會，在風衣口袋裡摸索了一下。「我想你應該會喜歡這個。給托比的。」他伸出手來。裡面有個發皺的小眼罩。「我外甥天生鬥雞眼，戴了這個一陣子之後就好了。我知道你說你兒子的眼睛受了傷，跟鬥雞眼不一樣，不過我想反正沒壞處。」

意外的眼淚模糊了他的輪廓。嘴裡有塊肌肉突然縮緊了，她用舌頭去抵著那塊肌肉的接縫。

「虧你想得到。」

「如果你覺得不好，就不需要給他戴。」

她接過眼罩，收進圍裙口袋裡，沿著皮革收邊的縫線摸索。「留下來吃點東西吧。」

哈蘭跟著她進到廚房，站在門口，在混亂而喧鬧的家常裡含糊打招呼：托比正為了眼藥膏發脾氣，藥膏太稀會滲進眼睛，先是太熱後來又太冷；嬌西正把火腿邊切掉，準備奶奶的晚餐，他一進來，就喊：「哈蘭治安官，你又來了！你一直過來，好像我們還需要說服才會投給你似的！」

托比愉快地說：「羅伯說他絕對不會投給哈蘭治安官。」

四周立刻響起噓聲，他縮進座位裡，很快在桌面的凹紋裡發現了值得推敲的東西。諾拉讓哈蘭坐在他對面，於是治安官靜靜地吃起了艾梅納拉的妻子亞瑪達做的甜麵包，一口咬一角。即使他早就知道他爭取中的第三個任期會讓拉克家出現裂痕，他也不會表現出來。托比拿到了他的那一份甜點，心情大好，此刻若有所思。

「大家叫你貝爾治安官那麼久了，再叫回貝爾先生不是很奇怪嗎？」

諾拉說：「你暫時還可以繼續叫他貝爾治安官。」她把一盤火腿和玉米餅推過桌子給他。「把奶奶的晚餐拿去給她。快去。」

他不情願地跺著腳走了，匆匆塞下的最後一口食物讓臉頰鼓起來。

嬌西說：「我認為你還是會繼續當治安官，但是不要留鬍子了。」哈蘭裝出胸腹受傷的樣子。他扭動著身子，直到她的笑聲讓他滿意了。然後他說：「我覺得這鬍子挺適合我的。」

嬌西說：「我有一次讀到，大家喜歡執法人員把鬍子刮乾淨，那樣看起來比較正直。」

「那尊嚴怎麼辦？」

「治安官，這麼稀疏的鬍子，哪談得上什麼尊嚴。」

「會長濃密的。」

「我們來把它刮掉吧。」

他寵溺地看了她好一會，像個早就屈服的爸爸，只是遲遲不答覆而已。他說「好吧，刮就刮吧」時，嬌西立刻跳下椅子。她拿著全套的理髮工具回來，伸長了手繞過哈蘭，把圍兜綁在他的脖子後面，手再收回來，沿著兩邊肩膀到雙臂，拉一拉、順一順圍兜。那鬍子，灰白糾結、參差不齊，還明顯留著哈蘭多次嘗試要修整反而越弄越糟的證據，而嬌西還能一一指出來，詳細地宛如擁有超能力——治安官，你看這裡，你剪太多了，結果長不回來了吧？看到沒？你的髮流都變了。我的天啊，治安官，你不是全都自己來的吧？他當然全是自己來的。嬌西現在站在他後面，皺眉、吐舌，彷彿這份認真的工作確實需要這樣接觸調查，所以她很有理由靠得這麼近，而且還不只是把一隻手，而是兩隻手，都埋在他的頭髮裡。

諾拉說：「你沒別的更有用的事要做嗎？」

「沒有，太太。雞餵好了，泉水房也掃過了。」

諾拉看著那些柔弱粉嫩的手指慢慢地在哈蘭的頭皮上遊蕩。

「你不是說要去摘朴樹果嗎？」

嬌西發出聲音來。「我完全忘了，太太！我會盡快去摘的。」

「現在就是好時機。」

女孩小心翼翼地抬頭。諾拉明白，她刻意停頓了一會，是想凸顯她的這個要求有多嚴重。

諾拉說：「怎樣？」

「可是，太太，天快黑了。」

「那你最好趕快去，不是嗎？」

嬌西放下剪刀。她所有的動作都變得刻意又緩慢，一副要走向絞刑架的樣子，希望最後一刻有人出聲求情。沒有人出面。托比不知道她遇到了困難，正在屋裡的另一個地方講個不停。他不會大聲疾呼來救她。

採摘籃放在水槽下面。嬌西拿了籃子，在後門階梯上把籃子倒過來搖了搖，把卡在底部的幾根樹枝搖掉。她嘀咕不知道晚上的天氣是不是變冷了，該不該換個衣服再出門。

諾拉說：「你最好帶件披肩。照你這種速度，等你走到那邊，已經冬天了，到時我們等到的就是你凍僵的身體，而不是漿果了。」

嬌西的帽子慢慢晃動。通常被她隨意甩在身後的緞帶，此刻在她的下巴下被費力地打了一個、再一個結。她看起來好像要去月光下野餐，但是諾拉這麼說時，她並沒有笑。帶著受傷的眼神朝廚房看了最後一眼後，嬌西出門了。

哈蘭坐在那裡盯著自己的鞋尖看，膝蓋露在毯子充當的圍兜外面。嬌西的離去在屋裡留下淡淡的悲傷，破壞了一切。連那些壯麗的淡紫色雲朵都不能扭轉氣氛。

哈蘭說：「她是好女孩。」

「幸好是這樣，不然你會很難在她身上找到造物主花的心思。」

他寬容地笑了笑。「她夠乖巧了。」

「我想我不該對她那麼兇。」

艾默特不止一次用了「殘酷」這個詞。不過哈蘭只是動了動圍兜下的肩膀。「如果她沒那麼想討好你，就不會把你要求的每件事情看得這麼嚴重。不過我們不是都這樣嗎？因為沒能給最重要的人留下好印象，而學會做自己。」

屋外，傍晚的露水讓青草的味道散發出來了。嬌西的黑影才剛過了圍欄，現在置身在臺地其他的陰影中，快速移動了起來。突然，一種莫名的沉重感壓在諾拉的胸口，暫時取代了廚房裡只剩她和哈蘭的意識。艾芙琳的聲音從某處冒出來，說：**叫她回來**。

可是現在嬌西已經走到山脊了，就那麼一瞬間，她只是個有稜有角的輪廓——帽子、脖子、肩膀、腰、鐘形裙——然後就往下消失在山徑上了。

＊

哈蘭說：「這樣我要怎麼辦？坐在這裡，任人擺布，結果沒人可以幫我刮鬍子？」

「這件事我恐怕幫不上忙。」

哈蘭重新安頓好自己，然後看著窗外。「希望那孩子認得路，不然佩登．蘭德斯的事又要重演了。」

諾拉好多年沒想到佩登．蘭德斯了——不過，也許，想到她和哈蘭初相識時的事，她常會迂迴地想起佩登喪命的那件事，只是她的回憶中並沒有佩登。佩登是個形容枯槁的採礦人，卡羅來納人，脾氣暴躁，在阿馬戈外的河邊擁有一小塊地。他總是很煩躁，看什麼都不順眼：天氣太熱、天氣不好、找不到黃金；人太多、有水準的人太少；鄰居人不好，習性也不好；阿馬戈這地方太內陸了，他覺得鐵路永遠不會架設到這裡來——果真如此，那到這麼一個神都遺棄的地方來開墾，意義何在呢？

艾默特說：「那些都是大難題，可是去他的，我們其他人不都是都努力在生活，沒有一天到晚把那些問題掛在嘴上嗎？」

有天晚上，那時他們都還睡在篷車裡，在黑暗中一一唱名，結果佩登沒有回應。他們叫了他好一會。停下來等著，再繼續叫。幾個膽子比較大的少年去妓女的帳棚裡查看，但是也沒找到佩登的人影。挪得出來的人手都加入了搜索的行列。其中有五個女人：黛絲瑪．魯易茲，很不高興要為了這麼渣的人忍受這樣東奔西跑；艾梅納拉的亞瑪達，當年比較瘦，曬得很黑，找起人來跟她做其他事情一樣有條有理；兩名妓女，本來很興奮可以做點跟平常不一樣的事，但越找就越覺得沒意思了；還有就是諾拉。某個舉著火把的主事者，在配對時，把她跟哈蘭．貝爾分在一組。她跟他不熟，只知道他是驛遞員，曾在克魯克將軍底下當偵察兵，多半時候都獨來獨往。那天上午他才贏了一場拳擊賽。

一群大約二十餘人，分頭走進夜色裡。她看著其他人火把上的火球一路晃蕩，走了半哩路，逐漸遠去。哈蘭帶她爬上平頂山，進入雪松林。他們一路摸索前進，呼喊佩登的名字，叫到嗓子都啞了，最後在一處小小的林間空地休息。諾拉當下有點失控，雙手壓在眼睛上。她不經大腦地說：「啊，佩登，你長得豬頭豬腦的，卻比豬還笨。」

哈蘭爆開大笑，讓她大為意外。她想起他那天飽受太陽摧殘的樣子，在比賽中流了血，隨手用襯衫擦掉，肩膀上有塊瘀青已經腫起了。想到這裡，她忍不住幾乎笑開了嘴。

到了早上，另一組搜索隊發現佩登的狗在某個溪谷的入口吠叫，幾個身手矯健的人爬上去，確認了他們已經知道的事：他就在下面，摔得面目全非。

葬禮過後，哈蘭刻意來找她，說：「我只是想跟你說，那天晚上大笑或是說實話，都不是什麼罪惡的事，就算是跟死去的人有關。」她心動了一下，給他挪了一個隱密而無懈可擊的位置，而他到現在還在那裡。

此刻她說：「可憐的佩登，我們送他上路已經是好久以前的事了。」

哈蘭說：「那兩個孩子還是沒消息。」

「還沒。」

「我想可能還是要麻煩你帶我去看那輛兩輪馬車了。」

他們走進微寒的夜色中。她發現她不需要提燈來照路。哈蘭在後面悉悉簌簌跟著她走。她感覺四面八方都被束住了，動作都彆扭起來。她心裡想的是：她身上那件襯衫沒洗，而且很薄，還有她的靴子很重。她想換個更好的姿勢，就把雙手插進口袋裡，可是這讓她顯得有點沒精神，於是她又把手拿出來，垂在身側擺動。她不該穿長褲的。褲子的接縫，一整天都壓迫著她最引人注目的部位，此刻感覺就像綁著香腸的繩子。她心想，至少，天色很黑。

平地走超過一半時，哈蘭停下來，回頭看著那房子發亮的窗戶。她喊他的名字時，他沒動。他說，他確定聽到那兩個男孩子的聲音了，是從樓上傳出來的。她堅持說不可能，但他沒回答。他繼續站在那裡，抬頭看著屋簷，托比的小身影在窗簾後移動，最後她說：「哈蘭，這裡只有我們。」

聽到這句話，他轉過頭來。

到了穀倉，他真的去看了那輛兩輪馬車。那是輛早已支離破碎的舊車，前一個夏天底盤終於壞了，這次是真的沒救了。好幾個月來，拉克兄弟考慮要再把它修理好，不過後來決定——或許不是討論出的結果，而是時間的功勞——他們應該把還堪用的零件賣給買不起新零件的人。哈蘭並不符合這個條件。

諾拉說：「我無法想像你搭著一輛這麼老舊的車，在鎮上來來去去，一路鏗鏗鏘鏘。你不是想要大家信任你嗎？我以為你的執法精神注定終將讓我們夠體面，有資格成為聯邦州。」

「那我可不知道——我是說體面這件事，而不是成為聯邦州的事。」他跪在馬車旁，抬頭對她笑，露出那副不可思議的牙齒。「我是從密蘇里來的；我很清楚聯邦州的事。」

裝備需要修理一下，不過他可以調整車軸、磨光，再上一層新漆。哈蘭站起來，在大腿上擦了擦手。「他們想賣多少？」

她說：「我不知道。你覺得值多少？」

哈蘭爬上馬車後座，將全身的重量從一隻腳移到另一隻腳，感受一下。諾拉說：「你看起來好像在演一段玲玲馬戲團的表演」。這句話只讓他更賣力演起誇張的默劇。他向她伸出手，她爬上去坐在他旁邊，他們跳了幾下，可憐的馬車發出吱嘎聲，搖晃不已，最後底盤一根插銷彈了出來。

他們一起上下彈跳，像闖了禍的小孩。這下子馬車的價值又明顯打折了。

哈蘭說：「我估計值三塊錢吧。你覺得合理嗎？」

「三塊錢？」她有一點喘。「你還得花那麼多心力修理它呢？」

「你應該站在兩個兒子那邊才對。你應該跟我說：三塊錢？哈蘭．貝爾，我告訴你。」

「我不會那樣講話，你知道的。好像才剛從阿拉巴馬來一樣。」

他繼續說：「哈蘭．貝爾，我告訴你，你要知道，做出這輛馬車的是羅伯．凱德．拉克——他長大後蟬聯了三年卡特郡牛仔競技的冠軍——而且那年他還只有兩歲。你要知道，在多倫．麥可．拉克成為夏安的大法官之前，他們兩兄弟常用這輛車拉著彼此到處跑。三塊錢，哈蘭．貝爾，你想得美唷。」

「我想你說的對。也許看到他們的媽媽成為狡猾的生意人，能消除一點他們對我的怨言。」他耐心地等著她的笑聲停歇。「所有的男孩子都對媽媽有怨言。」

她說：「也是。」

「諾拉。他們到底去哪裡了？」

「我不知道。我頂多只能猜，他們去普雷斯科特了。」

他跳下車，站在她旁邊。他想專心聽對方說話時，就會點菸斗，這是一種無意識的習慣。

「去普雷斯科特有什麼事？」

「他們去問法警艾默特遲遲未歸的事。」

「有聽到什麼消息嗎？」

「沒有。可是他們不相信你仔細找過他的馬車了。」

他放下菸斗，伸出手來。「我沒騙你們，我真的仔細找過了。我向你發過誓，我可以再次發誓。」

「我知道。他們太年輕了。他們認為我無條件地接受你跟我講的話，所以他們怪我太愚蠢。

結果，現在他們連門都撞破了。」

「原來是這樣。我覺得不該問太多，所以沒問。」

她說：「是多倫打破的。你相信嗎？」

哈蘭站在那裡，絲絨般的煙霧在他的臉上圍繞。「嗯，乾旱時期會以很奇特的方式考驗人。況且因為這次選舉，全郡的人好像都不太正常了。」

他環顧穀倉，接著爬上閣樓，消失了身影。在黑暗中，她可以聽到他在上面挪動東西的聲音：現在是木頭摩擦木頭的聲音，鉸鏈吱嘎的聲音，某個蓋子打開了。她想不到他能找到什麼。結果有一支很舊的滑膛槍炮，還有兩支科爾特手槍。艾默特儲藏的應急軍火。哈蘭正把那些槍一支支拿起來，翻來覆去地看。

她說：「你在找什麼？」

「沒有在找什麼，只是看一下。」

「好，那你為什麼要看一下？」

「看有沒有什麼疏漏。我不是有責任要在艾默特回來之前，確保你和家人的安全嗎？」

「他**會**回來的。」她並沒有想要把這句話當成問句，但哈蘭已經點頭了。「你沒在那邊找到兩輪馬車的痕跡？也沒發現他已經出事的跡象？」

「沒有，女士。」

「如果有，你來這裡就太卑鄙了。」

「我知道。」他轉個身，把穿著靴子的腳懸在閣樓邊，坐在那裡，低頭耐心地看著她。他們已經講過這件事了。他只是在等她把想說的話說完，然後就可以再說一次他的重點：任何人，任何時候，都會因為很普通的理由耽擱了行程。艾默特會回家來的。

他說：「記得在電報通了之前，我們等消息要等多久嗎？諾拉，我們太快忘記了：今日習以為常的便利，是昨日的魔法。」

沒錯。她還清楚記得二十年前分隔兩地的痛苦。你難免會有一種感覺，一轉身可能就再無相見之日——留下來的人，可能晚上就死了，而他們摯愛的人在路上，幾天，幾個星期，甚至幾個月，相信他們不在時，生活會如常繼續，而其實留下來的只剩空無了。光想到以前那種茫然無所知的夜晚，她的心就揪緊了一些。不過後來電報通了。現在，不管是最熱切的希望，還是最揪心的恐懼，都可能在幾分鐘之內確認。像以前一樣惶惶不安的生活，即使是只有一天，甚至只有一個鐘頭，如今她覺得都不可能辦到。

去年沃瑟旅館安裝了艾什瑞弗第一個電話機的送話器，還有一條線接到克雷斯牧場，她和哈蘭就站在一起親眼目睹了。旅館老闆，華頓．皮克尼，為了這個場合繫上新的紫色領結。他的領口圍了一圈汗。到了中午，整條街滿滿都是從三個郡趕來的人潮，只有五十個人神通廣大擠進了旅館。而那五十個人裡，還有運氣更好的，像是羅伯和多倫，還站在箱子上，高人一等。托比還小，可以跨坐在艾默特肩上。多年前各自向電報公司爭取阿馬戈合約未果的莫斯．萊利和華特．史提爾曼，泡在汗水淋漓的人體間，怨念更加深重了。在大廳另一頭，諾拉和哈蘭幾乎嚴絲合縫擠在一起，治安官只能拿下帽子，免得帽子碰到了她。哈蘭身上有一股菸草味，她往他那邊斜靠過去，讓那股味道壓過人群混雜的濃烈味道。那麼多人擠在十二呎見方的空間裡，華頓．皮克尼穿著背心、戴著領結，像走鋼索的人般直挺挺地走向安置在新桌子上的機器，一切準備就緒。他坐定，把手放在桌子上。接著他戴上半月型眼鏡，轉向電話機，把聽筒拿到耳邊。他清了清喉嚨。「午安，克雷斯先生。以下是我想說的話：**我必須用卑賤的舌頭對著我高貴的心說出難堪的謊言麼？**」[18]木蠅聚在層架上，爬抓著甜甜的糖果罐口。這時聽筒喳喳幾聲，有了生氣，神奇地傳來了梅瑞恩．克雷斯粗中帶柔的聲音，聽起來很遙遠，有點破碎，但確實是他們認得的那個人的聲音。他們還可以想像他在數哩外對著類似的裝置俯身的模樣。「華頓？拜託，這不是電報——簡單一句『你好』就可以了。」

「喔——你好，梅瑞恩．克雷斯先生！」

「做得好，華頓。」

可憐的華頓．皮克尼。後來，多喝了幾杯之後，他會對艾默特承認，他花了大半個星期的時間，挑中了這句出師不利的第一句話。不過沒人在意他丟了臉；對那個空間裡屏息以待的眾人來說，一切都非常神奇。

後來是必不可少的穀倉舞會，一整個晚上靴子裙襬踢動飛舞，時間越久氣味越渾濁，最後諾

18 出自《科利奧蘭納斯》，莎士比亞著，梁實秋譯。

拉再也受不了了。哈蘭找到在外面透氣的她。鎮外的山上四處閃著礦工的橘色燈火，他們工作的規律聲響傳下來，打破了小提琴的樂音和紛亂的腳步聲。

她說：「我有一種很奇怪的感覺。」

「很適合奇怪的時期。」哈蘭站得很近，舉起菸斗。「十年前，看不見的閃光在空中穿梭，震撼了我們。文字能夠以不可思議的速度旅行，人只要在這個國家的一個角落寫下一句話，它就可以出現在兩千哩外，幾乎跟思考的速度一樣快。」真是不可思議。哈蘭花了好多年的時間，看著那些堅持不懈的工作人員豎立電線桿。木頭與電線，突然之間，整個人類的思想視野都改變了。這讓他想知道接下來還會有什麼改變。還會有什麼可能。「現在，果然。」他指著後面的商舖。「人類的聲音。」

諾拉想著他說的話。報紙幾乎沒有一天不吹捧某個驚人的發現，不是顛覆了大家對真實的認知，就是讓生活更加便利。各式各樣的奇蹟：高聳的建築，只能靠電動運輸設備達到頂樓；圖像可以原樣搬到金屬上。眼花繚亂的教育成果，正從大西洋岸的學術殿堂，慢慢移向內陸，介紹最新的科學進步：嘆為觀止的解剖學，以及自動化的奇蹟。這種種成果放在一起，更是拉近了各種事物的距離，將朦朧的曙光照得更加明亮，而在那曙光之外，有一個更加真實的新世界。

另一方面是嬌西，不理會艾默特的種種疑問，堅信幽靈還留在生前生活的同一個地球上，可以用書寫或敲打的方式讓他們現身。她相信他們會為了安撫人類的脆弱和輕率，從天上的住所接受召喚而來。在死後還來聽人類懺悔，參與嘩眾取寵的把戲。真是荒謬且褻瀆的想法。

可是從艾什瑞弗回去那一整天的路程上，諾拉都很安靜。她忍不住一直想到哈蘭的話。如果電磁波可以在空中飛來飛去；如果脛骨有她整個人那麼長的巨無霸曾經出沒在遠古的海洋裡；如果世界被大量小到肉眼看不見卻能癱瘓整個城市的生物侵襲——那麼，不管嬌西的說法多麼驚世駭俗、荒謬至極，是不是也可能是真的？有沒有可能死者真的跟生者一起住在這個世界上：歡笑、成長茁壯，忙著處理死後的各種俗事，而我們之所以看不見，只是因為還沒有人發明看到他們的方法？

回到家時，她感覺她的命運已經確定了。嬌西坐在廚房裡，粗魯地給夏天最後一批玉米去殼。

「你要喝點什麼嗎？」

「太太？」

「威士忌？」

她看著嬌西艱難地試著喝了幾口。需要有點力量，才能不畏縮地喝下威士忌——不管她現在願意如何降低自己的人格，她都不能忘記這一點。

她說：「嬌西，你是怎麼把遠處的幽靈招來的？」

「太太？」

她說：「就是克雷斯先生請你召喚芬特．寇爾森那次。記得嗎？」

女孩記得。「可是他一直沒回應。」

「你會從哪裡把他叫來？他不可能死在附近。」

嬌西的眼神失了焦，陷入長長的沉思中。「我不確定他們是從哪裡來的，拉克太太。我呼喚他們，然後看他們有沒有回應。」

「如果你在他們死掉的地方呼喚，他們會更有可能回應嗎？」

「有時候會。」

「那你在他們住過的地方呼喚，他們會更有可能回應嗎？」她看得出來，女孩沒聽懂。其實諾拉自己也不是太明白。她再試一次。「舉個例來說，在死者的家裡招魂，是不是更容易成功？」

「當然。呃，也不是每次都成功。」嬌西皺起眉頭。「我希望你可以不要繞圈子，直接問你想問的事，太太——我覺得我好像回答錯了，而且如果我覺得你在生氣，我會一直很緊張。」

有一瞬間，諾拉想放棄了。可是女孩抬眼的表情裡，有一種急切、近乎懇求的味道。而且她已經一腳踏進泥沼裡了。「我在想——嬌西，幽靈是會移動，還是固定在一個地方？」她想說什麼？「如果某個幽靈在附近——例如，就在一間房子裡。那麼它會一直固定待在那間房子裡，還是可以離開？」

「當然可以讓它離開。」

「那可以讓它**跟著走**嗎？」她更進一步。「假設有一家人搬家了——那幽靈會跟他們一起搬走嗎？」

嬌西恍然大悟。「那要看那個幽靈。」

過了一會，她把諾拉過久的沉默當作談話結束的證據。她開始用手指挑玉米絲，加入桌巾上已經堆得老高的那堆玉米絲，宛如稻草人分崩離析的假髮。

「你知道我有過一個女兒。」

嬌西說：「我知道，她是熱死的。」

「我是想知道——她在這裡嗎？」

她們關上廚房門，把燈都滅了，只留下桌子中央的蠟燭。屋內所有的陰影都無力地從四面八方退去，地上一片漆黑，諾拉連自己的腳都看不到。一切都籠罩在隨意掩蓋的黑暗中。嬌西給了她禮遇，不用戴通常需要的頭巾和手鐲。乩板放在她面前，她坐好，閉上眼睛。寂靜越來越明顯，最後似乎也在她們身旁就座。嬌西問艾芙琳．艾碧蓋兒．拉克是否在場，能不能聽到她說的話？久久都沒有回應。這時有什麼東西輕敲了一下窗戶。諾拉沒辦法轉頭去看。艾芙琳很可能就在那裡，跟這些年來諾拉想像的樣子一模一樣——或者完全不一樣。

嬌西對著黑暗再次呼喚，輕敲聲再度響起。她請艾芙琳的靈魂現身。諾拉明白，也許這是讓她想像的東西毫不改變、繼續存在的最後機會了。她目前對艾芙琳的瞭解，難道還不夠嗎？如果附在嬌西身上、張開眼睛第一次看到母親的鬼魂，跟這些年來始終陪在諾拉身邊的那個靈魂——不管是真的還是想像的——不一樣，那怎麼辦？

但已經來不及了。嬌西全身僵硬、眼神遙遠。她手上的鉛筆開始胡亂畫大圓圈。

她說：「你的女兒來了。她覺得你在她的洗禮上幫她挑的那件洋裝很漂亮。」

諾拉想不起來那件洋裝的樣子。她靠過去看，可是在黑暗中，那些線條一點也不像文字。

嬌西繼續。艾芙琳有很多改善居家環境的意見——大部分意見都很可行，畢竟她已經學會在其中行動自如了。要學會活人世界的新動線可不容易。

諾拉沒說話。她想像中的艾芙琳——高個子，性子活潑，跟諾拉的母親一樣——也一直不喜歡這間屋子的新格局。她覺得前廊太小了。她不懂，當初現有的房子不夠住時，他們為什麼不乾脆蓋一間新房子，而是先從旁邊、然後又往上擴建。她清楚意識到，他們沒有給她留一個房間——嬌西突然默契十足，剛好說起這件事：「她很高興知道自己大到可以結婚了——不然她要睡哪裡？」

窗戶又發出聲響。諾拉轉頭去看。外面，月亮清楚地露在低垂的雲層外，黑暗匆匆掩蓋銀灰色的大地。

「還有呢？」

喔，艾芙琳很高興艾默特不再叫她「小鳥兒」了。她很小的時候，他總是這麼叫她，她就會不高興。可是現在，偶爾幾次提到她時，他叫她「艾芙琳」，她認為這算是很大的進步了。她可以感覺，那幾次他想到她時，想的是真正的她，而不是原本的她，這一點讓她很高興。

嬌西說：「她全都放下了。」

諾拉點點頭，這樣就不必講話了。

嬌西說：「還有那些印第安人。就是來這裡，害你躲到田裡去、讓她死在那裡的那些印第安人。她也原諒他們了。」

女孩繼續說，可是後面的諾拉都沒聽到了。燭火晃動。過了一會，她舉起一隻手。「夠了，可以了。」上樓時，她把燈吹熄了。

如果有一件事情，艾芙琳——真正的艾芙琳——一定知道，那就是她自己是怎麼死的。她想像中的艾芙琳知道；她很少提起，但講到那件事時，都很坦率。別把印第安人扯進來，她很清楚事實。

這個嬌西招來的幽靈——不管它是何方神聖——不知道。

另一個知道真相的人是哈蘭。

而此刻，他站在那裡，股關節前傾，用那種既嚴厲又溫柔的熟悉眼神看著她。「所以那兩個孩子認為有人殺了艾默特？」

「而且跟桑切茲兄弟有關。」

「他們怎麼會這麼想？」

「我不知道。」

她坐在馬車上。「我想，幾天沒消息，對他們來說就很久了。好笑吧？他們太小了，不記得他們的父親經常一走就是整整兩個月，無消無息。我會前一天擔心得要命，後一天又氣得要命。所以到了第七週或第八週，你騎馬過來，帶了一封信，來自丹佛、夏安或任何他當時所在的城市，我連看都不想看。記得嗎？我們吃晚餐時，信就一直放在桌子上。」

她突然想起某個這樣的晚上，她坐在哈蘭對面。記憶中的他，看起來就跟現在一模一樣——鬍子以及其他種種——而這是不可能的。可是她可以看到當時的盤子，藍色花邊，他的食物壁壘分明放在盤子上。豆子在這邊，馬鈴薯在那邊，肉安分地待在自己的位置，一丁點醬汁都沒越界。當時她毫不留情地取笑他，而此刻想到這件事，她覺得很不好意思，於是脫口而出她唯一想到的一句話。

「那鬍子真的讓你看起來很邋遢，哈蘭，一點也不適合你。」

＊

她去多倫的房間拿來牛油塊。哈蘭一動也不動地坐著，低頭看著自己的手，在此同時她給他的臉抹油，磨幾下刀。通常，她喜歡從前面開始；不過站在椅子後面，讓她能夠毫無阻礙地看到窗外，她可以看到路上有沒有人來，或是誰回來了——嬌西，或是兩個男孩子，或者最糟的情況，艾默特，他看到這個畫面一定會過度反應。她首先刮掉他顴骨上的油。她太久沒練手了。

哈蘭緊張地笑著，含糊地說：「老天，我實在不太確定。你好像有點抖。」

「只是因為你在講話。」

「我講話，是因為我應該有十年沒用乾牛油刮鬍子了，我覺得我的皮膚可能受不了，它沒以前那麼有彈性了，諾拉。」

「那就不刮了吧。」

他說：「不，刮吧。請繼續。」

她還如此熟悉他的臉形，真是令人欣慰。為什麼這一點會讓她覺得意外呢？人的樣貌不是跟地形一樣可以記憶嗎？她不是幫他刮過上百次鬍子了嗎？那時，晚餐過後，他們會一起來到火爐邊，兩人之間幾乎密不可分，只剩下刀片疾刮，還有三不五時濕濕的刀鋒劃過錫碗邊緣的聲音。她總是以同樣的順序進行：先刮唇部，接著是下巴，再來小心地移到臉頰兩側和脖子，這樣一來，最後完工時，他整個頭的重量都會壓在她的肩上。剛開始幾次，她的手抖得厲害，甚至把他割傷了——一次割到下巴，還有一次是耳朵下面，傷口挺寬的。任何人都不該輕忽這個徵兆：割喉這麼不吉利的事，能避多遠就避多遠。但事實證明，他甘之如飴。

「趁著還有機會，多劃我幾次吧。」說著，他看了看沾了血的毛巾。「做我這一行，難得有這麼明顯的傷口卻不會危害到生命。」

這件事是很多年前開始的——五年，她一直這麼跟自己說，說了那麼久，現在已經快十年了。在費迪·科斯蒂奇之前，當時阿馬戈完全沒有郵政業務——只靠哈蘭到鎮上唯一的貨運行去，偶爾給他們送信來。一連好幾個豐年，他在德州各地追捕家畜賊，讓他在當地的牧人間建立了好名聲，他們可以仰賴他積極查案，一查就是兩、三個月。不忙時，他就在阿馬戈的礦區過冬。不過後來，成為副手協助追捕法克斯保那幫人之後，他想也許他應該定居下來，預防萬一他想試試參選公職。他申請了一塊土地——地勢崎嶇，石頭多，連雷·魯易茲都沒能找到水——跟拉克家隔著一塊別人的地。艾默特離家時，他就會過來看看。

哈蘭會在下午過來，帶著郵件、雜貨，以及鎮上的八卦。一、兩件家務事就會讓他留到晚餐時間，這一點是羅伯和多倫最討厭的——當時八歲和七歲的他們，認為家裡沒有他們不會做的事，而哈蘭總愛多此一舉地給他們糟糕的建議。哈蘭並沒有被他們的敵意嚇跑，這讓諾拉很高興。夏夜時，他會跟著她和孩子們到河邊去。他們把簡陋的釣魚線丟進溫暖的泥水裡，聽他講起當年遊歷各地的故事，不由自主地陶醉其中。他參與建造了兩百哩的鐵路。他跟蘇族一起生活了四年。雖然他自認為槍法不怎麼樣，但他在槍戰中支援過佩吉・斯塔和阿曼・革列斯比，還活下來講這件事。

「有哪個地方對你發了通緝令嗎？」羅伯有一次這麼問，讓諾拉嚇了一大跳。

哈蘭毫不遲疑地說：「有的。」

「哪裡？」

「牛頭市。」

「為什麼？你殺了人？」

「我一直聽人說，離開牛頭市而身上沒有通緝令的人，跟魔鬼是一夥的——因此我認為我的通緝令算是榮譽徽章。」

後來，諾拉要他說清楚一點時——她突然想到，如果她不允許別人在兒子面前講到通緝令和槍戰，那她就應該徹底瞭解情況；是不是有個女人，例如老婆或未婚妻，而哈蘭一直沒提起？——他就說了。他站在執法者的位置上——有時是副手，有時是牧場偵探，偶爾僅僅是旁觀者——一向支持最底層的人。不用說，他追捕的人劫掠的對象，不限於牛羊或財物。他也會擔心自己會不會偶爾伸張正義過了頭，不過一張又一張對他發出的逮捕令被撤回，讓他問心無愧。他說，後來，新墨西哥有個女人失蹤了。她有兩個女兒。他抓到的那個人還是個孩子，而且也不是她們那個案子的主謀，這些哈蘭都不管。可是法官不認同。對哈蘭發出的四張逮捕令，只有這張還有效——對此，他覺得理所當然。他並不後悔自己的所作所為。

他讓她想起她印象中的夏安男人。他們堅守自己的一套律法，光是他們的存在，往往就能嚇阻不法之徒。她毫不懷疑，哈蘭期望成為卡特郡治安官的志向終會開花結果。但是並沒有。阿馬戈——落後的窮鄉僻壤，住了一群心胸狹隘的小氣鬼和潑婦——懷疑選個衝動的年輕單身漢、無牽無掛，對這個地方沒有任何好處。他擔心可能是別的原因，但一段時間之後，她就說服他了。

她說：「如果你結了婚，情況就不一樣了。」

他說：「我知道。」然後他第一次親吻了她的手。

她開始注意到，哈蘭拿來的信，有時兩、三週前就該寄到了。她發現，他是留著那些信，好在她沒有收到郵件的期間，有藉口過來。黛絲瑪說：「真可笑。」但她似乎並不真的覺得好笑。諾拉想過要跟他說，不必刻意找藉口。鄰居互相串門子，根本不需要理由。她幾乎可以確定在《聖經》裡看過這方面的經文。但是她什麼也沒說，因為把這種奇怪而脆弱的事情——讓他一直讚美她不怎麼樣的廚藝，因她偶爾尖牙利嘴表示的幽默而笑，甚至不時碰碰她的手指——挑明了，可能就破壞它了。

況且，她很清楚自己在其中如何推波助瀾。她並沒有幫其他鄰居刮鬍子的習慣。他們說的笑話不好笑時，她不會笑，也不會認為他們幾乎不識字反而很有魅力。她也不會一直數著時間期待他們的到來；更不會讓他們留到爐火前直到過了午夜，好讓他們告訴她為無能的准將進行偵察工作的往事。如果他們碰巧捏了捏她的手，她不會為此激動好幾天。如果她帶他們進去她的房間修理卡住的窗戶，她不會像個膽小的菜鳥一樣在門口躊躇，感覺身體莫名其妙發熱，忍不住一直去碰自己的臉。

所以，不需要說的話，她都沒說。欣喜若狂、難以忍受——這場啞劇持續了很多年。

即使如此，她還是認為這段時間很幸福。一切都感覺輕鬆了一點，彷彿人生正慢慢往好的方向修正。她心裡的艾芙琳九歲左右，在她耳邊講個不停，偶爾甚至稱讚她掌握牧場生活的訣竅了。艾默特的報紙辦得很有起色，還覺得他們很有機會清償山迪・佛瑞德留下的龐大債務。沒有其他記者來訪——她覺得那些人很討厭，老是計畫著怎麼把事情說得更轟動、更惡劣或更悽慘。

當然，不是只有開心的事。如果看著艾默特離開讓她痛苦，跟哈蘭在一起幾個星期後，面對他的歸來，讓她更痛苦。她會充滿恐懼、食慾不振、每件事情都要爭執到底。艾默特相信，她會這樣，都是因為他離家太久了，因此以驚人的耐心容忍她的無理取鬧。

他最接近責備她的一次，是他將回家來比喻為進入蛇窩——即使是那一次，他也把抱怨轉為自嘲。他踮著腳走向她，說：「我每一步都得踏得很小心。」

她笑了，可是又有一股衝動想說：「你用半個肺呼吸試試看。」

因為那就是她的感覺，從可能成真的舒適習慣中被撕扯開來，那股力道讓她和哈蘭似乎離懸崖越來越近。哈蘭隨時都可能採取行動、改變一切。這一點希望，讓她撐了下去——熬過艾芙琳的死，熬過教養叛逆的兒子，即使知道她可能會一直困在這裡，直到艾默特的成敗有了定論，而那可能是今天，可能是下個星期，也可能是二十年後，屆時她已經青春散盡、垂垂老矣。

但人沒有某樣東西，久了就會習慣了。賭徒如此，她也必須如此。整整六個星期，或六個月，有時是一整年，在這段期間，她唯一喘息的機會，可能是在某個吵雜的聚會上，人太多了，把她和哈蘭擠到了安靜而令人激動的角落，進行一場數個月前被打斷的談話，然而兩人似乎都還記得講到哪裡了。每一次的相會她都記得清清楚楚，隨著季節交替、歲月流逝，生活中充滿了來來去去，那些畫面也不時浮現她眼前。

然後是一八八九年的冬天——那是個令人膽寒的冬天，暴雨成災，爆發土石流，淹沒了各家牧場，也吞噬了還想在耗竭的峽谷裡挖出殘餘礦片的可憐人。災情太慘重了，讓她懷疑聖經裡是不是早就預示了整件事。她心想，只要她能撐過去，屆時哈蘭就會結束最近一份工作從德州回來，而艾默特會前往丹佛參加記者年會。

然而，三月過了一半，哈蘭帶著一個女人回來了。鎮上很快言之鑿鑿，說她是哈蘭．貝爾的太太。關於她的流言一波接著一波：她是南方聯邦的保王派；她是某個亡命之徒的寡婦，哈蘭是迫不得已娶她的；她是黑木伐木公司的女繼承人。諾拉一個也不相信。只要看那個女人一眼，就什麼都瞭解了：她確實是纖瘦、金髮、骨架嬌小，可是再多的東岸教養也沒辦法掩蓋她那寬大粗鄙的額頭，還有那結實的下顎，就算你以為她一天啃四大片生皮也不為過。她發的子音像石頭一樣下墜，容不得懷疑，她的祖先一定是羅馬人。看來哈蘭是在德州認識她，陷入熱戀，在法官面前娶了她，一直保密著，直到她乘著黑色小馬車，跟在他後面進了鎮，在苦根旅社的入住名簿上簽下艾瑪．康尼格．貝爾這個名字。

接下來幾個星期，她的貼身侍女，莎拉．萊特，陸續證實了關於她的幾件事。莎拉．萊特是個有點冷的女孩子，可是下了班、喝了一、兩杯威士忌之後，什麼話都說，跟白天的沉默寡言成了鮮明的對比。艾瑪．康尼格．貝爾太太是明尼蘇達人，來此之前住在德州。相較於她認識哈蘭先生的那個礦區，她稍微多喜歡這裡一點點。她有一件衣服的縫邊裡，縫了一顆跟你的頭一樣大的寶石。她一天喝兩次甜菜藥酒。她一直想要嫁個想往執法界發展的正直男人，不過她會一直住在苦根旅社，直到她的新婚丈夫把他的家整理到適合她這樣的女子入住。

對於什麼樣的女人喜歡住在旅館，而不是自己親手打理的家，鎮上的女人很有想法。諾拉原本以為自己沒有這麼愛議人是非，可是她心裡有個地方變脆弱了。這麼久以來，一直沒有把她和哈蘭之間的那點事挑明了——現在看來，已成了過眼雲煙——事情過了，她也說不上來自己是什麼感覺。沒辦法說清楚，就沒辦法連根拔起。

晚上吃飯時，她舉起湯匙，逼自己把那一點點東西吃進去。她一次又一次從模糊的夢中醒來，以為家裡遭搶劫了。

等哈蘭再度來到她家，已經過了一年。她記得很清楚（並沒有那麼重要，但她就是記得）：十一月到三月，哈蘭在德州陷入熱戀時，她心情愉快，以為一切都很好；接著三月到五月熱鬧的春季慶典，她第一次握到了艾瑪．康尼格．貝爾太太那雙柔滑、輕盈的手；五月到八月，當然是度日如年；最後是八月到十一月，這曾經是屬於他們的季節——諾拉肚子裡懷了托比，四個月了。艾默特去了丹佛。新科貝爾太太到明尼蘇達去探望親戚了。

諾拉站在前廊，心平氣和地——她相信如此——跟哈蘭講話，同時努力打量婚姻生活是否給他帶來明顯的改變。他看起來有一點疲憊。當然了，笨到跟德國人結婚的人都會這樣。他的削瘦明顯說明了那個女人的廚藝，或者說毫無廚藝，畢竟在苦根旅社那種通風不良、貼了壁紙的地方，一個女人能煮出什麼東西來？哈蘭從頭到尾都沒有下馬。他繞著天氣、農作物和他近來嘗試木工未果講了許久，還提到他最近跟梅瑞恩．克雷斯先生的談話，對方出乎意料彬彬有禮，還鼓勵他想參選治安官的念頭——只不過他看不出來克雷斯是真心贊成，或者只是禮貌過了頭。

他說：「你也知道英國人。」

諾拉說：「那可真痛苦。」

他仔細打量她。「怎麼了？」

「沒什麼。」

他下馬，把手上的韁繩換到另一隻手去，繼續看著她。「看到你讓我很高興，諾拉。好久不見了。」

「別誇張了。我們上週不是都去了哈洛斯市集嗎？」

「呃。」小心翼翼讓他的聲音有點僵硬。「我們幾乎沒說到話。」

「我可不這麼認為。」她把雙手插進圍裙口袋裡，看著地上。「你跟我說貝爾太太搬進你那裡之後，就打算弄個菜園——我覺得那已經比我們過去幾個月說的話都還要多了。」

「貝爾太太確實想要弄個菜園。」

「我覺得這樣很好。」

「重點是：有個貝爾太太。」

她的心顫動了一下。「我知道。」

「當然了，我只是想說，你知道那是不可能的。」

「非常清楚。我瞭解，你可以一次又一次在晚上帶著弄亂的信件過來，逗留到很晚，晚到不適合騎馬回家。可是現在有了一個貝爾太太——哦，這下子受到祝福的婚姻又變得神聖起來了。」

她揪住了他的弱點，但維持不久。他氣到臉都紅了。

「也有個拉克先生。」

「這句話也太可笑了。」

「更可笑的是你丈夫進門時，假裝我們是陌生人，然後還期望他一走我立刻就過來。」

這些，正如她早就懷疑的，就是把不堪一擊的事情挑明了之後的結果。

接下來好幾年，只剩蜻蜓點水似的握手和隔著人群禮貌地點個頭。想起那些看似已經成往事的日子時，她會隔著一段距離來看，彷彿她只是第三者，而那些都是發生在別人身上的事。有時作夢，在扭曲的閃光中，充斥著沒有臉孔的人，她會夢到他們還是朋友。甚至更糟糕，夢到他們不只是朋友。「你不舒服嗎？」每次她哭著醒來，艾默特都會這麼問——最近很少了，可是當時頻繁到艾梅納拉醫師最後建議她喝鴉片酊。這個處方，他開得很謹慎。他只給一點點，也只讓她用了一小段時間。她很高興有這段喘息的時間，因為她只需要這點溫和的建議，就能再度振作起來。一點鴉片酊就夠了。她只是有點消沉，不是什麼無法克服的艱辛大事。他把她看成什麼了？來自大西洋岸、凋零的旅館幽靈？

接下來那個九月，上任不久的哈蘭．貝爾太太離開阿馬戈了。黛絲瑪特意過來跟諾拉講這件事。顯然，那位女士一聲不吭地收拾了行李，帶走了女僕莎拉，到德州走水路往東去了。有人猜她可能懷孕了，但黛絲瑪不以為然。住在貝爾夫妻附近的人說他們之間爭吵不斷。很多晚上兩人是分開睡的。看來不像只是出遠門散心而已。

那時哈蘭剛開始擔任治安官。只是臨時性質而已。前任治安官，麥克．凱威爾，在邊界附近追捕兩名偷牛賊時，大腿中了兩槍，醫師在爭論麥克的大腿肉能不能留時，哈蘭代理了他的工作。阿馬戈重演了當初選擇麥克．凱威爾的所有原因：哈蘭一整年待在地方上的時間不夠，不可能完全瞭解鎮上的內部運作；上一次選舉時，哈蘭對於牧場圍籬的主張似乎模擬兩可；而雖然現在他結婚了，他的妻子卻長期不在家，他一定會有點膽大妄為吧？更糟的是——諾拉尤其認為這件事充滿了惡意——艾默特登了一篇文章，主張領地現在要爭取成為聯邦州，就必須拒絕選出執法記錄無法確認的官員。《前哨報》強調，哈蘭．貝爾跟德州各地許多特定利益人士關係友好，而且，可悲的是，他還沒有準備好應付一個關滿了亡命之徒的監獄。把四個人一起關在鎮上最遠的那個角落（兩名試圖殺了對方的採礦人，以及兩個腦袋不清楚的人，在苦根旅社賭輸了賴帳，栽在華特．史提爾曼手裡），他能有什麼作為？

牢裡的亡命之徒也有同樣的看法。他上任的第一天，他們就大合唱了一首激昂的『蓋瑞．

歐文進行曲』[19]來歡迎他——而且很快就讓大家知道他們這麼歡樂的原因：當天晚上，哈蘭回家後，他們就試圖逃獄。不過情勢就在這裡反轉了：他們沒人知道，新來的治安官在外面的土磚牆上裝了好幾個鈴。他們一開挖，整個監獄就像復活節一樣噹噹作響。凌晨兩點，被驚醒的鎮民披著披肩，三三兩兩來到屋外，哈蘭則冷靜地在街上守株待兔，舉起獵槍瞄準他料定的出口。諾拉沒有親眼看到這個場面，不過所有人都公認他們從沒見過這麼奇妙的逮捕行動。

選舉期間，他們兩人又遇到一次。有個下午，諾拉剛好去了鎮上，在大街上看到哈蘭站在一個箱子上，結結巴巴地進行一場演講，想打消《前哨報》讀者仍有的疑惑。她靠過去聽，托比裹在她胸前的襁褓裡不安分地蠕動，她一邊聽一邊給他的小光頭搧風。哈蘭・貝爾堅決反對給牛隻設立圍籬；完全贊成最先給小牛烙印的人就是牛主人；全領地超過五十次的逮捕行動都是他的功勞。他的對手支持各個家園豎立起圍籬，顯然喜歡用立竿見影的辦法來解決目前的紛爭，可是長期來看，此舉將破壞社會結構，破壞卡特郡牧場主人彼此之間的信任與關心。而原本，大家都有默契，任何牛隻任何時間都可以在任何人的土地上吃草，不會被不老實的投機分子偷走。

哈蘭流汗了。他的聲音變弱了。從來沒有一個這麼適合這份工作的人，這麼不會演說——而這是唯一得到這份工作的辦法。她想笑，想同情他。她想跟他說一切都會很順利的。

托比鬧了一陣，拳打腳踢，睡著了，又醒來。演講結束時，諾拉雙手高舉過頭，以最熱烈的

19 美國軍隊的軍樂。（編按）

態度鼓掌。

伯特蘭．史提爾斯大搖大擺朝她走來。他頂著一嘴油亮的鬍子，問諾拉，身為一個社會棟樑的妻子，能不能告訴他，現在拉克家對現任治安官有什麼想法。

諾拉不假思索地回答：「拉克家有投票權的人當然都會支持貝爾治安官。」

當然，事實證明，根本不需要諾拉的背書。大家都記得，也都津津樂道的，就是那場逃獄未遂事件，還有站在街上，親眼目睹了孫子一定不會相信的畫面，多麼令人激動啊。幾乎每張票都投給了哈蘭，而就算是一隻腳截肢了，也沒給麥克．凱威爾贏來多少同情票，讓這場選舉呈現一面倒的局面。

可是《號角報》登了諾拉的話，讓她和艾默特大吵一架，算是有史以來最嚴重、持續最久的。

艾默特大喊：「你幫我投了票，而且是投給一個卑劣的牧場偵探。」

「他是執法人員。」

「你到底知不知道，諾拉，他在整個領地總共吊死了多少人？」

「那全是他的對手捏造的。」

「你知道德州人怎麼叫他嗎？」

「應該是貝爾治安官吧。」

「他們叫他索命人哈蘭。」

「進了圈票處，你想怎麼投就怎麼投，沒有人會知道。」

可是艾默特不肯讓她變成騙子。到了十一月，他不得不站在艾什瑞弗的攝影師面前，笑得嘴都快裂開了，而他唯一一次投票給哈蘭．貝爾治安官的一刻，就這麼留下永遠的記錄，造福陌生人。這張銀板相片目前就掛在商鋪的收銀台上方——旁邊是一張梅瑞恩．克雷斯跟懷特．厄普[20]的合照——完全是赤裸裸且歷久不衰的恥辱。

哈蘭的臉上還留了一小塊發亮的牛油。

他想知道：「看起來怎麼樣？」

她說：「稍微好了一點。不過話說回來，我並不是魔術師。」

他的手摸過下巴，然後滑過她放在他肩上的手指。十年前，這個動作就蘊含了無限深意，讓她在他不在的那段漫長歲月裡，一次又一次回想、渴望。現在不會了——完全不會。此刻，他們還是朋友，友誼毫髮無損，還是彼此最可靠的知己。他們沒有背叛任何人，既未傷害旁人，也未傷害彼此。她有時會把哈蘭當成戰友，並打定主意絕不提起他們一起打的那場仗差點給他們自己帶來多大的災難。只要彼此未曾明說的友誼能讓他們感動，那就夠了。而如果他現在比較少來了，他們的煩惱也少了。如果他們在廚房坐的距離遠了，那感覺也沒那麼難受了。如果他談起他的妻子——雖然因為他的工作，他們一直沒離婚，但他也不認為兩人會復合——諾拉也不會從頭

---

20 Wyatt Earp，美國舊西部傳奇警長。

到尾都覺得宛如泡在冰水裡。如果他碰觸到她的地方有點刺癢——呃，那只是因為她的血肉還記得。

那麼，發現他的手移到她的膝蓋上，實在太奇怪了。今天全世界都瘋了。

「你怎麼了？」

他說：「諾拉，聽我說。」

他看起來快哭了。「老天，哈蘭——到底怎麼了？」

「你聽我說。」

＊

走廊另一頭傳來討厭的輪椅刺耳的聲音。諾拉放下鏡子。托比推著奶奶的輪椅轉彎過來時，哈蘭已經坐直了身子，把臉擦乾淨了。托比把老太太推到窗邊，讓她坐在那裡吹點涼風。然後他坐下來，瞇著眼懷疑地看著哈蘭，後者努力把原本的激動情緒壓下，換上平時的笑容，只是少了一點說服力。

「你為什麼不去坎伯蘭看我爸爸有沒有在那裡？」

哈蘭說：「我們人手不夠。不過我們已經到處找過他了。」

托比說：「你人在這裡，所以你現在就沒去找。」

奶奶的輪椅深處突然發出強烈的噴氣聲。她一臉意外，就跟任何發出那種聲音的人一樣。她巍顫顫地從托比看到諾拉，再從諾拉看向哈蘭。

哈蘭說：「呃，現在天黑了。不是每個人都像你爸爸一樣，天黑了也沒關係。」

托比低下頭。「有怪獸在，天黑了誰都不能安心。」

「什麼怪獸？」

托比看向諾拉。哈蘭說他去獵松雞時，在弗洛勒斯家以前住的地方看到怪獸的腳印。那些腳印——「嬌西可以跟你說。嬌西！」——非常、非常奇怪。托比雙手握拳，並排放在桌子上，讓哈蘭可以想像光是一個腳印就有多大。

托比停下來換口氣時，哈蘭說：「最近在奈洛溪附近，有隻熊闖進很多人家的泉水房。」

托比立刻反駁：「那不是熊。」

哈蘭把手肘壓在桌上，別具深意地往前傾：「嗯，那麼，也許是一個月前，在雪萊角的溪谷把採礦人的帳棚撞壞的那匹幽靈馬。」托比有聽說這件事嗎？從他張開嘴卻一句話也沒說的情況看來，哈蘭知道他沒聽說過。諾拉想介入，但沒人注意到她，哈蘭繼續說下去。最早是一個月或兩個月前，薩爾·阿布里加多跟他說的。夏末還有水時，他去藍叉河那邊釣魚，碰巧看到灌木林被破壞得亂七八糟，就像一大群動物從中間衝過去一樣。而且樹枝上到處是動物的痕跡和大把的毛髮。薩爾·阿布里加多這輩子從來就沒有被恐懼嚇住，這次當然也不會。他往上進入矮木密林，穿過溪谷，一路追蹤凌亂的野獸足跡，最後到了山脊下面的一個小空地，有兩個淘金客在那裡紮營。只是等他到了那裡，那個營區簡直就像被一群狂奔的動物踩踏過。帳棚變成兩半。爐灶被踩得亂七八糟。到處都是鍋碗瓢盆。有幾匹馬將拴住牠們的木樁扯起逃跑了。薩爾·阿布里加多的朋友成了這場動物狂潮的犧牲者。其中一個的手臂已經吊好了，另一個還在設法用夾板固定扭傷的腳。

「薩爾給他們喝了水，然後問**發生什麼事了**？」他看得出來，雖然他們很感謝他給的水，但並不願多談發生或沒發生什麼事。他們就坐在那裡面面相覷，裝備散落各處。他們跟他說，沒什麼，只是有點爭執。可是薩爾不是傻子。他沒放手。他再問一次：什麼樣的爭執？他們不知道不該跟兄弟計較嗎？

「你也知道薩爾那個人。」哈蘭這樣跟她說。諾拉點點頭。她對薩爾唯一的印象是，他是個很有魅力、很容易分心的運動員。只要有人說那是比賽，他就可以一直看著兩隻蝸牛爬上一支草莖。

「所以呢？」托比說。「是什麼？」他已經滑到了長椅的邊上，把一團油膩膩的藥膏丟在桌上。

「是一匹超大的紅馬。」哈蘭說。「跟房子一樣大，長著狗的牙齒，獅子的鬃毛。一整個晚上他們都聽到牠在灌木林裡嘶叫。他們兩個拿著槍，並肩坐在帳棚裡，但沒膽出去看。等到該起身抵抗之際，他們根本無能為力。牠一路吼著衝過來，直接穿過他們的帳棚，連帶著帳棚裡的人也像洋娃娃一樣被捲起來，拖行了二、三十呎。從頭到尾他們只看到一撮紅毛，還有一閃而過的一顆白色大頭及黑眼睛，然後牠就溜進樹林裡失去蹤影了。」

諾拉現在可以想見，這件事會像山崩一樣將托比吞沒，接下來好幾個晚上他又要失眠了。她立刻打破沉默。

「然後那兩個胡鬧的淘金客因為說謊被人揍了一頓。結束。」

哈蘭的笑容顯示他並沒有聽到她說的話，更不可能聽懂她的暗示。他的手就放在桌上，離托比的手很近。

托比低聲說：「牠沒傷害他們嗎？」

「我猜他們摔得很慘。在帳棚裡被牠撞來撞去。」

托比說：「那就跟嬌西看到的一樣。獅子的鬃毛還有白色的頭。她可以跟你說。」他又開始喊她。「嬌西！她到底去哪裡了？」

哈蘭說：「一定是在樓上。」

他們往上走，諾拉跟在後面走到欄杆處。托比走在前面，大喊嬌西的名字。哈蘭蒙塵的靴子跟在後面。他願意這樣配合那孩子，讓她充滿了希望。她看著他們在樓梯間走來走去，從一個房間找到另一個房間，托比靠著牆走得小心翼翼，哈蘭打開一扇扇門，先進去多倫的房間，接著是托比的房間。他再度出現，抬頭看著連接閣樓的那段樓梯。「看來要繼續找了。」說完，他就往上走。他一隻手放在手槍皮套上——她覺得應該是習慣吧。每踏一步，他的腳步聲就越小，椽木隨之落下了一點灰塵。羅伯的房門砰地一聲開了。她聽到門重重撞到後牆，然後又嘎吱幾聲彈回來。哈蘭的靴子從一扇窗戶刮擦著到了另一扇窗戶。然後是連續兩聲悶響——她想到了，那是他的膝蓋碰到地板的聲音，她可以想見他的模樣，清楚得儼然她也在那個房間裡。他跪下來查看床底了。他到底在找什麼？

托比還在下面的樓梯上。嬌西的名字成了兩個音節的顫音，規律呆板得叫人心煩。嬌—西，嬌—西。已經失去了意義。聽著拉長的母音，諾拉的肋骨突然一沉，艾芙琳的聲音清楚響起：

一定出事了。

樓上，不知道為了什麼，哈蘭打開多倫的衣櫥。她可以聽到鉸鏈在僵硬的插銷上呻吟。她可以聽到哈蘭的手指乾巴巴地劃過樓梯間的牆面，他要下來了。他走幾步，就敲一下木板。

他又出現了。看起來很嚴肅。

她說：「哈蘭，你到底在找什麼？」

他再次說到兩個男孩子，可是淹沒在托比驚恐的聲音裡。「媽媽，媽媽——嬌西呢？」

這時她才想到：女孩還沒回來。她說：「去溪谷了，親愛的。」

＊

三月從馬背上摔下來時，托比並沒有出聲。闖禍的是一匹羅伯最近馴服並打算盡快賣掉的雜色野馬。那匹野馬有粉色的鼻孔，臉上有一條不均勻的白毛。牠一整個月都橫衝直撞，對著狗群齜牙咧嘴。羅伯堅稱：「他現在已經完全被馴服了。」只是他們都知道其實不然。但諾拉並不是那種斤斤計較誰是誰非的個性，所以羅伯把托比抱上馬鞍時，她只是說：「小心看好他。」剛開始速度很慢，小人兒和野馬揚起一片輕柔的煙塵。就在她經過他們、要去泉水房的路上，她看到野馬的後腿往上踢——就只是微微一抬。試探性地彈跳了一下。羅伯正在柵欄外大聲喊著腳跟、韁繩和姿勢之類的指示。他說：「別讓他得逞。」——只有他自己知道這是什麼意思。托比做了他認為羅伯要求的事。而那動作，諾拉沒看到，就讓馬踢了一下後腿。托比摔下去了。一向處變不驚的羅伯，並沒有動。那匹野馬身形瘦長，腿也細。托比飛落的那一刻，牠就不動了，也許是因為牠只是想要擺脫壓在牠背上的重量，又或者——羅伯非常堅持馬的這種特性——牠覺得騎在上面的人配不上牠。牠捲起前腳，從男孩身上挪開。托比驚嚇過度躺在地上。**真可憐，媽媽**。諾拉看得出來，他肺裡的空氣都震出來了。他的嘴巴無聲地張闔。接著他吸到了空氣，發出紊亂粗嘎的聲響，像反向而行的飽嗝，諾拉恢復了令她發痛的呼吸。他站了起來，身子有點搖晃。羅伯還在圍欄邊，說：「拿起韁繩，趕快再上馬，聽到沒？」托比去拿韁繩，沒抓到，又往前跌。她立刻跑過去。等她跑到他身邊時，一道蜿蜒的血從他的嘴角流下來。後來，儘管暗自提醒過自己，她還是忘了去塵土裡找他掉落的牙齒。托比伸手劃過臉，把血帶上了眼睛，所以等到她把他抱進懷裡時，已經看不出來血是從哪裡流出來的了。從頭到尾，最讓她害怕的，是安靜無聲。以前在愛荷華時，她看過一個男孩子頭部受傷，這個場景感覺很熟悉：彷彿身體還大概記得某些熟知的人體動作，艱難地試著動了最後一次，然後沉默了。

而當時的寂靜，完全比不上托比現在的安靜帶來的壓力。連哈蘭都退了一步。

諾拉說：「哎，嬌西只去了幾分鐘而已。」

哈蘭說：「嗯。」

「根本沒去多久，小乖乖。」

「也許天色太黑，她迷路了。」

托比乾乾地抽噎一聲。「媽媽，我看不到。」

哈蘭看著她。他們艱難地得出了同樣的結論。幾分鐘？嬌西去溪谷時，天色還很紅亮。他們兩個又在廚房裡待了好一會，出去看兩輪馬車，不知道在穀倉裡做什麼又待了好幾分鐘，然後再回屋裡來。諾拉，因為想要留住這難得的平和氣氛，決定幫哈蘭刮鬍子——他也任由她動手，而那種苦中帶甜、想要延長那一刻的奇妙慾望，讓她完全忘了時間過了多久。久到托比回到廚房。久到哈蘭說了幽靈馬的事。久到他去查看樓上的房間——為什麼呢？——儘管是剛剛才發生的事，卻感覺很久遠了。

所以雖然現在哈蘭又強調一次「沒有多久」，她發現，不可能沒多久。已經過了一個鐘頭。甚至更久。

哈蘭戴上帽子。「我去看一下。」

他匆匆進入清涼的夜色裡。他在門外暫停了一下，窗口的黃色燈光從身後將他照亮。他歪著頭，她看得出來他是在檢查槍枝。接著他挪出了亮處，成為另一個她想像中在鼠尾草原上活動的影子。

她說：「托比，你乖乖坐在這裡等。」

艾默特的舊科爾特手槍跟郵件放在一起。彈匣裡有四顆子彈——她不在的時候，這裡不知道發生了什麼事，把另外兩顆用掉了。

「媽媽，出什麼事了？」

「你乖乖坐在這裡不要動，不管發生什麼事都不要亂跑。」

*

她以為現在天色應該全黑了，但山那邊還有最後一束逐漸縮緊的光。幾朵蒼白的雲散開，隱沒在東邊的黑暗裡。她的膝蓋將前面的露珠撞進鼠尾草叢裡。走到一半，她回頭看向屋子，一團灰白、圓胖的蛾擊打著窗戶。隔著窗玻璃看去，托比的模樣有點搖晃，還坐在原本的地方一動也不動，背挺挺地貼在廚房椅子上。

她一直走在田地的右邊，然後朝著前面外圍籬傾斜的黑骨架走。哈蘭唯一可尋的痕跡是他的菸草味。她喊了他幾聲，然後喊嬌西。頭上的蝙蝠突然衝下來，發出咔嗒聲。有一、兩回，躲在草叢裡的刺藤鉤住她，差點害她跌倒。

哈蘭在穀倉裡。她可以看到一團模糊的橘紅色球，從穀倉樓上一面窗戶平穩地晃過去。然後又不見了。她一動也不動站著，仔細聽。很快又出現了他的腳步聲——至少她認為那是他的腳步，因為艾芙琳的聲音點綴在他的步伐間。**他在找什麼？到底怎麼了？**

他本來想跟她說什麼？一整天一直橫生枝節，哈蘭的到來讓她看到了一點熟悉的平靜。然而現在，這一點似乎也正在消失中。她的喉嚨又燒灼起來了。除了忘了那個女孩讓她深感愧疚之外，她沒理由出來——可是現在，她心裡想的也多半是哈蘭，而不是嬌西。她可以看到哈蘭慢慢爬下梯子，牙齒間咬著點燃的菸斗橘光。他在找什麼？不是找那個女孩。他已經知道她不在穀倉裡了。

艾芙琳說，**他在找東西**。

哈蘭出現在外屋的另一邊，在她前面走上了斜坡，在月光下顯得骨瘦如柴。到了坡頂，他跳過三角籬，站在那裡，朝山下喊了一聲嬌西的名字。沒有回音。過了一會，他又喊一聲。

等諾拉走到圍籬處，哈蘭說：「你覺得她還在下面嗎？」

「應該是吧。那呆頭鵝，從來就不會判斷時間。也許遇到幾個幽靈跟她一起跳舞了。」

「今夜確實很適合跳舞。」

沒錯。月亮才剛剛從他們這一小片樹林上面的峭壁露出臉來。月光下，熟悉的樹木、殘株和搖搖欲墜的外牆等事物的輪廓，帶點銀灰色，看起來很遙遠。她雙臂靠在木樁上，站在那裡想著，等一下得沿著那些扭曲的黑影，一路摸索下到溪邊去。

「你不進屋去嗎，諾拉？」

「你剛剛到底在上面找什麼？」

「嬌西。」

「不可能。你知道她還沒回來。」

「我大概是忘了。」

她看不到他的臉。「你本來想跟我說什麼？」

「你回屋裡去吧。」

「你又不認得路。」說著，她走向步道口。

晚上的山坡路更難走。一條窄小的陡坡，整條路幾乎都是碎石子。兩側隨時會崩塌的土坡伸出了糾結的樹根，刺破她的手指。她撐住，一隻腳滑到另一隻腳前。腳下的石頭嘩啦往下滾。

哈蘭在她身後某處大喊：「嬌西！」

他突然響起的聲音嚇了她一跳。她要他打算再喊一次時先提示她一下，他沒回答，只是笑得咧開了嘴。她又感覺她的肋骨之間有一股貪心的、令她懷念的沉重感，宛如鳥兒重新找到了窩。

距離河床還有幾百公尺，或許再遠一點。這裡的空氣已經冷了許多，還有很多蚊子。她拍了一下額頭，戰戰兢兢地走下碎石坡。過了這段陡坡，步道就會漸漸平緩，進入樹林。就在那裡，她伸出來的手碰到了林下的矮樹叢。一片蜘蛛網纏上她的嘴，她撕起看不見的蜘蛛絲，直到哈蘭牽起她的手，快速穿過樹叢走到河邊。

他們一起站在乾河床前，岸邊的黑水池積了泥，閃閃發亮。峭壁間的溪岸，什麼都沒有。

諾拉說：「她有可能往那邊去了。也許她迷路了。」

哈蘭把她帶到山壁邊。他說：「三個人這樣捉迷藏太累了。你不要亂走，我一次只能找一個人。」

她看著他沿著岸邊摸索前進，一路喊嬌西的名字。每次他碰到樹藤，樹藤就劇烈抽動，沙沙作響。在溪岸另一頭，她可以看到熟悉的形狀，平頂山崎嶇的邊緣，上頭是數百萬顆發亮的星星。峭壁邊緣是一排礦石，卡在新生的灌木叢裡，彼此的影子糾纏交錯。除了這條溪，似乎一切都不是平常的樣子。從這裡看，它還是像水一樣。她不由自主地動了動舌頭，穿過累積在牙齒後面的濃稠唾液。現在她想成為動物，將下巴伸進那緩慢移動的紅泥中。月光在泥河上形成了第二道弧線，在岩石之間亮得像敲打過的鋼。托比平常釣魚的地方在河道中段，半圓形突起，像一隻死去的龜一樣毫無動靜。水渦激起泡沫，順著一小堆阻礙水流的石頭朝她而來，又消失在蘆葦間。

她試著喊一聲：「嬌西！」

夜晚正是牛蛙活躍的時候。嘹亮的叫聲此起彼落，響徹乾河床。香蒲一起搖曳生響，排成一長條，像點頭的矛頭，被一條橫穿溪流的沙洲切斷了。隱約有隻泥龜正沿著這個障礙物慢慢前進，一隻帶爪的腳往前微微沒入泥沙裡。

「哈蘭？」

沒有回答。

她站了好一會，想記起那些石頭在白天是什麼樣子。她把陷在泥巴裡的腳跟拔起來，慢慢往水裡走。她的一隻鞋碰到了一樣東西，脫落滑走了。她在幾呎外找到鞋子，彎下腰，伸手碰到了嬌西的籃子粗糙的編織線條。裡面有刺藤，還有一團腐臭的泡沫沾在她的手指上。

她聽到哈蘭在河灣處的聲音。他聲音裡的輕快已經消失無蹤。他在喊她，那語氣彷彿覺得她可能不會回答他。

她喊：「怎麼了？」

「不要過來。」

「怎麼了？」

蘆葦裡有什麼？她不記得在白天看過這片沙洲。看起來更像是一排倒塌的石頭，壓倒了一些香蒲。一團軟軟的東西壓在中間。緩慢移動的泥沙推擠向前，繞過它，在它和河床之間留下一些泡沫。它似乎隨著蘆葦動了一下，只是她無法確定。她又從頭到尾看了一下那片沙洲。它穿了一隻靴子。

哈蘭一路撥開樹藤，走回來了。她想站起來，可是她全身變得非常僵硬酸痛，血液又湧上她的頭部了。泥沙吸住了她的靴子。她晃了一下，跪了下去。哈蘭把她拉起來，扶她站好，可是她無法把視線從那些斷掉的蘆葦和靴子上移開，哈蘭也看到了。他把她推上岸，然後喊嬌西的名字——這次跟先前很不一樣，很嚴厲，彷彿在跟一個闖了大禍被當場逮到的孩子說話。他走進蘆葦叢裡，然後發出聲音來。

他把女孩的頭抱起來時，泥水從她的臉上流下去。他把她翻過來，抱上岸。她的衣服很重，又一直鉤到東西，她的身體太僵硬，讓他舉步維艱。諾拉滑行下來到他們旁邊，跪下來，打開女孩的嘴巴，聽她的呼吸。「嬌西？」

她任人翻轉、打了兩下，還是一動也不動。

接著她發出呻吟。

哈蘭說：「謝天謝地。」他的手劃過眉頭，留下一道黑線。月光下，破火山口的泥水裡，蛙群齊鳴。

*

「出了什麼事？」

「牠突然就撞過來了。」

「什麼東西？什麼撞到你了？」

「我的頭好痛。」嬌西說完，又昏了過去。

「至少你的手指頭都還在。」哈蘭張開拳頭，裡面有幾片黃黃的薄碎片。「上帝憐憫，這不是你的。」

諾拉說：「那是什麼鬼東西？」

「指節骨。我在那邊找到的。」

「她的狀況怎麼樣？」一邊肩膀脫臼了，無力垂盪，而她穿著靴子的那條腿反折，擺在上半身旁邊。

「她的腿斷成兩半了。」哈蘭站起來，看向下游。然後轉過來，仔細觀察整個河灘。「她不是自己掉下來的，是受到重物撞擊的結果。」

他又蹲了下去。她不知道他們現在為什麼要小聲說話。他們剛剛一起上下這座山坡時，不是一路大喊、開玩笑嗎？開玩笑。她心想，嬌西躺在爛泥裡時，他們在開玩笑。更別提他們把可憐的女孩子抱起來，查看她的呼吸時，發出那麼大的動靜了。如果有什麼東西正伺機而動，應該早就發動攻擊了吧？

嬌西的唇邊冒出了一個泥泡泡。諾拉用衣袖邊角把它擦掉。隔著布料和腫脹的唇，她感覺到嬌西的門牙有了缺口和尖利的線條。

「她斷了幾顆牙齒。」

哈蘭將一根手指頭塞進嬌西的唇下方，摸了摸。他這麼做時，並沒有看她，而是看著黑暗的前方。

他說：「熊。」他動了動，將嬌西的手臂彎起來互抱。「一定是在黑暗中突然遇到她，受到驚嚇，然後在她逃跑時把她撞到河裡去。帶著小熊的母熊就會這麼做——把人殺死，卻沒吃掉。去年夏天，哈洛堡的吉姆．溫斯布洛克惹到一頭母熊，她挖掉他一隻眼睛，撞斷他的肋骨，讓他自生自滅。」

「我記得。」伯特蘭．史提爾斯找到他，還寫了一篇報導，彷彿他憑著挖苦的本事親自擊退了母熊。

「她看起來不像被咬過。」

「可憐的嬌西。」她在驚恐之中，突然想到了一件糟心的事。「我要怎麼跟托比說？」

「要等我們自己平安無事回去，你才有機會跟他說什麼。」

她拍了拍那顆沾滿泥巴的小腦袋，靠在地上坐穩，等著他想清楚怎麼離開這裡。托比。但願有證據可以證明，嬌西的意外——她已經決定就這麼稱呼了——是剛剛才發生的。托比最好的朋友不知道在那裡躺了多久，骨頭斷了、無人聞問，像只會擋路的枯木，而他的母親卻跟全家人都討厭的治安官在外面閒晃，完全不考慮後果。

哈蘭說：「這樣吧，我背她上去，你在後面慢慢跟上來。」

「我不想讓托比看到她。」

「別說傻話了。」

「哈蘭。」

「那就去穀倉吧。」

有那麼一刻，她擔心他會把嬌西甩上肩，像甩一整條火腿。結果他把她像個小孩子一樣背起來，開始迂迴越過溪岸，來到岩石堆疊的硬地上。

他們一起斜斜地往上走，壓低身子，伸長了手往前摸索。這裡的岩石都很大，被已經絕跡的水流侵蝕、擠入上游，但石與石之間的裂縫又深又危險，一不小心就會咬住腳踝或整條腿。她以為自己很熟悉這些石頭。顯然並沒有。她一再跌倒。每次她爬起來，哈蘭又離她更遠了。嬌西扭曲的靴子來回搖擺，撞在石頭上。他們走到了沖積平原，那條古老的河流是原本的河岸所在。他們站直了，開始往旁邊走，在山崖邊上尋找標示懸崖步道的山形標記。前方是一片幽暗起伏的樹林。

她走在哈蘭的汗水後面。他喘著氣，鼻子發出呼嘯聲。他突然停了下來。

他們前面不遠處有個東西。已經太近，來不及應變了。起初她以為那是一叢長得特別高的矮木叢，但這時它動了一下，同時還伴隨著細微的金屬聲響。一條看似裝了鉸鏈的長桿子，慢慢從巨大而模糊的本體剝離，撐在後面的泥土地上。一條腿。她看不出來是前腿還是後腿，但並不是熊的腿。

那把手槍在她的口袋裡。她的手摸到槍管、翻轉過來時，她想到了爭奪土地對峙時的一句老話：她在某個地方讀到，亞利桑那人總是隔著口袋開槍。這麼明確的一句話，讓她不再慌亂。她冷靜到可以想到，在黑暗中，從她的褲子裡對著一頭熊開槍，是多麼奇怪的事啊。可是這東西——不管牠是什麼——身高八呎，臭得像臭水溝，絕對不是熊。哈蘭顯然還沒發現這一點，因為此刻他喘著氣喊了一聲：「嘿，熊！」免得他們突然出現，惹惱了牠。

牠猛然抬頭。牠的頭像蛇一樣，上下晃動，嘴裡並沒有銜鐵。所以不是公麋鹿，也不是公牛。是體型更大的動物，身形凹凸，一顆像潛望鏡般的頭，長了肉瘤，此刻正嗝出一口又長又臭的氣。牠將一棵樹頂開，踏著重步離開樹叢，朝他們衝過來。

在諾拉躲開或被牠推開之前那短暫片刻，她抬頭，在那頭動物往山下衝撞之際，越過腿、頸和一團索具，她看到了一名尖叫的騎士黑漆漆的眼窩和裸露的牙齒。接著她的雙手緊握，某個東西撞到了她的肋骨，她和哈蘭倒向不同的方向。

她坐起來時，那動物正在下方轉頭。這個角度讓牠看起來更眼熟。似曾相似的是牠的肩膀弧度，以及牠的背部搖擺與前面並沒有連動關係。牠又轉過來衝上山，直接衝向哈蘭所在的那個洞，然後就衝進樹林裡去了。有好一段時間，他們可以聽到牠在矮樹叢裡橫衝直撞。牠正往上、往旁邊移動，遠離步道，也遠離房子。

「哈蘭——你死了嗎？」

「還沒。」

「那你怎麼了？」

「我有點扭到。」

她過去看他。他很狼狽地倒在石頭間，此刻坐在那裡，抓著左腿。他的褲子顏色變深了。嬌西跌落在他上面不遠處，衣服和四肢擠成一團，讓她想到市集上長得歪七扭八的怪胎，他們的父母把他們塞進小桶子裡，避免他們的關節定型。諾拉將她翻身、擺正。她又醒來一次，眨了眨眼，就又失去意識了。

哈蘭說：「那是什麼鬼東西？」

她說：「我不知道。有人騎。」

「什麼？」

「有人騎著牠。」

「啊，真是混帳東西。」

哈蘭試著站起來。他的腳一踏地，膝蓋就彎了。他又坐回地上去。

他們得好好計畫一下。他想把嬌西留在這裡，他們先上去，再找幫手回來帶她。諾拉搖頭，說：「不，拜託不要。」然後她發現他只是等著她這麼說。

他又試著站起來。這次一股黑色液體冒出來，立刻順著布料往下流。

諾拉說：「我先帶她上去，再下來扶你。」

她把槍給他，然後像他一樣，試著從側邊把女孩子扛起來。嬌西的腿滑下去，重重跌到地上。有那麼一刻，諾拉想像自己正在對付一隻大到不可思議的鳥類。她有多常說這孩子是呆頭鵝？她撐住她的頭，努力把她扭曲的手臂擺成適當的姿勢。她一直以為她比嬌西高。以前看起來確實如此。可是其實她們足足差了六吋，而且比較矮的是諾拉。

哈蘭既擔心又不耐煩地低頭看著她。「把她的裙子脫掉。」

他從大石頭上滑下來，開始脫嬌西的衣服。諾拉把嬌西的頭放在她的兩膝之間，看著嬌西薄薄的白色襯衣皺摺，在藍色布料下越露越多，細腰部分已經破了，沾滿了泥巴。解到第三顆釦子時，她拍掉他的手。「轉過去。」他把雙腿翻過大石頭，背對著她坐著，在褲子上擦了擦手。

嬌西衣服上的釦子有幾顆不見了。諾拉把剩下的釦子解開，然後拉開沾滿泥巴的衣領。肩膀的部分很難脫，有那麼一刻，她覺得可能還是需要哈蘭幫忙。不過接著她站起來，反方向再試一次：用拉的比較容易，就跟實際穿脫時一樣。她設法固定好一隻蒼白的手臂，成功脫下另一邊的袖子。衣服脫了一半，女孩看起來像裂開的莢果。白色的皺摺脫離了堅硬的外殼。諾拉的手指摸到了她前幾次的意外留下的證據：一個很大的蜂螫傷口；去年夏天被帶刺鐵絲割傷，諾拉親手幫她縫的。她不記得傷口有那麼長。歪七扭八的縫線讓她意外。這麼粗心的手法，真的是她做的？

要不是她清楚記得燒針的畫面，還有縫線拉扯嬌西的肉時，她斥責嬌西不要亂動，她一定會否認那是她的傑作。

諾拉後退一步，把沉重的裙子脫掉。拉扯之間，嬌西左腳的鞋子掉了，不過她的右腳歪了，也腫得很嚴重，就算把鞋帶都拆了，諾拉也沒辦法把靴子脫掉。那身衣服加起來大概有二十磅重。她費力把它丟進灌木叢裡。在那一團僵硬糾結的衣料中，有個頗重的東西碰到她的手。右邊口袋沒東西。左邊口袋裡有個四邊較長的小木塊——原來是一隻水牛。是羅伯的。

對托比的擔心把她嚇傻了，她完全沒想到羅伯。**啊**，艾芙琳說，**他愛她**。現在知道這一點，感覺很奇怪，而且她還隱約意識到她從來沒有想像過羅伯可能會愛上的女人。或者，應該說，她從來沒有想像過羅伯會愛上某個女人。她一直覺得他是個浪子。早就認命零星的幾封信將取代他在家裡的位置。他這輩子只能在離家遠走之前享受到愛，然後就要浪跡天涯、在燈光黯淡的蒙大拿酒館和北方的藍色河段度過辛苦的黑夜。他必不可免的孤獨，一直讓她覺得很沉重，卻從頭到尾沒有想到也可能有別人愛他。

而眼前，這個羅伯愛的女孩，迷迷糊糊地坐了起來。「我在幫忙了。」

「快躺下來。」

「好。」

沒多久，她的眼睛又緩緩閉上。諾拉把她拉起來，扛在肩上，開始往上走。

黑夜真是狡詐，把坡度變陡，把記憶變溫柔了。她穿過樹林，空出來的那隻手摸著岩壁前進。破碎的大地從她的指間剝落，紛紛落在她四周。她幾乎聽不到襯裙的窸窣聲，心想，要是內衣的窸窣聲又把怪獸引來了，該是多恐怖的事啊。腳下的碎石滑動，害她跌了好幾次。有一次還把嬌西摔下去了。爬到山頂時，她的手已經很痛了。房子就在不遠不近的地方，還亮著燈，後面是一片高低起伏的樹林以及更高聳幽黑的平頂山。完全沒看到會移動的灌木叢。她腳步匆匆，嬌西潮濕粘膩的身體壓痛了她的右肩。她想著托比可能的反應：驚恐、嚎哭、責怪。她不想獨自面對。她改了個方向。

她在穀倉裡找了一塊乾燥的地方，讓嬌西橫躺在板條箱上，蓋上一條不至於太難聞的乾淨篷布。她搖了好一會，才讓她再度醒來。

嬌西說：「好痛。」

「頭？」

「腿、肩膀，到處都痛。」

「躺好。」

再度摸索著爬下峽谷時，諾拉哼起了歌。〈卡羅琳〉，或是類似的老歌謠，歌詞她記不得了。底下黑漆漆的某個地方，哈蘭跟上了她的音符，她也因此找到他。他設法扶著大石頭，穿過了一小段樹林，但是沒走多遠。

「你可以站起來？」

「很勉強。」

她用肩膀撐住他時，可以感覺到他在顫抖。他們兩人三腳地走完了剩下的路，不時停下來讓他喘氣。她沒想到他會把大部分重量都壓在她身上，儘管她可以感覺他一直努力要減輕重量。她這才發現，他隱瞞了傷勢。男人不會因為膝蓋扭了一下就冒汗。

他輕聲說：「真希望我沒要求你幫我刮鬍子。」

「真希望你身上有襯裙可以脫掉，減輕一點重量。」

他們並肩擠進了步道口。山壁刮擦她的肩膀。碎石掉進她的頭髮裡。一塊岩石露頭撞到她的膝蓋，痛到刺穿她的身體，讓她想彎下腰去。她的嘴巴分開了，她可以感覺汗流到嘴角，有點刺痛。快到山頂、坡度最陡的地方時，她不得不回頭，像定住不動的騾子一樣將他往前推。那時，她感覺他並沒有意識到，她已經近乎筋疲力盡了。

他們在山頂休息了一會。風變涼了，雲也散了。他們繼續努力，穿過草地朝房子而去。大約走到一半時，她看到從煙囪飄出來的煙，聞到了焦肉的味道。

人聲飄到她身邊。她心想，艾默特。不管她必須解釋嬌西的狀況，或者她在黑暗中撐著哈蘭——艾默特終於回來了。

可是一路靠近，她都沒有看到平板馬車的痕跡。

繫在屋子前面的，是一匹她不認得的馬。

＊

屋裡悶著一股熱烘烘的空氣，油炸肉正滋滋作響、散發香味。爐子上，兩個平底鍋冒著煙。托比還在原來的地方，乖乖地坐在椅子上，他把一個黑色的長方形物品壓在兩個眼睛上，把臉遮去了一半。雖然進門時，她撐著哈蘭經過窄窄的走廊，把一堆書撞倒了，但他並沒有抬起頭來看。奶奶也沒有，那一刻她張大了嘴巴坐在那裡，正要咬下一大塊還滴著肉汁的牛肉。而她前面的腳凳上，坐著一個陌生男人，黑髮、身材矮胖，手上拿著叉子，叉子的尾端就是那塊粉紅色的牛肉。他抬頭看了看他們，放下空盤子，站起來。他穿了一套灰色條紋正裝，一雙乾淨的靴子，而那麼熱的天，曬得黝黑的皮膚上沒有一粒汗珠。

「拉克太太、治安官。」他微笑。「我們還在疑惑，你們到底怎麼了。」

托比抬頭。「媽媽！」說著，他舉起那奇妙的小東西。「你看。」

她動了動肩膀，把快要滑下去的哈蘭撐上來一點。「這是什麼？」

「離體鏡。」

「立體鏡。」

「裡面有世界各地的照片。」諾拉哼了一聲，表示認可，但是托比聽到了她壓抑的語調，一臉擔憂地看著她。然後，他慌了：「是**他**給我的。」

「托托，不可以用手指人。」

「我又不知道他叫什麼名字。他沒說。」

「乖孩子，那是梅瑞恩．克雷斯先生。」

「那個投機的酸萊姆？」

克雷斯很好心，沒讓這句話停留太久，就對她笑了笑。「這屋子裡的人這樣叫我，比我想像中的要好多了，拉克太太。」他用叉子的尾端指著哈蘭。「不管你現在覺得有多舒服，治安官，最好把你那條腿抬高來。」

她把哈蘭扶到桌邊，然後去拿剪刀來把他的褲子剪開，同時他把那隻腳放在一旁的椅子上。看到傷口現在只滲出一點血，她鬆了一口氣。除了他的膝蓋下方張揚突出的黃色碎骨之外，大部分的血跡都已轉黑了。

還拿著立體鏡的托比，在兩個他都很關心的問題之間猶豫不決。「媽媽，發生什麼事了？」

哈蘭說：「沒什麼，只是跌了一下。」

「嬌西呢？」

「去找醫師了。」這麼輕易解決了他的疑問，這可不是小事。當然，這樣打發他，很快就會付出代價——但她衡量了一下目前的狀況，還是值得的。

在此同時，克雷斯拿一塊布沾了一些威士忌，交給她。她正在想要怎麼問他來她家做什麼，但他一直緊張地嚷嚷：傷口裡卡了東西，她家的止血劑、針線、鑷子等東西都放在哪裡？看她沒回答，他就拿了一杯麵粉，站在她的手肘邊，低頭看她把哈蘭的血擦乾淨。

他說：「看起來很嚴重，不過還不算是最嚴重的。」

哈蘭說：「我覺得裡面有東西，就在那裡。」

「應該是石頭。誰推你的？」

她說：「我。」

克雷斯笑開了嘴，輕推了他一下。「哎，治安官，這下子你不會再得意忘形了。」

一直到她上了樓，還聽得到他的聲音。即使關上門也還聽得到。他正在嘮叨天氣、作物、那天早上爭吵的結果。每次聚會，在場的人都會知道梅瑞恩．克雷斯到了。他的嗓門不管在哪裡都太大聲了。她一整天都沒喝水，現在，家裡的最後一點水要拿去洗傷口了。她也一整天沒吃東西了，現在滿腦子都是牛排的味道。她不知道她的手有沒有辦法不發抖。等她再回來，哈蘭和克雷斯早就喝起了威士忌。她拿了一個小鍋子把水煮滾，再夾起鑷子和刀子過一下滾水和火焰。奶奶看著她，舌尖從雙唇間伸了出來。

等她準備就緒要動手時，克雷斯禮貌地走開，不擋住她的光線。她可以聽到他在身後移動盤子的聲音。

「孩子，過來——你知道為什麼我們會叫英國人『酸萊姆』嗎？」他問托比，托比不知道。

「很久以前，英國水手都得吃萊姆來預防壞血病。」

「壞血病是什麼？」

「一種皮膚會流血的病，讓人痛得要死，而且一直血流不止。」

「最後會死嗎？」

「會。過來，年輕人，你看這邊。」

她看到石頭了，黑得像水蛭一樣，就卡在哈蘭膝蓋下方的厚肌肉裡。她用鑷子的尖端抵著石頭。他的腿抽動一下，他的呼吸喘得像上山的火車。她身後，克雷斯正大聲地搖晃鍋子，一次一只。更多肉落進滋滋作響的鐵鍋裡。

托比還在想壞血病的事。「他們怎麼會生那種病啊？」

「因為他們全都擠在一起，一連好幾個月只能吃硬麵餅和肉乾。」

「**你**是水手嗎？」

他不是。他照實說。

「可是你很了不起。」托比很確定。「你講話很好笑。」

「我們身上都留下了成長的痕跡。你的痕跡可能是那隻眼睛。從小就要學馴馬的男孩子難免會有那種戰傷。而我的痕跡呢，就是討厭壞天氣，還有講話還會殘留美妙的捲舌音。」

托比說：「就跟科伊爾．威廉斯一樣！」

「他也是英國人。」

諾拉插嘴：「還有約翰．詹森，又一名英國人。」

「又一名英國人──在群眾的想像力中，他可是罪大惡極的。」

石頭完整取出來了。它從鑷子上滑了下去，她聽到它滾到桌子底下的聲音。哈蘭鬆開咬住的皮帶，開始抵著她拿來充作夾板的大湯匙把腿伸直。他看起來已經好多了。她給他倒了一點威士忌，用麵粉鋪灑在他的腿上。血在白色的敷料下成了糊狀。她去擦手時，克雷斯看她一眼，在平底鍋裡胡亂抹了一團奶油。「真是的，拉克太太，你還能從我立刻連想到約翰．詹森。」

「我以為我們是在說英國人。我還真的不知道你們的共通點是不是只有捲舌音。」

「是的。」

「我只知道，他們可能會把詹森丟榴彈砲的習慣用在婦女和小孩身上。」

「這應該跟他是不是英國人沒什麼關係，而是因為他喜歡收集頭皮。」

她倒了一點威士忌在一隻手掌上，再換另一邊，然後用廚房毛巾挖她的指甲下面。她的手還是淺茶色。「我不會隨便推測。」

「是嗎？」克雷斯有一雙細長凹陷的黑色大眼睛，像獵犬一樣，而他站在那裡受傷地看著她。他的聲音很小，她幾乎沒聽到，儘管他現在站得離她很近，前所未有的近，讓她清楚地意識到他的體型和眼神，還有哈蘭離得有多遠——不只是因為從爐子到桌子、再從桌子到他之間的距離，也因為他受傷了，他還喝了四大杯的威士忌來鎮痛。

「如果你想證明我對你的看法是錯的，」她說，「那你應該現在就去找醫師來。」

克雷斯看起來很困惑。「你真是不信任金凱德小姐——她才去了不到一個鐘頭！」

諾拉的胃翻滾了一下。她說的謊來反噬了。她含糊地扯著天色太暗了，嬌西方向感很差，也許醫師剛好在忙，派第二個人比較妥當。托比已經又講起怪獸了——她心裡一動，怪獸！天啊，這是多麼殘酷的轉折！——尖著嗓子，說每個人都應該乖乖待在原處。克雷斯把她帶回桌子旁。「你把治安官照顧得這麼好，醫生除了給他鴉片酊、換藥之外，還有什麼可做的？現在換你好好休息一下了。我們邊吃飯邊等他們。我想治安官應該很想吃點東西、定定神。」

她一坐下，托比就纏了上來。他想知道嬌西一個人在黑暗裡要怎麼辦——她把他拉開，他去拿了立體鏡又回來了。「你看這裡。」她凝視立體鏡朦朧的內部。托比變換幻燈片，叨叨地解說她看到的畫面：現在是巴黎的動物園，現在是園藝宮。這個是宏偉的費城火車站！她眼前閃過模糊的灰柱、金屬網、遠方的花園。他給她看一隻高得離譜的動物，身上有方形的紋路，她幾乎想到牠的名字——叫什麼呢？很久以前，艾默特給她看過一本自然學家手冊，裡面就有類似的動物，然後她突然就想到在溪谷裡那東西的名字。她把「駱駝」說出口——「駱駝！」——可是哈蘭沒聽到。托比看了看立體鏡裡面，哈哈笑，說：「才不是，媽媽，那是長頸鹿！」然後轉到下一張圖片。他給她看一隻沙漠裡的石獸：戴著一頂方帽子，肩部以下都埋在絲滑的沙丘裡。接下來是一顆巨大的斷頭，眼神空洞、發亮。它的臉頰旁坐著一個表情嚴肅、膚色極深的男人，從頭到腳披著披肩，倚靠在那顆頭的鼻子上。她一直說：「我知道了。」但從頭到尾她心裡想的都是**駱駝**。**駱駝**。**駱駝**。**駱駝**。誰能猜得到？

在此同時，克雷斯一直在廚房裡忙來忙去。開門，把盤子拿出來。懷疑地看了一眼餐具末端的髒污。

托比為他解惑：「是我洗的。」

「我相信。」

他把牛排和肉汁逐一放在盤子上。鍋子裡還有三塊肉。「要等你們家的年輕人嗎？」

起初她不知道他是指誰。

後來——很後來——她會想起哈蘭開口說：「不用了。」

他們沉默地吃著。托比儼然在沙漠裡走了四十天，才吃到這塊又大又多汁的後腿肉。哈蘭，臉色白得像鬼一樣，不安地把頭埋在那盤泡著紅肉汁的肉裡。克雷斯彷彿坐在夏安主街上的金鹿餐廳裡，周圍是一片敬畏的低語聲，全世界的鏡頭都對著他。他吃完六塊切得整整齊齊的肉片，往後靠，對著托比微笑。

「年輕人，神奇的嬌西給你預告了什麼好運？」

托比從滿嘴的食物裡說：「她不算命。」

「我以為她會通靈。」

「可是她只跟死人說話。她叫他們『其他生命』。」

「啊。」克雷斯陷入長長的沉默中。

真不該把嬌西丟在黑暗中。萬一她頭痛。萬一她坐起來，開始喊他們——那不是很難解釋了嗎？諾拉得找個藉口過去，而且要快。她盤子裡的肉開始涼了，切不太動。思緒這麼混亂的片刻，她不敢抬頭。她差點以為克雷斯會轉向托比，說**嬌西摔斷骨頭了，都是你媽媽害的**——只是他不可能會知道，因為溪谷裡除了駱駝，沒有別人在場，而她扛著嬌西爬上來時，也沒有人站在前廊。除了她自己和哈蘭，以及溪邊所有不在乎人生死的眼睛外，沒有人知道。

艾芙琳說，**還有那名騎士**。

騎士。她冒險偷瞄克雷斯一眼。這混亂的一天，可能如此發展嗎？梅瑞恩．克雷斯，她所有痛苦的始作俑者，像名幽靈土匪，在黑夜裡騎著駱駝橫衝直撞？**你是渴到胡言亂語了，媽媽**。

「托比，你喝牛奶了嗎？」

「沒有牛奶了。」

「你應該喝點東西。」

「我不渴，媽媽。」

諾拉說：「我想喝點番茄汁。」她起身，掀開一個罐子，喝了兩大口紅色的液體。那液體刺刺地往下流，刺刺地回湧一半，然後又更加刺痛地下去了。「托比，」她倒抽一口氣，「你必須喝一點。」

「不要，媽媽。」托比搖頭。「我不要。」

克雷斯一臉驚奇。他說：「真是特別。」他伸手要拿罐子，她給了他，看著他打量那東西，希望他會以為那只是他們家奇怪的習慣。她的力量正逐漸退去，整個人彷彿在某個危境的邊緣旋轉，這是她沒有預期到的。她不想讓他知道。但願兩口番茄汁能讓她恢復元氣。

克雷斯正在說：「我實在喜歡不了。」他把罐子推過桌面給她。「我跟你說，托比，我從來沒遇過那麼愛講話的死人。」克雷斯又繼續說，彷彿他們的談話一直沒斷過。「嬌西小姐能靠這種事維生，我覺得很神奇。」

托比說：「嬌西跟什麼人都說得上話。西蒙斯家的果園有個納瓦荷女孩子，是一百年前死的，那時那裡還沒種橘子呢。嬌西還在廣場那裡遇到一個被吊死的人，以為嬌西是他女兒。」他越講越激動。「還有我們這裡，現在泉水房就有個男人。她叫他『迷路的男人』。」

克雷斯說：「泉水房？天哪。」

諾拉終於發現，他應該是故意不看她的。她將刀叉交叉放好。「那個，真的很感謝你帶晚餐來。」她希望她的口氣夠堅定。

他很樂意，這是他的榮幸。「聽說你一直在等肉。」

「大家連我家的儲糧都關心了，顯然這個星期沒什麼新鮮事。」

她的臼齒牙齦上卡了一小塊肉。克雷斯顯然也有同樣的困境。他開始挑剔嘴巴後方。

他說：「其實，『聽說』是有點含糊了。說得更明白一點，我稍早去了黛絲瑪・魯易茲那裡。她沒能給你原本說好的肉排，這件事在她的諸多遺憾裡排到了隊，儘管只是排在最後面。總之，她要我帶這些肉來給你——她說是麋鹿肉，不過你看這裡，這塊皮有點燒焦吧？那是烙痕。所以，這更可能是你們說的『慢麋鹿』——而且可能是我的。」克雷斯還在說，可是她沒聽。那牛肉還懸在她的食道裡，極其緩慢地往下掉。有那麼一刻，她以為它也可能像番茄汁一樣，悲慘地回流。等到這種感覺舒緩了，他已經轉去跟哈蘭交心了。「你知道黛絲瑪還有個母親住在奧克拉荷馬嗎？九十四歲了。」

哈蘭說：「上帝祝福她。」他醉了。

「想想看她有多少故事好說。」克雷斯往後靠，激動地摩擦大腿。「我媽死時才三十歲，而她的那些事蹟已經夠嚇死人了。」

諾拉說：「呃，她今晚最好睡得很好。」

「誰？」

「黛絲瑪。」她頓了一下。「如果她沒有——如果她出了什麼事，譬如，因為慢麋鹿之類的——你就是最後一個看到她的人。」

「不一定吧，拉克太太。如今阿馬戈峽谷大道人來人往的，什麼人都有。」

「我知道你一直派人去她那裡騷擾她。」

「這樣講太過分了，拉克太太。」

「就像你昨天晚上派人來我們這裡把水放光一樣。哎，黛絲瑪最好沒事，因為我會在法官面前發誓，我在這裡看到你當著治安官的面承認你知道內情。」

「我沒派人去破壞你們的水，拉克太太。」克雷斯讚賞地看了看哈蘭。「而且，治安官不會放在心上的。他又不是第一次聽到或看到什麼，事後又忘了。」

她的視線對上了在廚房另一頭的奶奶。一股遲緩的怒意讓老婦人的面容出現一條條溝紋。諾拉看得出來，她在皺眉。用她全部的意識對克雷斯皺眉。

托比變得很安靜。諾拉輕推他一下。「你該去睡覺了。」

他的視線從她移向克雷斯，再移回來。不管他們在講什麼，他都很想在場，可是他也知道這種狀況只會在他不在時繼續。「再等一下。」

她說，該睡覺了，可是他繼續坐在那裡。然後克雷斯伸手放在他的肩頭，說：「讓這個年輕人留下來吧。這件事也關係到他，也許還比任何人更迫切呢。」

奶奶以迅雷不及掩耳的速度，伸手抓住托比的手臂。快得有如毒蛇出擊。快到諾拉幾乎沒看到，要是那隻手又收回去了，或許她也不會相信。但事實擺在眼前：五根細瘦、泛綠的手指緊緊抓住托比的手臂，而奶奶坐在輪椅上，身體往前傾。不是像諾拉瞬間以為的那樣，幾乎要從輪椅上跌出去，而是完全靠那抓握的力量撐直了身體。托比驚喜地往下看，彷彿全世界各個角落的魔法都聚集到這裡來了。

他轉向諾拉。他說：「媽媽。」

「我看到了。」

音節在奶奶的喉嚨裡衝撞。嚀─㖠─嗯。她的嘴痙攣了。嚀─㖠─嗯。她想說的是「跟我來。」

托比輕輕地包住她的手，站了起來。他環抱著她，慢慢扶她坐回輪椅上。她的手還抓著他，手指輕輕地敲擊他那曬得黝黑的手臂。

他推著奶奶的輪椅走了以後，其餘三人在陰鬱的氣氛中，安靜地坐了很久。她還在想著要怎麼脫身到穀倉去時，克雷斯說：「聽說自從你先生離開之後，《前哨報》很久沒出刊了。」

「那兩個孩子在處理。」

「登氣象報告需要的人手一定比登假新聞少多了。」

她有點氣惱。「我們不登假新聞。」

「隨便你怎麼說。」

「你或許不太滿意我們的報導，克雷斯先生。上帝知道，我遇到過更嚴厲的指責。但那些報導絕不是謊言。」

他好一會沒回應。彷彿真的在思索她說的話。

「你們最近根本沒出什麼報導。」

「我們確實人手不足。」

他說：「可是那部華盛頓印刷機還是繼續消耗你們的錢，一天不落。」

她告訴他，這個重擔他們已經扛很久了。很習慣了。

「我實在無法理解。除了最初的價錢，還有無窮無盡的費用，怎麼能堅持不悔呢？你們買下印刷機，光是要給前一任主人——或者花言巧語騙了你們成為它最後港灣的聰明人，就你們的例子來說，就是那間夫拉格斯塔弗的銀行——那些錢就夠可觀的了。好了，反正你們買下了一部印刷機！可是接下來還要有個地方放機器。要有人操作機器。還有紙張、墨水。如果你們真的很認真做這件事，那成本就要以兩倍來算，因為每運作幾個月，機器就需要維修。齒輪會卡住、接合處需要上油。在此同時，芝加哥一直製造出更新更好的印刷機，印刷速度是你們那部印刷機的兩倍——等一下，燒錢的事還沒完呢。屋頂漏水了！窗戶破了！錢一直丟出去。更別提從頭到尾得操多少心了。」

她說：「嗯，我相信以你跟《號角報》的關係，你很清楚。」

「我跟《號角報》實在不太熟，拉克太太。就我瞭解，那是在艾什瑞弗發行的報紙。」

「它對你非常有好感。」

「不該有人幫我說好話嗎？」

他看著她。她不知道自己是不是應該笑。不知道他是不是把這件事當成笑話：假裝他在《艾什瑞弗號角報》的投資沒有把它從八卦小報變成今日舉足輕重的地位。她還清楚記得他公開支持它的那一天。艾默特去艾什瑞弗參加剪綵了。有一張梅瑞恩．克雷斯和伯特蘭．史提爾斯站在一起的照片，兩人都在笑，那表情，以艾默特的話來說，彷彿兩人都來不及跑到廁所去了。

最後她說：「我想養牛也一樣吧。你買了一頭小母牛，但現在你得給她喝水，還得給她吃草。雇人照顧她。保護她不讓狼吃掉。她一天天大了，結果得了黑腿病死了——而從她叫喊著來到這個世界的那天起，除了讓你花錢之外，還做了什麼？」

哈蘭迷迷糊糊地插嘴：「這——說得真有道理。」他像個霍亂病人一樣冒著大汗。她拿了一塊布來幫他擦額頭。

克雷斯往前靠，一隻手從桌面上甩過來。他說：「牛隻跟報紙不一樣。牛隻跟任何東西都不一樣。」

他坐回去，等著。她不知道什麼是正確的答案。牛隻跟很多東西一樣。她越來越擔心哈蘭了。她太投入關於嬌西的謊言了，以致於她得提醒自己，這裡發生的事，都不能怪那個女孩——一如這幾個月來發生的一切。不：嬌西正在穀倉裡發抖，她的頭垂在僥倖還沒斷的脖子上。艾梅納拉醫師正在家裡安睡，不知道這裡需要他。沒有人去找他來。

「除非你打算對治安官來個疏忽致死，克雷斯先生，不然我認為現在該去找醫師來了。」

克雷斯說：「我們再等金凱德小姐幾分鐘吧。」她應該跟他說的。為什麼不說呢？停戰的心蠢蠢欲動，她很想故作不經意地說：為了不讓兒子難過，我把那個女孩子留在穀倉了，不過現在你必須發揮道義，去找醫師來。以克雷斯的人格來說，他應該做得到。不過他沒打算委屈自己，已經又說起來了。

「其實，我媽媽去找過算命師。在倫敦，一個真正的算命師。她的父母在造船廠工作，她嫁給我父親時還不到十六歲。所以她去找一個吉普賽女人，當時那個女人是年輕媽媽們的救星。她問說她肚子裡的寶寶以後會怎樣。

「吉普賽女人跟她說，如果我能活過十歲，我就會成為帝王。想想看，一個年輕女子，一個碼頭工人的女兒，聽到那種話，她當然是照字面意義來解讀了。她穿過黑暗的窄巷回家去找我那半盲的父親，跟他說：亞伯特，我們的兒子會成為帝王。」

*

「我的父親——儘管愛喝威士忌、愛玩飛鏢——是個溫柔的人。耳根子軟，又因為他比我母親大了二十五歲，所以很寵她。他對她，總像她是不小心在他的生命裡暫時停駐，她只是還沒發現這一點，可能隨時就要飛走了。

「對於吉普賽女人預言的我的未來，他們兩個都認為就是字面上的那個意思。甚至到處跟鎮上的人說——可惜，這對他們的處境沒什麼好處。就是兩個瘋狂基督徒在碼頭區走來走去，而我坐在他們買來或偷來的好嬰兒車裡，穿得光鮮亮麗，好像別人家的孩子。常會有女士過來問我母親，她在誰家當保母。那輛嬰兒車就是那麼高級。她從來不畏縮。她不知道什麼叫丟臉。我們的兒子會成為帝王，我母親一直這麼說，而我父親任由她說，只是他去酒館時，免不了要遭人議論一番。幾個弟弟出生後，穿的是我的舊鞋，還有我穿不下的舊衣服。而同時，我穿新衣、戴新帽，穿著發亮的鞋子，到上流人士的小孩玩樂的公園去，因為她認為我們這種身分的孩子要成為帝王，就是娶個公主——她確實死守這個邏輯，一直讓我跟上層階級的人在一起。她的兒子，帝王。她死時，我還不滿九歲——她最害怕的事，莫過於她走了，我的輝煌前途也跟著完了。因為，儘管我的父親愛她，但他個性安逸、胸無大志，她很難想像他一個人能夠振作起來，照顧四個孩子，同時還能堅持追求我命定的未來。我想，他們一定徹夜長談過很多次。一再重複的保證。

「當然，有好幾年的時間，那些保證並沒有什麼成果。我父親是老師。後來，我們搬到一個鄉下教區去——離我母親原本的計畫還很遠。那時我十二歲左右，深深感覺到弟弟們的敵意。他們跟一般的孩子一樣，從來就無法釋懷父母更重視我而忽略他們。我們像異教徒一樣打架。帶著滿身的泥巴和凝結的血跡回家。農人發現我們在他們的穀倉裡大吼大叫，拉著我們的耳朵把我們帶回家。他們說：亞伯特，你就不能管管這幾個野蠻人嗎？我可憐的父親——在火爐邊縫補我們互相撕破的衣服，邊縫邊哭。他總是說，他一直沒有再婚，是因為全部的基督徒裡，找不到像我母親那麼好的女人了。但事實上，我懷疑整個基督教界也不會有哪個女人願意扶養這幾個孽子，即使是讓她嫁給世界上最溫柔的男人。

「十四歲時，我被送去得文，給艾爾沃斯老爺當馬夫。那是吉普賽人做的工作——而我們，吉普賽人跟我，都理所當然討厭對方。他們討厭我，是因為我得到的待遇比較好，而我討厭他們，是因為那時候，我會成為『帝王』這件事——三個弟弟總是不時提醒我——已經讓我覺得很丟臉了，我自然很樂意責怪為了十便士和一個笑容，就欺騙我可憐的亡母的人。

「可是為了馬，我們可以和平共處。馬是多麼美好的動物啊。老爺養了三十頭，經常有人從內陸來看牠們，讚美、試騎，依依不捨。女人服飾精良、臉龐嬌豔，多看一眼都會被閃瞎。

「我一直不太會騎馬。有人說，是因為大腿太硬了——從馬的角度來說，意思就是太胖了。治安官，你是在笑嗎？你很清楚我在講什麼。

「艾爾沃斯老爺人還不錯——對馬十分癡狂，要是有機會，他會一整晚跟你聊養馬經，都不用換氣的。可是他也很喜歡賭，幾乎跟喜歡馬不相上下，他還喜歡喝酒，而這幾件事沒辦法相容。錢財快散盡時，他開始賣馬——所以我才會搭船前往德克薩斯，將他賣掉的幾匹母馬，帶去給牧場主人，山姆．穆瓦尼先生。那幾匹母馬有灰褐色，有灰色，牠們不喜歡水、不喜歡顛簸，也不喜歡船上的人。我還沒出發，我父親就傷心極了，因為前幾年他就有幾個兄弟死在美國，他知道美國對年輕人有多殘忍。他突然就緊抓著我母親的願望不放：你要記得，梅瑞恩，他一直說，你要記得美國不怎麼喜歡帝王。想在美國稱王的人都不怎麼順利，你要記得。

「我本來是要把那批馬送到加爾維斯敦就直接回家的。

「可是話說回來——拉克太太，一八五八年的德克薩斯啊。多麼迷人的地方。放眼望去什麼都沒有，空氣中盡是馬匹和雨的味道，灰綠色的天空，全世界的年輕人都聚在那裡，義憤填膺地談論奴隸制度、建州運動以及脫離聯邦。我一踏上河岸，就知道我不會再渡河回去了。

「我跟各式各樣的人來往。要去加利福尼亞的採礦人。雄心壯志、一心一意想要開路穿過大草原的人。沒有必要死守著一件事，所以我邊走邊瞧。在酒館、礦物檢驗室打工。送過一陣子的電報。在聖約瑟修理車輪。後來桑尼．阿斯特菲爾德先生介紹我去給小馬快遞送信。他說，孩子，全世界沒有比這個更危險的工作了。但如果你能撐過第一年，你的人生就會比十個人加起來還精彩。

「感覺徹底活著，那不就是生命的意義嗎？

「你還好嗎，拉克太太？門口有人嗎？我沒讓你覺得無聊吧？

「我幫他們送了一年快遞。急匆匆出發，從一個驛站趕到下一個驛站，馬換了一匹又一匹，快馬狂奔，快得每顆牙齒都在打顫。我幾乎每次都這麼想，才能完成任務：我的心在這裡，可是我的身體不在。我的身體跑到前面去了，我要趕上它，這樣我才能再度完整。所以每當夏安人或克羅族從樹林裡跳出來，我就會直視前方，告訴自己：我在那棵棉楊木那裡，我在那個山頂，或者在下一個驛站，等他們發現這個只是我的幽靈，就會放棄追殺了。

「那份工作讓我學會欣賞秘密。每隔幾個晚上，照料完騎馬引起的水泡後，我會拆開一封郵袋裡的信取樂。我會花好幾個鐘頭挑選信件。看著信封的筆跡，問馬兒：我們今晚要看情書嗎？還是看家書好？我會小心挑開最上面的細縫，拿到火堆旁讀出聲來。在這裡生活的人，想要在他方的人知道這裡的一切。約翰，你妹妹正在好轉。莎莉，你媽媽和我很為你高興。提姆，你爸昨天走了——這些永遠是最奇怪的。知道了跟自己無關的生命發生的事。提姆，在我前方的某個地方，如常生活，彷彿他的爸爸還在大草原的另一邊。而我日夜奔騎，要把消息帶給他，宛如把夜晚的全部黑暗都抛在身後，而這次，這片穹蒼，鋪天蓋地，前前後後都看不到邊界。

「然後我會把那些信都交給舊金山的郵局局長，再到中國城的一個小地方，坐下來抽菸，想著這件事。我，乘載著他人的秘密。而那些在別處生活的人，不知道他們的隱私已經為我所知。我以前會想像，在街上認出跟那些信件有關的人，會是什麼樣子。我會說：查爾斯，我送過一封你的情婦給你寫的信。你的太太應該會想知道吧？一種大權在握的感覺。別人知道了你的秘密，就等於看透你整個人——沒有人想要完全攤開在陌生人面前。

「我最後辭掉那份工作時，感覺我知道的事，超過一個人應該知道的。

「那種感覺其實很讓人著迷，拉克太太。好，謝謝。

「沒錯。

「我本來有可能一輩子都不改行。可是後來有了電報，再後來又有了戰爭，於是我北上，獵了一陣子的野牛。那真不是人幹的工作。主要是因為，會去獵野牛的人都很嚴肅、瘋狂、冷酷，而待在簡陋的小屋子裡，雙手被熱槍管燙傷、指甲縫裡還有乾掉的血和毛髮，也算不上是什麼生活。

「你還好嗎，治安官？你看起來有點蒼白。真不知道金凱德小姐怎麼還不回來。我等一下就去找醫師來。

「我先把後來的事說完。一八六五年的冬天，我又沿著密蘇里河南下，那時表面上戰爭已經結束了。民兵還躲在山裡，大家急切地湧上平原，一波接著一波。原本的生命已經在他們身後某處崩塌了，除了在鼠尾草原上一直走下去，走到死，或者遇到新的狀況，也沒別的事可以做了。當然，由於凱奧瓦人、蘇族和科曼奇人都被惹毛了，死是更可能的結局。移動的人太多了，軍隊一直拚命伐木，沿著普拉特河和黃石河蓋要塞。修補渡輪、搭建橋樑。

「我感覺大家都發現了我早就知道的事：西部有美好的前景，不該浪費。他們搭著篷車、趕著羊，來糟蹋這塊土地，讓我這種早就知道、也保守這個秘密多年的人日子更難過、生活更擁擠。

「它就是有那種魔力。跟別的地方都不一樣。對男女老幼都一樣。當第一個人爬上視野遼闊的山丘，看了一眼四面八方綿延不盡的鄉野，深吸一口氣，告訴自己，這一切都是屬於他一個人的。告訴自己：這裡有美好壯麗的生命，而我是唯一看到的人。那時，就決定了這片土地的命運。

「感謝那第一個王八蛋。沒有他，我們這些人都不會在這裡。

「他也應該感謝我們。我們讓他活了下來。

「希望這個故事不會太無聊，拉克太太。我保證，我快說到重點了。

「總之，我不知道還有沒有適合我這種人的荒野。我一直聽到別人在稱頌德克薩斯。戰爭讓成千上萬頭牛羊成了孤兒，沒有烙印，沒有記號。只要把那些牛羊關起來，就變成自己的。

「我就是那麼做的。同時還有數十個人也這麼做，但是土地很大、牲畜很多，見者有份。一大早，十個男人策馬奔向草原深處，到了中午，每個人都有了一大群牛羊，數量多到甚至看不到尾端。

「當然，有了一群牛羊，就得找個地方給牠們吃草。我的老搭檔，賽蒙·維爾曼，他一直堅持要去達科塔領地。那裡有豐美的牧草。溫和宜人的夏天。我很清楚——我曾漂泊到那裡去。可是當時紅雲帶領的蘇族一直在保德河來回突襲。我跟他說，如果你那麼想死，那你乾脆把自己拴在繩子上，我會幫你把椅子踢掉，這樣你站在主的面前時，就可以問心無愧地跟祂說，你不是自殺的。這樣總比讓某個蘇族的瘋子砍斷你的手腳，把你做成項鍊送給他的孩子好多了吧？

「原諒我口不擇言，女士。

「於是我們往西南走，前往莫戈隆。有人跟我們說：沒有水，就沒有草。而如果你以為蘇族就夠狠了，等你遇到阿帕契人，就知道什麼是真狠。那整個地方到處都是墨西哥人，而且還跟印第安人密切往來將近兩個世紀了。有時，彼此通婚、歃血為盟。可是一旦擦槍走火，他們就會來踐踏牲畜、把對方的孩子抓回去當自己的孩子養，只為了泄憤、想氣死敵人——然後一年還沒過完，他們又開始互相親吻、握手，當初的血腥屠殺又是為了什麼？

「我告訴你們，有時我們會靜悄悄穿過峽谷，不發出任何一點聲響。連牛群都知道不能喘大氣。

「賽蒙．維爾曼喝了污濁的河水後發燒，不到三天就死了。我很意外，也大受打擊。我覺得如果我們照他建議的路線走，他或許就能看到那裡的青草地。但是這些猶太人，就跟摩西一樣。他從來沒有看到他打算看的東西。

「我繼續走。只有我和那些牛，還有幾個牧牛工，他們要不是太餓了，就是不在乎要去哪裡，又或者要逃離東部的妻子或通緝令。我就是這樣振作起來的，拉克太太。騎著馬前進，前後左右牛群簇擁，叮噹作響，身後只餘滾滾黃沙與號角聲。驕陽無情，只有大雨遮天蔽日時才能暫歇。有時雨大到滿滿江河的水都沖進峽谷，彷彿本來沉睡在地底下某處的所有河流，都同時打開了開關。

「你好像很想擺脫我。我快說到重點了，拉克太太，說完我就去找醫師。不過金凱德小姐在路上遇到我，知道你對她那麼沒信心，她一定會很傷心。

「我的重點是：沒有人相信有人能辦到。但我辦到了。我帶著那些牛走過荒地，來到這裡，見到了最青翠的草地，最湛藍的天空，於是我放下手杖——跟你一樣。在我之前，沒有艾什瑞弗：只有幾頂帳棚搭在無名的山坡旁。

「你會反駁我，就跟你丈夫一樣，說沒有我，你們也都過得很好。種玉米，種小麥，讓孩子死於中暑。

「可是我來之前，沒有水塘，旅人沒地方讓馬喝水。我來之前，沒有驛馬車道，沒有郵局，沒有治安官，沒有家畜協會。夫拉格斯塔弗的人都沒想到要在這裡執法。有人偷牛，有人墜落懸崖，他們都說那叫意外。

「我來之前，這裡是最偏僻的內陸。

「除非牛隻要送往芝加哥，不然鐵路絕對不會蓋到這裡來。所以如果我說，艾什瑞弗注定要發達，那個地方就會發達。因為等鐵路蓋好了，就會是我花錢給它辦開通典禮，就會是我的牛隻搭上火車。

「《鳳凰城太陽報》派人來報導開墾這個山谷的人時，他們找的就是我。我本人。他們問我，我為什麼選擇這裡時，我說了真心話：我知道每年有八個月，這裡是神屬的地表上最炎熱的地方，人人都會退避三舍，除了最真、最好的人。這一點讓我很高興：我身邊都是最優秀、最好的人，流血流汗、無怨無悔。而我們可以領略彼此的成功，因為他們也有過斷手殘肢的經驗，也失去過親朋好友，有時甚至幾乎要喪失心智。他們也克服過最嚴峻的考驗。我們都是這麼奮鬥過來的，只是可能從未跟對方說過。不需要說。只要看著對方的眼睛，就知道了。英國人，黑人，斯拉夫人，墨西哥人。都無所謂。我們知道要付出多大的努力才能在這裡安居立業，我們會相互扶持、彼此為伴。

「但要是意見分歧，就辦不到。對那些死守一個已經無望的河谷的人。對那些想隨意讓河道改向，或是搭建圍籬的人。對那些把窮人都當聖人，把偷牛賊都當朋友的人。你不可能跟這些人肝膽相照。

「還有叫我『投機的酸菜姆』的艾默特・拉克，只因為我叫警方把那些乞丐趕走，他就認為錯的是我。

「還有倚老賣老的黛絲瑪・魯易茲，還有你，死守著這間房子，因為你不想搬到三十五哩外的艾什瑞弗。不了，我不希罕你們的認同。

「我瘋狂愛著這片大地、這裡的天空與江河。這裡屬於你們，也屬於我，不管你們蓋了多少圍籬，寫了多少封信到華盛頓去，我都不會夾著尾巴逃走。我有責任讓這個地方繁榮起來。如果任由你們說我不屬於這裡，那我就太該死了。

「可是——你是個母親。如果很久以前，有個吉普賽人跟你說你的兒子會成為帝王，你也會一心一意希望預言成真。

「即使是現在，光是想到我的母親拿到《太陽報》，打開來，看到這幾個字——『梅瑞恩·克雷斯：卡特郡養牛大王』，我就想哭。

「也許，拉克太太，這就是我今晚沒照別人建議的，派別人來，而是親自來找你的原因。

「把手給我。放心，哈蘭治安官不會介意的。讓他受點刺激，對他的心臟有好處。把手給我。天啊，看看你的手指。好像剛從墳墓裡爬出來。很痛嗎？醫生看到了，會怎麼想我們？不顧你的傷，還一心呵護著只是斷條腿就哀嚎扭動的治安官。

「拉克太太。諾拉。我要再一次提醒你，我是親自來的，沒帶別人，也沒找警方，因為你是個母親——你無怨無悔地愛著兒子，你的親骨肉。他們還很年輕，還有機會成為帝王。

「不需要讓今天早上的糾紛斷絕了機會。事實上，我更寧願結果相反。我寧願認為今天早上的事，讓我們無傷大雅的小小對立有了破口。讓我們化干戈為玉帛。

「所以，我來跟你談和解。為了化解我們之間的矛盾，我願意減輕你的負擔。

「我知道《前哨報》那部印刷機讓你丈夫欠了一大筆債。正如我們先前說的，無止境的成本。為了讓它保持最佳狀態，一定耗費了數不清的錢。為了你的幸福，我想為你解決那個問題，今晚，一勞永逸。我願意出價，呃，三千元好了。

「我一點也不在乎那部機器真正的價值——我相信終有回本的一天。

「我的條件是，讓《前哨報》停刊。你們不需要把印刷機交給我的人，不需要把它銷毀，甚至不需要從店裡挪走。相反。我最想看到的是你們改變它的用途，改印公告和廣告。說不定哪一天也可以印書。

「只要不是所謂的報紙就好。報紙應該留給艾什瑞弗那些更有能力的人來做，他們的報導更接近事實。

「從宏觀的角度來看，你可以把這件事當作一份自由的大禮：我不是買下你們的印刷機，而是解除《阿馬戈前哨報》對它的束縛。讓它承擔更悠閒、更愉悅的任務，不再散播關於我的謊言，不再阻擋善良的阿馬戈人擁抱更美好的未來。

「那麼我們過去的所有分歧就此解決，今天早晨的不愉快也一筆勾銷了。」

*

過了一會，他轉向哈蘭。「我發現她完全不知道我在說什麼。」

這時的克雷斯，已經捲起袖子，拉下吊帶，並且把外套掛在椅背上。他握著她的那雙手，都熱起來了。她開始懷疑，他靠在桌子上的手肘，已經把桌子壓凹了，甚至壓出兩個洞，而新牧豆樹的藤蔓，也開始纏住他的腳踝，也許連她的腳也纏住了。哈蘭的腿開始壞死，而嬌西——可憐的嬌西——除非她已經放棄，去見上帝了，不然隨時都可能踉蹌進門來，拋來控訴的眼神。誰能怪她呢？梅瑞恩．克雷斯這種人一開口，就是這樣——因為他們都有故事，像這樣沒完沒了的故事，對這個世界的發展至關重要。這就是他開始談到今天早晨，提起今天早晨的不愉快時，她心裡想的事。一部分的她，有點心不在焉，還以為他說的是費迪．科斯蒂奇在黛絲瑪家發生的事。

可是那件事不可能讓哈蘭出現那種神情。哈蘭正靠坐在椅子邊緣，盯著地上看。

克雷斯問他：「你來多久了？竟然還沒跟她說。」

「我本來是要說的。我有我的做法。」

「對一個堅持要親自傳達消息的人來說，你還真的不疾不徐。」

哈蘭看著她。「今天早上桑切茲牧場發生一場爭執。」

克雷斯哼了一聲。「爭執。」

「攻擊事件。兩個男人帶著幾隻狗攻擊了佩卓・桑切茲和他的兄弟。我到農舍時，除了佩卓，其他人都死了。你認識他嗎？」她不認識。「他死前——願上帝讓他安息——他說了凶手的名字。」

她說：「真是走運。」一陣奇怪的寒顫從她的腳趾爬上小腿肚。她的膝蓋微微跳動，她擔心這個動作會越來越明顯，傳遍全身，最後整個人都像樹藤一樣震動。桌面下方有根釘子刺進了她的膝蓋。

「所以，諾拉，我必須再問你一次：你知道你那兩個兒子在哪裡嗎？」

「在普雷斯科特。」

「你最後一次見到他們是什麼時候？」

「我說過了，是昨天晚上。」

「所以你不能確定。」他費力想要坐得更挺一點，讓整張臉都扭曲了。從他的腿放在椅子上的樣子，她看得出來他那條腿已經失去知覺了。也許他的腳趾已經發青了。甚至可能都發黑了。

「如果我找遍你們家的每一個地方。連地板下面和泉水房都不放過，也不會找到羅伯或多倫？」

現在她知道他之前偷偷摸摸在找什麼了，而這也讓她的身體感覺更加冰冷。「哎，如果你之前假裝只是串門子然後找了那麼多個鐘頭都沒找到他們，哈蘭，我想你現在也不會找到。」她突然有股衝動，想把他的椅子踢掉，讓血液重新奔回他的腿。「我想佩卓・桑切茲提到我兒子了。」

「指名道姓。」

「真是方便。幾乎幫你把事情都做完了。」

哈蘭坦白說：「我寧願不要。我也希望能跟你說我到的時候佩卓已經死了，羅伯和多倫的名字是別人跟我說的，因為我知道你希望是這樣。可是我人在那裡，諾拉，是我親耳聽他說的。」

她說：「可惜他這最後一口氣，竟然浪費在可惡的謊言上。」他坐在那裡看著她。他又一次完全清醒了，至少清醒到可以自己擦去眼睛上的汗。諾拉說：「他們絕不會做這種事。」

「不會嗎？他們每天都在郡裡跑來跑去，有人斜眼看他們，就指控人家殺了他們的父親。」

他指著門口。「你不是才跟我說，昨晚多倫為什麼會把門打破——因為他以為艾默特被人殺了，而凶手是桑切茲兄弟？」

她說：「要是我知道你在找什麼，我絕不會跟你說這件事。我不會讓你來到我家一哩之內。」

克雷斯指出：「對，不過治安官當了一次好聽眾，似乎也好好地刮了一次鬍子。」

她想到刮鬍子的事——想到他們講的話，想到當時嬌西摔傷了肩膀、腳踝嚴重扭曲躺在溪谷裡，而他們浪費了寶貴的一個小時，為了什麼？為了殘餘的心動、壓抑的寂寞，那是誰都不該承認需要的感情——沃爾克式的憤怒又熊熊燃燒了。她轉向克雷斯。她問：「那**你**來做什麼？就算這件事屬實，那也是我兒子跟執法單位的事，也許再加上佩卓．桑切茲的寡婦，不關其他人的事。」

「我跟佩卓認識整整十年了。該有人替死者伸張正義。」

「但願我們都有這樣的朋友——利用我們流的血當籌碼，逼一份週報停刊。」

克雷斯咬唇回她一個笑容。「佩卓不是那種論條件交朋友的人。他知道我做的事都是為了大家好。」

「諾拉。」哈蘭往前坐，隔著桌面朝她靠過去。「要是羅伯和多倫逃走了——要是他們沒有出面自首——他們就會成為通緝犯。」

「但要是他們承認了沒做的事，而我也讓印刷機退役——他們就能回家來？」

他看著克雷斯。「如果他們出面認罪，我們就可以開始討論要怎麼讓此事和平落幕。」

她往後靠。「其實，哈蘭，別人一直說你加入梅瑞恩．克雷斯的陣營，我還差點笑得跌下馬去。你大可以一來就跟我說這件事，扯到印刷機就難看了。」

她第一次看到他的臉上出現怒意。「我一直在醞釀說的時機，諾拉。要跟一個——朋友說她的兩個兒子犯了法，而她還在家裡等著他們回家，這不是容易的事。可是接著我就在溪谷裡跌了一跤。」

現在他們靜靜地坐著，氣氛悽慘得她幾乎喘不過氣來。每一口氣都又急又淺。她想不起來深呼吸的感覺了。她心想，可憐的嬌西，在穀倉裡，忍著斷掉的肋骨辛苦呼吸。

她說：「這樣好了，不如我發個電報給我在坎伯蘭認識的每個人，跟他們說你們今天說了什麼。等艾默特回來，他再把完整經過登出來——包括治安官在選舉期間試圖脅迫一個無助的母親逼兒子承認他們沒有犯下的罪行？」

克雷斯說：「首先，說你無助就是個笑話了。其次，我懷疑拉克先生會對這件事多說什麼，畢竟他在加州那麼忙。」

「加州？」

現在又是什麼狀況？克雷斯立刻拿起椅背上的外套，在口袋裡摸索。就算是趕著把礦脈上的寶貝拿出來都沒那麼快。他終於從一個頗深的內袋裡，拿出一小片黃色的紙，並誇張地把紙張攤開來。接著他很快又從口袋裡拿出眼鏡，而她靜靜地坐著，看著他把眼鏡掛在鼻梁上，調整了一下位置。

他說：「這是一封原本住在亞利桑那領地阿馬戈的艾默特．拉克先生寫的信，《艾什瑞弗號角報》兩天前收到，準備登在下一期上。」

他念給她聽，她則具體想像那些文字。「親愛的伯特蘭．史提爾斯先生，誠摯感謝您上個月的來信。由於我最近去了加州的洛杉磯，因此未能得空回信。也許您注意到了，梅瑞恩．克雷斯先生有意召開郡議會，開始處理最近可畏的這幾個月艾什瑞弗和鄰近地區的一些難題。我很榮幸得到克雷斯先生的青睞，擔任會議主席，不過我想我有責任讓您知道，我希望能將這次短暫的旅行變成永久的結果。接下來這幾年我會經常往來洛杉磯和阿馬戈，安排我的家人過來，並逐漸減少參與公眾事務，也因此無法得到充分資訊就重要議題做出定論。如您願意承接我在議會的角色，甚感榮幸並不勝感激。我會在洛杉磯敬候佳音。艾默特．蘇沃．拉克敬上。」

她說：「那不是我丈夫寫的。」

「這裡寫得很清楚，確實是他寫的，拉克太太。」不過她的心看到的是那個熟悉的字圓滾滾的筆畫。

「你可以告訴我『可畏』這個字是什麼意思嗎？」

「什麼？」

「『可畏』。這個字是什麼意思？」

「這有什麼——應該就是讓人畏懼的意思，或者是衝突不斷。」

「寫這封信的人可能不介意，克雷斯先生，但是我丈夫一定不會用這個字。你沒有邀他當主席，他也沒有寫這封信。」

「可是上面確實有他的筆跡。」

他把那封信遞給她。那封信是打字的，而在艾默特的敬筆底下是個潦草的連筆簽名，以及僵硬的姓名首字母縮寫「ESL」。

「如果這是艾默特的簽名，那我就是莉比．卡斯特[21]。」

「真的嗎？」克雷斯往後靠坐，下巴壓在雙手上。「要是有什麼東西可以對比一下就好了。要是——這樣好了。」他將指尖放在她的手上。「要是我手邊有他上個月寫給我的信就好了。因為我向他坦承，我知道他妻子某件不名譽的事，於是他在那封信裡懇切承諾，他的報紙絕不會積極反對改設郡治。而現在，《前哨報》違反了承諾，刊出艾蓮．法蘭西絲的投書——那我們當然也可以認為拉克先生的話跟簽名都不足為信。我想，這裡應該沒有人想要再聽一次我跟拉克先生交易時提到的那件不愉快的事——跟一個孩子的死亡有關之類的——尤其是，想到艾默特聽到我說的話時，一點也不驚訝的樣子，幾乎就像他早就知道了。不過，幸運的是，為了我今晚來此的初衷，那封信會繼續保持傳言的狀態。看來就跟拉克先生去坎伯蘭找水一樣。因為他其實」——他拍了拍那張紙——「是在加州。」

她很熟悉這種突然筋疲力盡的感覺。她曾有過這種感覺，當時她站在夏安的街上，看著整條街燃燒。她告訴自己，別擔心，等事情結束，你就可以回家休息了，然後她心裡一黑，突然明白，不，她不能休息——因為她的家就在這裡，跟著其他一切一起燃燒，而她想要的事，跟許多其他事情一樣，現在都不可能了。

艾芙琳說，**爸爸死了。他死了，而且已經死一陣子了，只有你還不知道**。

突然知道這件事，感覺好奇怪。也許曾經在某刻，她有機會知道這件事，並慢慢習慣，但那個時機已經過了。她感覺自己好像走進某個野外營地，卻發現那裡已經遭到棄置，而她以為會在那裡見到的人都走光了。羅伯、多倫、托比、黛絲瑪，甚至嬌西——身旁凌亂的草地上都是他們留下的痕跡，可是她看不出來他們走了多久、去了哪裡，還有她落後他們多遠。可能是幾天，也可能是幾年。也許她永遠也趕不上。那一邊是無盡的黑暗：呆板、無情、無人、純粹。那黑暗有

21 美國作家和演說家，陸軍軍官阿姆斯壯．卡斯特的妻子。

某種莫名的力量，會立刻從四面八方擠壓過來，同時將她消耗殆盡。她見過這種黑暗，但不記得要怎麼從黑暗中回來了。不過接著——那裡，就在另一邊，窗邊有一盞燈。一條碎石子車道，一大片斜屋頂；木板上有她的腳印，看到她了——怒火中燒的她。黑暗還在那裡。她在這種黑暗中長大，一輩子都受其限制，而她也熟悉它，熟悉它的邊界和古怪之處。畢竟，她還是她。

她伸出一隻手，壓住下巴，保持穩定。她費力開口：「如果死人可以從那裡用完全不一樣的筆跡寫信給活人，那麼加州一定真的像大家說的一樣，是個神奇的地方。因為，我丈夫，他已經死了，不管那封信怎麼說。」

「他死了嗎？」克雷斯轉向哈蘭。「治安官，你有找到他死亡的證據嗎？」哈蘭沒回答。他坐在那裡，抓得膝蓋骨都白了。「你有找到馬車？還是找到了血跡？沒人騎的馬？任何足以讓那兩個男孩子今天早上去找我的人大開殺戒的證據？」

哈蘭說：「你很清楚，我什麼都沒找到。」

她必須看著他，才能不哭，就算他一直不肯對上她的視線。

「好了，拉克太太。你不要太苛責我們的好治安官。在查爾斯堡和道奇城有過黑歷史的人往往沒辦法擔任公職，當然也不會連任。因為自己越過很多次獄，所以懂得怎麼把破敗的土磚牢房守得滴水不漏，這種人很有用。不過到了選舉年，他們可不需要在屋頂上大聲嚷嚷自己是怎麼學到這種技巧的。」他對她笑了笑。「不過這些你都知道。當然了，你和治安官之間沒有秘密。」

哈蘭突然勉強想要站起來，但克雷斯一拳打在他受傷的膝蓋上。這麼簡單粗暴卻有效的方法，讓埋在內心深處的某個她震驚——但實際上，在她眼中，這件事彷彿發生在別的地方，發生在她不認識的人身上，彷彿此刻坐回椅子上、一張臉毫無血色的哈蘭是陌生人。

克雷斯繼續。「你知道還有誰知道這個男人的秘密嗎？」他說。「他的妻子。婚姻是很有趣的事。我個人從來不覺得婚姻有什麼好的，不過我逐漸瞭解，婚姻可以取代一切重要的東西——過去、友誼。當然，不是永遠，就是這樣才危險。因為婚姻一旦結束，配偶就成了收納對方秘密的寶庫。也可以說是一種未開啟的信，等著有緣人來讀。有時，想要知道信的內容，錢是很好的誘因。不過如果傷心到想讓對方好看，這也夠了。因為沒有比不忠更傷人心的了。即使是未付諸行動的那種。也許這種更傷人呢。想想看，丈夫無法掩飾他對有夫之婦的愛，當妻子的會有多受傷。」哈蘭開口說了什麼——她的名字。她的聽力被某個濃密的東西吞沒了，她幾乎聽不到他的聲音。「想想看，這樣一個妻子，一定會跟密友傾吐她的心事。譬如，貼身女僕——然後這名女僕也可能在某個地方跟陌生人說，只要對方願意一直請她喝威士忌，讓她講話。想想看她可能說的話：『老天，我們的治安官真的被那個亞利桑那的潑婦迷得神魂顛倒——為了她，都不肯離開了。他可憐她，覺得她是個需要拯救的可憐蟲。畢竟她守著害死自己孩子的秘密，她的靈魂早就支離破碎了。全鎮的人都相信她是為了躲避印第安人才會發生不幸——可是實際上，是她自己太笨了，連阿帕契勇士和可憐的阿曼多．科提茲都分不清。當時科提茲只是帶了東西過去——他帶了什麼？一條麵包？天啊，你能想像這麼可怕的事嗎？』」

他起身，拿起外套。「所以，拉克太太，如果你想說治安官會站在你那邊——哎，希望你已經沒有這種不切實際的想法了。」他微微點頭。「我現在就去找醫師。」

「我丈夫是怎麼死的？」

「這話說得太荒謬了——他人在加州呢。」

「我想知道。」

「假設他真的死了——知道那麼多對你有什麼用？」克雷斯取下掛在門邊木條上的帽子。

「我父親過世時，我在他身邊。那是二十年前的事了吧。我因為擔心和害怕，受盡折磨。他冷嗎？他感覺得到痛嗎？他有想到我嗎？還有幾個弟弟、媽媽？他在臨終之際，是我記憶中的那個人，或者只是一團凌亂的思緒，從他心裡的奇怪角落抽走了？」他聳著肩，穿上外套，拉直了衣領。「除了覺得我盡了送終的義務之外，對於這些問題，我沒有得到任何滿意的答案。」

「至少你盡了義務。」

「從你的角度來看——你認為桑切茲兄弟要為你丈夫的死負責——那你也可以說，你的兩個兒子也盡了他們的義務。」

「那我的義務呢，克雷斯先生？」

「那還有待商榷。你現在有機會決定什麼是你的義務。」他伸出手來。「相信我，拉克太太，我誠摯希望這間屋子的人跟我不會再對立了。」他的手很溫暖，也不會讓人感覺不舒服。他的臉龐邊緣有非常微弱的認命痕跡，彷彿他們兩個一起犯下了重大罪行，這是最後一次回想了，之後他們就要分道揚鑣，永生不再相見。被男人威脅了那麼多次，她從來沒有這樣清楚感覺自己也像個男人。「我的提議仍有效。我其實可以讓你很難過，所以那已經是我最大的誠意了，至少表示我對你的敬意。我也這樣跟你丈夫說過：我完全不小看你可能會全力反擊，但我想要的並不是衝突。我並不希望提到你死去的孩子來詆毀你。但我要跟你說，拉克太太：我很意外發現艾默特一點也不意外。原來他早就知道女兒的事了。所以懇請你好好考慮一下。如果你拒絕，那麼你失去的一切也就毫無意義了。你的兩個兒子終其一生都會被通緝，無處可逃。你會只剩一個小兒子。我們都知道只剩一個孩子有多危險。而他那麼喜歡立體圖——就算他只能看到單邊。我想總有一天，他會有機會親眼看到那些景象。」克雷斯沒說「女士」，也沒脫帽致意。至少他很誠實。他對著廚房喊：「一起走吧，治安官。」

之後有好一段時間，她可以聽到克雷斯摸黑在外面備馬的聲音。哈蘭費力站起來，靠著桌子撐住。這時他才又勉強看著她。沒有移動腳步。他期待她過去扶他嗎？

他開口說的是：「我本來想直接跟你說的。今天早上的事，我是想跟你說的。只是醞釀得太久了一點。」

她心想，真是奇怪。她全身上下，都陷入了各種鮮明的感覺裡——一顆小石子或是類似的東西，隔著右腳靴子的鞋底一直刺著她，讓她意識到她的腳前掌，而她穿了一雙太小的靴子——因為是艾默特送她的，她不想讓他知道——度過了一個炎熱、悽慘又撲朔迷離的一天，她的腳趾頭本來就很痛了；當然，她也清楚意識到她很渴，這已經成為鐵一般的事實，幾乎不值得注意了，可是那乾渴的感覺自始至終都在，完全無法抑制；她還意識到她的胃越來越不舒服，不是痛，而是一種最後可能會轉成痛的感覺，因為在一陣狂風暴雨中吃下的牛排，正在胃裡作亂；她意識到腋窩下和頭髮裡的汗正在冷卻，還有鍋子裡腐臭的脂肪味，或許會好幾天都無法消散。一個人的身體竟能同時接收這麼多種刺激，既能單獨注意到其中一種，又能同時一起感受，這是多麼神奇的事啊。而能夠感知這一切的身體，此刻又不能將站在她面前的這個男人和從他的嘴裡吐出來話連在一起，這又是多麼奇怪啊。那可能是她聽他說的最後一句話了，而那句話跟嬌西有關。

嬌西。

他一定會讓醫師過來看嬌西。

哈蘭繼續說：「我沒有可憐你。我從來沒有說過那種話。我沒跟任何人說過，絕對沒有。」

然後他一路自己撐扶，走到門口，出去了。

克雷斯花了好一會才讓哈蘭騎上馬，又過了好一會兩人才離開門口的微光。門開著，她只能聽到他們的馬行過草地的聲音。她站在門口，同時他們輕馳通過托比的小石塔：到了二十碼外的畜欄；到了三十碼外的穀倉。她也許可以射中克雷斯，即使是在黑暗中，遠在五十碼外，準確度只要能讓他跌下馬鞍就好。剩下的就得近距離完成了。

她去拿門後的獵槍。可是拿到槍是一回事；把槍舉起來又是另一回事。

她如果舉起槍，就很可能會開槍。她夠瞭解自己，可以確定這一點。可是然後呢？克雷斯會跌下馬，同時拉著馬跟他一起摔倒。翻身趴在地上，或者爬到旁邊找掩護，然後從灌木叢裡還擊。如果她沒立刻被殺死，終究會射中他——就算哈蘭很可能支援他，畢竟誰知道什麼事情糾纏著哈蘭的人生？他跟人交換過什麼條件、欠下什麼樣的債？可是她會死。

而又有誰能支援諾拉進行這場槍戰？托比，從樓上某個窗口？嬌西，指揮幽靈兵團？或者，會是奶奶嗎？經過這些事後，終於發現，老太太不僅能自己推著輪椅移動、抓住別人的手臂，還能拿起步槍，也許還能射得比他們其他人加起來還要好，那可不就太驚人了？她也許還能打架。

也許那是值得一看的場面。

可是話說回來，諾拉知道，之後涼颼颼的後悔還是會找上她，就跟以往一樣，它總有辦法找上門來。就算她活了下來，接下來呢？她要把克雷斯的屍體拉進溪谷，還是燒毀？或者埋了，然後封死以為懲罰？也許哈蘭會直接把她抓去關，而不到一週，克雷斯的手下就會在某天晚上把她拉出來，吊上絞刑臺，很可能還跟黛絲瑪吊在一起——如果黛絲瑪沒有早就因為「慢麋鹿」而被吊死的話。她們兩個會吊在那裡，靴子的扣環在火把照耀下閃閃發亮，而她們的子孫還會聽到人家罵她們瘋婆娘和賤貨。

要是她沒射中呢？梅瑞恩．克雷斯會撥馬回頭反擊。而他的手下，可能早就分散守在樹林裡，會立刻上馬支援他。

那如果就讓他這麼離開呢？接下來會怎樣？嬌西躺在穀倉裡，經歷一場如今看來更顯得久遠的磨難，萬分僥倖地活了下來——但願仍活著。樓上，作夢作到滿身汗的托比，她沒看過有誰頭髮長得比他還慢。某處，她的另外兩個兒子在火堆旁紮營。威士忌酒瓶傳來傳去。輪流守夜。想著他們做了什麼事——殺人。以命償命。跟艾默特一樣衝動。她的殺人犯兒子。他們正在想著父親。想著在家裡的她，想像她正在睡覺。也許還有幾隻狗跟他們在一起。她腦中浮現那條健壯老狗，在火堆旁把灰色的頭靠在多倫的靴子上——她心想，這不太可能是真的，就算是逃過槍戰，一時激動，也不可能讓那頭老野狗趕上飛奔的人與馬。因為她的兩個兒子，成為亡命之徒的第一夜，應該就是這樣飛奔的——他們的餘生也很可能如此。羅伯和多倫．拉克。為未來某個男孩的廉價夢想提供材料。

啊，真可憐，媽媽。不過我想也只能這樣了。

艾芙琳死後，她說，是印第安人。五個人，騎著馬。她一直重複這句話，甚至在艾默特跟幾個鄰居出去找了一遍、沒找到印第安人的蛛絲馬跡之後，她還是這麼說。一共五個。阿帕契人。她很確定。她看得出來。她知道。不然她不會在田裡躲那麼久，趴在滾燙的太陽底下，祈禱他們不會放一把火把整個牧場都燒了。

她讓艾梅納拉醫師跟想知道的人解釋剩下的事：女嬰體溫越來越高。最後就被太陽曬死了。那時正是夏天。他們的第一間房子剛剛蓋好。艾默特趕著牲畜到別的地方去了。諾拉把艾芙琳綁在懷裡，來來回回把水運回屋子裡。家裡只剩她一個人，她對任何動靜都很敏感，突然看到遠方，一個人騎馬越過山脊。單獨一個男人。黝黑的身影，騎在帶斑點的馬上。當年還沒有路讓他騎過來，他只能迂迴繞著臺地上恣意生長的灌木叢過來，而她從灌木叢中瞥見了斑駁的馬身和皮革。黝黑的身影。斑點馬。她想到**阿帕契**，是因為從小到大，這個字就像一種病，在她心裡蔓延。尤其是大約一個月前，騎兵襲擊了那個阿帕契聚落，從此鎮上就開始流傳阿帕契人的行徑，內容寫實、直接、一如往常：牛脂肪加上篝火，火勢不斷呼嘯攀高，一直燒到墓地邊緣。鄰居們討論阿帕契人何時會找上誰進行完全不對稱的奇襲報復時，諾拉靜靜地坐在那裡，想著：不對稱？如果我的孩子被砍死、丟在太陽底下曝曬，我也會這樣對你。割掉你的舌頭，挖出你的眼睛。把你的內臟拉出來丟進河裡。

可是她還是制止了那個女人。那個平凡的老女人，她只是想要抱抱她的孩子，聞一聞艾芙琳的奶香，親一下她肥嘟嘟的小指節，或許是因為很久以前，又或者就在昨天，她自己的孩子才在某個阿帕契營區被砍死。可是她還是制止了她。為什麼她的心腸這麼硬，連讓她抱一下孩子都不行？

看到那個騎在雜色馬上的人時，諾拉以為她這輩子每天都預見的死亡來找她了。漂泊無依的人，就是這種下場。這就是那個傍晚的大事。她體內的血液突然奔流、稀薄起來。

她在田野裡，衝過長草叢，一直跑一直跑，最後頂著滾燙的太陽趴在地上。視線貼平灼熱的泥土，入眼處有一小堆家鼠或田鼠的黃骨。艾芙琳溫暖又急促的氣息噴在她的脖頸上，到後來她四周全都是那越來越短促的喘氣聲。不時抽噎幾聲——神奇的是，不知怎麼的，孩子一直沒放聲大哭，只不過她還是把裙子拉起來蓋住她，確保母女兩人所在的凹地，不會有聲音傳出去。遠處終於傳來馬蹄聲，就在房子附近。一個男人喊著，哈囉哈囉哈囉——是英文，她明白那是為了騙過她，想把她誘出來。哈囉哈囉哈囉。她不認得這個聲音，她已經被恐懼和想像占滿了。

等他終於離開，諾拉的眼睛已經被太陽曬紅了。艾芙琳睡著了，渾身發熱，睡得很不安穩。艾默特回來時，她還持續發熱，到了第二天早上也沒退燒。艾梅納拉醫師被找來時，他解開她的衣服，把她泡在一盆冷水裡，用一條手臂撐著她，捧水沾濕她的脖子以及剛剛長出來的那一點點頭髮。除了依樣畫葫蘆之外，醫師不讓諾拉碰她。最後那幾個鐘頭，儘管皮膚還燙得跟火爐一樣，艾芙琳看起來已經恢復了原樣。嚴肅的小臉，握緊的拳頭，還跟平常一樣不高興。

兩天後，又彷彿過了千年，他們將艾芙琳埋在屋後的山坡上。

鎮上的女人開始帶著派過來，表達空洞的遺憾。然後，等她們覺得這種事過後多久算合適之後，就開始拋出問題了。發生什麼事了？諾拉，怎麼回事？

她必須躲起來。她不能有任何動靜。

有印第安人。總共五個。阿帕契人。

接著，十月時，阿曼多．科提茲來致意了。他握著諾拉的手，說：「天啊，如果我知道你們會出事就好了。早知道，我就晚一點來——而不是那個時候去。那樣我或許就會見到你。我或許能在場。」

這時她明白了。騎著雜色馬的黝黑男人。根本就不是阿帕契人，而是這個人，這個拉著她的手掉眼淚的男人。他自己也有年幼的女兒，此刻正想像自己站在女兒們的墳邊。她也在想像同一件事。強烈地希望那件事是真的。

要不是為了艾默特，為了這個她愛的男人，當天下午她就會上吊自殺了。或者是隔天。她這個年紀的女人是怎麼說這種事的？自我解決。每次客人走了，屋裡空蕩蕩的，只剩她一個人，又或者她跟丈夫說想回家，想去到任何沒有那個傍晚的地方，去愛荷華，或是任何小孩子不會曬到全身發熱滾燙的地方，而她的丈夫溫和地反對時，她就會想這麼做。阿曼多每次來過之後也是——而他經常來，因為現在有一部分的他還活在她的謊言裡，每天都在懊惱自己決定來串門子的時間太早了一點，或太晚了一點，導致了重大遺憾。

有時她會想告訴他，解除他的重擔，讓他不再認為自己的命運悲慘地跟她的命運拴在一起。實際上，她只是一直說：印第安人。總共五個。阿帕契人。她當然確定。她當然知道。

她知道，而且無比堅決地相信，勝過任何其他事。畢竟她是騙子。而這個謊言，就這麼輕易有了自己的生命，把那個虛假的傍晚帶著往前走。從女人、搬運工、士兵的嘴裡與心裡傳出去，形成了某種未知的傷害混合體，一個更精彩的傍晚，如此浩瀚，如此豐富，以致於她偶爾想到時，都能說服自己，那一定是別的東西。怎麼會有那麼多明顯有毒的東西？

她終於把完整的事實告訴哈蘭時，她問他：「你認為會有別人因為我說的話而受到傷害嗎？」

他看著她的目光，充滿了信任與愛，絲毫不被她的坦白動搖。「不會的，」他說，「我覺得不會。不，當然不會。」

哎。她的謊言早就引發另一個謊言了。只要看阿曼多．科提茲慢慢陷入恐懼的樣子，就知道他說的不是真的。

是否還往外擴散了呢？一想到這一點，她就忍不住戰慄。幸好，大多數日子，她都能做到不去想。

所以，奪走水、奪走土地吧。奪走他們在這裡開墾的歲月。奪走黛絲瑪・魯易茲、醫師和嬌西。可是神啊，她心想——這是我女兒住過的房子。要是她整個生命都被束縛在這裡，並且禁止我離開怎麼辦？要是我走了——要是我從此再也聽不到她的聲音怎麼辦？

*

天快亮了，媽媽。

看來應該會下雨。

我希望你把槍放下，媽媽，趁托比還沒起床，趕快去看一下可憐的嬌西。

你知道，我之所以把真相告訴哈蘭，只是因為阿曼多·科提茲太痛苦了。而我太脆弱了，被我自己做的事壓得喘不過氣來。

我知道。

因為懦弱和愚蠢，害死自己的孩子，已經夠不應該了。但是我又當一次懦夫——不敢承認自己的懦弱——這快把我自己逼瘋了。

我知道，媽媽。

當然不能跟你爸爸說。應該讓男人好好活著，不讓他傷心。

可是看來他知道。他知道，而且還是一樣愛你。

真是太意外了。

我不知道，媽媽。我一直認為，其實夠明顯了。

我從來沒想到哈蘭會說出去。

說句公道話，這不是事實。當初聽到他結婚時，你夜不成眠。你是真的吃醋了，可是你並不擔心你所有的秘密都被洩漏出去。

哎。他突然就有了可以說那些秘密的人了。

可是後來你又想到你有那麼多事情沒跟爸爸說，所以，每個人都有不為人知的一面，連至親至愛都不知道，這也是很合理的。

我以為他不會說出去。

我想我們兩個都錯了。好奇心真是害死人！

我並不介意別人知道我的這一面，艾芙琳。知道我既可憐又害怕，光是一個有一半印第安血統的人騎馬而來，就把我嚇得半死。結果只是可憐的阿曼多帶著麵包和閒話而來。我不介意他們講我的事，親愛的。反正不管怎樣他們都會講。但我介意他們講你。彷彿你是個漂泊的可憐人，不幸被一個瘋狂的媽媽生下來。我不想要大家記得那樣的你。

我無所謂啊。

所以我知道你不是真正的幽靈。

媽媽，怎麼說？

你對我很好——跟我對你的付出不成比例。不管我做錯什麼事，你都原諒我。真正的幽靈不會這樣。真正的孩子也不會。

我想你說的對。

我知道我是對的。

你知道羅伯和多倫無法原諒什麼事嗎？你放棄《前哨報》，為他們替爸爸報仇的事脫罪。

我不在意他們原不原諒。我在意的是他們會不會一輩子當亡命之徒。睡在洞穴裡，隨時可能挨子彈。

我想如果他們知道你是怎麼為他們脫罪的，他們也不會想回來了。

那對我來說並不重要。

我想，從某個角度來說，你想要什麼都不重要。他們做出了犧牲。要是放棄《前哨報》，假裝爸爸逃到加州去了，那對他們來說才是真正的背叛。他們會原諒才怪！

我還能怎麼辦？

你可以接受醫師的提議。

然後呢？

離開，並祈禱你們會找到對方吧。

那你呢？如果我離開這裡，你會跟我走嗎？或者你必須留下來？

＊

天亮後不久，嬌西又醒來一次。「我好渴。」

「恐怕只有番茄汁了。」她把嬌西的頭抬起來，女孩乖順地喝番茄汁。她的一隻眼睛流血了，另一隻眼睛成青紫色，腫到幾乎睜不開。不過諾拉要她的眼睛跟著她的手指移動時，兩隻眼睛都同時往前看。「你的頭應該沒受傷，謝天謝地。」

「是怪獸，太太。」

「我知道，親愛的。我看到了。」她從口袋裡拿出木雕水牛，放在女孩的手心，讓她握住。

「醫師快來了。我把你留在這裡，是不想讓托比難過。」

「這樣很好，太太，我很高興。我也不想讓他難過。」

「我知道。會冷嗎？」嬌西不冷。她繼續握著諾拉的手。過了一會，諾拉說：「艾默特跟其他生命在一起了。」女孩沒張開眼睛。她在聽。「應該跟那兩個孩子說的一樣，在桑切茲牧場被殺了。梅瑞恩．克雷斯下令的。」

「我真是太難過了，太太。真的好難過。我本來一直希望不是那樣。」

「等你好了，也許我們可以再請艾默特來。我是說你跟我。我還有些話要跟他說。」

女孩捏了捏她的手。「其實，現在就有人在這裡。」她微笑。「他在溪邊陪著我，跟我講話，直到你們來。不過不是拉克先生，是迷路的男人。他就在你旁邊。」

諾拉心想，轉頭去看就太蠢了，但她還是轉頭了。沒看到人。「他把手放在你的肩膀上。」她說：「我感覺到了。」當然，她什麼也沒感覺到。她把嬌西的手翻過來，想把她指甲縫裡的泥土刮掉。「等水來了，我就幫你好好洗個澡。會冷嗎？」

「不冷，太太。」

她還是再拿了一條毯子來給女孩，然後進屋裡去。醫師還是沒來。群山邊緣才剛剛吞噬一點光線。山的東邊下了一點不痛不癢的雨，然後雲朵移開，露出一個燦爛的早晨。

托比推著奶奶出現時，睡在椅子上的諾拉不安地醒來。「媽媽，你怎麼沒生火？」

「我睡著了。」

「嬌西呢？」

「還在醫師那裡。」

「那兩個人呢？」

「都走了。」

他一臉擔憂地站在她旁邊，撫摸她的手臂。她沒辦法把頭從手上抬起來。

「你有看到奶奶動了嗎？」

「看到了。」

他說：「我就知道你會看到。」他的語氣裡沒有得意——只有嚴肅和寬恕。她伸出一隻手環抱住他，將他拉過去，他沒抗拒。從頭到尾他都沒動，忍耐著她把他當孩子。「我出去餵牲畜。」

「不用，我來就好。你去生火，然後弄早餐給奶奶吃。」

外面，露水把鼠尾草壓低了，在她的靴皮上留下或直或彎的暗影。隔著窗戶，她可以看到托比拿著木材來來回回，明亮豔紅的火光映在新的薪柴箱上。他有一句沒一句地跟奶奶聊天。老太太跟往常一樣一動也不動地坐在輪椅上，眼睛跟著他走。

當然，她永遠不會再自己移動了。接下來幾年，他們一直留意這件事，但歷史未曾重演。後來想到這件事，諾拉總會納悶，為什麼光靠信心就能存在許久的事，一需要舉證就被扼殺了。

諾拉拿著雞飼料的桶子出來時，托比已經在院子了。他盤腿坐在地上，立體鏡貼在眼睛上。映著灰紅日光的大頭，還有曬紅的耳尖。沉浸在立體圖的世界裡。

他身後，靜靜地從樹林裡走下來的，是駱駝。

光是牠的體型就叫人震驚。牠行走之處，高處的松樹枝為牠分開，也留下斑駁的樹皮，最後來到草原。在清晨的陽光下，牠近乎紅色，不過部分是因為牠的毛髮上積了厚厚的塵土。一條暗色的頸毛從牠的雙耳間斜畫到頸部，轉為一條濃密的長毛，上頭卡了芒刺、仙人掌刺及葉子碎片，時間久了，又化成粉。

一套破破爛爛的轡頭掛在牠的口部四周。

一條肚帶穿過牠的肋骨，緊緊壓進牠的側身，將一具鞍具固定住，而被一團粗如藤蔓、磨損嚴重的繩子束縛在馬鞍上的，是穿著藍色外套、已經死去的騎士。

我的重點是，如果我們當時考慮到你的消沉和喘氣，柏克，那麼或許多年前在那個淒涼的伐木場，我們就放棄了。你這輩子都很會耍流氓，愛抱怨又愛騙人。現在沒什麼不一樣——只是受了一點槍傷。如果昨天晚上在乾河床，這點傷並沒有妨礙你差點害死那個女孩子，我看不出來它怎麼會拖慢你的速度。如果你有那種力氣，那你的力氣就夠多了。

在那之前，我們不是以為已經無路可走了嗎？結果我們又逃了一次。還找到了喬利。

他就站在那裡，靠在他那間小房子的門口。他穿過院子來擁抱我時，我們的臉都濕了。

綿長的午後時光。男人丟下廣場上的棋局，對著你嘖嘖稱奇，同時聽我們回味往事。楚蒂——喬利的妻子。他的**妻子**，我心想，他娶的女人。一個有著漂亮眼睛的索諾蘭女孩，個子嬌小，一口輕快的亞基語，有一雙鋼琴師的手，脖子上掛了一個十字架——端出豐盛的一餐，而我們一直在院子裡講話，直到影子拉得很長。講到後來，喬利把收在屋子裡的角鞍拿出來。你忍耐著讓他給你套上全副配備，然後你們兩個就去廣場繞了一圈。喬利大呼小叫，而你輕快踏步，在我看來，是真的很高興。

傍晚的雨把我們趕進屋裡去。小屋的牆上貼滿了喬利的畫。老友收藏的畫本來就很豐富了，他又加了一些縮小場景的奇特營地和井架；平頂山與一叢叢扁平的仙人掌和絲蘭；駱駝骨骼研究穿插其中；眼睛、手臂，還有喬治、畢爾以及我們最後那一群人的畫像，他整個人生的細目。楚蒂把一幅畫拿下來，舉在我的臉旁，一臉同情。「不要太難過，米薩法。」她說。「這就是時間的破壞力。」

楚蒂和喬利之間很少說英語，多半是介於「利檬」和「雷檬」之間。他們一直溫柔地忙來忙去，彷彿總是互相妨礙，又很高興能互相妨礙。她去睡了以後，我們兩個坐在外面。我記得薄薄的雲朵匆匆飄過山頭。你縮著身體躺在前院，有點意興闌珊，但也滿足地不時抬起頭，追逐著微風拂過樹木發出的細碎聲響。我們感覺某種東西到了盡頭。

「杜娜為什麼叫你菲利普？」

「那是我以前的名字。菲利普・泰卓。」

「你又用回這個名字了？」

喬利朝著屋子點了個頭。「不然我們就結不了婚了。」

「那你的朝覲記錄呢？」

「我想應該還是有效吧，只要阿拉知道我很虔誠就好了。」

「你都還記得？」

喬利站起來。「來看看你把這好傢伙折磨成什麼樣子了？」

他仔仔細細把你檢查了一遍。你的牙齒和關節狀況還不錯，不過他猜你一定是病了很久，需要再吃胖一點才行。你的重心有點偏右腳——我應該更小心平均分擔你的負重。他下了結論：

「還有你的舊鞍具，實在太破爛了。」

「我沒想到你會覺得這麼糟糕。」

「如果你能再撐一會，成為貨真價實的駱駝騎士就好了。」

「那你這個駱駝騎士沒有駱駝又怎麼說？薩伊德到哪去了？」

他跟我說，死了。被一頭發情的小公駱駝撞倒了——這是德洪堡那些對駱駝一無所知的士兵把牠們關在一起的結果。其他駱駝在戰爭期間也解散了。有些任由自生自滅。有些被賣掉。捨不得花錢買任何東西的喬治，是畢爾手下那些駱駝騎士裡，唯一存夠錢給自己留下幾頭駱駝的人。有一陣子他和喬利接了一份運貨工作，來往於喬治位於拉布瑞亞牧場附近的小屋和周圍的山區。本來萊洛也一起幫忙，但後來他想家了，幾年前跟著一隊篷車隊回了東部，之後就失去聯絡了。

「你有沒有找到那個動物身上都灑著金粉的樹林？」

他笑了：「也許。戰後礦業又興起了。」他點燃菸斗。「我幫軍方進行偵察。也做過驅趕牲畜的工作——只是騾子跟我從來就不合。我在南山口挖到一條豐富的礦脈，在那裡住了一陣子——可是很快就挖完了。後來認識了楚蒂，她很堅持要我放棄那種生活方式。」

我羨慕他，也這麼跟他說了。「你看到了太平洋，還找到一個可以忍受你的老婆。」

「應該是吧。」他露出恍惚的笑容。「可是米薩法，你看，人生的一切有很多部分，要學會所有小細節，是要付出代價的。在你之前學到的人就占了優勢。他們不會跟你說你哪裡錯了，這樣他們就可以享受看你犯錯的樂趣。」

我想這句話很實在。「那你學到什麼？」

他坐在我旁邊抽菸。我看著他那恍惚的神情，有那麼一刻，時間騙過我，我感覺自己倒退成為另一種形式的生命。如果那一刻，號角在前方某處響起，我的骨頭會知道要站起來、拔營、給你套上鞍具，然後騎上去，往西迎向黑暗，而沙漠裡的所有影子都會把我當朋友。

喬利終於說：「我學到人永遠必須有點不滿足。」

「啊，這個很容易。」我說。「這些年我學到，人多少都有點不滿足，自己也無能為力。」

他大笑。「可是事情本來就該這樣，米薩法。太滿足很容易讓人以為可以擁有更多。更糟的是，讓人懷疑：什麼時候會被拿走？」

「你害怕什麼東西被拿走？」

「楚蒂。」

「那你如何讓自己保持不滿足？」

他稍微轉過來，看著我的臉。「我留在這裡。」

那是很美好的一年。我想連你都不會反對。我們確實有點憔悴，也老了不少，但我們盡了力，也習慣了開心回家的感覺。總之，我們一定幫喬利沿著希拉走廊運了十噸的鹽吧。奇瓦瓦沙漠各地，在古老湖泊變成乾枯的河床上，冒出了一個個礦業小鎮。我們運水進去，運鹽出來。我用科羅拉多河、猶巴河的水裝滿水壺。還有春天的溪流和奇特的內陸水塘，會有超大的海星被困在石頭裡。

我們出門、回家，月復一月。打從葛拉文內克以來，我們待在自家爐火邊的夜晚，第一次多過露宿星空下。感覺挺好的。

楚蒂跟我也成了好朋友。我給我們兩個隨便蓋了一間房子之後，她幫忙我開墾了二十畝的土地，種起東西來。第一次種番茄，還沒收成我就把所有番茄都種死了。從她雙手插腰、四處觀察的樣子，我看得出來，她準備手把手教我，不管需要教多久。她一定認為，如果我留下來，喬利也會更開心留下來。那年夏天，她頂著大肚子，揮著扇子度過一個個滾燙的午後，最後生了一個小女兒，艾蜜莉亞。艾蜜莉亞提早來到人世，當時我們三個大英雄還在鹽地上敲敲打打。我們回來時，寶寶已經安穩地躺在搖籃裡，像個粉紅色的小精靈。整間房子絲毫未變，只是多了一個大眼睛的她。經常聽到他們那邊傳來她的哭吼，徹夜未歇，而那也是屬於家的、還不錯的樂音。

艾蜜莉亞會一直盯著人看，好像很不高興，也跟她爸爸一樣，對大部分事情都充滿懷疑——但很自然地，從不懷疑你。她勉強可以忍受你靠近她，你也勉強可以忍受她拉你下巴的毛，你們之間有一種勉為其難的休戰默契，大家都還算滿意。

艾蜜莉亞讓喬利變得很迷信。他在她面前喊了好多次馬薩拉[22]，別人還以為那是她的名字。

我拿這件事來取笑他，心裡知道自己也跟他一樣相信那些無稽之談。我不是也不太敢把水壺裝滿，免得水中出現她可能會遇到的壞事？現在屈服於唐納文的慾望時，我不是也希望不要看到未來，而是只看到過去，只看到我和你的青春，直到我看到的那些臉孔，更像喬利的畫，而不是飽經風霜的我們？

不必逃亡的一年。確實是美好的一年。然後又過了一年。

應該是在艾蜜莉亞兩歲左右，兩個來到鎮上的採礦人說起一件事。他們在鹽河的某個偏僻溪谷裡睡了三個晚上，有個東西每天都來到他們的營地，把他們的馬嚇得亂竄，而他們只聽到聲音，沒見到那東西的真面目。兩人中比較迷信的那個說服了另一個，說為了保命，他們不可以試圖去偷看那個怪物，就任由牠在外面嘶吼衝撞——可是到了第四天晚上，友人的好奇心勝過他的迷信。於是他們悄悄掀開帳棚門。除了月光，他們竟然還看到什麼呢？

「一個醜得不能再醜的傢伙——就跟你這個一模一樣！」

啊，這句話讓喬利激動不已。他三不五時會聽到有人在科羅拉多河西岸看到以前的探勘駱駝——可是等他聽到這種傳言，都已經過去不知道多久了。另一方面，那兩名採礦人的經歷，可能代表有一隻你的親族終於更深入領地了。我們立刻翻開地圖，但很快就發現幾乎沒辦法預測野放駱駝可能會在哪裡出現。我們頂多只能找出採礦人僥倖逃過駱駝出奇不意造訪的地點，守在最近的溪邊等待。

喬利說：「你想想看，如果不只一隻呢？我們可以自己組一支小商隊。」

---

22 mashallah，上帝的恩賜之意。

我們才兩個人，要一支商隊做什麼？而且你一向獨來獨往，不愛跟你的同類混在一起。

可是一旦喬利有了這種抱負，那念想只會越來越強烈。我們可以先抓住採礦人說的駱駝以及跟他在一起的朋友，然後往北方及東方擴展我們的事業，也許還能拿到鐵路公司的貨運合約，再把喬治從加州找來。我想你不會喜歡他這樣吵吵嚷嚷。

楚蒂也不喜歡。我們預定出門去找那幾隻所謂的野放駱駝的前一天晚上，我正在修補屋頂破洞時，她過來幫我扶住梯子。我很擔心會失手掉了什麼東西砸到她的頭，可是每次黏土從我的鏝刀邊緣往下滴，從她身邊落下時，她的頭連抬都沒抬。一會之後，她說：「菲利普就是這種德行。兩年過去了，他都不敢想能再看到駱駝。現在要有三隻他才會高興了。」

「他只是很興奮。我不認為我們會找到駱駝。」

「就算這次沒找到，很快也會有別的東西來叫他走。」

「我相信他沒這麼想。」

她抬頭看著我。她深信沉默最能表達她的意思，這個楚蒂。我開始懷疑她是不是打算不讓我下去了。

「你不認為他這輩子已經流浪過多了嗎？」

我不認為——可是原來我並沒有她那麼瞭解喬利早年的滄桑。我不知道他的母親只喚了他「喜兒」短短幾年，他就被人偷抱走了。我也不知道喬利雖然無法確定，但相信偷走他的人是他的父親——只是他跟著陌生人旅行了很久，才明白他的父親早就不在其中了。後來，他的舊同伴和新同伴對他的稱呼，唯一一致的是「俘虜」。等到他當夠了俘虜，靠著朝覲得到了被稱為哈吉的資格，他拋在身後的親戚又叫他叛徒，而他懷疑他們早就認為他是叛徒了。跟他同行進入阿爾及爾的土耳其同胞，從頭到尾都無法接受他也是土耳其人，於是叫他伊茲密爾人。只有阿拉伯人說他是土耳其人，而且也沒維持多久——因為來到這裡之後，大家都說他是阿拉伯人，他也認命地過起了嗨．喬利的人生，而這個名字對他以前認識的人來說完全沒有意義。

我說：「對我有意義。」我感覺眼淚快流出來了。「我們認識以後，我不是每天都這麼叫他嗎？」

她說：「我想那樣也很好吧。他說他也沒叫過你原來的名字。」

但經過這些波折，在這裡，她的丈夫又一次成了菲利普．泰卓，擺脫了他辛苦得來的名字，在虔誠篤信的路上孤獨無依，以致於一講到他的神他就非常強硬，到最後沒有人能夠靠近他的神——就算有人可以分享，就算他不是世界上唯一一個伊斯蘭教徒。

我說：「他為什麼不去傳教？」

「他說他瞭解得不夠多，而時間越久，他對於原本知道的東西就更沒有把握了。」

我說：「哎，宗教不就那樣嗎？遵守教義、隨遇而安就是了。」

她的重點是：流浪到底給了他什麼，讓他這樣念念不忘？

我白目地說：「啊，他不是得到你了嗎？」

楚蒂皺起眉頭。我以為她可能會搖晃梯子。她說：「哎，除了繼續流浪之外，他到底打算做什麼？其實，我的父親跟他很像。他是個很嚴肅、很實際的人，除了一點——他認為重繪地圖的那一天，恰巧來到格蘭德河的這一岸，這是天意。天主為證，他願意努力收割上天給他的報酬。他常跟我說，**楚蒂，你有沒有注意過，大家常說你應該去尋找你的財富？不是隨便什麼財富，而是真正屬於你的財富。上面會有你的名字，在那裡等著你。**好吧，他就到處去找了。去礦區、去賭場，連鐵路通車的城鎮都去了。到最後，唯一寫著他的名字的東西，是他安息之地上的十字架，離他出生的地方只有一百碼。可是他從來就沒有停止過追尋。人總是覺得，就快找到了。」

我覺得有點生氣，也有點傻氣。

我說：「那要是真的就快找到了呢？」

隔年春天，我們還真的抓到兩隻駱駝，就在黑熊牧場南方一個乾河床上。兩隻都是單峰駱駝，不過體型比你小，比你瘦，脾氣也比你差很多。我們花了很多時間，猜測牠們是從哪來的。牠們聽不懂土耳其話和阿拉伯話，對於畢爾遠征隊常用的指令，也無動於衷。喬利相信駱駝記性很好，所以他推斷這兩頭新兵一定不認識我們，也許是私人引進在礦區工作的馱獸，或是畢爾那群駱駝的後代。

他說：「要是再來兩隻，那就太好了。」

那我倒是沒意見，不過三隻駱駝一起運鹽，絕對讓工作輕鬆多了。我們賺了不少錢，而且我敢說你一定也很高興有人能分擔你的重擔。我們還在繼續奔波，而這種奔波感覺很好。現在路程比較短，打開地圖，往往離我們每次都歸返的家只有一步之遙。而我們去的每個地方，都很新鮮，充滿了驚奇。

喬利仍然無視賭場的吸引力。他一心一意認為，不論他會怎麼發財，都要靠自己的努力。所以我們才會接下黑湖探勘隊的工作。

喬利跟我替威法諾的洛克威爾探勘公司工作時，法蘭克．提伯特先生和洛伊．畢策醫師來找我們。當時我們已經在奇瓦瓦沙漠待了四個月，就在牛頭市以東二十哩處。那應該是我所能想像最遠的地方了。我敢發誓，我沒有一天晚上睡超過一個鐘頭。死去的礦工在街上及山上的小墓園遊蕩，唱著壓抑的搖籃曲。一陣東風揚起沙漠荒地的煙塵，一夜之間覆蓋凹地，滾滾黃沙瀰漫在帳棚之間的通道上。酒客進去**聖血酒館**時，把帽子和身上的黃沙拍掉。

有天晚上，這種陰魂不散的風把法蘭克．提伯特跟洛伊．畢策吹來了：他們被吹進門，直接來到我們面前。提伯特是個年輕人，矮個子，一嘴鬍子，穿了一套配上他的臉顯得太高級的正裝。畢策身材魁梧，一臉笑容。他喜歡假裝自己是別人的跟班，但其實不用兩秒你就能看出來，跟他在一起的人只是他的傳聲筒，他可以隨意操控對方。一條長溝將他的眼睛一分為二——請注意，不只是劃開眉骨，而是眼睛本身。

提伯特說：「我們是地質學家。聽說，你們可以將寶貴的貨物運到離水很遠的地方。」

從來沒有人會為了跟喬利講幾分鐘的話而請他喝一杯，可是我的朋友無法拒絕別人跟他談寶貴的貨物。三個杯子空了又滿，他們邊喝邊講來意：他們說，在奇瓦瓦沙漠深處有座山。那是兩千年前從天上一道燃燒的弧線掉下來形成的，山的最裡面有最豐富的金礦和石英礦，前所未見。印第安人在傳說中提到過這座山，但文明世界裡沒有人見過它。

畢策兩個大拇指互壓，說：「我們想去這座山想了十二年，可是有一個無法克服的難題：那座山方圓一百哩之內，沒有半滴水。」

提伯特說：「我們幾乎要放棄希望了，後來在甘霖郡遇到幾個礦工，說南部這裡有兩名土耳其人，他們有馱獸可以一星期不喝水，還能扛一千磅的東西。」

他們講到那座山的規模時，喬利睜大了眼睛。

那天躺下來睡覺時，我跟他說：「我覺得不好。」我們都待在搖搖欲墜的老舊畜棚下，那是探勘公司提供給我們安頓你們的，但是喬利不願意把你們留在這裡，沒人照看。他抽著菸，眼底的表情跟每次有人跟他說這份工作非他莫屬時一模一樣。

他說：「想想看，鑽石碎片當酬勞。」

「我拿過碎片的酬勞，那只是高級塵土而已。」

「你覺得那是哪裡掉下來的？我是說那座山。」

「我不認為它是從任何地方掉下來的，喬利。我覺得那根本是鬼扯。他們是想把我們騙出去，殺了我們，然後把柏克、查力和喬吉搶走。艾蜜莉亞長大以後會說，我爸爸是因為天上掉下來的山被殺的。」

這讓他安分了一陣子。可是他日復一日去找待在礦區附近的老人家，問他們是否聽過這樣的地方。大部分都聽過。他們還聽說有個玻璃懸崖，在懷俄明某處，還有一個地上的洞，可以讓你從世界的另一端出去，就跟餐廳的轉盤一樣。聰明的喬，礦區裡最年長的人，神祕兮兮地跟他說：「孩子，地質是上帝最耀眼的奇蹟。我們不也是一樣嗎？地質學家最了不起了。」

他們說得天花亂墜，柏克，我實在很懷疑。不是因為我不想看——而是因為別人把礦物說得像是主的臉面時，喬利那種眼神，我覺得很不對勁。不過後來我又想——我們不是都有某種東西，會讓自己出現那種眼神嗎？曾說過「走吧，繼續前進吧」的人，渴望看到新鮮事物的人，不都如此？也許並不一樣。

九月底，我們離開城堡圓頂鎮，往西朝著一個吞沒太陽的熔岩區而去。我們各扛了兩個水桶——應該說，你、查力和喬吉總共扛了六個水桶。我想你大概就是那個時候開始偏重你的左後腿，而我開始試著推算你的年紀。你的脾氣越來越暴躁，下巴附近的毛也越來越白。我們一起奔波很多年了，最近我開始納悶駱駝可以活多久。喬利說：「三十年左右。」然後他笑了笑。「或是五十年。要看騎的人是誰。」

提伯特和畢策是還不錯的旅伴。他們攤開地圖，拿起羅盤，騎在隊伍最前面。到了美斯基特，他們還沒殺了我們，我就想也許我看錯他們了。也許他們只是狂熱的採礦人，跟喬利一樣對這趟冒險非常興奮。他們三個騎著馬並行，指著地平線，儼然沒見過世面的樣子。

溫度計的水銀在攝氏四十度到四十七度之間徘徊，於是過了蒂伯龍之後，我們就只在晚上移動。放眼望去，盡是灰色大地。我見過沙漠，但這裡實在是太嚴峻了，除了你，沒有生物能在這裡生存。夜晚很安靜，只有你的腳發出的**砰**、**砰**、**砰**。以及慢慢減少的水一路**涮**、**涮**、**涮**。

我們在威法諾河補給了水，然後北轉前往山區。接下來六天無法補給，我記得我把水壺裝滿，想著無盡的沙漠淤泥落入寂靜的黑暗中，而我們會不會到了第四天就瘋了，扯掉自己的衣服，舉槍對峙、撕咬彼此。水壺沒給我答案；它只讓我看到遠處的平頂山。我對你低語：「如果我死了，你就盡快逃走。你到任何地方去都能活下去。就一直走一直走，不要停。」

沒有人騎的駱駝，甚至可能活到六十歲。

提伯特和畢策的馬又喘又叫，一直發脾氣，有時死都不肯動，除非給牠們喝水，為此我們常常得停下來，也因此惹來不少咒罵。天氣越來越熱，罵的話也越來越粗。到了第四天，我們都不說話了，只是一路冒熱氣。我的嘴乾到連喝了水都沒辦法勉強吃東西。我們在亮得睜不開眼的大白天睡覺。我常在醒來時害怕自己可能還在睡，於是會喝一點點水壺裡的水，讓嘴裡有那些河流的味道，提醒自己，我還存有唐納文的渴望。

我們在黑暗中來到一個凹陷的平原，是個破火山口，凹地上積了白雪。喬利喃喃地說：「天哪。神真偉大。」確實偉大。我們下去凹地。結果我們以為是雪的東西，原來是鹽——厚厚一層，白得發亮，因為大量海水突然消失而困在這裡。我們走到最遠的那一端，已經快天亮了。整個地方盈滿紫光，而就在我們爬上堤岸時，我好像聽到身後有洶湧的水聲，於是轉頭。也許你記得的不一樣——也許你會跟我說，那是夢，但在那朦朧的紫色晨光裡，我看到谷地翻騰，藏匿的大海掀起波濤回來了，從那一岸淹到這一岸，到最後我們站在那裡，看著下方那一大片湧起的汪洋。喬利也看到了。他的眼中有淚水。沒錯，那不是太平洋——卻是比我夢見過的任何東西更實在的海洋。

你跪下來，而我走到水邊，收回來的是濕漉漉的手指。我用那些幽靈般的水裝滿水壺。你可以說我迷信，柏克，但我知道我真的把水壺裝滿了。現在那些水還在我的水壺裡。

第六天，令人欣喜的是，我們看到山了。起初只是個藍色的影子，跟這個一望無盡的地方其他事物一樣，不過接著它的形象越來越具體。那座山就像提伯特說的：從天上揮來的一拳。兩名地質學家爭執要如何著手時，喬利跟我繞著火山口走了一圈。小小的捲邊植物把根扎進頁岩裡。在我們壓出的腳印裡，地面閃著白光。

喬利說：「想想看，我們的腳印可能是最早留在這塊土地上的痕跡。」

我很懷疑，但還是說：「很有可能喔。」

提伯特和畢策吵了一整天，又再吵了一天。他們蓋了一個棚子放他們的燒杯和盒子，然後在地上又刮又敲，仔細觀察。他們在山下挖了一個奇怪的洞，每個鐘頭都可以看到提伯特的膝蓋從那個洞裡伸出來。

四天之後，喬利問：「豐富的礦脈在哪裡？」

畢策親切地抱住他的肩膀，說：「孩子，到處都是啊。」

「那我們最好先敲一些下來，而且要快。離最近的水要走好幾天。」

我們很快就發現，提伯特和畢策雖然方向感很好，卻無法正確估算這次探勘的時間。到了第五天，他們的棚子還立在那裡，盒子裡裝滿了土壤和許多細碎的髒東西，而他們雙手插腰，站在那裡對著那座山的不同位置指指點點。水快喝完時，他們開始跟我們吵駱駝的事。提伯特暴躁地說：「不能把牠們的份量減半嗎？我以為牠們可以好幾個星期不喝水。」

「是幾天。」我指著你凹陷的駝峰。「然後你會很明顯看到他們開始痛苦了。」

兩人不情願地開始打包。各種瓶罐和盒子、仔細包在粗麻布包裡的奇怪岩石切片，還有好幾包閃閃發光的沙子，一一收進他們的袋子裡。出發的前一晚，喬利說：「他們有很多奇怪的石頭——可是，米薩法，他們打算拿什麼付我們的酬勞？」

他跟畢策提起這件事時，大個子一臉迷惑。「兩位，你們很快就可以拿到酬勞了！別再煩惱這件事了。」

我當下就知道，他在說謊。我現在知道，當時我們應該威脅要把他們留在那裡——不過我想就算他們沒有計畫別的事，也一定預想到這一點了。我看得出來，喬利也漸漸明白了。他們相信喬利一定只想要金子，於是允許他也在岩石上敲打、挖掘，再用一堆很可能是他們自己發明的名稱唬得喬利一愣一愣的，把他找到的東西都據為己有。

我們回到威法諾河時，兩名地質學家開始興奮地討論他們的下一步。他們要去洛杉磯，展示他們找到的東西，以取得更多資金進行下一趟探勘。

喬利說：「兩位，我們的酬勞。」

「酬勞？現在？可是我們偉大的探險現在才開始呀！最大筆的財富還在山裡等著我們去找。我們必須回去！帶更多人和適當的裝備回去。我們採集的東西只是初步研究要用的，孩子。而且這一切都多虧了你們。」

喬利火大了。「原先不是這麼說的。」

經過最後的努力，他們開給我們一張五十元的支票。只能說是聊勝於無，但我們無能為力。到了早上，他們就會帶著神奇的石頭去洛杉磯，而我們帶著那張紙回亞利桑那。過幾個月，他們會再去威法諾找我們，要我們參與更盛大的發財行動。我以為喬利會暴怒。畢竟這正是他最討厭的事：不能承認並修正錯誤。

「你會把他們關起來嗎？就像你當初對我那樣。」我開玩笑，但我沒見過他心情這麼差過。不過，到了早上，他又換了個樣子。他很有風度地跟他們握手，向他們保證明年春天我們還會在威法諾。「兩位，祝你們募資順利。」他們滿懷溫馨地騎馬離開，愉快地揮手，然後漸漸遠去。

「你是怎麼了？」我問他。

他騎在我旁邊，滿臉笑容。我永遠忘不了他那張臉。是大獲全勝的表情。我再問他一次——

「阿里，你做了什麼？」——他打開鞍袋，給我看一塊被金沙河沖刷得圓潤的黑石頭。

結果，丘巴克的檢驗師看不出來喬利那塊石頭是什麼東西。萊斯的採礦人也一樣。而兩人建議他們去找的那名住在帕克的隱士，也看不出所以然來。

那名隱士抖動的鬍子發出難聞的氣味。他說：「在我看來，這塊石頭的價值，只在於它不是這個世界的東西。」

那時候我們已經吵得很嚴重了。那塊石頭讓我感覺很不安。

喬利說：「哦，因為你絕對不偷不搶。」他扯下鍊子上的那個舊**邪眼**，丟給我。我很久沒看到它了，將它握在手裡的感覺，讓我想到哈伯的慾望，讓我差點放棄說服他。但我也想起來被那慾望掌握住是什麼感覺。我跟他說：「這種東西受到詛咒，我們會付出代價的。」

他不在乎。他對我說：「米薩法，我這輩子總有傻瓜給我種種承諾。我父親承諾要把我養大成人，但我只淪為俘虜。法國人承諾給我黃金，但我只拿到幾隻駱駝。畢爾承諾要給我酬勞——你知道他一直沒有讓我成為正規軍嗎？我沒資格拿到任何東西——沒補發工資，沒退休金。他甚至沒給我文件讓我成為美國人。萊洛就是這樣才離開的。他說：『如果我們那麼辛苦奔波都辦不到，那麼，要怎麼做才行？我們必須飛到月球去嗎？』我為那個人工作了十年，結果只發現我根本就像從未存在過。」那時是晚上，我們坐在一塊空地上，周圍長滿了垂首的絲蘭。絲蘭交纏的影子跟我們的火玩起奇怪的遊戲。喬利看起來有一百歲。「我不是傻瓜，盧里。」他突然這麼叫我，嚇了我一跳。「就算提伯特和畢策再來找我們，就算他們要我們來回那裡上千次，他們也永遠不會給我們應得的酬勞。拿了他們的石頭，看能怎麼好好利用才是真的。」

我說：「阿里。」我想跟他說他的妻子認為他奔波夠久了。我也想跟他說那些死去的人，說他們的慾望。也許有人找上了他，只是他自己不知道。可是他看了我好久，久到我忘記自己想說什麼。我把他的**邪眼**還給他。「好吧。就看看那顆石頭有什麼價值吧。」

但事情沒有朝那樣發展。儘管大地荒蕪、一片寂寥，消息在淘金客之間還是傳得很快。傳言是說，有兩名土耳其人從神的荒原偷了一顆極其貴重的石頭。比任何金礦、任何土地還要值錢。從猶馬到希斯皮里亞，到處都有人呼籲：放下手邊的事，加入搜尋的行列吧。

傳言說這兩人是跟駱駝同行的，這一點讓我們的處境更加艱難。我們在雷諾遭人開槍，在加州傑克遜市外頭被一小群人追逐。我們在羊洞沙漠設法擺脫那些人，在那裡待了幾天，在絲蘭叢間遊蕩。那種遊蕩感覺很不錯，只是我們差點死了。還好蜜蜂救了我們。為了逃亡，我們總是去到別人不可能跟去的地方，離水很遠，這一點，只能感謝你。喬利越來越無精打采。他不再吃東西，老是坐在那裡把頭埋在手裡。

有天晚上，他說：「米薩法，我恐怕犯了大錯了。」

「是我跟你一起犯的錯。」

「再有人找到我們，我就把石頭交出去。」

他確實這麼做了。那是一群年輕人，比我們初見時大沒幾歲。起初他們不相信他交出去的，就是他們在找的東西。一名紅髮男孩顫抖著手拿著一把六發左輪槍壓制我們，讓他的墨西哥同伴去搜索我們的鞍袋。有那麼一刻，我以為他會拿走我的水壺。我說：「把人困住又不留水給他是有罪的，小子。」聽了這句話他又把水壺丟還給我。幾滴水落地嘶嘶幾聲後消失了。

喬利交出石頭，是比偷石頭更嚴重的錯誤。最驚人的謠言總是最難平息，於是受到詛咒的寶藏已經不在我們身上的消息，似乎沒有傳開來。每隔幾天就會看到我們被一群出乎意料的人追著跑，又或者跟他們百般解釋。喬利的面孔出現在雷班監獄外的告示板上時——**通緝：駱駝騎士哈基．阿利！**——我們決定分開，把駱駝牽到沙漠兩邊野放，再去佩雷斯會合。那時我們已經幾乎一年沒見到楚蒂和艾蜜莉亞了。看到我們兩個瘦成這樣，一臉憔悴，不知道她們會說什麼？

喬利悲慘地說：「再糟也比不上我們回不了家的原因。」

我們在帕洛桑托的十字路口分開。他會往北朝科羅拉多河騎三天，而我則帶你南下到邊境，把你留在那裡自生自滅。我相信他認為我眼裡的淚水是為了我們的別離——我是指他跟我。我想，在某個程度上，確實是如此，因為等我們再相聚時，我們將是沒有駱駝的駱駝騎士，那樣的我們又算什麼呢？當駱駝部隊真的不存在了，只成為一場回憶，而我們都老了，說起很久以前我們曾經為了不相信的年輕人而拚命打扮你時，我們還能怎麼證明自己？

看到我眼中的淚水，他捏了捏我的肩膀，把陳舊的**邪眼**放回我的手裡。

「勇敢一點，米薩法。」說完，他轉向北方，騎著駱駝走了。

我打算把你帶到福圖納，讓你在那裡進入墨西哥的荒野。我擔心得不得了。我得選在夠靠近人煙的地方放走你，這樣我才能自己走回鎮上。但那樣你又很容易遭遇攻擊。在路上時，我想到可以把你的鞍具拿掉，但留著轡頭，這樣如果有獵人遇到你，就會顧慮你可能有主人，不至於急著開槍。實際上，你不屬於任何人，甚至不屬於我——除非是指朋友之間的那種歸屬感，在彼此的記憶中不存在時就幾乎不會有的那種歸屬感。我以為我是個極其自私的人，臨別之際想的也是我自己——想像沒有你的生活是什麼樣子。可是我唯一能想的是你的一生，柏克，以及你在路程上見過的、永遠鎖在你溫吞的心裡的那些事物。你或許仍見到的事物。野外生活的靜默與秘密。然後有一天——也許三年，也許三十年——一群人經過，發現你的骨骸，納悶你到底是怎麼去到那麼遠的地方，成為全世界足跡最遠的駱駝。也許到那時候，我們的沙漠探險故事早就廣為人知，不管是誰發現你，都會認出眼前那堆骸骨就是你，並且仔細將剩下的你全收進某個珍貴的盒子裡，由父親傳給兒子，讓你永遠留存在人間。

我們一起到了標拉。正是高原沙漠的春天，每棵仙人掌都開出了鮮豔的花朵。乾爽的空氣讓你的腳步輕快起來，你看起來像草地上的小鹿，而不是飽受風霜的老頭。一片焦土的峽谷裡，剛冒出來的嫩芽把峭壁染成綠色，一場暴雨在這裡趕上我們。是種極其短暫的舒緩，同時又熱又冷。我打開水壺蓋，為唐納文，以及所有還留在我身上的慾望，把水壺裝滿。

下午休息之前，我們正經過一個熔岩區，這時我聽到步槍的爆裂聲，第一顆子彈應聲呼嘯而過。在我拉著你慌亂轉圈時，黑壓壓的一群人馬出現在高處，朝我們而來。

於是那一天，柏克，六名騎士在大草原上追上我們。我再怎麼努力，都沒辦法救我們，或讓他們相信我。他們一直說：「你就是那個哈吉．阿里。」那幾個都是年輕人，醉得很厲害。他們發現我的包袱裡什麼都沒有就抓狂了，朝我的臉和肋骨一陣猛踢。石頭呢？那個有金紋的寶貝呢？

過了一會，憤怒與失望讓他們停了下來。如果我不是他們要找的那個人——到處都看得到通緝海報的土耳其強盜——那我帶著駱駝要幹嘛？他們又應該怎麼處置我？

那天晚上，他們圍著火堆討論這件事。他們把我綁在樹叢間。我的腿被射成了蜂窩，被綑綁的胸膛開始僵硬，不過我想我們還活著，實在是奇蹟。至於還能活多久，就不確定了。直接把人殺了是一回事；但是帶著一個快要死掉的人，連最冷硬的壞人都不免因迷信而害怕起來。而那幾個年輕人，看起來沒有一個敢趁我睡覺時在我耳後補一槍，我知道我得拖很久了。問題是，他們低聲交談的內容，已經轉向你這個大麻煩了。他們納悶，有哪個地方可以賣駱駝嗎？還是直接在這裡宰了你比較好？駱駝皮有什麼用？頭要交給誰？

我大喊：「我是通緝犯。我的賞金比哈吉．阿里的賞金高多了。把我交出去你們就知道了。」

他們說：「是嗎？你到底是誰？」

「盧里．馬蒂，前馬蒂幫成員。」

我不能說我一點也不在意把這句話說出口，不管我的感覺是喜還是悲——但我也沒有想到要在此時，在還來得及時，向世人承認這件事。我只知道，此時承認這件事還能發揮一點作用，之後就沒意義了。當然不是因為他們聽過馬蒂幫。而是因為他們很年輕，還可能會被聽起來真實又大膽的細節打動。

他們問：「你為了什麼事被通緝？」

「我冷血殺害了一名少年——不過你們可以跟那個人說我還殺了一個叫蕭的駄隊頭子。那是事實，也能讓你們多拿點錢。他會相信你們的。」

「誰會相信我們？」

我說：「一個叫約翰．伯格的人，在新墨西哥。不過你們必須把我的駱駝也帶去，沒駱駝他認不得我。」

到了早上，他們把我甩在你的鞍具上準備上路。這些小混混，完全不敢冒險。繩子繞過我的肩膀、大腿後交叉，接著又來回繞著鞍頭拉緊。有些傷口的血已經乾了，襯衫黏在胸口。腿也痛得不得了。我想，等到晚上我應該就死了，到時你會怎麼樣呢？我似乎可以看到你的頭掛在某個燈光昏暗的酒館門上，或者你的骨頭擺在某個奇珍異寶的棚子裡。我心想，我們這一對，竟是這種結局。可惡，柏克，我真希望你沒落得這種下場。

就在這時候，你彷彿感應到我的渴望，畏縮了一下。牽著你的轡繩的少年嚇了一跳。你突然發出刺耳的咆哮聲，衝過他們鬆懈的隊伍，在鼠尾草原上狂奔。

他們頂多只追了我們五哩左右。我不確定，因為我被綁在鞍具上，只能坐得直挺挺的，往前看。你很懂得怎麼逃，直接進入蠻荒之地。世界的邊緣開始變暗，只剩下微光。我醒來時，遠處的平頂山變近了，黑暗的高聳平臺背後，是剛開始翻騰閃爍的夕陽。接著所有色彩漸漸退場：紅色轉成金色，再變成灰色，最後成為黑色。黑暗中，你的頭繼續在我前面晃蕩，在大片星空前投下一塊陰影。

我說：「柏克，你是個好傢伙。」我不確定我有沒有說過這句話。聽到我的聲音，你的耳朵往後動了一下。

清晨剛現魚肚白，你低頭在溪谷淺灘處喝水。我摸了摸轡繩，輕輕拉了一下，可是綁得太緊了。我的手已經沒力了，只能任由你站起來，繼續前進，聽著溪水誘人的泊泊聲逐漸遠去。很快就只剩下你規律的腳步聲，塵土應聲飛揚。我們出了火山口，看到遠方營區的燈河。「那裡。」我費力開口：「那裡。」你的耳朵又往後動了一下。你逐漸靠近這片熟悉的黃光。我想，只要能到達某個營區，遇到某個人，任何人都好，就可以解開我的束縛。我們在凌晨到達，爬上山坡靠近帳棚。火堆旁坐著一個頭髮稀疏的孩子，頂多十三歲，不高興地練著骨笛。他的幾匹馬聞到你的氣味，開始騷動，引來營區的狗吠叫。營地各處的動靜淹沒了我的問候聲，然後槍響了。你躲進疏落的樹林，再下到溪邊，過了一會，聲響漸息。我再醒來時，胸口痛得不得了。那時我們來到一條乳白色的河流邊，不遠處有片整整齊齊的樹叢，宛如夏日的雲朵。

我們經過其他營區，其他城鎮。遠方總是會出現搖曳的燈光，暗示可能的歇息處，有時你會躊躇靠近，有時你只是停在荒野，擔心地吹著氣，將脖子往後扭，想看看我。我們身邊開始瀰漫一種味道。有時候，你在溪邊低頭喝水，會有一隻禿鷹停在附近等待。

一場有節制的雷陣雨過後，我們來到平原上的一個小鎮，在黑暗中從主街頭走到主街尾。車轍處處的街上，映著一池池的燈光。我應該是出聲喊了：哈囉，大家好，有人嗎？英語、阿拉伯語、西班牙語都用上。你的耳朵豎起來，往前彎。一扇窗簾動了一下。過了一會，一扇門打開來，有個腿很細的孩子走了出來。她穿著睡衣站在那裡，手還放在門栓上，一張嚇白的臉，直盯著廣場另一頭的你。

我心想，她很害怕，她會停在那裡。可是她走出來了，輕巧地朝我們而來。我想，隔著這段距離，在她的眼裡我們一定只是影子。再走幾步，她就會聽到我破碎的聲音，然後去找她的爸爸來。她停在主街中央，腳趾頭翻動。我說：「小朋友，沒關係的。」

我永遠不會知道，你怎麼會在那一刻站起來。但你搖晃幾下起身，小女孩轉身跑回屋裡去，對我的話充耳不聞。

至於你——哎。你步履穩定地穿過小鎮，進入黑暗中，從此沒再停下腳步。

幾隻鳥跟著我們從一個水源到下一個水源。牠們像黑鈴鐺一樣掛在樹梢，決心等到底，你已經趕不走了。我還在想：但願你可以走到個某個營區，那裡的人能不急著開槍，這樣就有機會把我放下來，給我水喝。我可以聽到我的水壺發出的聲音，嘶嘶嘶，那是掛在鞍角上的唐納文的慾望。我不太在意接下來的事了。我只渴望能把往事看得更清楚一點。

經歷這一場清醒的恐懼後，不久，我在某個早晨醒來。我站在你旁邊，只是我想不起來我是怎麼掙脫束縛，又是怎麼下地的。在我四周，整個世界的邊緣都變得非常柔和。朦朧又遙遠，彷彿我是從水底下往上看。我就是在這樣半明半暗的狀態下，看著你從我旁邊走過去，還認出那條屬於我的灰暗手臂從你的鞍具上無力地垂下來。

我從後頭喊你，但其實我已經知道，你的耳朵不會再呼應我的聲音而動了。我不願經常想起那一刻：看著你開始往山上走，而我沒跟你在一起。沒走多遠，你就停下來，將那顆憂慮的大頭轉過來看後面有什麼。你覺得不對勁；但你只是感覺到我不在那裡，並沒有感覺到我的手摸著你的脖子，也沒聽到我的聲音。然後你轉頭繼續往上走。

除了跟著你，繼續喊你之外，我還能做什麼？

我說不上來我們一起這樣遊蕩了多久。總之，久到你老了，毛都白了，小仙人掌卡在你的腿上和身體上，最後原地生了根，開始長大。鳥兒也來到我的外套形成的洞裡築巢，然後小鳥繼續在那裡孵化、死亡、長羽毛。我知道，我們身邊一定有很多死者，只是我從沒見過他們。我只有遠遠見過生者，在各自的小鎮裡，而那些原本應該待在城鎮裡的稀疏的昏黃燈光，則越來越常照亮我們路過的黑夜。看到他們，讓我很難過。就在某個地方，這樣的小鎮裡，喬利正在變老。也許楚蒂還在他身邊；艾蜜莉亞也在，還多了其他孩子。沒有面孔的孩子在我越來越想不起來的屋子裡跑來跑去。也許我的朋友平安回到家，相信我又過起了辛苦的舊日子；繼續逃跑，一如往常。又或許他跟你一樣，也感覺到我不在那裡，現在講起我，就像在講一個過去的人。也許是講給他的孩子聽。也許是講給喬治聽。喬治現在一定也已經從加州過去，坐在喬利家的火爐邊，對著我那些活著的兄弟喊我的名字。

有一點我很確定：如果我認識的喬利還活著，他一定相信我跟你隨時會出現在小鎮上，而他的靈魂的某一扇小門也會永遠為我們開啟。我一直都認為我們可能會偶然去到他住的小鎮。

可是你太提防人類了。這麼多年來，一看到有人騎馬經過，你就會躲進樹林裡，或者隱身在光禿灰白的山壁間。

我承認，柏克，有時當四周狂沙大作，殘月躲進黑暗裡時，我會疑惑我們兩個是不是在一個只剩下我們的世界裡遊蕩。一個心裡迷路的男人，流浪這麼多年，無人提起，無人看見。偶爾經過某個營區，看到狗緊張起來，走到火光邊緣對著路過的我們吠叫，並不足以叫人安心。倒是有一次，我們在路上遇到一名採礦人，他丟下鏟子拔腿就跑。過了幾天，他又出現了，帶著一根紅蘿蔔和一條繩子，輕聲細語哄著你，你只猶豫了一下下，就躲回矮木林去了。

那傢伙不肯放棄。跟了我們好幾天，最後你忍不住發了脾氣，朝他衝撞過去，他才不再跟著我們走。

當然，你因此學到，只要有人來到你的半哩之內——礦工、騾子、那個可憐的女孩以及來找她的人——就衝撞過去，不過我得承認，我很高興看到他走了。我本來很焦慮，擔心他會切斷我的繩子，讓我離開你，擔心你會跟他一起生活，把我獨自留在沙漠裡。這讓我開始覺得，就算遇到喬利，也未必是好事。啊，他會認出我們，這是一定的，而且他還會因為長久疑惑的問題有了答案而鬆一口氣。但還是有未知的部分。他永遠不會知道到底發生了什麼事。況且，喬利可以為我們做的，跟陌生人有什麼不同呢？讓你放下我。將我們分開。然後呢？他或許不會為了取樂而朝你開槍，也不會把你的頭掛在他的門上。可是評估了你即將消磨殆盡的生命後，他會讓你安息。不管是嗜血還是出於慈悲，結果都一樣：我們兩個都死了，只能各自遊蕩，再也找不到對方。

這種恐懼在我心裡住了好長一段時間——只是從來沒有像現在這麼嚴重，柏克。當然，我知道你不可能永遠活下去。雖然在我眼裡，你仍然是最帥的四條腿老頭子，但我看得到你眼裡的雲翳，還有你凹陷的駝峰。我知道你的腳跛得更嚴重了。整個夏天，你從一條乾河床走到下一條乾河床，最後我們回到了幾十年前第一次穿越的紅岩荒地。在那個女人從窗口朝你開槍之前，乾旱早就把你掏空了。

但每一個繼續前進的日子都是家。

不然我為什麼這麼久都不回應那個女孩子？她第一次碰觸到我的心思邊緣，問我：「你是誰？」那難道不是這漫長的二十年來唯一呼喚我的人類聲音嗎？沒聽到我的回答，她又問：「你迷路了嗎？」

她看著我，沒有真正看到我，但我可以感覺到她不安的心。各種情緒在其中翻攪——害怕、愛、憂鬱。她說：「你知道你跟其他生命在一起嗎？」

「我知道。」這是我唯一跟她說的話。

可是她不滿意。她逼問我的名字，我的死因。我流浪多久了？我沒辦法開口回答她，因為那時你已經快不行了，我擔心她會看破我，發現真相，發現我們住在平頂山上面那間廢棄的房子裡；發現我們每個悲慘的晚上都在外屋附近徘徊，又下去那條枯竭的溪底，希望也許某個遙遠地方下過雨，會帶來一點溪水。

我們應該安分待著，不要下去找水。你在另一個地方找到的那一點水，不值得你為它挨槍——況且，這裡的泉水房不是一直有水嗎？你只要聽我的話，再多等一下，等他們都走開。等那個女孩子不再四處感應，等那幾個男人在月光下騎馬下河床，遠離我們，還順便把狗帶走，然後你就能喝得痛快，不會有人聽到，也不會有人打擾。

無所謂了。再過幾個鐘頭，你又會有力氣繼續走了。到時你就知道了。

現在你會對我說：「可是，盧里，你為什麼要逼我繼續走？不到兩個鐘頭前，你不是才跟我說你改變主意了嗎？在那個女孩子出現、再度呼喚你之前，你不是才同意我的想法嗎？你不是才跟我說，我又老又憔悴，快不行了，我的痛苦讓你非常心痛，非常擔心。你還說你擔負了那麼多人的渴望，也許是時候做你想做的事了。你不是想讓我休息嗎？」

然後我會對你說：「那是昨天晚上的事，柏克，現在一切都變了。」

你會死盯著我看。「怎麼會，米薩法？哪裡變了？」

我會說：「哎，那個女孩子不就是嗎？你不是才把唯一會幫我們、瞭解我們需求的人撞倒了嗎？我感覺比以前更迷惘了。」

然後你會說：「不要覺得迷惘，米薩法。」

「但是現在那個女孩子辦不到了，還有誰會把我們放在一起？」

然後你會說：「我們會找到人的，盧里。我相信一定會的。」

上
MORNING
午

阿馬戈

亞利桑那領地，一八九三年

那隻駱駝走得搖搖晃晃，每個關節彎折的角度似乎都不對。現在牠來到開闊的地方，一身紅塵，沐浴在陽光下。牠的毛髮，幾乎淹沒在逐漸分崩離析的過多配飾之間，是白色的——很細，還會變色，彷彿每一撮毛都是一條玻璃。牠還在樹林裡時，諾拉以為是陰影的東西，其實是一大片血跡，導致牠的右側腹部發黑，步履僵硬而紊亂，不時要停下來讓拖行的腿休息一下，每一口呼吸都吹動嘴邊的泡沫。牠就這樣一路下山，現在幾乎走到院子了。每隔一陣子，牠那年老灰濛的眼睛似乎就看到了她，不過現在可以明顯發現，牠其實看不太到。

她心想，如果牠有手，可能就會摸索著前進了。

艾芙琳說，**媽媽**。

後來的年歲裡，她會記得她很疑惑自己怎麼不怕了。昨晚在溪谷裡，她真的很害怕，而當時她還沒仔細看過這個狼狽不堪卻十分神奇的龐然大物，以及牠背上那笑容詭異的乾癟騎士。

現在，她突然湧上一股久違的悲傷。彷彿某個遠方的朋友，很久不見了，在屋外喊她，她只要朝著那熟悉的聲音走去，開門就能見到了。這股奇妙的力量改變了她的視覺，於是，隨著那動物向她走來，牠背上糾結難解的布料和枝葉，她似乎不僅認得，還很熟悉。她認得轡繩，認得它們的重量和質感，認得它們在指尖明顯磨損的感覺。她認得那駝峰奇妙的線條，從鞍具上升騰的溫暖。幾個冰涼扁平的圓盤還跟著轡頭一起晃動。她想要——什麼？她的視線模糊了。她想要一直留在這裡。她想要永遠不再來這裡。

風向改變了，駱駝刺鼻的硫磺味令她震驚。片刻之後，可憐的老比爾也嚇到了，猛然掙脫韁繩，嘶吼著穿過畜欄。這時托比終於放下他的立體鏡。

「托托，不要轉頭。」

「為什麼，媽媽？」

「繼續看你的圖片。」

聽到她的聲音，駱駝停在原地。一隻粗厚、殘破的腳抬起來，又重重踩下。輕微的痙攣讓牠的頭左右擺盪了一下。牠不確定她站在哪裡。牠的側身膨脹又凹陷。她數著牠的呼吸，數到六，才發現自己已經走到門廊，並拿起了椅子後面的槍。槍的重量感覺很陌生、很奇怪。她打開槍膛。

托比聽到它啪一聲再度關上。

「媽媽，怎麼了？」

但他還是聽話地看著立體鏡，看著大半個世界以外的蒼白海洋，或是置身令人眼花繚亂的拱廊下。在此同時，她在外面，站在院子裡，頂著太陽，帶著些許茫然，舉起長槍。

「不要動，托托。」

她的槍法不太好。一直都是如此。要是她失手了，駱駝可能會在衝過來時踩到托比。那麼，為什麼她會覺得，她最擔心的不是兒子，也不是嬌西呢？托比正坐在地上，背對著在他的夢裡遊蕩的怪獸，而嬌西，早就被牠撞倒了。但那感覺像是隔著一層紗，並不完全屬於她自己。她擔心的，是另一個牽涉更廣、更急迫的問題：要是她沒能射中駱駝，牠可能會繼續走下去。跟以前一樣，轉頭跑進樹林裡，再次消失。這次必須不一樣。牠苦難的一生——她怎麼會知道牠苦難的一生？——帶著濃濃的哀愁，像墜入深淵的夢境一樣衝向她。深淵底部什麼都沒有。

她開槍。肩頸交接處噴出血來，但子彈很慢才喚醒那年老而麻木的肉身。接著肉體感覺到了刺痛，駱駝後退半步，鞍具啷噹，然後轉向她的方向。牠跨了三大步，步伐大得誇張，接著一聲巨響，跪地往前倒。牠的背部驚起一陣煙塵，宛如地震後從山上剝落的頁岩，繼續塌落。

托比一動也不動，立體鏡還壓在他的眼睛上。「媽媽，怎麼回事？」他哭了起來。

她自己也哭了。過了一會，她不再試圖把他的立體鏡拿掉，就讓他坐在地上，然後走上駱駝倒地的坡地。膠凍狀的大蜱蟲在牠的皮毛上留下許多坑洞。睫毛濃密的眼睛流出膿稠的分泌物，在臉部兩側留下兩條黑河。

死去的那個人外套扣得整整齊齊，脆得一碰就碎。在腐朽的頸扣下，她可以看到細黃的肋骨，上頭還有硬化的皮膚，隱沒在黑暗中。坐墊黏在鞍具上，後來她才發現那是頭髮。一隻手和另一邊的腳不見了。其他部位都被繩子束縛住，結構跟上帝賦予人類生命時的樣子差不多。

「媽媽，怎麼回事？」托比還背對著她坐在那裡。

「你過來看。」

「我不想看。」

他緊緊閉著眼睛，摸索著走向她。他還一直用緊握的拳頭壓在眼睛上，彷彿想阻斷任何看到眼前那東西的可能性。

「是駱駝，托托。」

「駱駝是什麼？」

「是很大的馬，就像你說的一樣。」

「我不相信你。」

「那你張開眼睛自己看。」

「牠好臭。」

「牠應該很老了。」

她試著哄他靠近，但他還是畏縮不前，彎著手肘遮住眼睛。最後她牽著他的手，一步步帶著他走到鼠尾草叢裡的那顆大頭處。她拉過他的手掌，碰了碰牠濃密捲曲又柔軟的眉毛。

他說：「牠是真的嗎？」

「當然是真的。」

托比的手指找到了耳朵，還有眼睛上方粗厚突出的眼眶。「牠怎麼會在這裡？」

「我也不知道。我想牠一定是從很遠的地方來的。」

等他進屋去，上樓到羅伯的房間，安全地站在窗前，他才願意睜開眼看駱駝。諾拉稍微遮住眼睛上方，抬頭看他。她可以看到玻璃窗後他小小的頭，而現在，她可以在房間裡，從後面看到他踮著腳尖，打開窗戶。羅伯的房間像災難現場，到處是木屑和亂丟的衣服，彷彿羅伯以往生活裡的一切，此刻都一起看著托比打開窗戶。

他把身子伸出來，做了個鬼臉。「牠長得跟書裡畫的完全不一樣。」

她說：「也是。書裡畫的從來就不像。」

「媽媽，牠背上那是什麼？」

她說：「是鞍具。」

離那麼遠，那名騎士在他眼裡應該很模糊。托比把光頭靠在窗框上。她可以看到十年後的他站在那裡，跟羅伯一樣高，也許還高一點。如果他們留下來——如果她順了克雷斯的意，那兩個男孩子也能回來——有一天她會想要這個房間當他的房間，這樣他往窗外看時，就能想起這個畫面，他的母親站在這個離奇的獵物上方，這不僅是他這輩子遇過最奇怪的事，更珍貴的是，因為兩個哥哥都沒看到，他瞬間就成了唯一擁有這段寶貴記憶的人。

托比指著馬路。「我好像看到醫生來了。」

「很好。你去餵奶奶吃東西，幫她整理一下。」

托比離開窗口後，她把心思放回死人身上。

她該怎麼處理他？幾分鐘前的篤定都不見了。沒有東西取而代之。然後她想到艾默特躺在某個廣闊又荒蕪人跡的溪谷裡，天上沒有一片雲，鳥已經離開他了，他得一直等著某個陌生人來，掀開他的外套，問起他的人生——他是誰？又屬於誰？而答案必然是：屬於某個未知的人。倒不如不屬於任何人。

她拉開刀子，開始割繩子。騎士跌出束縛，化成碎片：脛骨和大腿骨一根接著一根滑落。他的褲腿上有白色的鳥糞，被久遠以前的大雨泡爛了。割著割著，男人的手從口袋裡滑出來，碎了，她在指尖做了標記，晚一點她再回來收拾時，才會知道是從哪裡掉下來的。

醫師正轉彎過來，車輪攪動路上的塵土，而馬匹揚起的紅塵不時形成兩條羽翼。再過幾分鐘，他就會來到她家門口。他會拉住轡繩，慢慢從座位上起身，假裝他們昨天並沒有在某一刻走到陌路。或許，假裝他心裡沒有疑問需要回答。他會默默地跟著她進去穀倉，彼時他的冷淡也會消失。等嬌西平安地躺到樓上去，他們會一起來處理這件不可思議的新任務，並且少不了醫師的種種感嘆與猜測。他們會忙一整天，直到太陽下山，到時他一定會急著想繼續討論報紙的事。今晚她的答案會是什麼？他絕對不會再問她第三次。他絕對不會再問她第三次。

等繩子都割斷了，她提起外套的領子，把騎士還留在鞍具上的部分都甩到地上去。一層松針和樹汁弄髒了沒有騎士的鞍座。她可以看到少了身體而顯得光禿禿的鞍板。鞍板很光滑，彷彿有人用了一輩子的時間在擦它們。她解開他的外套，以及外套下那件泛黃的亞麻襯衫。他就在那裡——或者該說大部分的他。乾燥的皮膚像繃帶一樣拉開。一隻手，一條手臂。完整而中空的骨盆。

站起來讓她頭暈。她突然很想休息。

死者的口袋是空的。她在鞍袋裡只找到一團泡過水的紙，紙上的字集中在底部，早已暈開成一團黃褐色。他身上沒有名牌，沒有珠寶。

只有鞍角上還掛著一個錫水壺，上頭有某個無名軍團的標記。抽出水壺時，她聽到了——真是太奇怪了——水的翻盪聲。

蓋子硬撐了好一會，不過最後還是在她的指尖化成碎片。她只是想滿足自己的不敢置信。黑暗的水壺裡，只有一點點水的閃光，但是，是真的——那些水就在黑暗裡哼唱。雨水和河流。鐵和鹽。她納悶，這些水在水壺裡多少年了？她搖了搖，水又哼唱起來。明快地、俐落地順勢哼唱。在她身後，托比問了一個問題。她沒有答案。她還沒有答案，不過她把水壺放到嘴邊，然後看見了，是的——一間房子；他們的房子和附近的平頂山，他們的小溪和溪水，還有大海；大海與煙囪；遠處一場黑綠色颶風的風斗；硬幣、鈕釦、扣環、令人眼花的藍色珠子和這個水壺；這個水壺，這隻駱駝，以及一身冬天皮毛的**郊狼**；一條綿延不盡的長路，一排變形的影子，男人聚在一起，互相嘲笑，不，是一起笑，圍著火堆、靠著駱駝，一直笑；沙漠裡，一個小女孩，腿好細，伸出一隻手來；然後是水——滾滾洪水離開峽谷，淹過大地、淹過懸崖，淹過某個奇特幽暗海洋的鹽床；現在又看見她的房子了；駱駝和騎士並行在灌木林裡，身子彎折並排躺在一條深溝裡——不，是墳墓；一人一駱駝一起在墳墓裡，然後是相機刺眼的閃光；路人大喊：「嘿，是這裡嗎？」；是的，就是這裡；就是這裡——在不是以前都是；她的房子——在不是以前都是；沒有水，也因此沒有房子，沒有報紙，沒有城鎮，不管怎麼樣，不是有，就是沒有；但又出現別的城鎮，別的房子，在別的地方的某間房子，在懷俄明的新房子；艾芙琳在那裡——終於，艾芙琳跟她一起在新房子裡；還有托比；小托比堆著他的高塔；還是托比，不過現在長大了一點，頭髮又長出來了，是棕色的，不是她以為的金色；棕髮的托比在看書；棕髮的托比，離開那一間房子，離開諾拉和艾芙琳，去了丹佛；黛絲瑪正在揮動斧頭；黛絲瑪從一棵樹上盪下來，或是在前廊盪鞦韆；羅伯也在擺盪，在妖精谷裡轉過來看她；穿著上教堂的正裝轉進了桑切茲牧場的大門，雙手一轉拿起了獵槍；在硬木地板上帶著嬌西旋轉；還有嬌西；嬌西彎著腳走路，一輩子都要彎著腳；嬌西不得不戴上支架，不得不戴上眼鏡，永遠頭暈的嬌西；永遠頭暈，但是活著，被一隻駱駝踩過並且活下來說給別人聽的嬌西；嬌西和羅伯在某個遠方的城鎮，在某個陌生的教堂裡；灑落的米粒和一個小孩子；不——兩個孩子；在藍色的北方某處的一間房子；毛氈桌面上的塔羅牌，穿著工作服、頭髮泛白的羅伯，他的車道上有奇怪的裝置；還有多倫；小多倫把下巴靠在交疊的雙手上，看著篩網的絲線變暗；多倫，就著火光，用纏著繃帶的手縫哥哥的手臂；現在，挽著一個黑髮女人的手，走在某個城市裡，那裡一定是舊金山；然後是諾拉，搭火車；搭火車經過哼唱的水域，搭火車去用赤腳推搖籃，搖籃裡睡著一個嚴肅的小女孩；多倫和小女孩在一個翠綠的公園裡；不——是墓園；孩子把花放下，孩子在學校階梯上對多倫揮手；多倫帶著疤痕的指節正在幫那個女孩子編辮子；諾拉在某個新房子裡，只有她一個人；又或者跟艾默特在某個新房子裡——艾默特白了頭髮，艾默特老了，艾默特跟她一起變老，就跟艾芙琳一樣；艾默特穿著拖鞋從這個房間走到另一個房間；艾默特攬著她睡覺；他睡了，她也睡了；還有艾芙琳；二十歲的艾芙琳在新房子裡；三十歲的艾芙琳；艾芙琳在丹佛的火車上；艾芙琳在劇院裡，坐在她旁邊，忍著眼淚看著托比，棕髮的托比在臺上鞠躬；不疾不徐走上講臺，轉身和一個高大的年輕人走過燈火通明的街區；在廚房裡，艾芙琳的手握在她自己的手裡；艾默特跟艾芙琳一起在前廊笑得開懷；在他們的前廊上；在某個新房子的前廊上，是他們的房子，但不是這一間，絕對不是這一間；不是這個曬死人的農場，沒有駱駝和騎士並肩躺在炙熱的大地底下；不是這間房子，不是窗沿上寫了字的房子，他們曾住在這裡，而且，是的，一家和樂——她看到了，她全都看到了。

謝辭

自從出版第一本書後，好多不可思議的人進入我的生命，讓我的人生變得更精彩。在《夢土》寫作期間，他們一直陪在我身邊，證明了他們對我的愛與寬容。當事人都知道我說的是他們，我感謝他們所有人。

言語無法表達我對經紀人 Seth Fishman 的感激，還有 Rebecca Gardner、Will Roberts，以及所有把 Gernert Company 當作自己家的善良人；感謝我的編輯，Andrea Walker，Maria Braeckel 跟我在藍登書屋的家人。

寫作人會帶給彼此前進的力量，我很幸運認識幾位天底下最有才華也最努力的人，讓我懂得謙卑，其中有幾位很好心願意閱讀這本書的初稿。感謝 Parini Shroff、Jared Harel、Andrew Fitzgerald、Jill Stephenson、Bryna Cofrin-Shaw, Rachel Aherin、Catherine Chung、James F. Brooks、Daniel Levine、Alexi Zentner、和 Noah Eaker。

感謝我的福星，《西洋鏡：全小說》的 Michael Ray，他不遺餘力地支持所有寫作者，一直提醒我短篇故事是我的初戀；也感謝我在亨特學院的學生與同事。

當然，沒有「Dorothy and Lewis B. Cullman Center for Scholars and Writers」以及國家藝術基金會的支持，我永遠不可能寫出這本書。感謝你們的付出。

這本書還沒寫完，就看到駱駝部隊又重新受到國人重視，是很美好的事。《夢土》主要是出自想像力的作品，但是與這段歷史相關的人物，尤其是May Humphreys Stacey和愛德華・費茲傑羅・畢爾（Edward Fitzgerald Beale），他們留下的日記、信件和報告，對寫作此書至關重要。

同樣重要的，還有研究美國西部歷史的學者及其作品，為這段奇特而迷人的歷史篇章累積了大量細節，特別是Eva Jolene Boyd、Lewis Burt Lesley、Chris Emmett、Forrest Bryant Johnson及Gary Paul Nabhan，更不用說還有《Stuff You Missed in History Class》中熱情洋溢的Tracy V. Wilson和Holly Frey。

感謝我在美國以及愛爾蘭的家人，謝謝他們的愛與支持。

也感謝Dan——所有真善美的源頭。你讓一切成為可能。

推薦文　自己的時刻

文——童偉格

最後外公終於說：「妳一定明瞭現在正是那些時刻，對不對？」

「什麼時刻？」

「那些保留在心中、只有妳自己知道的時刻。」他說。

「什麼意思？」我說。「為什麼？」

「我們正在打仗，」他說，「這場戰爭的種種——日期、姓名、哪些人引發戰爭、為什麼打仗——屬於每一個人。不單只是參戰的人們，而且包括報導戰事的記者、數千里之外的政客之類從來沒有造訪、或是聽過這裡的人。但是今天晚上的這件事情——這是妳的。它只屬於妳。妳和我。它只屬於我們。」他把雙手擺在背後，慢慢向前走。行走之時，他踢踢擦得發亮的鞋尖，誇張地邁開步伐，藉此放慢腳步。他不打算掉頭回家，只要大象和年輕男孩不介意，我們就沿著大道一直走下去。

——蒂亞．歐布萊特，《老虎的妻子》

蒂亞．歐布萊特的第一部小說《老虎的妻子》（2011），總使我聯想起庫斯杜利卡的電影傑作

《地下社會》（1995）。始於一九四一年，納粹入侵時的貝爾格勒大轟炸，終於一九九一年，隨社會主義聯邦瓦解所肇啟的複沓內戰，長達至少半世紀以上，一部「南斯拉夫」空間裡的慘酷烽火史，由庫斯杜利卡，調度為樂音酣暢的嘉年華。看過電影的人，大概都不會忘記那個地窖世界所生動明喻的「動員戡亂」體制：地底之人，自守忠貞信念，依隨被人操弄的鐘錶而活，沒日沒夜備戰。這般堅持固然可貴，然而，當有幸重見天日，他們卻因信念顯得荒誕，而即刻曝光為受欺詐、遭辜負的報廢生命。餘生裡，他們信念既毀，卻猶受困在「手足相殘」的戰事裡，至死不得自解。這部令人悲傷的嘉年華，再現人禍暴力橫肆，遠比動物兇猛。而總結看來，庫斯杜利卡迫近反語的，正是對現世安寧的祈求。

在《老虎的妻子》裡，小說家也以貝爾格勒大轟炸，作為記憶敘事的起點——彼時，城市動物園遭到炸毀，災厄過後，群獸出園，漫行廢墟瓦礫堆。小說家由這《啟示錄》般的景象中，接出一頭生來不識「自由」為何物的老虎，引領讀者，看牠自踏靜謐殘雪出城，潛行到陌異郊野，一路新驗自己血性，並尋找重生的可能。整部小說，即以這頭血獸的復甦與神隱，啟動敘事者「我」的外公，在郊野原鄉的兒時親歷，並繫連外公一生所見的更多迷藏。而所有這些真栩如夢的憶想，也就成為多年以後，當外公故去，「我」獨自求索的一部另類「南斯拉夫」餘生史。

於是，相對於庫斯杜利卡對國族集體歷史的牽掛，我們明確可知：歐布萊特這位小說家更關注的，其實是主觀的個人記憶——私「我」記憶的珍貴價值，幾乎就是小說裡，外公給予「我」的唯一具體勸導。如前揭引文：當半世紀後的內戰烽火，再度毀壞了城市動物園，某個深夜，外公特意召「我」外出，在粼粼長街上散步，陪伴一位年輕保育員，引渡一頭大象回園。彼時，外公要「我」在心底，銘記像這般唯獨「自己知道的時刻」。彷彿外公深信，所有類此豐盈的、晶亮的隱密時刻，亦將陪同「我」，並保護「我」，使「我」成為多年以後，再橫暴再荒壞的年代，也無法屠戮殆盡的無名眾生其一。

這是從創作伊始，歐布萊特即精采演繹的死滅反義：包括深夜的象、荒村之虎，外公一生屢遇的那位「死不了的男人」等生靈在內，整部《老虎的妻子》，留存一片焦土內裡，許多鮮活的倖存者。歐布萊特的書寫，總帶有魔幻寫實的美學印記，也許，首先因為魔幻敘事所抗逆的，原就是牢固的史實自身——既遂史實無法復原，然而，在主觀化的私「我」見歷中，一切皆還有可能改寫，也都猶可以尚無定解。這是說：當史實席捲了人盡皆知的死滅，造成了絕對終局，歐布萊特小說裡的私「我」，卻反身凝視絕境中，生機的一再複現，並收納為外公式的深信。彷彿「時間裡的事」，還在無限裡流變。

藉由虛構，小說家嘗試將集體歷史的蓋棺內裡，抽繹為事關個體存有的多重線索。我猜想，歐布萊特的第二部小說《夢土》（2019），亦由上述書寫目的論出發，再對歷史記憶，做出對小說家個人而言，更即身的思辨——整部《夢土》，直指小說家定居更久的第二故鄉：美國。這部小說，由兩條敘事線交織組成。其一，是「我」對同伴（一頭名為「柏克」的駱駝）所傾訴的，個人在北美西南大陸上漂浪的因由與履歷。其二，小說家則以第三人稱敘事，描寫了距「我」的遊歷約三十年後，諾拉這位母親與人妻，在亞利桑那領地，這片「最偏僻內陸」裡的家居與遇險。兩條敘事線，皆有史實依據：「我」的故事，源於十九世紀中葉，美國陸軍由鄂圖曼帝國引進的駱駝軍團往事；諾拉那凶險環伺的家居，則屬於同一部美利堅西向「拓荒」史中，歷時更長的遷徙者日常。

然而，如我們已知：以小說去確證、或否證現存史敘，並不是歐布萊特書寫的主要意圖。小說家的對話目標，毋寧還是指向歷史之中，形同沉默的個別記憶者。於是，背向作為虛構起點的史據，《夢土》的兩線敘事各自深涉與獨走，不負讀者期待地，將一片埋葬諸多死者的瘠地，翻泅為生者自領的幻鄉。

於是可以說：無論是第一人稱傾訴，或第三人稱描寫，《夢土》的話語，始終就是一種比起《老虎的妻子》而言，修辭風格更見統合的內向視讀。這大概是《夢土》原文書名「Inland」的雙重寓意：既指涉合眾國的廣袤內陸，也指涉小說裡，「我」、諾拉，或任一凡眾私有的內心世界。合眾國大歷史，總是吝於記掛「我」等，彷彿「我」等，在國家開疆闢土進程裡的相繼生滅，也僅是某種無可銘記的自然現象。好比牛馬逐水草而肥、陷乾旱自死。然而，諾拉或「我」的內心幻鄉，其畛域，卻可能遠比他們各自的有生還要遼闊——《夢土》將使我們看見，他們一生裡，視讀的更多他者，總像是曳引著各自關於死蔭幽谷的記憶，方才姍姍其遲地，在那片終將湮沒記憶的瘠地上相遇。

作為內陸遷徙者，諾拉勉力維持家居，形同維穩一架流浪中的篷車。關於她的生平，《夢土》裡最引人注目的一處設定，是諾拉在驚恐躲藏時，意外造成了自己女兒的死亡。這個設定，使人聯想起童妮·摩里森《寵兒》（1987）中，改編自真實事件的著名情節——為了拒絕昭然可期的奴役生活，一名女黑奴，殺害了自己嬰孩。縱然有別於《寵兒》，諾拉殺嬰，純屬意外。然而，諾拉卻從此，背負深切罪疚，彷彿與女兒在心底共生，且在大旱經年的嚴峻環境中，在更多死難裡，迫視自己的臨時家園，為魂靈永遠漂蕩的異境。相對於此，作為流浪者，騎士「我」，則與馱獸柏克形影不離，組成了以身為度的靜佇家居。在歐布萊特文本中，《夢土》裡的「我」，悖論式索引了《老虎的妻子》裡，那位天生瘖啞的老虎妻子：彷彿擲入邊境的遠星碎片，他們同樣身處異鄉，卻也總是使人見證一種原鄉生活，原本，就是各種異質的活絡綰合。

所謂「悖論式索引」，因為從小說伊始，「我」亦即開始的傾訴，終將在整部《夢土》結束前，為讀者遂實為一種極端遲延的自白：數十年後，當「我」與餘生相偎的柏克，終於那般奇異地，奔走到諾拉家居，在她與幼子托比眼前現身時，任何傾語事實上，都早已沒有可能。在那對倖存自流浪家居的母子面前，靜停於馱獸之上的「我」，僅能以永遠的緘默，標注一個合眾國度境內，遍地星散的陌異故人。

這兩線敘事的相遇，讓動與靜既緊密交織，又各顯陌異。對我而言，這是《夢土》書寫體現的，一種精巧的結構想法。就歐布萊特的書寫技藝而言，我猜想，也可以這麼說：多年以後，小說家終於將《老虎的妻子》裡，眾人對「撒旦騎在老虎背上」，這一恐怖形象的惘惘夢魘，在《夢土》這部新作中，有力地複寫，並除魅為慘酷時劫的逼真本相。由此，一部彷彿向光的集體「拓荒」史，兌變為唯小說能護藏的私「我」影行錄。而這樣一種在現實世界中，絕不可能存在的對話，也就再次封印《夢土》這部小說，為十分珍罕的「自己時刻」之書。

人物簡介

拉克一家

諾拉．拉克：本書主角之一，艾默特的妻子。居住在格雷松郡的阿馬戈鎮。本姓萊禮。

艾默特．蘇沃．拉克：諾拉的丈夫。《阿馬戈前哨報》負責人。

羅伯．凱德．拉克：拉克家的大兒子，個性頑固，是個急性子。

多倫．麥可．拉克：拉克家的二兒子，處事小心謹慎，個性更像父親。

托比．拉克：拉克家的小兒子。某次騎馬摔傷，導致視力受損。

艾芙琳．艾碧蓋兒．拉克：拉克家長女。嬰兒時中暑身亡。

哈莉葉特．拉克：艾默特的母親。因中風失去行動能力，但托比與嬌西卻經常說看見她自己行動。

艾蓮．法蘭西絲．沃爾克：諾拉的母親。諾拉曾以她的名字「艾蓮．法蘭西絲」在《阿馬戈前哨報》投書，引起風波。

古斯塔夫．沃爾克：諾拉的父親。在愛荷華州莫頓洞的一間伐木場當領班。

蘭諾：艾默特的姐姐。住在懷俄明州的保德里弗，丈夫在傳福音。

嬌西．金凱德：艾默特遠房親戚瑪莎和催眠師金凱德牧師的女兒，傳言是女巫家族的後代，經常舉辦招魂會。目前寄居在拉克家。她聲稱在泉水房發現鬼魂「迷路的男人」，而與諾拉失和。

阿馬戈鎮居民

黛絲瑪・魯易茲：雷・魯易茲的妻子。

雷・魯易茲：黛絲瑪的第二任丈夫。墨西哥人，負責尋水，在阿馬戈有水巫的名聲。他過世後的土地繼承問題，引起不肖人士覬覦。

羅柏・葛利斯：黛絲瑪的第一任丈夫。

保羅・葛利格斯：運水的人，負責在阿馬戈當地運水。

山迪・佛瑞德：艾默特在夏安辦學時的房客。

莫斯・萊利：經營旅館帕洛瑪之家。妻子是米莉森特。

華特・史提爾曼：苦根旅社的老闆。此地第一家歡迎流浪漢跟醉漢的旅社。

胡安・卡洛斯・艾斯孔迪多：商鋪老闆。

費迪・柯斯蒂奇：南斯拉夫人，負責遞送郵件。

赫克特・艾梅納拉・維加：西班牙人。今年60歲，醫師。在阿馬戈當地行醫。他有意收購《阿馬戈前哨報》。

亞瑪達・利歐斯・博雷戈：艾梅納拉醫師的妻子，被諾拉稱為當地最好的廚師。

費洛勒斯一家：拉克一家的鄰居。成員有羅德里歐、塞爾瑪和薇拉莉，費洛勒斯一家某日毫無徵兆搬走。

馬丁．克魯薩多：因不滿《阿馬戈前哨報》毫無作為，憤而向其辦公室丟磚塊。

艾什瑞弗鎮居民

伯特蘭．史提爾斯：《艾什瑞弗號角報》負責人，該報是格雷松郡內的另一大報，與《阿馬戈前哨報》是死對頭。

梅瑞恩．克雷斯：經營克雷斯家畜公司。他大量收購土地，主張將郡治從阿馬戈改至艾什瑞弗，替艾什瑞弗鋪設新道路和電話線。

亞伯特．克雷斯：梅瑞恩的父親，職業是教師。

華頓．皮克尼：沃瑟旅館老闆，安裝了艾什瑞弗鎮第一台電話機，另有一條線接到克雷斯名下的牧場。

格雷松郡內其他居民

佩卓．桑切茲：擁有桑切茲牧場。佩卓和他的兄弟在一場攻擊事件中喪生。

哈蘭．貝爾：格雷松郡的治安官。

艾瑪．康尼格．貝爾：哈蘭的妻子，明尼蘇達人。有一名叫做莎拉．萊特的貼身侍女。

麥克．凱威爾：哈蘭．貝爾前任的治安官。

阿曼多．柯提茲：關在監獄的老自然學家。因妻子和女兒拋棄他，偶爾會陷入瘋癲狀態，意圖自殺，因而被哈蘭關在監獄中。

馬蒂幫

盧里．馬蒂：全書另一名主角。一個亡命之徒，化名眾多，有席恩、盧里、米薩法。年幼時遭到父親拋棄，加入馬蒂幫，後來因緣際會加入奈德．畢爾的駱駝商隊，與一隻駱駝相伴，展開逃亡生涯，還替牠命名為柏克。

哈伯．馬蒂：唐納文的弟弟，年幼死於傷寒，化為鬼魂，不停糾纏著盧里。

唐納文．麥可．馬蒂：哈伯的哥哥，年長哈伯12歲。

艾佛瑞．馬蒂：馬蒂家遠房親戚，來自田納西州。

馬瑟斯．班奈特．馬蒂：馬蒂家遠房親戚，來自田納西州。

駱駝商隊成員

喬利：全名為哈吉．阿里，此為暱稱，敘利亞裔土耳其人。歷史上真有其人，是當年來到美國西部的駱駝騎士。喬利與盧里有深刻的友誼，失散多年後重逢，他已成家並改名為菲利普．泰卓。妻子是講著一口流利的亞基語的印第安原住民楚蒂，兩人育有一女，名叫艾蜜莉亞。

米寇．泰卓：喬利表弟，斯麥納人，法語與母語溝通無障礙。

喬治：駱駝部隊的守夜人。會一點法文，自稱自己來自希臘。

萊洛：全名叫穆罕默德．哈里爾，喬治的小跟班。

傑拉德．蕭：愛爾蘭人。軍方派來護送駱駝部隊的人。

艾沙隆．瑞汀：駱駝部隊的廚師。大家都叫他老艾。

愛德華．費茲傑羅．畢爾：又名奈德．畢爾，老艾的老朋友。游擊隊員、探險家、中尉，是基特．卡森的同袍。

駱駝

柏克：公駱駝，盧里的好夥伴。

薩伊德：白色身軀的單峰公駱駝，是駱駝的領隊。喬利的坐騎。

大紅圖里：總是被薩伊德欺負的公駱駝。

阿南德：萊洛最喜歡的公駱駝。

梅達：喬治的母駱駝，喬治總說梅達能聽懂他會說的所有語言。

莎樂：米寇的的母駱駝，壞脾氣。後來在駱駝商隊渡河時，體力不支溺死。

查力：盧里和喬利加入黑湖探勘隊工作時，與柏克一起運水的駱駝。

喬吉：盧里和喬利加入黑湖探勘隊工作時，與柏克一起運水的駱駝。

其他

哈吉歐斯曼．卓里奇：盧里的父親，有一陣子自稱哈吉曼．卓里，生平最痛恨被誤認為是土耳其人。最後以哈吉．盧里之名下葬。

約翰．伯格：佩頓郡法警，負責追查因殺害詹姆斯．皮爾森和柯林．菲利普而遭到通緝的兇手。

詹姆斯．皮爾森：來自紐約州。被盧里打死的紐約小子。

柯林．菲利普：阿肯色州的裁判官。死於馬蒂幫搶劫驛馬車時。

姬布芮拉：懷俄明葛拉文內克的供膳旅社的老闆娘。與盧里曾經共度好幾年時光。

杜娜．瑪麗亞：披著羊毛披肩的白髮女人。盧里曾寄宿其家，並透過杜娜與喬利重逢。

法蘭克．提伯特：威法諾的洛克威爾探勘公司的人。矮個子，一嘴鬍子，自稱是地質學家。

洛伊．畢策：洛克威爾探勘公司的醫師，身材魁梧。

藍小說 338

夢土

作者—蒂亞．歐布萊特
譯者—鄭淑芬
編輯—黃子萍
封面設計—萬向欣
內頁排版—邵麗如

總編輯—嘉世強
董事長—趙政岷
出版者—時報文化出版企業股份有限公司
108019臺北市和平西路三段二四〇號三樓
發行專線—（〇二）二三〇六—六八四二
讀者服務專線—〇八〇〇—二三一—七〇五
（〇二）二三〇四—七一〇三
讀者服務傳真—（〇二）二三〇四—六八五八
郵撥—一九三四四七二四時報文化出版公司
信箱—（一〇八九九）臺北華江橋郵局第九九信箱

時報悅讀網—http://www.readingtimes.com.tw
電子郵件信箱—liter@ readingtimes.com.tw
法律顧問—理律法律事務所　陳長文律師、李念祖律師
印刷—勁達印刷有限公司
初版一刷—二〇二三年三月二十四日
定價—新臺幣五八〇元
（缺頁或破損的書，請寄回更換）

時報文化出版公司成立於一九七五年，並於一九九九年股票上櫃公開發行，於二〇〇八年脫離中時集團非屬旺中，以「尊重智慧與創意的文化事業」為信念。

夢土／蒂亞．歐布萊特（Téa Obreht）作；鄭淑芬譯．-- 初版．--
臺北市：時報文化出版企業股份有限公司，2023.03
面；　公分．--（藍小說；338）
譯自：*Inland*
ISBN 978-626-353-553-4（平裝）

874.57　　　　112002170

ISBN 978-626-353-553-4
Printed in Taiwan